中国文学研究

第四十一辑

教育部人文社会科学重点研究基地
复旦大学中国古代文学研究中心
主办

上海人民出版社

目　录

古钞本《文选集注·东方朔画赞》注的价值*

冯　源

［摘　要］　以北宋本、尤刻本、胡刻本李善注，正德本、陈八郎本五臣注，奎章阁本、明州本六臣注等《文选》刊本，比勘对校古钞本《文选集注》所收《东方朔画赞》注，可发覆三重价值：其一，文献价值。古钞本《文选集注》中的《东方朔画赞》注保存了李善注早期的样貌，能为复原李善注原貌提供印证材料；其中特有的《钞》注、陆善经注及"今案"，对诸刊本《文选》具有一定的校勘价值。其二，文章学价值。公孙罗的《文选钞》对作品题旨及相关史实抉发精微，有文章学的注释视角，能对读者的阅读行为有一恰当引导。其三，文学史价值。古钞本《文选集注》所征引文献及注解，包蕴大量文本信息且具有多维阐释空间，颇能抉发东方朔的"朝隐"精神，由此，可探寻作者夏侯湛与西晋士林的精神旨趣。

［关键词］　《文选集注》　东方朔　朝隐　夏侯湛　西晋士林

《文选集注》（以下简称《集注》）是《文选》的古钞本，汇集唐人注解，依次为李善注、公孙罗的《文选钞》和《音决》、五臣注、陆善经注等。《集注》本在日本的发现、整理及在中国的流传，尤其是21世纪初《集注》本在上海古籍出版社的印行，在很大程度上拓宽了"新文选学"①研究的学术视野。《东方朔画赞》是西晋文士夏侯湛的名作，萧统《文选》将之收录于"赞"类首篇，足见此文的意义和价值。《东方朔画赞》曾为书法名家王羲之、颜真卿等竞相书写，故而学界

＊　本文为国家社科基金后期资助重点项目"河洛文化与两晋诗风新变研究"（批准号：20FZWA011）的阶段性成果。

① 许逸民《"新文选学"界说》，《郑州大学学报》（哲学社会科学版）2010年第3期。

的研究多集中于书法艺术层面，而《集注》本此文所包蕴的文献价值、文章学价值和文学史价值，尚无专门的探讨。今立足《集注》本中众多注家的多维铨解，参考俞绍初先生主编的《新校订六家注文选》，比勘对校北宋本、尤刻本、胡刻本李善注，奎章阁本、明州本六臣注等《文选》刊本，发覆《集注》本《东方朔画赞》注的价值，以期对西晋文学的研究有所推进，并尝试探索文献与文学史研究相结合、印证的新路径。

一、文献价值

唐代关于《文选》的注解文本具有不稳定性，尤其是李善注，在不同的刊本中会呈现出不同的样貌，一方面，固然是李善注本身有一流变过程，另一方面，则缘于《文选》注解文本在刊刻过程中的讹误而形成一定的流变。《集注》本《文选》因产生时代较早，保存了李善注早期的样貌，能够为复原李善注原貌提供印证材料；且《集注》本中特有的《钞》注、陆善经注及“今案”等所包蕴的文本信息，具有一定的校勘价值和文学史料价值。

（一）保存、恢复李善注原貌

1. 在《东方朔画赞》序言中，夏侯湛称赞东方朔“瑰玮博达，思周变通”，《集注》本李善注云：“《东观汉记》曰：何熙丘墟瑰玮。《家语》：孔子曰：老聃博古而达今。王肃曰：博达古今而好道。《周易》曰：化而裁之谓之变，推而行之谓之通。又曰：变通者，趋时者也。”①核之北宋本李善注、尤刻本李善注、建州本李善注等，均无“《东观汉记》曰：何熙丘墟瑰玮”。此为李善释“瑰玮”，符合李善注从词语源流上注解词义的义例，若缺此，则“瑰玮”二字失注，故知不该缺。据此，可补尤刻本等刊本李善注的不足。

2.《东方朔画赞》序言中有“阴阳图纬之学，百家众流之论”，对“纬”字，《集注》本李善注云：“纬，五经纬及孝经纬也。”核之北宋本及奎章阁本等诸本李善注，均作“纬，五经纬也”。俞绍初先生对此有辩证：“集注本善注作‘纬，五经纬及孝经纬也’九字，与本书卷五十八蔡伯喈《郭有道碑文》善注‘纬，《六经》及《孝经》皆有纬’相合，则当以集注本为是，惟集注本《五经》应依郭碑文作《六经》，（按，《六经》乃《五经》及《乐经》也。《乐经》虽久佚，然《乐经》纬书唐时犹存，本书李善注中多有引及，则善自必作《六经》，作《五经》者盖偶误记耳。）此

① 文中所引古钞本《文选集注》正文及注皆来源于周勋初纂辑《唐钞文选集注汇存》影印本，上海：上海古籍出版社，2000 年。下不另注。

各本作‘纬，五经纬也’，疑北宋本始误也。”①俞先生不仅指出《集注》本李善注的合理性，且察觉出其中的瑕疵，分析颇为允当。由此可见，此处《集注》本中的李善注明显优于其他诸刊本，为复原李善注原貌提供了可贵的印证材料。

3. 在《东方朔画赞》序言末尾有“蝉蜕龙变，弃俗登仙”之语，《集注》本李善注云：“《淮南子》曰：‘至人者蝉脱蛇游，忽然入冥。’《史记》：赵高曰：‘圣人龙变而从之。’《列仙传》曰：‘东方朔，武帝时为郎，宣帝时弃郎去，后见会稽，智其岁星。’……”由李善注所引文献可知，在《列仙传》里，东方朔乃岁星转世，汉宣帝时登仙而去，与夏侯湛所记契合。查考北宋本、建州本、赣州本、奎章阁本等李善注所引《列仙传》，“宣帝时弃郎去”句，均脱一“郎”字，且句尾均脱“智其岁星”四字。以理校之，“郎”字当有，且“智其岁星”为注“登仙”之语。查考《列仙传》，“智其岁星”作“智者疑其岁星精也”，不知是李善改引其文，抑或是《集注》本抄写讹误。赖《集注》本对下文“神交造化，灵为星辰”的注解，又进一步提供了线索：“李善曰：《淮南子》曰：‘大丈夫恬然无为，与造化逍遥。’高诱曰：‘造化，天地也。’应劭《风俗通》曰：‘东方朔是太白精，黄帝时为风后，尧时为务成子，周时为老聃，在越为范蠡，齐为鸱夷子。’言其变化无常也。《钞》曰：《列仙传》云：‘东方朔至宣帝初，弃郎去，以避乱世。置冠情，官舍人，时或谓风飘之去，后见会稽，卖药于五湖，知者疑其岁星云。’陆善经曰：神交造化，言其神识与造化为交也。《汉武内传》云：西王母遣使者致桃三枚，使至之，曰：‘方朔死。’上疑问。使者对曰：‘朔是木精，为岁星，下游人中，非陛下臣也。’”李善注引的《风俗通》言东方朔为太白精，与上条所引《列仙传》、此条《钞》注所引《汉武内传》言东方朔为岁星相抵牾，这就显示出来是“谈者”之言，并无确据。《钞》注所引《列仙传》内容与上条李善注相同，“弃郎去”句均有“郎”字，《钞》注所引句尾有“知者疑其岁星云”，与李善所引句尾“智其岁星”差别不大。这表明，在唐人所见的《列仙传》文献中，确有此句。俞绍初先生注意到除《集注》本《文选》外，其余各本李善注所引《列仙传》均无“智其岁星”四字，论曰：“今本《列仙传》此作‘智者疑其岁星精也’，盖善改引其文，智与知古字通；谓知其成仙也。岁星，即木星。但下善注引应劭《风俗通》谓‘东方朔是太白星精’。太白星，即金星。盖北宋本见此前后不相一，故删此而留彼也。其实，东方朔为岁星精，或太白星精，皆附会之言而传闻异词，并可存也。若删此，则正文‘登

① 俞绍初点校《新校订六家注文选》第5册，郑州：郑州大学出版社，2013年，第3144—3145页。

仙'二字失注矣。无者大误。"[①]据此,俞绍初先生将"智其岁星"四字补进《新校订六家注文选》李善注中。由此可见,此条《集注》本中保留的李善注,更接近李善注早期的样貌。

4.《东方朔画赞》赞文中有两句"染迹朝隐,和而不同",《集注》本李善注云:"《史记》东方朔曰:如朔,所谓避世于朝廷间也。顾夷子曰:东方朔可谓朝隐尚同。《论语》子曰:君子和而不同。"核之北宋本、尤刻本、胡刻本等诸刊本善注,皆为"《史记》东方朔曰:如朔,所谓避俗于朝廷间也。《论语》子曰:君子和而不同。"[②]其中,集注本中的"避世"在他本中均作"避俗",当为避讳故;集注本中"顾夷子曰:东方朔可谓朝隐尚同",在他本中均无,若无此,李善释"朝隐"不为完整。因此,仍当以《集注》本李善注为原貌,他本为脱。

(二)校订诸刊本《文选》原文

1.《东方朔画赞》序言"可谓拔乎其萃,游方之外者已",《集注》云:"……今案:《钞》、陆善经本为'已''也'。"俞绍初先生指出"为'已''也'"当为倒文,当作"'已'为'也'"[③]。由此,《集注》"今案"标明《钞》本、陆善经本《文选》原文中的异文,对还原《钞》本、陆善经本《文选》原貌,有一定的勘校价值。

2.《东方朔画赞》序言"蝉蜕龙变,弃俗登仙",《集注》云:"……今案:'陆善经本俗为世。'"《集注》案语指出陆善经本《文选》在文本上的相异之处,为研究陆善经本提供了一则宝贵的材料。

3.《东方朔画赞》序言"神交造化,灵为星辰",《集注》云:"……今案:五家本交为变也。"此条案语,为勘定五家本《文选》原文提供了资料。

(三)保存文学史料

1.《东方朔画赞》序言"自三坟五典八索九丘",《集注》本《钞》注云:"马融曰:《三坟》,三气也;《五典》,五行也;《八索》,八卦也;《九丘》,九州也。刘熙《释名》云:坟,分也,论三才之分,其体有三也;典,镇也,制法所以镇定上下,有五也;八索,著素王之法,有八索也;九丘,区别九州所宜也。郑众、杜预咸以为古之书名。"对于"三坟五典八索九丘",李善与五臣皆无注,赖《钞》注,得以知其内涵。且《钞》引马融语、刘熙《释名》之语,可用于校勘原文,具有文学史料的价值。

---

① 俞绍初点校《新校订六家注文选》第5册,第3145—3146页。

② 北宋刊本李善注《文选》,台北:台北故宫博物院藏,第219页;尤刻本《文选》卷47,中华书局影印南宋淳溪八年尤袤刻本,北京:中华书局,1974年,第22页下栏;胡刻本《文选》卷47,中华书局影印本,北京:中华书局,1977年,第669页下栏。

③ 俞绍初点校《新校订六家注文选》第5册,第3145页。

2.《东方朔画赞》序言"可谓拔乎其萃,游方之外者已",《集注》云:"李善曰:《孟子》曰:圣人之于人,亦类也。出于其类,拔乎其萃,自生民以来,未有盛于孔子也。《庄子》曰:子桑户、孟子反、子琴张三人相与友。子桑户死,未葬,孔子闻之,使子贡往侍事焉。或编曲,或鼓琴,相和而歌。子贡趋而进曰:敢问临尸而歌,礼乎?二人相视而笑,曰:是恶乎知礼意!子贡反,以告孔子,孔子曰:彼游方之外者也,而丘,游方之内者也。司马彪曰:方,常也。言彼游心于常教之外也。"李善不仅征引《孟子》、《庄子》,还征引了司马彪的《庄子》注,保存了珍贵的文学史料,对这些典籍具有一定的校勘、辑佚作用。

尽管《集注》本中《东方朔画赞》的诸家注解有着显著的价值,但通观整体,会发现有白璧微瑕之处。详例如下:

1."傲世不可以垂训,故正谏以明节",《文选集注》刘良注云:"刘良曰刘良曰:又,傲慢,理不可以垂教后人,故直谏武帝,以明其大臣节。"此处有两个"刘良曰",以理校之,其中一个"刘良曰"当为衍字;核之正德本五臣注《文选》与四部丛刊本《六臣注文选》,皆为"良曰:又以傲慢理不可以垂教后人,故直谏武帝,以明其大臣节也。"①

2."涅而无滓,既浊能清",《文选集注》李善注曰:"……《老子》曰:浊以静之徐。"以理校之,"浊以静之徐"非是一个完整的句子;核之北宋本李善注《文选》为"《老子》曰:孰能浊以静之徐清。"②核之明州本《文选》李善注亦为"《老子》曰:孰能浊以静之徐清。"③今本《老子》为"孰能浊以静之徐清"④。可见,《集注》本李善注此处有脱文。

3."能清伊何,视污若浮。"《文选集注》张铣曰:"此亦叠上辞上辞也。"此处有两个"上辞",以理校之,其中一个"上辞"当为衍字;核之陈八郎本五臣注《文选》,为"铣曰:此亦叠上辞也。"⑤明嘉靖间袁褧嘉趣堂影宋刊本《六家文选》亦为"铣曰:此亦叠上辞也"⑥,与陈八郎本同。

二、文章学价值

在《集注》本《东方朔画赞》中所收录的诸家唐人注解中,公孙罗的《文选

---

① 正德本五臣注《文选》卷二十四,东京:日本东京大学东洋文化研究所藏,第23页;四部丛刊本《六臣注文选》卷41,中华书局影印上海涵芬楼藏宋刊本,北京:中华书局,1987年。

② 北宋刊本李善注《文选》,第219页。

③ 明州本《六臣注文选》,北京:人民文学出版社影印,2008年,第734页上栏。

④ 陈鼓应《老子注译及评介》,北京:中华书局,1984年,第117页。

⑤ 南宋陈八郎刻本五臣注《文选》卷24,台北:台湾图书馆藏,1981年,第12页上栏。

⑥ 明嘉靖影宋刊本《六家文选》卷47,东京:东京图书馆藏,第19页。

钞》(以下简称《钞》)颇具文章学价值。

《钞》注首先对文体“颂”和“赞”进行辨析。在《东方朔画赞一首并序》题目下方,《钞》释文体“赞”:“《释名》云:称人之美者曰赞。赞,纂集其美而叙之也。前既是颂,颂□,美盛德之形容。今赞之,纂集其美而叙之,故以赞次于颂也。”《钞》引《释名》释“赞”,并与《文选》中排列在“赞”前面的“颂”加以区分。如此,在正式阅读文章主体之前,读者会对“赞”的文体特征有一大致把握,明白“赞”与“颂”有区别。若无此注,读者很容易被序言、赞文中的叙述所迷惑,“见先生之遗像,逍遥城郭,观先生之祠宇,乃作颂焉”,“仿佛风尘,用垂颂声”,篇名是“赞”,文中又频频用“颂”,此篇到底是颂还是赞?有了《钞》注打底,读者就会意识到,此处作者夏侯湛是将颂、赞同称,表明在夏侯湛的意识里,这两种文体并无实际的区别。而萧梁时期的昭明太子萧统在编《文选》时分别置有“颂”和“赞”两种文体,刘勰在《文心雕龙·颂赞》篇亦明确指出,“颂者,容也,所以美盛德而述形容也”①,“赞者,明也,助也”②,表明在齐梁时期,已经有了很明确的文体意识。萧统在《文选序》中进一步指出,“美终则诔发,图像则赞兴”,明确“赞”这种文体是与图像相伴随。魏晋时期“赞”体流行,如曹植的《画赞》、傅玄的《古今画赞》、郭璞的《尔雅图赞》、顾恺之的《画赞》等,但一般篇制较小,多在12句以下。而夏侯湛的这篇《东方朔画赞》,仅序文就有472字,正文则长达48句、192字,可谓首开大篇幅画赞的先河。此后陶渊明创作《扇上画赞》、支遁撰写《释迎文佛像赞》,篇制也较大。综合考察汉晋以来的画赞,《东方朔画赞》颇具代表性,从体式上看,是古雅的四言诗体,既是“赞”体的正宗写法,亦与西晋文士雅好四言诗体的时代风气相契合;从写作艺术着眼,通篇措辞讲究,富于藻饰和用典,押“声”韵,且多对偶之句,有骈俪化倾向,古朴之中透着典丽。总之,是不可多得的“赞”体佳作。

《钞》注释文题并交代行文背景,启引读者深入思考。《钞》注云:“乡里为置寝庙,画其形象于庙中,以时祠敬之。至晋武帝时,有谯人夏侯孝若道其庙,见其画形,因为之赞,故云画赞也。”由《钞》注可知,东方朔画像被乡人供奉于庙中由来已久,至西晋武帝时期,夏侯孝若(夏侯湛字孝若)见其画像,乃为之作画赞,因画像作赞,是谓画赞。至此,读者可能会有一个疑问:汉代人东方朔画像存世已久,缘何至晋武帝时有人为其作画赞,又为什么作者是夏侯孝若?藉着思考,会很自然地注意到序言末尾所交代的作文缘起:“大人来守此国,仆

① (南朝梁)刘勰著,范文澜注《文心雕龙注》卷2《颂赞》,北京:人民文学出版社,1958年,第156页。
② (南朝梁)刘勰著,范文澜注《文心雕龙注》卷2《颂赞》,第158页。

自京都言归定省，睹先生之县邑，想先生之高风，徘徊路寝，见先生之遗像；逍遥城郭，观先生之祠宇。慨然有怀，乃作颂焉。”《集注》云：“李善曰：此国，谓乐陵也。其父为乐陵郡守，史传不载，难得而知也。《钞》曰：大人，谓其父庄也。《晋书》云：夏侯湛父庄为兖州刺史，乐陵郡荐属兖州。臧荣绪《晋书》：祖威为兖州刺史，父庄为淮南太守。此言大人，未详。”夏侯湛自言其父在乐陵郡任职，自己从京都洛阳来此地觐省父亲，知此地为东方朔故里，因瞻仰其庙，观其画像，心有所感，故而作此画赞一首。在此，李善注和《钞》注均留下一个疑问：史书无载夏侯湛之父夏侯庄为乐陵郡守。对此，俞绍初先生找到了支撑性证据：“孙志祖《文选李注补正》引陈氏景云云：‘潘岳《夏侯湛诔》云：父守淮岱，治亦有声。’淮，谓淮南；岱，即谓乐陵也。”[1]由此可见，即使《钞》注中悬而未决的问题，亦给读者留下了继续探寻的线索。

《钞》注引《晋书》，释作者夏侯湛较为详备，能有效激发读者一览其文。在释作者时，李善所引较简约：“臧荣绪《晋书》曰：夏侯湛，字孝若，谯国人。才章富盛，早有名誉。为散骑常侍，卒。”《钞》则对李善注多有补益：“《晋书》：夏侯湛，容貌端美，文辞赡丽。时潘岳亦然，与湛友善，行则同舆，坐则接茵，时人谓之连璧。辟太尉府，历位太子舍人、洗马。以例应出治民，山涛以为湛有盛才，不长莅政，请补殿中郎、补野王令，入拜中书侍郎。后为南阳相。湛父时在淮南，父子并为二千石，时人以为荣。惠帝即位，除散骑常侍，卒。”李善对夏侯湛的介绍仅涉及其字、郡望、文才及卒时官位，《钞》注则补充较多史料，包括夏侯湛的家世、容貌、与潘岳的交好、在晋武帝、晋惠帝两朝的仕履等，使读者未读其文，已约略想见其音容、学识，能激发读者一睹其文的兴致。

《钞》引《汉书》介绍东方朔，征引该赡。《钞》曰：“《汉书》云：武帝初即位，征天下之举方正、贤良、文学材力之士，待以不次之位，四方多上书言得失者以千数，其不足采者辄报闻罢。朔初来，上书曰：‘臣朔少失父母，长养兄嫂。年十三学书，三冬文史足用。十五学击剑。十六学《诗》《书》，诵廿二万言。十九学孙吴兵法，战阵之具，钲鼓之教，亦诵廿二万言。臣朔年廿二，长九尺三寸，目若悬珠，齿若编贝，勇若孟贲，捷若庆忌，廉若鲍叔，信若尾生。若此，可以为天子大臣矣。’上伟之，令待诏公车。后待诏金马门，稍得亲近。”《钞》注征引《汉书》，较为详备地称述东方朔的学识、出仕过程及被汉武帝接遇的情况。《集注》于“东方朔”处，李善及五臣注缺失、漫漶，核尤刻本、奎章阁本、建州本

① 俞绍初点校《新校订六家注文选》第 5 册，第 3146 页。

等李善注，仅简单介绍东方朔的官职及郡望，远不及《钞》注该赡。

《钞》发抉文章隐旨，尤其在东方朔的出处定位方面，能给读者一清晰的释读。很久以来，关于东方朔"位卑"的原因，究竟是东方朔个人的自觉选择还是客观原因所致，学界一直有争论，这集中反映在《史记》与《汉书》的记载中。《史记》中的东方朔传被归入滑稽列传，此部分系褚少孙补写，尤重刻画人物性格及其精神风貌。在《史记》中，东方朔自叙其人生定位："朔行殿中，郎谓之曰：'人皆以先生为狂。'朔曰：'如朔等，所谓避世于朝廷间者也。古之人，乃避世于深山中。'时坐席中，酒酣，据地歌曰：'陆沈于俗，避世金马门。宫殿中可以避世全身，何必深山之中，蒿庐之下。'"①俨然一隐者形象。观《史记》所载东方朔行迹，故意卑行自污，以滑稽容身，确为隐士之迹。而在《汉书·东方朔传》中，班固则着眼于叙述东方朔之具体事例，其中一些事例表明，东方朔一直想上位而不得，故而著《答客难》与《非有先生论》，一舒胸中块垒："久之，朔上书陈农战强国之计，因自讼独不得大官，欲求试用。其言专商鞅、韩非之语也，指意放荡，颇复诙谐，辞数万言，终不见用。朔因著论，设客难已，用位卑以自慰谕。"②由此可见，《史记》与《汉书》措意大为不同。而借助《东方朔画赞》序及集注，则有助于读者把握事情的原委。"以为浊世不可以富贵也，故薄游以取位"。《集注》云："李善曰：王逸《楚辞序》曰：不忍以清白久居浊世。《钞》曰：若安于富贵，则为灌夫、窦婴、王恢等也。故轻薄其任，不至重官。"由李善注可知，东方朔具有清白之质；而由《钞》注，则知东方朔并不以灌夫、窦婴等富贵之人为榜样，故意选取下位。由此确定，夏侯湛的命意与《史记》所记一致，其中也可略见东方朔形象经典化的进程。

《钞》抉发东方朔的处事策略及精神旨趣。"苟出不可以直道也，故颉颃以傲世"。《钞》注云："苟出者，言高大之行苟出于时，明不以直道谏争也，故随意上下、察可而为之。颉颃，上下貌也。"由《钞》注可知，东方朔以为汉武帝世不可以直道谏争，故而苟且随事沉浮，以"傲世"的姿态，借以保身。然而，作为一名士大夫，东方朔内心又有着自己的操守："傲世不可以垂训，故正谏以明节"。《集注》云："李善曰：《家语》：南宫敬叔曰孔子作《春秋》，垂训后嗣。班固《汉书》赞曰：朔正谏似直。《钞》曰：训，教也。既为傲世之行，不可以教训子孙，故察时之可而为谏。正道以谏于君，明其节概也。"由此，读者明晰东方朔以直谏来保持大臣气节的内涵。在夏侯湛笔下，东方朔深知"明节不可以久安也，故

① （汉）司马迁撰，（唐）张守节正义《史记》卷126《东方朔传》，北京：中华书局，1959年，第3205页。
② （汉）班固撰，（唐）颜师古注《汉书》卷65《东方朔传》，北京：中华书局，1962年，第2863—2864页。

诙谐以取容。”《钞》注云：“言明显其有卓然之节，则又不得久安其身，故复诙谐嘲戏，以取其容也。”东方朔的诙谐取容很有效，据《汉书》记载：“朔虽诙笑，然时观察颜色，直言切谏，上常用之。”在为人处世方面，东方朔显得很有策略：“洁其道而秽其迹，清其质而浊其文。”《集注》云：“李善曰：班固《汉书》赞曰：朔秽德以隐。《钞》曰：洁，亦清也。言其所执之道，则清洁；若行事，则似秽也。吕向曰：自言志清而为秽迹，以混于俗，使人不知也。……《钞》曰：质，谓身也；文，文词也：浊文，谓《答客难》之属也。张铣曰：质，谓天性：文，谓外饰，亦所以乱俗而隐者。”对这两句的注解，李善引《汉书》释其大意，《钞》、五臣则从字词入手，且《钞》多指实，如“浊文，谓《答客难》之属”，虽不及张铣释“文”为“外饰”更具有普泛意义，然《钞》注紧扣东方朔生平事迹，有助读者解惑之效。

《钞》抉发东方朔张弛、进退之原则。在《东方朔画赞》序言中，东方朔所有的颉颃、傲世，均不脱一个原则：“弛张而不为邪，进退而不离群。”《集注》云：“李善曰：《礼记》：孔子曰：一张一弛，文武之道也。郑玄曰：张弛，以弓弩喻人也。班固《汉书》：东方朔述曰：弛张沉浮。《周易》曰：上下无常，非为邪也；进退无恒，非离群也。《钞》曰：弛，慢易也；张，谓自检括也。孔子云：思无邪。故言弛张不为邪也。孔子又云：君子群而不党。故言不离群也。”由《钞》注，可知东方朔“张”“弛”的内涵及进退所秉持的“不为邪”“不离群”的理论依据。

由以上考述可以看出，《钞》注对作品题旨及相关史实发掘较为详洽，能对读者的阅读行为有一恰当引导，显示出文章学的注释视角。

三、文学史价值

《集注》本《文选》中的李善注、《钞》注、《音决》、五臣注、陆善经注等所征引的文献及注解，与《文选》正文一起织就了一张张意义之网，包蕴大量文本信息且有具有多维阐释空间。其中，《集注》本《东方朔画赞》的正文及多家注解，多角度褒赞东方朔的品行、操守，颇能抉发传主精神世界，由此，可追溯作者夏侯湛并西晋士林的精神旨趣，具有一定的文学史价值。

《集注》本《东方朔画赞》多方位抉发出夏侯湛“朝隐”的精神内核。赞文“矫矫先生，肥遁居贞”，《集注》云：“李善曰：……《周易》曰：肥遁无不利。又曰：居贞之吉，顺以从上也。吕向曰：……肥，犹乐也；遁，隐；贞，正也。言其乐隐于俗，而居其正道也。”赞辞开篇，即以乐于隐居来总括东方朔的形象。“退不终否，进亦避荣”，《钞》注云：“《易》有《否卦》，否者，天地隔绝，是小人道长、君子道消之时也。今言朔退抑则不终于否道，则亦在朝也。进则避荣华之路，但处执戟而已。”由此注可知，东方朔的隐，并非隐于山林之地，而是隐在朝堂之中，且道出在朝堂之中的隐居状态。“临世濯足，希古振缨”，《钞》注云：“临世，犹当世也。濯足，洗足。论隐道也。希古，谓冀望古人之乡也。振缨，言振坠去其尘垢也。《楚词》云：新沐者，必弹冠；新浴者，必振衣。言朔难当世，默默怀道，犹如隐遁，故世谓之朝隐。虽有静默，复希古人之节，以薄游取位也。”由《钞》注，可知东方朔既以静默处事，又心慕古人之节，以薄游取位，此之谓“朝隐”。“朝隐”一词，掘发出东方朔的精神内核。在夏侯湛的视野中，“朝隐”是这样一种状态：“涅而无滓，既浊能清”，《集注》云：“《钞》曰：《论语》：孔子云：不曰白乎，涅而不淄。孔安国曰：涅而可以染皂者，言至白染之于涅而不黑，以言君子虽在浊乱，浊乱不能污也。故言既浊能清也。《说文》：滓，淀也。……陆善经曰：既浊能清，道其变也。”由注解，可知东方朔虽身处浊世，内心却保持清志，且能与之周旋，不被染黑，正所谓“涅而无滓”。东方朔缘何能保持“无滓”之质？夏侯湛以为是“高明克柔”，即“高明而能柔也”。又缘何“能清”？夏侯湛以为是“视污若浮”，即五臣之一张铣所谓的“其视浊污之理若清也，谓不以为耻也”。此部分论述东方朔或以高明而处柔道，或以视角变换而自我开脱，揭示出东方朔为人通达、善于变通的一面。赞语末尾，夏侯湛擎出点睛之笔：“邈邈先生，其道犹龙。染迹朝隐，和而不同。”《集注》云：“《钞》曰：邈邈，高远貌也。吕向曰：邈邈，远也，龙变化屈申，小大不常也。陆善经曰：《史记》：孔子谓弟子曰：吾今日见老子，其犹龙耶！……陆善经曰：染迹，朝隐染污其迹，处朝廷如隐也。”《文选》正文及注解中的东方朔，隐于朝廷，和光同尘，其道开合变化，犹如神龙，世人莫辨其首尾。综合来看，《东方朔画赞》的叙述逻辑是：先叙东方朔的乐隐之志，接以“朝隐”之行，再揭示“涅而无滓，既浊能清”的保持之道，最后以“其道犹龙”的境界收结，结合注家的多维阐释，使读者对东方朔的“朝隐”精神有了一个较为全面而深刻的理解。

东方朔身处西汉，其画像当存世已久，为何是西晋人夏侯湛为其作《画赞》？借助《集注》本《文选》中潘安仁的《夏侯常侍诔》，可追溯到夏侯湛的精神旨趣。潘安仁《夏侯常侍诔》云：“无谓尔高，耻居物下。子乃洗然，变色易容。慨焉叹曰，道固不同。为仁由己，匪我求蒙。谁毁谁誉，何去何从。莫涅匪缁，莫磨匪磷。子独正色，居屈志申。”《集注》云：“《钞》曰：不得自言尔之才德高远，耻在人下，以招罪过也。……陆善经曰：岳诫以从众，而湛称道不同，各守其志也。……《钞》曰：《论语》孔注云：磻磷，薄也；涅，可以染黑者。言至坚者磨之不薄，至白者染之不黑，以言君子虽在浊乱，浊乱不能污也。居，谓所居官也；屈，谓居下也；志申，谓得行其道也。言居官虽不高，而志意申也。”由《集注》中的多维注解，可知潘岳曾告诫夏侯湛，勿自言才高德远、耻居人下，此易招致嫉恨。而夏侯湛颇不以为意，以道不同各守己志为据，依然我行我素，坚守自己的隽异与文雅，特立独行，一如东方朔的“傲世”。世间的浊乱，亦不能污其高洁的心志，一如东方朔的“既浊能清”。仕履方面，夏侯湛泰始年间拜郎中后，“累年不调，乃作《抵疑》以自广”①，此与《汉书》所载东方朔经年累月位不过执戟而作《答客难》《非有先生论》相类，且虽官位不高，亦仿佛东方朔一般地安之若素、志意得申。潘安仁在《夏侯常侍诔》中赞夏侯湛“事君直道”，李善注云：“《论语》：柳下惠曰：直道而事人。”对此，潘岳讲到了一个侧面：“虽不尔以，犹致其身。献替尽规，媚兹一人。”《集注》云：“《钞》曰：以，用也。言君虽不遇，不用于子，而子常致身授命于君也。虽不用女居美要之官，女犹能自致得行其道也。《左传·昭廿年》，齐景公游于遄台，晏子侍之。梁丘据驰而至焉，景公曰：唯据与我和夫。晏子对曰：据是同君之人，焉得为和？所谓和者，君所谓可而有不焉。臣献其否，以成君可也。君所谓否，而有可焉，臣献其否，以替君乎，此始为和。……张铣曰：以，用；替，废；规，法；媚，爱也。言虽不见用，犹致身极谏，献可废否尽规法，以爱天子也。”结合《集注》，可知夏侯湛并不以位卑而放弃忧心国事，而是直言进谏，且其进言得到了晋武帝的赞赏：“谠言忠谋，世祖是嘉”，《集注》云：“《声类》曰：谠，善言也。《钞》曰：世祖，武帝炎也；嘉，美也。言武帝嘉美汝之忠。”此处虽无记载夏侯湛直谏的具体内容，但可据此得知夏侯湛以直谏明大臣之节，一如传主东方朔。夏侯湛在《抵疑》篇中自明心志：“仆固脂车以须放，秣马以待却，反耕于枳落，归志乎涡濑，从容乎农夫，优游乎卒岁矣。”②“若乃伊尹负鼎以干汤，吕尚隐游以徼文，傅说操筑以寤主，宁戚击角以要君，此非仆所能也。庄周骀荡以放言，君平卖卜以自贤，接舆阳狂以蔽身，梅福弃家以求仙，此又非仆之所安也。若乃季札抗节于延陵，扬雄覃思于《太玄》，伯玉和柔于人怀，柳惠三绌于士官，仆虽不敏，窃颇仿佛其清尘。”③夏侯湛不欲学伊尹、吕尚等人的奋力干主，亦无意摹庄子、严君平等人的遗世独立，惟慕季札、扬雄、蘧伯玉、柳下惠等人的品行，坚守节操、探奥究玄、卷而怀之、直道事君，这种追求自适的既仕且隐，正可谓“朝隐”。《晋书》本

① （唐）房玄龄撰《晋书》卷55《夏侯湛传》，北京：中华书局，1974年，第1491页。
② （唐）房玄龄撰《晋书》卷55《夏侯湛传》，第1494页。
③ （唐）房玄龄撰《晋书》卷55《夏侯湛传》，第1496页。

传载夏侯湛:“出为野王令。以恤隐为急,而缓于公调。政清务闲,优游多暇。”[①]由此可见,夏侯湛体恤黎庶、以百姓疾苦为念,缓于催缴赋税,平日里精简政务,颇多闲暇,践行不治而治的施政理念,既仕且隐。时任西晋吏部尚书的山涛在《启事》里品评夏侯湛“有盛德,而不长治民,有益台阁”[②],堪称确评。通过以上对比、阅读相关文献,可以看出,夏侯湛的言行、仕履、处事方式与东方朔多有相似之处,夏侯湛所践行的“朝隐”,与东方朔如出一辙,可以说,夏侯湛深得东方朔的精神旨趣,这或可解释其欣然命笔的动因。

奎章阁本《文选》六臣之一张铣注《东方朔画赞》:“此《赞》为当时所重。”[③]“当时”,谓西晋夏侯湛撰成《东方朔画赞》之时。张铣此条注解释放出一则重要历史信息——东方朔的精神旨趣在西晋具有一定的代表性,激起了西晋士林的共鸣。那么,东方朔和西晋士林之间有哪些相通之处?我们或可从本篇画赞的正文及注解中探寻一些信息。正文序言:“先生瑰玮博达,思周变通”,《集注》云:“李善曰:《东观汉记》曰:何熙丘墟瑰玮。……《钞》曰:《埤苍》云:瑰玮,珍琦也。”此处李善释“瑰玮”仅点明其原始出处,《钞》则引字书《埤苍》,释其为“珍琦”。“珍琦”者,美玉也。由《钞》注,可知夏侯湛以美玉来比拟东方朔。而以玉来形容男子的风姿与神韵,乃是西晋士人的偏好。如,夏侯湛与潘岳并有美容仪,被时人称之“连璧”;卫玠因其风神秀异,“总角乘羊车入市,见者皆以为玉人,观之者倾都。骠骑将军王济,玠之舅也,俊爽有风姿,每见玠,辄叹曰:‘珠玉在侧,觉我形秽’”[④];裴楷,《晋书》本传载其“风神高迈,容仪俊爽,博涉群书,特精理义,时人谓之‘玉人’,又称‘见裴叔则如近玉山,映照人也’。”[⑤]可见,《钞》注深为契合西晋以玉比拟男子容貌风神的实况。细绎东方朔的“朝隐”,其精神包含着“优游卒岁”的向度,此种向度亦深刻反映在夏侯湛及西晋士林之中。夏侯湛在《抵疑》篇标举“优游乎卒岁”,此语出自《诗经》,《左传·襄公二十一年》又见述及:“人谓叔向曰:‘子离于罪,其为不知乎?’叔向曰:‘与其死亡若何?《诗》曰:“优哉游哉,聊以卒岁”,知也。’”[⑥]叔向是春秋后期晋国贤臣,深得《诗经》时代先民“优游卒岁”之旨,夏侯湛的命意亦在于此,包蕴着“以柱下为工”的隐逸之情。此种情结在西晋颇为流行,即如尽忠匡

---

① (唐)房玄龄撰《晋书》卷55《夏侯湛传》,第1496页。

② (清)严可均校辑《全上古三代秦汉三国六朝文·全晋文》卷34,北京:中华书局,1958年,第1654页。

③ 奎章阁所藏六臣注本《文选》卷47,首尔:正文社影印,1983年,第1159页上栏。

④ (唐)房玄龄撰《晋书》卷36《卫瓘传》,第1067页。

⑤ (唐)房玄龄撰《晋书》卷35《裴楷传》,第1048页。

⑥《春秋左传正义》卷34《襄公二十一年》,中华书局影印清嘉庆刊本,北京:中华书局,2009年,第4279页下栏。

辅、位居西晋三公之位的张华,"与苟且随时者不可同世而论"[①],亦持此论调,《晋书》载"(裴)頠深虑贾后乱政,与司空张华、侍中贾模议废之而立谢淑妃。华、模皆曰:'帝自无废黜之意,若吾等专行之,上心不以为是。且诸王方刚,朋党异议,恐祸如发机,身死国危,无益社稷。'頠曰:'诚如公虑。但昏虐之人,无所忌惮,乱可立待,将如之何?'华曰:'卿二人犹且见信,然勤为左右陈祸福之戒,冀无大悖。幸天下尚安,庶可优游卒岁。'"[②]"优游卒岁"本是士人在精神上追求"自适"的一种生活态度,而在西晋中后期,逐渐演变为"不婴事务",诚如裴頠所批判的:"口谈浮虚,不遵礼法,尸禄耽宠,仕不事事;至王衍之徒,声誉太盛,位高势重,不以物务自婴。"[③]西晋一些士大夫"处官不亲所司,谓之雅远;奉身散其廉操,谓之旷达"[④],已衍变为一种士风。而发展至此的西晋士风,已与"朝隐"精神的原初内核渐行渐远,徒得其形,可谓"朝隐"精神的一种变调。

由以上考述可以看出,夏侯湛之所以撰著《东方朔画赞》,《东方朔画赞》又何以为西晋士林所重,基于东方朔的做派及"朝隐"精神契合了夏侯湛及大部分西晋士人的精神旨趣。当然,西晋中后期士风的变调,可视为"朝隐"精神的衍生品。

小　结

古钞本《文选集注》中的《东方朔画赞》注提供了一个具体而微的研究样本,使我们得以管窥《文选集注》中特有的《钞》注、公孙罗注、陆善经注及"今案"的价值与作用,进而发显其文献价值、文章学价值与文学史价值。可以看出,古钞本《文选集注》为《文选》注释研究贡献了新的材料和视角,借此,可进一步厘清《文选》研究中一些深层次的悬而未决的问题。而同时,我们也应该注意到,因《文选集注》系手抄本,与宋代诸刊本相比,会有少量异体字及讹脱衍倒的现象。因此,使用过程中,在充分肯定古钞本《文选集注》珍贵价值的同时,对具体材料的甄别、解读,尚需持高度审慎的态度。

[作者简介]　冯源,河南工程学院人文政法学院教授。

① (唐)房玄龄撰《晋书》卷36《张华传》,第1076页。
② (唐)房玄龄撰《晋书》卷35《裴頠传》,第1042—1043页。
③ (唐)房玄龄撰《晋书》卷35《裴頠传》,第1044页。
④ (唐)房玄龄撰《晋书》卷35《裴頠传》,第1045页。

读《唐五代诗全编》小识

鲍功瀚

［摘　要］ 陈尚君教授新纂成《唐五代诗全编》煌煌五十巨册，于唐诗文献整理厥功至伟，晚学捧读之余，偶有所得，厘为校补二十则，以献大方。

［关键词］ 陈尚君　《唐五代诗全编》　校补

陈尚君教授发愿独力纂校唐五代诗，久为学界所渴仰。以四十年深沉卓绝不倦之功力，成五十册《唐五代诗全编》之巨著，采辑之宏富，校勘之精审，可谓积功巨而成功伟，学界自有定评。后生小子，虽不幸未得亲蒙训导，又私幸得沾溉余波，寤寐向往，以标以趋，捧读之余，偶有所得，不惮狂简，撰此小识，以为美芹之献。前人诗云："微涓宁溢海，撮土讵增岷"，区区琐见，岂敢谓有补鸿业之万一，仅祈表葵藿向阳之微意云尔。

一

第一册　卷一高祖皇帝李渊《赐秦王》

按：《唐音统签》一："按诸家历志，唐初并无五星同聚之文，惟傅仁均所造戊寅元历，以武德受命岁戊寅，与汉武太初丁丑创起历之年，为近登极日。又适值甲子，因借以是年是日为上元之首，悬合于合璧连珠之初。其说具载仁均本传。帝用之入咏，疑本此。太宗以世民为名，原□书生济世安民之说，诗所云世与民，非斥太宗□意。若属之太宗者，语虽质含借自巧，三百年雅业，此其椎轮之始欤！"《全唐诗凡例》仅引胡震亨谓"唐初无五星联聚之事"，疑其伪托，未见显证也。①

① 陈尚君纂校《唐五代诗全编》卷1高祖皇帝李渊《赐秦王》，上海：上海古籍出版社，2024年，第1册，第2页。按本文所据皆为2024年8月第1版第1次印本。

谨按：

（一）《旧唐书·傅仁均传》："高祖因召令改修旧历。仁均因上表陈七事：其一曰：'昔洛下闳以汉武太初元年岁在丁丑，创历起元，元在丁丑。今大唐以戊寅年受命，甲子日登极，所造之历，即上元之岁，岁在戊寅，命日又起甲子，以三元之法，一百八十去其积岁，武德元年戊寅为上元之首，则合璧连珠，悬合于今日。'"[①]据傅仁均表，《唐音统签》"以武德受命岁戊寅，与汉武太初丁丑创起历之年，为近登极日。又适值甲子，因借以是年是日为上元之首"一段当标点作"以武德受命岁戊寅，与汉武太初丁丑创起历之年为近，登极日又适值甲子，因借以是年是日为上元之首"。

（二）"太宗以世民为名"，核《唐音统签》，"为名"当作"命名"[②]。

（三）"原□书生济世安民之说""非斥太宗□意"，二字故宫博物院藏足本《唐音统签》漫漶，核中国国家图书馆藏郑振铎旧藏《唐音统签》残本书影，阙字分别为"采""而"[③]。

（四）补足阙字后，"太宗以世民为名，原□书生济世安民之说，诗所云世与民，非斥太宗□意。若属之太宗者，语虽质含借自巧，三百年雅业，此其椎轮之始欤"一段当标点作"太宗以世民为名，原采书生济世安民之说。诗所云世与民，非斥太宗，而意若属之太宗者，语虽质，含借自巧，三百年雅业，此其椎轮之始欤"。"语虽质，含借自巧"是胡震亨对唐高祖此诗的美辞，且谓高祖此诗可为唐诗"三百年雅业"之"椎轮之始"。《全唐诗凡例》云："明胡震亨谓唐初无五星联聚之事，疑其伪托。今删去。"[④]《凡例》引《统签》，无论是误读《统签》，以为胡氏"疑其伪托"，还是对胡氏原文断章取义，以胡氏"谓唐初无五星联聚之事"而断高祖诗为伪，皆非胡氏本意。故愚意按语引《凡例》后似宜稍作别白，以明《统签》与《全唐诗》持论本不相同。

二

第一册　卷一徐王李元礼《诫杀生文》（首句、第十三句、第十九句各缺一字）

麟甲羽毛诸□类，秉性与我元无二。只为前生作用愚，致使今生头角

---

① 《旧唐书》卷 79《傅仁均传》，北京：中华书局，1975 年，第 2710—2711 页。

② 胡震亨《唐音统签》卷 1《甲签一》，《故宫珍本丛刊》影印故宫博物院藏清康熙二十六年胡氏家族刻、范希仁抄补本，海口：海南出版社，2000 年，第 595 册，第 1 页。

③ 《国家图书馆西谛藏书善本图录》，厦门：鹭江出版社，2019 年，第 6 册，第 226 页。

④ 《全唐诗》卷首《凡例》，北京：中华书局，1960 年，第 7 页。

异。或水中游，或林里戏，争忍伤残供品味。磨刀着火欲烹时，口不能言眼还视。我闻天地之大德曰生，莫把群生当容易。残双贼命伤太和，□子劝妻夸便利。只知合眼恣无明，不悟幽冥毫发记。命将终，冤对至，面睹阴官争许讳。人□为兽兽为人，物里轮回深可畏。不杀名为大放生，免落阿毗无间地。（八琼室金石补正一一一。全唐诗续拾三。）①

谨按：

（一）核《八琼室金石补正》卷一一一，题“诫杀生文”之“诫”当作“戒”，正文“麟甲羽毛诸□类”之“麟”当作“鳞”②。

（二）《永乐大典》卷七五四三“刚”字韵“金刚般若波罗蜜经”引《金刚感应事迹》：“泗州书生赵璧赴京应举，其妻已亡……才到家，即便舍财请僧写经，方了两卷。一日，备祭祀礼，为妻上坟。方到墓侧，忽见一老翁言：吾是山神土地。汝妻承写经功德，昨日午时准阎摩王敕，上升天界，地下不复见矣。岂不见佛印禅师戒杀文曰：鳞甲羽毛诸品类，众生与佛心无二。只为当时错用心，致使今生头角异。水中游，林里戏，何忍将来充日计。磨刀着火或研虀，口不能言眼还觑。或槌榼，或刀刺，牵入镬汤深可畏。爊燖毛羽括皮鳞，刮脊剜心犹吐气。美君喉，夸好味，劝子劝妻言俊利。只知恣性纵无明，不惧阴司毫发记。命才终，冤对至，面睹阎王争敢讳。从头一一报无差，炉炭镬汤何处避。劝贤豪，须戒忌，莫把众生当容易。食他一脔脔还他，古圣留言终不伪。戒杀兼能买放生，免入阿鼻无间地。”③所引《佛印禅师戒杀文》虽与此篇颇有异同，然大致可判断为同一文本的不同衍生。据《佛印禅师戒杀文》文意，此篇正文所阙三字或为“品”“劝”“还”。《佛印禅师戒杀文》又见明隆庆年间宗本编《归元直指》等书，似为元明间流传颇广的文本。

（三）《永乐大典》所引《金刚感应事迹》最晚为南宋淳熙元年（1174）事，可知为南宋以后、明初以前书。《金刚感应事迹》以此文为北宋佛印禅师所作，固深为可疑；然以作者为徐王李元礼，可据者亦仅《八琼室金石补正》所录北宋政和五年（1115）石刻而已。故此文是否出于李元礼所作乃至是否出于唐人，似尚难以判断，《金刚感应事迹》所录《佛印禅师戒条文》宜附录备参。

---

① 陈尚君纂校《唐五代诗全编》卷1徐王李元礼《诫杀生文》，第1册，第5页。

② 陆增祥《八琼室金石补正》卷111《宋三十》，《续修四库全书》影印民国十四年刘承幹刻本，上海：上海古籍出版社，2002年，第898册，第356页。

③《永乐大典》卷7543《刚・金刚般若波罗蜜经》，中华书局影印本，北京：中华书局，1986年，第3503页。

（四）《八琼室金石补正》仅著录作“唐李元礼戒杀生文”，此“李元礼”是否为徐王李元礼，似亦不能遽断。若为徐王，石刻或应注明“唐徐王”之类，恐未必直称其名。

三

第一册　卷二孔德绍《王泽岭遭洪水》

大（英华、品汇、诗纪、全诗作木）梗诚无托，芦灰岂暇求。[①]

谨按：“大梗”当从诸书改作“木梗”。《说苑·正谏》客谏孟尝君语：“臣之来也，过于淄水上，见一土耦人，方与木梗人语，木梗谓土耦人曰：‘子先土也，持子以为耦人，遇天大雨，水潦并至，子必沮坏。’应曰：‘我沮乃反吾真耳。今子东园之桃也，刻子以为梗，遇天大雨，水潦并至，必浮子泛泛乎不知所止。’今秦，四塞之国也，有虎狼之心，恐其有木梗之患。”[②]孔德绍盖用此事，与“遭洪水”之题正切。

四

第一册　卷二蔡允恭小传

蔡允恭，荆州江陵（今属湖北）人。[③]

第一册　卷十三刘孝孙小传

刘孝孙（？—约六四二），荆州（今湖北江陵）人。[④]

谨按：洪适《盘洲文集》卷六三《又跋（登瀛图）》：“此画所识姓名有与史氏不同及阙文者，因并存之。画云：……刘孝标（朱笔校作孙）字德祖……蔡允恭字克逊。此画虽不可指为祖述阎本，要知非出近人所作。”[⑤]宋代所传附有十

---

① 陈尚君纂校《唐五代诗全编》卷2孔德绍《王泽岭遭洪水》，第1册，第16页。
② 刘向撰，向宗鲁校证《说苑校证》卷9《正谏》，北京：中华书局，1987年，第210页。
③ 陈尚君纂校《唐五代诗全编》卷2蔡允恭小传，第1册，第27页。
④ 陈尚君纂校《唐五代诗全编》卷13刘孝孙小传，第1册，第266页。
⑤ 洪适《盘洲文集》卷63《又跋（登瀛图）》，上海图书馆藏劳权校抄本。按《盘洲文集》此卷宋本不存。

八学士信息的《登瀛图》，尚见沈括《梦溪笔谈》卷三："余家有阎博陵画唐秦府十八学士，各有真赞，亦唐人书，多与旧史不同……刘孝孙、蔡允恭，《唐书》皆不书字。"[①]洪适所记与沈括类同而加详，应可信，蔡允恭、刘孝孙二人小传可据补其字。

五

第一册　卷五虞世南《门有车马客行》

夏莲开剑水，春桃发露（英华、纪事、朱本、黄本、全诗三六作绶）花。[②]

谨按："露花"当从诸书改作"绶花"。此二句写"客"之装束，上句谓剑锷如莲花出水，下句亦当写一随身之物，纯为写景则于属对不合。《续汉书·舆服志下》："百石青绀绶，一采，宛转缪织圭，长丈二尺。"刘昭注："丁孚《汉仪》载太仆、太中大夫襄言：……二千石绶，羽青地，桃华缥三采，百二十首，长丈八尺。"[③]下句盖写此处"二千石绶"之"桃华"。

六

第一册　卷六褚遂良《湘潭偶题》

远山崷崒（金石录补作酋翠）翠凝烟，烂漫桐花三（畲山诗话作二）月天。游遍九衢（妮古录作街）灯火夜，归来月挂海棠前。（莲堂诗话上、明一统志六三、佘山诗话上、妮古录一、金石录补二二。全唐诗补逸一。）

《莲堂诗话》上：湘乡县北洗笔池，唐褚遂良贬潭州都督，行部至邑，后人为立祠其上。宋邑令为榜曰"唐大都督褚公洗笔池"。咸淳间，邑宰赵必槐于池中得断碑，上刻褚公《湘潭偶题》诗云（诗略）。余皆莫辨。

按：赵必槐，《佘山诗话》上、《金石录补》二二作赵必穆。[④]

谨按：魏了翁《鹤山先生大全文集》卷四九《湘乡县褚公洗笔池记》："绍定

① 沈括《古迁陈氏家藏梦溪笔谈》卷3《辩证一》，《中华再造善本》影印中国国家图书馆藏元大德九年陈仁子刻本，北京：北京图书馆出版社，2005年，页八b—九a。

② 陈尚君纂校《唐五代诗全编》卷5虞世南《门有车马客行》，第1册，第95页。

③ 《后汉书》志30《舆服志下》，北京：中华书局，1965年，第3675页。

④ 陈尚君纂校《唐五代诗全编》卷6褚遂良《湘潭偶题》，第1册，第128—129页。

二年，邵君自言为宰，即故堤遗址，封略而浚治焉。断碑所勒，有'远山巇崒翠凝烟'之诗，乃为亭其上，榜曰凝烟；为大门，榜曰唐都督褚公洗笔池……书来，命记成事。"[①]《光绪湖南通志》卷二六二《艺文志十八·金石四·唐褚公洗笔池断碣》引《湘乡县新志》："旧志作赵必稷，误。按必稷乃宋度宗时县令，在魏了翁作修祠记后。今考记内已有'断碑所勒''榜曰凝烟'之语。若得自必稷，了翁安得豫知而豫叙之？"[②]按魏了翁卒于嘉熙元年（1237），其记已引"远山巇崒翠凝烟"之诗句，可知诗碑必非如《莲堂诗话》所云至咸淳间（1265—1274）方出土。绍定二年（1229）魏了翁应邵自言所请作记，则此碑发现者应为绍定间之邵自言，而非咸淳间之赵必槐或赵必穆。《莲堂诗话》"宋邑令为榜曰唐大都督褚公洗笔池。咸淳间，邑宰赵必槐于池中得断碑"盖误以一事为二。

七

第一册　卷七李百药《郢城怀古》

林泽窅芊绵（英华作眠，据文粹、纪事、全诗改），山川郁重复。[③]

谨按：《初学记》卷二五《器物部·香炉第八》引刘绘《咏博山香炉诗》："麕麚或腾倚，林薄杳芊眠。"[④]《文苑英华》卷一四七崔融《瓦松赋》："苯蓴丰茸，青冥芊眠。"[⑤]"芊眠""芊绵"同，"眠"字可从底本不改。

八

第一册　卷八陈叔达《初年》

按：《初学记》署"隋陈叔达"，当为隋时作。[⑥]

谨按：《初学记》所署朝代与作诗时点未必吻合。如江总由陈入隋，《初学

① 魏了翁《重校鹤山先生大全文集》卷49《湘乡县褚公洗笔池记》，《中华再造善本》影印中国国家图书馆藏宋开庆元年刻本，北京：北京图书馆出版社，2005年，页七a—七b。

② 《光绪湖南通志》卷262《艺文志十八·金石四·唐褚公洗笔池断碣》，中国国家图书馆藏清光绪十一年刻本，页二八b—二九a。

③ 陈尚君纂校《唐五代诗全编》卷7李百药《郢城怀古》，第1册，第136页。

④ 徐坚等著，司义祖点校《初学记》卷25《器物部·香炉第八》，北京：中华书局，2004年，第606页。

⑤ 《文苑英华》卷147崔融《瓦松赋》，中华书局影印宋刻、明刻拼配本，北京：中华书局，1966年，第683页。

⑥ 陈尚君纂校《唐五代诗全编》卷8陈叔达《初年》，第1册，第153页。

记》"陈江总""隋江总"两存:《初学记》卷一五《乐部上·杂乐第二》有"隋江总和衡阳殿下高楼看妓诗"[1],隋无衡阳王,此衡阳王为陈衡阳王伯信,为在陈作而署隋者;卷六《地部中·河第三》有"陈江总渡黄河诗"[2],当作于陈亡入北后,为在隋作而署陈者。故若无内证,仅以《初学记》所署朝代,似尚不可为作诗时点之据。

九

第一册　卷八陈子良《咏春雪》《七夕看新妇隔巷停车》

按:以上二首,《唐音统签》一五云:"《玉台新咏》作陈伯材,或其字也。"可备一说。《玉台新咏》当即指今已佚之唐李康成《玉台后集》。[3]

谨按:胡震亨所言《玉台新咏》乃明嘉靖十九年郑玄抚刻本《玉台新咏》所附郑玄抚《续玉台新咏》,此二首见《续玉台新咏》卷五,署陈伯材[4]。杨焄《明人编选汉魏六朝诗歌总集研究》曾指出冯惟讷"《古诗纪》中的不少注文都称征引自《玉台新咏》,其实都出自《续玉台新咏》"[5],胡震亨盖亦如此。另,陈子良《咏春雪》"欲妒梅将柳"句,《续玉台新咏》"将"作"争"。

一〇

第一册　卷九杨师道《采莲》

采莲江浦觅同心,(千载佳句注:同心者,莲名也。)日暮风生江水深。莫言花重船应没,自解凌波不畏沉。(千载佳句下采莲、全唐诗逸上。)[6]

谨按:《千载佳句》卷下《草木部·采莲》:"莫言花重船应没,自解凌波不畏沉。"句下注:"杨师道《采莲》。发句云:采莲江浦觅同心,日暮风生江水深(同心者,莲名也)。"[7]是《千载佳句》所引此诗,散为二段,本不相连。按《作文大

---

① 徐坚等著,司义祖点校《初学记》卷15《乐部上·杂乐第二》,第374页。
② 徐坚等著,司义祖点校《初学记》卷6《地部中·河第三》,第122页。
③ 陈尚君纂校《唐五代诗全编》卷8陈子良《咏春雪》《七夕看新妇隔巷停车》,第1册,第160页。
④ 郑玄抚《续玉台新咏》卷5陈伯材《七夕看新妇隔巷停车》《咏春雪》,日本国立公文书馆藏明嘉靖十九年郑玄抚刻本,页三b—四a。
⑤ 杨焄《明人编选汉魏六朝诗歌总集研究》,西安:陕西人民教育出版社,2009年,第49页。
⑥ 陈尚君纂校《唐五代诗全编》卷8杨师道《采莲》,第1册,第183页。
⑦ [日]大江千里《千载佳句》卷下《草木部·采莲》,《国立歴史民俗博物館藏貴重典籍叢書》影印日本国立历史民俗博物馆藏镰仓时代抄本,京都:临川书店,文学篇第21卷,第378页。

体》:“第四句名:凡句名者,不论七言、五言,其首谓发句,其次谓之胸句,其次谓之腰句,其次尾谓之落句。首尾胸腰,谓之四韵,或谓之长句。只有首尾两句者,谓之一绝,或谓之绝句。”①则发句之名,律诗、绝句皆可用,据《千载佳句》注语仅可知“采莲江浦觅同心,日暮风生江水深”为一诗起首,其是否为绝句以及是否尚有佚句仍微有疑点。《千载佳句》注语一般仅注作者与诗题,此处补出“发句云”亦非为补足全诗,乃因此句见收于《草木部·采莲》,正文二句但言“花重”而不言何花,故注出带有“采莲”字眼之发句以实之。

本书卷六百七十五章孝标《玩月遇云》:“暗惜蚌胎沉海面,仰思鹏翼破风头。”按云:“《全唐诗逸》以此二句与‘无端玉叶连天起,不放金波到晓流’拼成一诗,今因《夹注名贤十抄诗》而得知该二句全篇,知拼合未允。疑同时作有同题同韵部之数首,今分列。”②《全唐诗逸》拼合之未允,一在误合二首为一首,二在原为律诗,拼合二联则似绝句。杨师道此诗因《千载佳句》注语可知本为一首,故无前忧,然后者尚惜仍无确证。

故愚意于断句,若今传文献有重合处,如甲存首联、颔联,乙存颔联、颈联,自可拼合;但若各无联属,则似宜在同题下各条分列、各注出处,并加按语提示可能之拼合方式,如此或可免误合之虞。第一八则白居易《七夕》亦然。

一一

第一册　卷十释法琳《清溪野老诗》(题据续古文苑)

元淑世位卑(释氏六帖作早),长卿宦情寡。二顷且营田,三钱聊饮马。悬峰白云上,挂月青山下。中心欲有言,未得忘言者。(辨正论七、释氏六帖七引正理、续古文苑四。艺文类聚二六收吴均诗后。闻一多全唐诗续补。全唐诗续拾一。)③

谨按:

(一)《艺文类聚》卷二六《人部十·言志》:“梁吴均咏怀诗曰:……又曰:元淑势位卑,长卿宦情寡。二顷且营田,三钱聊饮马。悬风白云上,挂月青山

① 《作文大体》,《新天理図書館善本叢書》影印日本天理图书馆藏观智院旧藏镰仓时代抄本,东京:八木书店,2017 年,第 12 卷,第 152 页。按《作文大体》一书屡经增补,作者亦非一人。然据《新天理図書館善本叢書》解题,该书起首部分最存旧貌,可信为平安时代旧制,与《千载佳句》殆为同时,本文所引“第四句名”即属此处。

② 陈尚君纂校《唐五代诗全编》卷 675 章孝标《玩月遇云》,第 27 册,第 396 页。

③ 陈尚君纂校《唐五代诗全编》卷 10 释法琳《清溪野老诗》,第 1 册,第 203 页。

下。中心欲有言，未得忘言者。”①“梁吴均咏怀诗曰”前为“梁江淹效阮公诗曰”及二首“又曰”，后为“周庾信咏怀诗曰”，次第井然，是《类聚》以此诗为吴均《咏怀诗》无疑。《类聚》成书于武德七年(624)，见《唐会要》卷三六：“武德七年九月十七日，给事中欧阳询奉敕撰《艺文类聚》成，上之。”②而法琳《辩正论》成书时间，据《续高僧传》卷二五《唐终南山龙田寺释法琳传》：“武德九年(626)春，下诏京置三寺，唯立千僧，余寺给赐王公，僧等并放还桑梓……赖由震方出帝，氛祲廓清，素袭启闻，薄究宗领，登即大赦，还返神居。故佛日重朗于唐世，又由琳矣。琳频逢黜陟，誓结维持，道挫世情，良资寡学，乃探索典籍，隐括玄奥，撰《辩正论》一部八卷。”③同卷《唐眉州圣种寺释道会传》：“武皇登遐，入京朝观，因与琳师同修《辨正》。”④在太宗“登即”(武德九年)乃至高祖(初谥大武)“登遐”(贞观九年[635])之后。故就文献早晚而论，成书更早且无疑义的《类聚》以此诗属吴均当更可信。又审《辩正论》卷七《品藻群书篇》原文：“野老乃抚汲郡之鸣琴，动苏门之鼓吹，因歌白雪之曲，乍咏青山之篇。其辞曰：元淑世位卑，长卿宦情寡。二顷且营田，三钱聊饮马。悬峰白云上，挂月青山下。中心欲有言，未得忘言者。余因让曰：夫象以表意，得意则象忘；言以显理，入理则言息。故知以言得理，不待请而自谈；假象会意，必借机而后动。彼以无言言之，此亦无听听之。言其不言，理自玄会；听无所听，归乎大通。所以口无择言，故天下则之；言不虚运，故世界仰之。”⑤野老所咏之“青山之篇”盖即此诗，取诗中“挂月青山下”一句代称；“抚汲郡之鸣琴，动苏门之鼓吹，因歌白雪之曲，乍咏青山之篇”四句皆用典，则此“青山之篇”未必为野老所作。《辩正论》记野老咏此诗之用意，仅在以结句“中心欲有言，未得忘言者”引出法琳“彼以无言言之，此亦无听听之”之诮让而已。盖吴均此诗在初唐颇为流行，故为《艺文类聚》所采，法琳亦在《辩正论》中援为己用。然则若此诗实为吴均所作，法琳名下之《清溪野老诗》归存目宜。

(二)《释氏六帖》卷二《九流文艺部第十·诗颂六·山翁之篇》：“《正理》云：有无名野老咏怀：元叔世位卑，长卿宦情寡。二顷且营田，三钱聊饮马。悬

① 《宋本艺文类聚》卷26《人部十·言志》，上海古籍出版社影印宋刻、明刻拼配本，上海：上海古籍出版社，2013年，第724页。

② 王溥《唐会要》卷36《修撰》，北京：中华书局，1960年，第651页。

③ 道宣撰，郭绍林点校《续高僧传》卷25《唐终南山龙田寺释法琳传》，北京：中华书局，2014年，第955页。

④ 道宣撰，郭绍林点校《续高僧传》卷25《唐眉州圣种寺释道会传》，第961页。

⑤ 释法琳《辩正论》卷7《品藻群书篇》，《中华大藏经》(汉文部分)影印赵城金藏、高丽藏拼配本，北京：中华书局，1993年，第62册，第580页。

峰白云上，挂月青山下。忠心欲有言，未得亡言者。”[①]卷七《神仙高士部第二十七・逸士八・野人无名》：“《正理论》云：昔有无名野老……其辞曰：元淑世位卑，长卿宦情寡。二须且营田，三钱聊饮马。悬峰白云上，住月青山下。忠心欲有言，未得忘言者。”[②]首句“元淑世位卑”，“卑”字宋本《释氏六帖》二处所引皆作“卑”无误，“释氏六帖作早”之校记可不必出；卷二所引“元淑”作“元叔”，当从，《后汉书・文苑传下・赵壹》：“赵壹字元叔……初袁逢使善相者相壹，云‘仕不过郡吏’，竟如其言。”[③]此句盖用其事。又，《释氏六帖》卷二《九流文艺部第十・道俗著述一・琳公造论》：“法琳造《辩正理论》八卷。”[④]知《释氏六帖》所引《正理》《正理论》皆为《辩正论》别名，并无他出。

一二

第一册　卷十释慧净小传

> 又搜采梁至唐初诗人之作，撰《续古今诗苑英华集》十卷，录梁大同间至唐永徽间一百五十四人诗五十八首，以续刘孝孙《古今类聚诗苑》。[⑤]

谨按：

（一）《玉海》卷五四《艺文・总集文章・唐续古今诗苑英华》：“《书目》：十卷。唐僧惠净集梁大同至唐永徽合一百五十四人诗五百四十八首，以续刘孝孙《古今类聚诗苑》。”[⑥]小传当本此，然其说不尽可据。慧净此书成书缘起见《续高僧传》卷三《唐京师纪国寺沙门释慧净传》：“净以人之作者，差非奇挺，乃搜采近代藻锐者，撰《诗英华》一帙十卷，识者怀铅，采其冠冕。吴王咨议刘孝孙，文才翘拔，为之序曰：……固请法师，暂回清鉴，采摭词什，耘剪蘩芜。盖君子不常矜庄，删诗未为斯玷，自刘廷尉所撰《诗苑》之后，纂而续焉。”[⑦]据刘孝

---

① 义楚《释氏六帖》卷2《九流文艺部第十・诗颂六》，《禅学典籍丛刊》影印京都东福寺藏宋刻本，京都：临川书店，2001年，第6卷下，第112页。按《禅学典籍丛刊》解题谓此本为北宋抑或南宋刻本尚不可定，陈先行《古籍善本》则定为北宋崇宁二年刻、南宋淳祐元年前修本。又此书各卷卷首题《义楚六帖》，据陈先行说，“义楚”二字有剜改痕迹，原名当作《释氏六帖》，今从之。参见陈先行《古籍善本》，上海：上海人民出版社，2024年，第73—75页。

② 义楚《释氏六帖》卷7《神仙高士部第二十七・逸士八》，第256—257页。

③ 《后汉书》卷80下《文苑传下・赵壹》，第2628—2635页。

④ 义楚《释氏六帖》卷2《九流文艺部第十・道俗著述一》，第107页。

⑤ 陈尚君纂校《唐五代诗全编》卷10释慧净小传，第1册，第205页。

⑥ 王应麟《玉海》卷54《艺文・总集文章・唐续古今诗苑英华》，《中华再造善本》影印元至元六年庆元路儒学刻本，北京：北京图书馆出版社，2005年，页一六b。

⑦ 道宣撰，郭绍林点校《续高僧传》卷3《唐京师纪国寺沙门释慧净传》，第77—78页。

孙序，此书之撰乃孝孙"固请法师，暂回清鉴，采摭词什，耘剪蘩芜"而来，孝孙既请慧净"纂而续焉"，其所续者自不应为己之《古今类聚诗苑》，乃"刘廷尉所撰《诗苑》"。刘廷尉即刘孝绰，《梁书·刘孝绰传》："时昭明太子好士爱文，孝绰与陈郡殷芸、吴郡陆倕、琅邪王筠、彭城到洽等，同见宾礼……迁员外散骑常侍，兼廷尉卿，顷之即真。"[①]"刘廷尉所撰《诗苑》"即刘孝绰《诗苑》。见《颜氏家训·文章》："何逊诗实为清巧，多形似之言；扬都论者，恨其每病苦辛，饶贫寒气，不及刘孝绰之雍容也。虽然，刘甚忌之，平生诵何诗，常云：'"蘧车响北阙"，憒憒不道车。'又撰《诗苑》，止取何两篇，时人讥其不广。"[②]刘孝绰《诗苑》一书不见书目著录，而《隋书·经籍志》有昭明太子《古今诗苑英华》十九卷[③]，盖即同一书。刘孝绰为廷尉卿时，正值昭明宠遇，昭明委孝绰撰或与孝绰共撰《古今诗苑英华》亦在情理之中。《旧唐书·经籍志下》："《古今诗苑英华集》二十卷（梁昭明太子撰）。《续古今诗苑英华》二十卷（释惠静撰）。"[④]玩其编次，盖亦以慧净此书为续《古今诗苑英华》。

（二）《玉海》所引《书目》谓《续古今诗苑英华》"集梁大同至唐永徽"，然《郡斋读书志》卷二〇《总集类》则云："《续古今诗苑英华集》十卷。右唐僧惠净撰。辑梁武帝大同年中《会三教篇》至唐刘孝孙《成皋望河》之作，凡一百五十四人，歌诗五百四十八篇。"[⑤]按《旧唐书·刘孝孙传》："（贞观）十五年，迁本府咨议参军。寻迁太子洗马，未拜卒。"[⑥]孝孙为《续古今诗苑英华》作序，且《续古今诗苑英华》亦止于孝孙诗，则该书所录不应至孝孙卒后的高宗永徽年间。或此书所收有永徽时仍在世者，《书目》遂误以为下限。又，《书目》与《郡斋读书志》皆谓收诗数为"五百四十八"，小传"五十八首"当作"五百四十八首"。

一三

第一册　卷十三贺朝清《送刘散员同赋陈思王诗得春莺送友人》

按：《全唐诗》三三又收刘孝孙下，题作《赋得春莺送友人》，以期、墀、悲、思四韵为序；同书一一七又收贺朝下，分作二首，以前四句为第二首，后四句为第一首。按《文苑英华》二八五收《送刘散员》分题诗五首，刘孝

---

① 《梁书》卷33《刘孝绰传》，北京：中华书局，1973年，第480页。

② 颜之推撰，王利器集解《颜氏家训集解》卷4《文章第九》，北京：中华书局，1993年，第298页。

③ 《隋书》卷35《经籍志四》，第1084页。

④ 《旧唐书》卷47《经籍志下》，第2080页。

⑤ 晁公武著，孙猛校证《郡斋读书志》卷20《总集类》，上海：上海古籍出版社，1990年，第1059页。

⑥ 《旧唐书》卷72《刘孝孙传》，第2583页。

孙得"游人久不归",此首非刘作;同唱尚有刘斌、许敬宗等,皆隋唐之间在世。贺朝为开元间人,与此次唱和悬隔百年,殆因贺朝、贺朝清名近而致误。参六朝隋唐间赋得体诗,《全唐诗》三三次第为近是,今据改。①

谨按:陶敏《全唐诗作者小传补正》:"按《文苑英华》卷二八五载刘斌《送刘散员同赋陈思王时得好鸟鸣高枝》、许敬宗《得山树郁苍苍》、杨浚《得明月照高楼》、刘孝孙《得游人久不归》,其后即贺朝清《得春莺送友人》,故今人多以贺朝清诗为与刘斌等同时唱和之作,视朝清为隋人,《全唐诗》则将刘孝孙诗收入贺朝清名下,又将贺朝清诗收入刘孝孙名下。但刘斌等四人诗题所赋分别为曹植《公宴》《送白马王彪》《七哀》《送应氏》中句,刘斌诗题中'陈思王时'显为'陈思王诗'之误;而'春莺送友人'不见曹植集中,亦非诗句,盖为赋春莺送友人之作,与刘斌等赋曹植诗送人之唱和非一时之事,以其为隋人者无据。《英华》卷一九九收贺朝清《从军行》一首,《搜玉小集》径作贺朝诗。《英华》卷七五五收贺朝清《南山》一首,置李白、刘长卿诗之间,盖以朝清为盛唐时人。"②陶说是。按六朝隋唐以前代诗句为题的赋得诗,所取皆为名句,刘斌等人所赋皆见《文选》。而贺朝清所赋"春莺送友人",非但不为名篇,甚至不成诗句。盖此诗诗题本作《赋得春莺送友人》,如王胄《赋得雁送别周员外戍岭表》题例,而因涉前刘孝孙《得游人久不归》夺"赋"字。今于诗题补"送刘散员同赋陈思王诗"十字而未加按语,恐有误以"春莺送友人"为曹植佚句之虞。

一四

第九册　卷二百二十二晁衡《思归》

慕义名空在,输忠孝不全。报恩无有日,归国定何年?(日本诗纪附笺引古今和歌集目录。阿倍仲麻吕研究引国史。张步云唐代逸诗辑存。)

《日本诗纪》附笺引《古今和歌集目录》:仲麻吕性聪敏,好读书。灵龟二年,以选为入唐留学生,时年十六。开元十九年,京兆尹崔日知荐之,下诏褒赏,超左补阙。二十一年,以亲老上书请归,不许,赋诗云(诗略)。③

---

① 陈尚君纂校《唐五代诗全编》卷13贺朝清《送刘散员同赋陈思王诗得春莺送友人》,第1册,第272—273页。

② 陶敏《全唐诗作者小传补正》卷770《贺朝清》,沈阳:辽海出版社,2010年,第1313页。

③ 陈尚君纂校《唐五代诗全编》卷222晁衡《思归》,第9册,第126页。

谨按：

（一）《日本诗纪》附笺引《古今和歌集目录》略有脱文，据《古今和歌集目录》原书可补全："仲麻吕性聰敏"一句全文应为"《国史》云：本名仲麿。唐朝赐姓朝氏，名衡，字仲满。性聪敏"，"超左补阙"当作"超拜左补阙"[①]。又此诗唯一出处为《古今和歌集目录》所引《国史》（盖为今已残缺大半的《日本后纪》）佚文，出处所注"日本诗纪附笺引古今和歌集目录。阿倍仲麻吕研究引国史"皆嫌不直接，今可据《古今和歌集目录》原书补订。

（二）《古今和歌集目录》所引《国史》并无《思归》之题，故此诗题下似宜注"题拟"。

一五

第一册　前言

语言仅限汉语诗……晁衡居唐期间，曾有一首和文歌，收在《古今和歌集》中，有过几次汉译本，本书只能收归存目。[②]

第九册　卷二百二十二晁衡存目诗

《诗》《望月望乡》《望乡》[③]

谨按：此例或可斟。今既收《古今和歌集》阿倍仲麻吕"天之原"歌今人中译三种为存目，则《古今和歌集》此后若有新译，存目似亦当随而增补，有尾大不掉之患。且《万叶集》卷一所收遣唐使山上忆良《在大唐时忆本乡作歌》亦有中译，依晁衡之例似亦须存目。故窃谓和歌自和歌，出于今人翻译之外语文学本不属"诗"，可置而不论。另，《前言》之"和文歌"宜作"和歌"。

一六

第一册　前言

今中土所存南宋初绍兴间刻本七十一卷本的《白氏文集》，源出庐山

---

① ［日］藤原仲实《古今和歌集目录》，《群書類従》，东京：续群书类从完成会，1993年，第16辑和歌部，第285卷，第116页。

② 陈尚君纂校《唐五代诗全编》前言，第1册，第75页。

③ 陈尚君纂校《唐五代诗全编》卷222晁衡存目诗，第9册，第127页。

东林寺藏本，前后集完备，《续后集》仅存一卷，乃打通各集，通编为七十一卷本，先诗后文。①

第二二册　卷五百三十七白居易小传

宋时所传，出于庐山东林寺本，仅前后集完备，《续后集》仅存一卷，乃重编为七十一卷本的《白氏文集》，有南宋初绍兴间刻本。②

谨按：二处叙今传七十一卷本《白氏文集》源流稍有歧义。陈舜俞《庐山记》卷一《叙山北第二》："昔公之游东林也，睹经藏中有远公诸文士倡和集，时诸长老亦请公文集同藏之。至大和九年，为太子宾客，始以文集六十卷归之。会昌中致仕，复送后集十卷及香山居士之像。"③宋敏求《春明退朝录》卷下："唐白文公自勒文集，成五十卷，后集二十卷，皆写本，寄藏庐山东林寺，又藏龙门香山寺。高骈镇淮南，寄语江西廉使，取东林集而有之。香山集经乱亦不复存。其后履道宅为普明僧院。后唐明宗子秦王从荣，又写本置院之经藏，今本是也。"④是庐山东林寺本《白氏文集》仅《长庆集》五十卷与《后集》二十卷，无《续后集》五卷。七十一卷本《白氏文集》之卷七一，当为后人拾掇零卷而成，非出庐山东林寺本。又，完成于白居易最晚年的《续后集》五卷殆主要在洛阳流传，故今本卷七一所收《续后集》之佚篇，恐为李从荣任河南尹居洛时"多招文学之士"⑤在洛阳寻得。

一七

第一册　前言

日本所存那波道圆活字本《白氏文集》，印行较晚，所据覆宋本约为南宋高宗时刻本，也源出东林寺本，保存了白集初编前集五十卷，其后存白氏《后集》前十卷与后十卷分次编辑之貌。遗憾的是该集将白居易自注全

① 陈尚君纂校《唐五代诗全编》前言，第1册，第30页。

② 陈尚君纂校《唐五代诗全编》卷537白居易小传，第22册，第3页。

③ 陈舜俞《庐山记》卷1《叙山北第二》，日本国立公文书馆藏南宋绍兴间刻本，叶二一a。

④ 宋敏求撰，诚刚点校《春明退朝录》卷下，北京：中华书局，1980年，第42页。又，陈翀以为取东林寺本《白氏文集》者非高骈，乃高季兴受东林僧人嘱托转移保护《白氏文集》。参见陈翀《白居易の文学と白氏文集の成立》，东京：勉诚出版，2011年，第199—220页。

⑤《新五代史》卷15《唐明宗家人传・李从荣》，北京：中华书局，1974年，第163页。

部删去，以适应活字排版之需求……此外，日本还保存各种早期笔切与白集选钞本，渊源皆甚早。①

第二二册　卷五百四十白居易《秦吉了》

岂无雕与鹗，嗉中肉(那波本、马本作食)饱不肯搏。②

第二二册　卷五百四十一白居易《常乐里闲居偶题十六韵兼寄刘十五公舆王十一起吕二炅吕四颖崔十八玄亮元九稹刘三十二(那波本作三)敦质张十五仲方时为校书郎》③

第五〇册　引用书目

白氏文集七十一卷　四部丛刊影印日本后水尾天皇元和四年那波道圆铜活字覆宋本④

谨按：

(一)《四部丛刊》影印那波本有似因描改而背离原书之处，不能径视为那波本⑤。如此处据那波本出校二处，以宫内厅藏那波本核之，"肉(那波本、马本作食)"处，那波本亦作"肉"，"二(那波本作三)"，那波本亦作二⑥，皆与底本无异。

(二) 那波本为木活字本，非铜活字本⑦。且其并非直接据宋本覆刻，实际底本乃朝鲜本。朝鲜本有二种，一为铜活字本，二为刻本，刻本源于铜活字本，二本现皆有传世者。至于那波本具体底本，花房英树以为朝鲜刻本，藤本幸夫以为朝鲜铜活字本⑧，似以后说为长，要之，那波本不宜如《引申书目》径谓覆

---

① 陈尚君纂校《唐五代诗全编》前言，第 1 册，第 30 页。

② 陈尚君纂校《唐五代诗全编》卷 540 白居易《秦吉了》，第 22 册，第 108 页。

③ 陈尚君纂校《唐五代诗全编》卷 541 白居易《常乐里闲居偶题十六韵兼寄刘十五公舆王十一起吕二炅吕四颖崔十八玄亮元九稹刘三十二敦质张十五仲方时为校书郎》，第 22 册，第 110 页。

④ 陈尚君纂校《唐五代诗全编》引用书目，第 50 册，第 304 页。

⑤ 参見[日]花房英树《白氏文集の批判的研究》，京都：汇文堂书店，1960 年，第 168—169 页；今原和正《那波本——付四部叢刊本との校異》，《白居易研究講座》第 6 卷《白氏文集の本文》，东京：勉诚出版，1995 年，第 230—238 页。

⑥ 《宫内厅所藏那波本白氏文集》卷 4、卷 5，勉诚出版影印日本宫内厅藏元和四年那波道圆活字本，东京：勉诚出版，2012 年，第 111、116 页。

⑦ 参見[日]花房英树《白氏文集の批判的研究》，第 167 页。

⑧ 参見[日]花房英树《白氏文集の批判的研究》，第 162—167 页；[日]藤本幸夫《朝鮮版〈白氏文集〉攷》，《白居易研究講座》第 6 卷《白氏文集の本文》，第 180—201 页。

宋本。那波本既来源于朝鲜本，则删除白居易自注非出于那波道圆，其根本原因在于作为源头的朝鲜铜活字本无法排版小字。另，《前言》“早期笔切”似不词，宜从白居易小传作“古笔切”为善。

一八

第二三册　卷五百七十四白居易《七夕》

今宵织女渡天河，胧月微云一似罗。忆得少年长乞巧，竹竿头上愿丝多。（和汉朗咏集上七夕。新撰朗咏集上引前二句。千载佳句上时节部七夕、和汉朗咏集上引后二句。）①（第 525 页）

谨按：

（一）《和汉朗咏集》卷上《秋・七夕》：“忆得少年长乞巧，竹竿头上愿丝多（七夕，白）。”②又见《千载佳句》卷上《时节部・七夕》。《新撰朗咏集》卷上《秋・七夕》：“今宵织女渡天河，胧月微云一似罗（白）。”③然则诗末出处当注作“新撰朗咏集上引前二句。千载佳句上、和汉朗咏集上引后二句”，首“和汉朗咏集上七夕”八字宜删。

（二）《大江千里集》有“今宵织女渡天河”之题。此集乃千里“仅搜古句，构成新调”④，即以汉诗句为题所咏之和歌集。其成书在日本宇多天皇宽平九年（897），早于《千载佳句》《和汉朗咏集》等书。虽仅只言片句，因成书较早，亦可资校勘。不特如此，《大江千里集》之句题出处，金子彦二郎、陈茵、藏中さやか先后考得白居易占绝大多数，其次为元稹，此外颜之推、隋炀帝、上官仪、章孝标、朱庆馀各有一句或二句，而仍有二十余句不知所出⑤。出处可考者除颜之推、隋炀帝外皆为唐人，然则不知所出者恐亦多为唐诗，今据藏中さやか校

① 陈尚君纂校《唐五代诗全编》卷 574 白居易《七夕》，第 23 册，第 525 页。

② ［日］藤原公任《和汉朗咏集》卷上《秋・七夕》，佐藤道生、柳泽良一校注《和漢朗詠集・新撰朗詠集》，东京：明治书院，2011 年，第 71 页。

③ ［日］藤原基俊《新撰朗咏集》卷上《秋・七夕》，佐藤道生、柳泽良一校注《和漢朗詠集・新撰朗詠集》，第 321 页。

④ ［日］藏中さやか《題詠に関する本文の研究：大江千里集・和歌一字抄》资料编第 1 节《校本〈大江千里集〉》，东京：おうふう，2000 年，第 331 页。

⑤ 参見［日］金子彦二郎《平安時代文学と白氏文集：句題和歌・千載佳句研究篇》，东京：培风馆，1943 年，第 184—224 页；陈茵《〈大江千里集〉の句題原拠不明歌について》，《愛知淑徳大学国語国文》第 18 号，第 73—78 页；［日］藏中さやか《題詠に関する本文の研究：大江千里集・和歌一字抄》资料编第 1 节附 2《原拠詩句一覧》，第 411—417 页。

本录以备参:“春暖山花处处开。”“春光只是有(一作在)明朝。”“余花叶里稀。”“春尽啼鸟回(一作急)。”“枝空花落稀。”“天汉迢迢不可期。”“旅雁秋深独别群。”“凉风露转寒。”“树红霜更置。”“秋雁负霜归。”“晓天秋露一鸣蝉。”“寒雁(一作鸣)声静客愁至(一作重)。”“中宵似有春风至。”“残月照山朝(一作明)。”“月宫有路无恩(一作内)人。”“借问春(一作青)山何处高。”“天高暮山远。”“野旷白云浮。”“别后相思梦魂远(一作遥)。”“别后(一作君)爱惜客(一作容)华(一作花)改。”“白云一行(一作片)随君去。”“后时相见是何时。”“恩光春景去(一作恩比春光草木知)。”①

一九

第二七册　卷六百六十二张又新《永嘉百咏》(存二十题,其中二首残,一首缺)

按:《永嘉百咏》从张靖龙说。《乾隆温州府志》二八有杨蟠《后永嘉百咏》,或即以张诗为前作欤。②

谨按:

《方舆胜览》卷九《瑞安府·永嘉·名宦·张又新》:“为守,自孤屿以下赋三十五篇。”③《方舆胜览》所言“孤屿”确见于今传张又新诗(本册第156页),其言“三十五篇”当属可信,是张又新在永嘉所作盖无百咏之数。明代方志引张又新诗,亦无引作《永嘉百咏》者。则《永嘉百首》之总题似尚须斟酌。

至于杨蟠《后永嘉百咏》之题,乃承仰忻《永嘉百咏题诗集》而来,戴咸弼、孙诒让《东瓯金石志》卷四《□公材等岑崎山题名》戴文儁按语已发之:“惟《宋史·文苑传》有杨蟠字公济,章安人,《万历府志·治行传》载蟠绍圣二年以承议郎知温州,在任二年……有《后永嘉百咏》(案仰忻有《永嘉百咏》,故云《后永嘉百咏》)。”④仰忻撰《永嘉百题诗集》,见《弘治温州府志》卷一二《人物三·孝

① 《千里集全釈》谓“旅雁秋深独别群”“凉风露转寒”“树红霜更置”“秋雁负霜归”“晓天秋露一鸣蝉”五首题下和歌或非《大江千里集》原有,句题亦当为后人由和歌所拟,其余不知所出者则应有所据。参见[日]平野由纪子、千里集轮读会《千里集全釈》,东京:风间书房,2007年,第13—14页。

② 陈尚君纂校《唐五代诗全编》卷662张又新《永嘉百咏》,第27册,第152—153页。

③ 祝穆《新编方舆胜览》卷9《瑞安府·永嘉·名宦·张又新》,《中华再造善本》影印上海图书馆藏宋咸淳三年吴坚、刘震孙刻本,北京:北京图书馆出版社,2005年,页六a。

④ 戴咸弼撰,孙诒让校补《东瓯金石志》卷4,《续修四库全书》影印天津图书馆藏清光绪九年瑞安孙氏刻本,上海:上海古籍出版社,第911册,2002年,第337页。

友·宋》:“仰忻……绍圣中,杨守蟠表其里曰孝廉坊。大观二年,以八行取士,郡以忻应诏,未几卒……有《永嘉百题诗集》。”①又卷一八《书目》:“《永嘉百咏题诗集》(仰忻撰)。”②杨蟠既敬重仰忻为人而“表其里曰孝廉坊”,承其《永嘉百咏题诗集》而作《后永嘉百咏》自在情理之中,戴说可从。

关于仰忻《永嘉百咏题诗集》,孙诒让《温州经籍志》卷一九有考:“仰氏(炘)《永嘉百题诗集》(《千顷堂书目》八)。佚。案:仰八行《永嘉百题诗集》,原书久佚,惟赵谏《东瓯续集》二载有《南湖》诗云:‘酒旗翻野色,渔棹弄秋光。百里荷花境,曾图入帝乡。’盖百题之一也。”③核《东瓯续集》,《温州经籍志》引诗无误,惟《东瓯续集》误以仰氏名“忺”,《温州经籍志》又误作“炘”。据方志所引,杨蟠《后永嘉百咏》为五言绝句,《东瓯续集》所录仰忻《南湖》亦为五绝,而张又新永嘉诗皆为七绝,此亦可证杨蟠《后永嘉百咏》乃承仰忻而来,与张又新无涉。

仰忻《永嘉百咏题诗集》既零落无闻,而张又新之“三十五篇”与杨蟠《后永嘉百咏》仍有佚文见诸方志,后人遂误以张配杨,以《永嘉百咏》之题属张又新。此误似出于清中叶,《乾隆温州府志》卷二八上《艺文·诗》录张又新《永嘉百咏·常云峰》④,而检此诗最早出处《永乐温州府乐清县志》卷二《山川·山·常云峰》,仅称“唐郡守张又新诗”⑤,并无《永嘉百咏》之题。

二〇

第二七册　卷六百七十五章孝标《及第日报破东平》

王师二月破东平,喜气今朝满帝城。三十(江谈抄作千)仙人谁得听,含元殿角管弦声。(按:前二句见藤原孝范和汉朗咏集注,见佐藤道生心像表现中幼学书的意义,载庆应义塾大学二〇〇六年版面向心的解明的综合方法论构筑。转录自金程宇稀见唐宋文献丛考收五台山补遗札记。后二句见倭汉朗咏集下、江谈抄四。)⑥

---

① 《弘治温州府志》卷12《人物三·孝友·宋》,《天一阁藏明代方志选刊续编》影印明弘治十六年刻本,上海:上海书店出版社,1990年,第32册,第538—539页。

② 《弘治温州府志》卷18《书目》,第833页。

③ 孙诒让著,潘猛补点校《温州经籍志》卷19《集部·别集类·宋》,北京:中华书局,2011年,第921—922页。顺带一提,《全宋诗》未收仰忻,可据《东瓯续集》卷2补《南湖》,据曾唯《东瓯诗存》卷1补《赠张孝子》计二首佚诗。

④ 《乾隆温州府志》卷28上《艺文·诗》,日本早稻田大学图书馆藏清同治五年重刻本,叶二一a。

⑤ 《永乐温州府乐清县志》卷2《山川·山·常云峰》,《天一阁藏明代方志选刊续编》影印明永乐年间刻本,上海:上海书店出版社,1981年,第20册,叶一一a。

⑥ 陈尚君纂校《唐五代诗全编》卷675章孝标《及第日报破东平》,第27册,第399—400页。

谨按：藤原孝范注见日本凤来寺旧藏日本北朝光明天皇历应二年（1339）抄本《和汉朗咏集》纸背，今据影印本录正文与纸背如下：正文："三十（一作千）仙人谁得听，含元殿角（一作争）管弦声（章孝标《及第日报破东平》）。"纸背："章孝标《及第日报破东平》诗曰：王师二月破东平，喜气今朝满帝城。三十仙人谁得见，含元殿角管弦声。"[①]正文稍存异文，纸背则孝范注已引全诗，无须拼合。

［作者简介］ 鲍功瀚，大阪大学大学院人文学研究科博士研究生。

① ［日］藤原公任《和汉朗咏集》卷下《杂・禁中》，［日］佐藤道生《三河鳳来寺旧蔵暦応二年書写和漢朗詠集：影印と研究》影印佐藤道生藏日本历应二年抄本，东京：勉诚出版，2014 年，第 150、227 页。

宋代经筵的师道观念及其制度演变

曾祥波

［摘　要］　宋代经筵与汉唐讲经侍读存在外部制度形态差异与内在思想立场差异。内在思想立场差异的显著表现是宋代经筵官对君王具有师道之尊（师道观念），这是汉唐讲经侍读所不具备的观念。这一观念形成经历了两次重要事件：第一，仁宗朝经筵制度基本成型之后，神宗朝经筵官为强调师道观念提出“坐立之争”，误读原本仅出于技术性考虑、不带有政治意图的仁宗朝经筵“天禧旧制”“天圣新制”与“皇祐永制”调整，赋予经筵官坐立姿态以师道内涵，虽未改变具体制度设置，但扩大了师道观念的影响。第二，扩大了影响的师道观念随后在哲宗朝与保傅制度结合，形成了由前任、现任或预备宰辅担任具有保傅意味的“宫观兼侍读”制度设置，起到了维系国是、稳定政局的作用，影响直至南宋末。师道观念对经筵制度的影响，是“活”的制度史的典型体现。

［关键词］　经筵　师道观念　制度设置　坐立之争　宫观兼侍读

经筵是宋代政治制度体系的重要组成部分。宋代经筵的前身是汉唐帝王讲经侍读活动，两者在外部形态上的典型区别在于宋代经筵较之汉唐讲经侍读更具有完备的制度形态，经筵制度的完备形成于仁宗朝。[①]在制度形态差异之外，宋代经筵与汉、唐讲经侍读更为本质的区别体现在内部思想立场不同。有别于汉、唐讲经侍读的“经权君授”观念，宋代经筵强调“君权经授”，认为君王治国的合法性来源于对儒家经典的学习与遵循，士大夫以秉承儒家学说的资格得以成为帝王师，通过经筵引导规范君主行为，实现以天下为己任的共治理想。[②]

---

① 参见朱瑞熙《宋朝经筵制度》（《中华文史论丛》第55辑，上海：上海古籍出版社，1996年）、邹贺《宋朝经筵制度补阙》（《贵州文史丛刊》2012年第2期）。

② 说详曾祥波《经筵概念及其制度源流商兑——帝学视野中的汉唐讲经侍读与宋代经筵》，《史学月刊》2019年第8期。

典型表现就是承认经筵官具有师道之尊(师道观念)。以往关于宋代经筵师道观念的研究,[①]没有从经筵的外部制度形态与内部思想立场互动的角度加以审视,因此既未厘清"坐立之争"背后"天禧旧制""天圣新制""皇祐永制"的制度真相,又未能发现经筵制度与师道观念相结合形成的"宫观兼侍读"新设置,以及师道观念与制度形态互动过程中起关键作用的推动者吕公著(而非王安石、程颐)及其思想背景,故有必要予以阐明,形成完整的逻辑链条与历史叙述。

一、师道观念对经筵"坐立"本事的误读及其思想来源

1. 仁宗朝经筵"坐立"本事真相

北宋初出现过优待讲官的赐坐之举,属于偶然性的临时措置,并未成为制度规定。[②]制度层面的经筵官坐立姿态调整发生在仁宗朝,[③]其中细致变化过程为各家记载的混乱所掩盖,至今未得到清楚说明,故重新考订如下:

现存史料中,南宋初年孙逢吉《职官分纪》最早指出坐立姿态"天禧旧制"与"乾兴后"不同:

> 天禧旧制:凡侍臣皆赐坐,讲者别设本于前,别坐而听。乾兴后,每说书,自侍臣皆先就坐赐茶,讫,彻席立讲。讲讫,复坐赐酒。[④]

真宗辞世于乾兴元年(1022),仁宗即位于天圣元年(1023)。"乾兴后"是指仁宗即位的天圣元年,从此坐讲变为立讲。宋代文献中另一个重要记载见于李焘《续资治通鉴长编》:

> 天圣以前,讲读官皆坐侍。自景祐以来,皆立侍。[⑤]

---

① 陈东《皇权下的师道尊严——中国古代经筵坐讲立讲之争》(《教育学报》2009年第4期)简单涉及宋代"坐立之争"个别情况,姜鹏《北宋经筵中的师道实践》(《学术研究》2009年第7期)分析了"坐立之争"中王安石、程颐言行而未涉及制度层面。涉及制度层面的姜鹏《观念与制度——北宋经筵"师道"之争的制度史根源》(《学术月刊》2013年第9期)仅从翰林侍读学士、侍讲学士职官设置前身角度分析事件原因。

② 叶梦得《石林燕语》(《全宋笔记》2编第10册,郑州:大象出版社,2006年,第21页):"太祖开宝中,召王昭素讲便殿;太宗端拱中,幸国子监,召学官李觉讲,皆赐坐。此出一时特恩,非讲官例也。"

③ 诸家记载中,北宋后期佚名《道山清话》所录最具现场感(《全宋笔记》2编第1册,第106—107页):"旧制:讲读官坐而讲读,别置书策于御案上。仁宗忽一日讲读官已班立,俟上出,久之,忽有内侍官自御屏后出,大声曰:'有圣旨:今后讲筵官起立御案前讲读。'自是遂为定制。"

④ 孙逢吉《职官分纪》卷15"翰林侍读学士"条,《影印文渊阁四库全书》,台湾:商务印书馆,1986年,第923册,第356D页。

⑤ 李焘《续资治通鉴长编》卷171"仁宗皇祐三年九月丁丑"条,北京:中华书局,2004年,第4110页。

《长编》认为景祐元年(1034)坐讲变为立讲。此说有误,原因有二:第一,若按《长编》之说,天圣元年至景祐元年之间有十一年之久讲读官将处于坐立无适的状态。《长编》记载很有可能是混淆了仁宗即位时间(天圣元年)与亲政时间(景祐元年)。仁宗 13 岁即位,教育迫在眉睫,情理上不可能等到十一年后景祐元年 24 岁亲政才开设。经筵开设于天圣元年即位之初,也为多数宋代史籍明确记载。第二,宋人论及经筵官坐立姿态变化原因,如叶梦得《石林燕语》①、程大昌《考古编》引吕祖谦说②、程大昌《演繁露续集》③、彭龟年《止堂集》④,都把"仁宗年幼(故讲官立侍便于靠近讲述)"作为前提。

因此,从时间上看,真宗朝经筵官坐讲,史称"天禧旧制";真宗辞世的乾兴元年之后、亦即仁宗即位的天圣元年开始,经筵官由坐讲调整为立讲,史家或称"乾兴后",或误称"乾兴之制",甚至误作"景祐以来",纠葛最繁,应统一作"天圣新制"。从意图看,由"天禧旧制"调整为"天圣新制",纯粹出于考虑听课对象的特殊性,靠近讲授更便于年幼的仁宗接受讲授内容与集中注意力,并未蕴含师道意义。

仁宗皇祐三年(1051),坐立制度又出现新的调整变化。现存史料中,南宋初程大昌《演繁露续集》所说最清楚:

> 皇祐三年,诏迩英阁讲读官当讲读者立侍敷对,余皆赐坐,侍于阁中。天圣以前皆坐侍,自皇祐以前皆立侍。至是帝屡面谕以"经文义旨,须详悉询说,卿等无乃烦倦否?"遂有是诏,以为永制。⑤

这次调整是仁宗为了避免讲读官因"详悉询说"而烦倦,具有体恤性质。

---

① 叶梦得《石林燕语》(第 19 页):"国朝经筵讲读官旧皆坐,乾兴后始立。盖仁宗时年尚幼,坐读不相闻,故起立,欲其近尔,后遂为故事。"

② 程大昌《考古编》卷 10"立讲"条引吕氏《家塾广记》(《全宋笔记》4 编第 10 册,郑州:大象出版社,2008 年,第 103 页):"旧讲筵虽当讲者亦坐。仁宗富于春秋,乃立侍,便于指示,遂为故事。"

③ 程大昌《演繁录续集》卷一"讲读官坐立"条(《全宋笔记》4 编第 9 册,第 168 页):"初,孙奭坐讲,仁宗尚幼,跂案以听之,奭因遂立讲。"

④ 彭龟年《止堂集》卷 5《论复经筵坐讲疏(庆元元年)》(载于《全宋文》,上海:上海辞书出版社、合肥:安徽教育出版社 2006 年,第 278 册第 189—190 页):"乾兴间,孙奭坐讲,时仁宗尚幼,跂案而听之,奭因请立讲,论者不以为是。"按,彭龟年奏疏标题附写作时间"庆元元年"(1195)不确。考《宋史 · 宁宗本纪》(第 480 页),"(绍熙五年闰十月)戊寅,侍讲朱熹以上疏忤韩侂胄罢。"又载:"(绍熙五年十二月)乙丑,吏部侍郎彭龟年上疏言韩侂胄假托声势,窃弄威福,乞黜之,以解天下之疑。诏罢龟年……赵汝愚请留龟年,不听。"自绍熙五年(1194)八月起彭龟年、朱熹、陈傅良等人任职经筵,不过数月即罢去,庆元元年(1195)时诸人不但都已不在经筵官之列,而且还因忤旨黜外,不可能还从容论述经筵官"坐立"问题。此文写作时间应该题作"绍熙五年"(1194)。

⑤ 程大昌《演繁录续集》卷 1"讲读官坐立"条,第 167 页。

从此之后，当讲读者立，其余赐坐，终宋之世再无变化（惟南宋宁宗朝短暂改动、旋即恢复，说详后），可称“皇祐永制”。“皇祐永制”成为定制，此前的变化过程渐被遗忘。如任职太常寺的苏颂上呈神宗的奏议《驳坐讲议》三篇，作于熙宁元年（1068），距离“皇祐永制”不过十七年，却在开篇就混淆了“天圣新制”与“皇祐永制”：“臣等窃寻故事，侍讲皆赐坐。自乾兴以来，讲者始立而侍者皆坐听。”①南宋人更不清楚由“天禧旧制”到“天圣新制”再到“皇祐永制”的调整过程，②这一问题至今未曾彻底厘清。现据上述考证列出“经筵官坐立姿态调整变化表”：

时　　间	内容规定	宋人旧称	新定名
真宗辞世的乾兴元年及之前	讲读官皆坐。	天禧旧制；天圣以前	**天禧旧制**
仁宗即位的天圣元年至皇祐二年（1050）	讲读官皆立。	乾兴后；乾兴以来；乾兴之制；景祐以来	**天圣新制**
仁宗皇祐三年及之后	唯当讲读者立，其余经筵官坐侍。	永制	**皇祐永制**

要之，经筵官坐立姿态在仁宗朝经历了从“天禧旧制”到“天圣新制”、再到“皇祐永制”的调整变化过程。如果视“天禧旧制”为正，那么“天圣新制”恰好相反，“皇祐永制”各取其半为合。“皇祐永制”在技术层面让暂时不参与讲读的经筵官就坐，不影响经筵讲读活动的正常运行，在制度层面既顺承了改坐为立的新规则（“天圣新制”），又照顾到讲读官皆坐的旧传统（“天禧旧制”），折中处理颇为得体，当时未引起任何争议，故成为终宋之世的经筵定制。特别需要指出，无论“天圣新制”还是“皇祐永制”对此前讲读官坐立姿态的调整，或因“立侍便于指示”，或因“详悉询说无乃烦倦”，前者出于技术性考虑，未曾暗含政治意图，后者如要发掘技术层面之外的情感因素，则出于体恤辛劳而非尊崇师道。③然而由于坐立身体姿态在习惯思维上带有尊卑意味，加

① 苏颂《苏魏公文集》卷 16，北京：中华书局，1988 年，第 218 页。

② 如叶梦得《石林燕语》（第 19 页）：“今讲读官初入，皆坐赐茶，唯当讲官起就案立，讲毕，复就坐，赐汤而退。侍读亦如之。盖乾兴之制也。”错误与苏颂相同。

③ 类似情况还可以参见治平元年（1064）英宗即位后出台的经筵官“退而不拜”规定。《续资治通鉴长编》卷 201“英宗治平元年夏四月甲申”条（第 4863 页）：“御迩英阁。上谕内侍任守忠曰：‘方日永，讲读官久侍对未食，必劳倦。自今视事毕，不俟进食，即御经筵。’故事，讲读毕，拜而退。上命毋拜，后遂以为常。”英宗对经筵制度的调整，首先考虑经筵官“未食劳倦”，这与“皇祐永制”考虑到经筵官“详悉询说，无乃烦倦”一致，是技术层面上对经筵官精力的体恤考虑；其次“讲读毕，退而不拜”已是讲读结束之后，超出了教学活动的技术层面，细玩其义，“退而不拜”紧承“不俟进食即御经筵”，对经筵官讲读辛劳的体恤从过程延伸到结果，与赐宴、赐酒、赐御厨食、赐钱、赐衣物、赐茶墨、赐御书等褒嘉恩礼用意相同，君王秉持的是恩赐姿态，这与承认经筵官具有师道之尊仍隔一间。“退而不拜”并未引起后来强调师道的宋人特别注意并援为口实，也说明了这一点。

之频繁调整引人注意，因此其中变化成为神宗朝“坐立之争”、哲宗朝“坐立之议”的本事。

2. 神宗朝“坐立之争”的思想来源

神宗熙宁元年，吕公著、王安石针对“皇祐永制”规定“侍讲官立，侍读官坐”，倡导“侍讲官坐，侍读官立”改革，引发朝野广泛讨论，史称“坐立之争”。从上文研究可知，吕公著、王安石倡导“坐立之争”是误读“皇祐永制”，但误读的实质在于为经筵官争取师道之尊，这一意义不受制度事实层面的约束。这场关于经筵师道观念争论的思想来源是什么，过去研究没有充分说明，值得进一步追询。

有研究者指出，仁宗朝经筵讲学内容倾向可分为两个时期，早期经筵延续了恪守章句的汉唐注疏经学遗绪，以孙奭一系讲官为代表，晚期经筵表现出“改字就义”的新儒学倾向，以欧阳修、刘敞、吕公著、司马光为代表，①这一研究颇具启发性。脱离汉唐章句旧学藩篱的新型儒学从中唐开始发展，到北宋仁宗朝形成了新“三统”(道统、文统、政统)学说。这一学说在思想文化(道统、文统)层面秉承以“董(仲舒)扬(雄)—王(通)韩(愈)”为代表的汉唐儒学，政治体制(政统)层面标榜赵宋在立国合法性(德运闰朔)上扬弃五代、上承汉唐，形成了强调汉、唐、宋鼎足为三的自我认识，迎合了赵宋王朝意欲超越五代而追拟汉唐的大国意识。②根据这一学说的理论逻辑，士大夫因道统、文统传承者的身份，具有了引导、帮助政统的人格代表(君主)共治天下的责任，这就为经筵师道观念提供了充分的思想资源与理论依据。仁宗朝后期经筵讲述内容变化中起作用的欧阳修、刘敞、司马光都是新三统学说代表人物，吕公著与他们声气相通，因此他在神宗朝继续任职经筵时，强调师道之尊，是对仁宗朝后期经筵内容变化倾向的自然延续与升华，符合新三统学说固有的理论逻辑。另外，神宗起用王安石入朝首先任职经筵，③王安石通过强调经筵官有师道之尊开启“得君行道”变法计划的第一步，也在情理之中。

直接负责处理坐立仪式的判太常寺龚鼎臣的反对意见从另一个角度清楚地折射出反对派对这场争论的思想来源的认识。尽管论敌对制度的误读可以作为弱点加以利用，但龚鼎臣的见识超出同一阵营中多数纠缠于制度细节从

① 姜鹏《经筵讲学对北宋经学的影响》，《史林》2013 年第 5 期。

② 曾祥波《论新三统学说——宋初以降学术思想之嬗变》，《河北学刊》2017 年第 5 期。

③ 《宋史·王安石传》(北京：中华书局，1999 年，第 8462 页)：“帝(神宗)由是想见其人，甫即位，命知江宁府。数月，召为翰林学士兼侍讲。熙宁元年四月，始造朝。”

而导致争论漫无边际的同僚，而是直指论敌试图改革制度的观念核心——经筵官有无“为师之实”：“执经人主之前，本欲便于指陈，则立讲为宜。若谓传道近师，则今讲解皆先儒章句，非有为师之实，安可专席安坐，以自取重也?”①龚鼎臣针对的正是吕公著对经筵师道观念的一贯立场。早在嘉祐八年(1063)七月，吕公著在英宗经筵讲述《论语》“学而时习之”，就强调“人君之学，当观自古圣贤之君，如尧舜禹汤文武之所用心，以求治天下国家之要道。非若博士诸生治章句，解训诂而已”，按照这一要求，经筵官当然重在阐释经典的微言大义而非字句训诂，因此经筵官是人师(帝王师)而非经师。从现存吕公著经筵《论语讲义》来看，他在经筵中正是这样实施的，如释“有朋自远方来”为“访诸岩穴，求诸滞淹，则怀道抱德之士，皆不远千里而至，此天子之朋友自远方来者也”，释“人不知而不愠”为“古之人君，令有未孚，心有未服，则反身修德，而不以愠怒加之”等等。②

观念交锋之外，龚鼎臣等人在具体行动上采取的应对之策是对经筵侍讲、侍读职官品级进行调整，意图也在于消解“坐立”问题的师道观念内涵。林駉《古今源流至论》载：“侍读、侍讲，均曰经筵，而熙宁则以讲官而后读官。(《国朝会要》：熙宁元年，龚鼎臣、苏颂、刘攽等议不当坐讲，疏朝廷班制以侍讲居侍读之下。)”③龚鼎臣等将皇祐永制“当讲者立，其余皆坐”规定用职官品级方式再次确定，实际上将师道观念要求的经筵场域中通过儒家经典教学活动生成的“师生/臣君”的上下传授关系转移为经筵官之间的职官品级尊卑(侍讲官的地位低于侍读官，故侍读官可坐，而讲官须立)，从而刻意强调坐立姿态与师道之尊无关，与教学活动无关(无关当讲或不当讲)，仅与职官品级尊卑相连，可谓用心良苦。

从制度结果看，神宗朝经筵“坐立之争”并未改变“皇祐永制”具体规定，毕竟从常情衡量“一人立讲、众人坐听”的规定较之“一人坐讲、众人立听”在形式上不那么生硬突兀，更容易为人接受。但从思想结果看，“坐立之争”无疑扩大了师道观念的影响，其积极后果在哲宗朝得以显现。

二、经筵制度对师道观念的合理利用及后续影响

1. 哲宗朝“宫观兼侍读”的思想内涵与现实作用

神宗去世、哲宗即位的元丰八年(1085)，以吕公著为首任的经筵与保傅制

---

① 程大昌《演繁露续集》卷1“讲读官坐立”条，第167—168页。
② 《全宋文》，第50册，第265—266页。
③ 林駉《古今源流至论》后集卷五“班序”条，上海：上海古籍出版社，1992年，第232页。

度相结合的“宫观兼侍读”制度形成。①保傅制度是以元老重臣辅佐年幼君王及太子，经筵则是针对君王进行的教育活动，两者目标对象一般情况下存在身份(君王或太子)、年龄(幼年或成年)的差别。这两点差别恰在哲宗身上都不成问题，哲宗是宋代君主中即位年龄最小者(8岁)，保傅与经筵因此合二为一。吕公著是神宗建储哲宗时亲自选定以元老担任的太子保傅，②正符合以保傅身份兼任经筵的制度设置意图。③另外，吕公著早年与新三统学说代表欧阳修、刘敞、司马光等同声相应，是仁宗朝晚期经筵讲学倾向新变的代表人物之一，又在神宗朝首倡意在弘扬经筵师道观念的“坐立之争”。④吕公著作为旧党领袖，强调经筵师道观念，是通过经筵引导年幼的哲宗认同旧党治国理念、谨遵元祐更化国是的必要前提。元祐元年(1086)崇政殿说书程颐重倡“坐立之议”，涉及坐立问题的分析并未超出神宗朝“坐立之争”范围，因此以往研究者皆将“坐立之议”附属于“坐立之争”，等同视之。其实，程颐“坐立之议”不同于“坐立之争”的创见在于将经筵、保傅与师道观念联系起来，形成了对“宫观兼侍读”设置的师道观念内涵的最佳理论表述：“三代之时，人君必有师傅保之官……今不设保傅之官，傅德义、保身体之责在皆在经筵……特令坐讲，养主上尊儒重道之心……天下重任，惟宰相与经筵。天下治乱系宰相，君德成就在经筵。”⑤君王作为国家人格化代表，执政合法性(君德)通过经筵教育获得。赋予君王以历代圣贤相承之“德”的经筵官超越了简单的章句音义训诂层面，具备三代师傅保的崇高地位。国家重任既然维系在宰相与经筵官身上，那么结合宰相与经筵官两者身份为一体的“宫观兼侍读”出现顺理成章。程颐以微官自居君王师、平视宰辅的事迹广为宋人称赏，⑥体现了在此之后师道观念在士大夫阶层产生的广泛影响。程颐进入经筵任崇政殿说书，正是经吕公著推

---

① 马端临《文献通考》卷54《职官考八》“翰林侍读学士(侍读，兼侍读)”条(第491页)：“国初自元丰以来，多以宫观兼侍读。”

② 徐自明撰、王瑞来校补《宋宰辅编年录校补》卷9载神宗语，北京：中华书局，1986年，第526页。

③ 《续资治通鉴长编》卷354“神宗元丰八年夏四月丁丑”条(第8476页)：“先是，神宗谕辅臣曰：‘皇子明年出阁，当以吕公著为保傅。’至是召公著侍经筵，遵先帝意也。”

④ 范祖禹《帝学》卷7《神宗》(《影印文渊阁四库全书》，台湾：商务印书馆，1986年，第696册，第771bB—772A页)：“熙宁元年四月庚申，翰林学士兼侍讲吕公著等言：‘窃寻故事，侍、讲者皆赐坐。自乾兴以后，讲者始立，而侍者皆坐听。臣窃以谓侍者可使立，而讲者当赐坐。乞付礼官考议。’……王安石兼侍讲，请复乾兴以前故事，使预听者立，亦坐之日少而立侍之日多。于是公著等遂同建明。”

⑤ 程颢、程颐《二程集》卷6《伊川先生文二·论经筵第一劄子》《第二(劄子)》《第三(劄子)·贴黄》，北京：中华书局，1981年，第538—540页。

⑥ 邵伯温《邵氏闻见录》卷14(北京：中华书局，1983年，第154页)载：“元祐初，哲宗幼冲，起文潞公以平章军国重事，召程颐正叔为崇政殿说书。正叔以师道自居，每侍上讲，色甚庄，继以讽谏，上畏之。潞公对上恭甚……正叔曰：‘潞公三朝大臣，事幼主，不得不恭。吾以布衣为上师傅，其敢不自重？吾与潞公所以不同也。’识者服其言。”此事又载于《二程外书》卷12、《名臣言行录》外集卷3、《仕学规范》卷26、《爱日斋丛钞》卷2等。

荐，这一行为应当包含了两人对“宫观兼侍读”设置的观念内涵的共识。[①]同样在元祐初，吕公著的女婿范祖禹亦任职经筵并撰著《帝学》一书，对宋代经筵历史源流进行了首次全面总结，[②]背后很难说没有吕公著的启发推动。元祐元年，吕公著拜相。拜除制书称：“传经意以谋国体……丞相之位，未尝无其人；儒者之效，久不白于世。”[③]清楚表明经筵“宫观兼侍读”履历作为拜相的铺垫在国运转折时期衔接学说与政治的关键作用。

过去研究“坐立之争”“坐立之议”重点关注王安石、程颐，忽略了真正的关键人物吕公著。现重新梳理其中线索如下：

时　间	阶段性	标志事件
仁宗朝晚期（　—1063）	新三统学说进入经筵。	欧阳修、刘敞、司马光、**吕公著**任职经筵。
神宗熙宁元年（1068）	经筵师道观念投射于制度。	**吕公著**、王安石首倡“坐立之争”。
哲宗元丰八年（1085）	通过师道观念结合经筵与保傅制度的“宫观兼侍读”出现。	**吕公著**首任“宫观兼侍读”。
哲宗元祐元年（1086）	对“宫观兼侍读”的师道观念内涵的阐释。	程颐经**吕公著**荐任经筵，再倡“坐立之议”。
哲宗元祐初（1086—　）	系统总结经筵历史。	**吕公著**女婿范祖禹**任职经筵，撰**《帝学》。

在吕公著之外，哲宗朝经筵“宫观兼侍读”其他情况如下：

> （国朝）元丰八年五月，资政殿大学士吕公著兼侍读、提举中太乙宫兼集禧观公事。七月，韩维兼侍读，提举中太乙宫。元祐元年，端明殿学士范镇致仕，提举中大乙宫兼集禧观公事，兼侍读，不赴。六年，冯京兼侍读，充太乙宫使。未几，乞致仕，不允，仍免经筵进读。[④]

韩维在神宗去世、哲宗即位、太后临朝的转换之际，连续四次上奏“更易

① 《宋史·程颐传》（第9943—9944页）：“哲宗初，司马光、吕公著共疏其行义……既入见，擢崇政殿说书。”详见《续资治通鉴长编》卷371“元祐元年三月辛未”条。

② 永瑢等《四库全书总目》卷91（北京：中华书局，1965年，第775页）：“是书元祐初祖禹在经筵时所进，皆纂辑自古贤君迨宋祖宗典学事迹……自上古至汉唐二卷，自宋太祖至神宗六卷。于宋诸帝叙述独详。”

③ 《宋宰辅编年录校补》卷九载元祐元年四月“吕公著拜右仆射制书”，第526页。

④ 马端临《文献通考》卷54《职官考八》“翰林侍读学士（侍读，兼侍读）”条，第491页。按，《翰苑新书》前集卷11“宫观兼经筵”条同，注出“《续会要》”。

（新法）措置不可缓也”，朝野瞩目，被留置经筵，[①]次年（元祐元年 1086）即拜门下侍郎。[②]范镇在仁宗朝首倡建储，在英宗朝力争濮议、主张“皇伯”说，在神宗朝坚拒新法，最为敢言。[③]冯京本即神宗朝宰辅，[④]因与变法异议外任，如今再入中枢，由范祖禹建议任“宫观兼侍读”，拜太子少师。[⑤]按，韩维、范镇、冯京任职“宫观兼侍读”的年龄分别为 68 岁（元丰八年 1085）、79 岁（元祐元年）、70 岁（元祐六年 1091），范镇、冯京皆以致仕高龄出任是职，尤其冯京因身体欠佳免除经筵侍读具体活动，保留职名，[⑥]无不透露出“宫观兼侍读”偏重“保傅”师道观念的实质意义。学界将宋代宫观官分为神宗朝之前与神宗朝两种情况，认为神宗朝宫观官多用于闲置政见异己者。[⑦]现在看应该补充一点：在哲宗即位之初，宫观官一改神宗朝处置“政见分歧”“被黜降”异见之臣的性质，恢复了“佚老优贤”初衷，尤其是与蕴含了师道观念的经筵侍读结合起来，具备了带有保傅意味的特殊尊崇性质，为重新起用因反对熙宁变法而遭到闲置的神宗朝元老重臣、扭转神宗朝熙宁变法以来新党主政格局发挥了积极作用。

综上可知，经筵的制度形态虽在仁宗朝已经基本成型，但师道观念在仁宗朝后期才随着新三统学说进入经筵，神宗朝吕公著、王安石等人主动赋予制度以师道观念内涵，扩大了师道观念的影响，随后在哲宗年幼、合保傅与经筵为一的特殊历史条件下，利用师道观念形成了“宫观兼侍读”设置，其思想内涵由程颐等人加以阐发，经筵师道观念逐渐为朝野接受。可以说，经筵师道观念形成于神宗、哲宗两朝，宋代经筵因此在思想立场上与汉唐讲经侍读区别开来。

2. 哲宗朝之后“宫观兼侍读”的持续影响

“宫观兼侍读”具有一个特殊性，即属于太子教育的保傅因素进入了属于君王教育的经筵。如果说哲宗以幼年即位的特殊情况使得两者的结合有理可

---

① 《续资治通鉴长编》卷 357“元丰八年六月丙子”条、卷 358“元丰八年七月甲辰”条，第 8532—8535 页、第 8562 页。

② 《宋宰辅编年录校补》卷 9，第 561 页。

③ 《宋史》卷 337，第 8629 页。

④ 汪圣铎《关于宋代祠禄制度的几个问题》（《中国史研究》1998 年第 4 期）指出：“宫观使的任职资格是相当高的，庶官文臣大抵非前宰相不可。偶尔也有特例，如哲宗时冯京以左银青光禄大夫、观文殿学士兼侍读充中太一宫使，但既兼侍读，即带兼职色彩。”未确，冯京也具有“前宰辅”身份。

⑤ 《宋史》卷 317，第 8326 页。

⑥ 《续资治通鉴长编》卷 458“元祐六年五月庚申”条，第 10953 页。

⑦ 冯千山《宋代祠禄与宫观》上篇（《宗教学研究》1995 年第 3 期）区分宋代祠禄为六种类型：“佚老优贤”“政见分歧”“被黜降”“予恩泽”“因战功”“亲宗室”。冯文于第二、三种类型所举例子都出于神宗熙宁变法时期。另外，张振谦《北宋宫观官制度流变考述》（《北方论丛》2010 年第 4 期）指出，北宋前期，宫观官多由朝廷重臣兼任，经常参与宫观管理及道教活动，实理其事。熙宁年间，由于王安石变法等原因，宫观官成为统治者用以“佚老优贤”、处置异己者的闲职，将“佚老优贤”与“政见分歧”（“被黜降”）结合起来理解。

据，那么此后徽宗、钦宗、高宗、孝宗、宁宗、理宗、度宗各朝都没有出现幼帝即位的情况，“宫观兼侍读”制度却得以延续，说明它能便利地发挥政治影响，从而一再采用。

徽宗朝好大喜功，以绍述神宗朝新法为国策，所用多为新党，以蔡京一系最显赫。出任“宫观兼侍读”者也多为新党蔡氏一系，任职是为拜相前的预备或罢相后的尊崇。今考有六人，列表如下：

时　间	姓　名	职　　务	政治立场
元符三年（1100）	黄　履	以提举中太一宫兼侍读，除尚书左丞。①	附蔡确、章惇排击元祐之臣。
元符三年（1100）	安　焘	以提举中太一宫兼集禧观公事兼侍读，除知枢密院事。②	蔡确亲党之首。
崇宁元年（1102）	蔡　卞	以中太一宫使兼侍读除知枢密院事。③	王安石婿，蔡京弟。
大观元年（1107）	郑居中	以中太一宫使兼侍读除同知枢密院事，④后罢，政和三年五月又以中太一宫使兼侍读除知枢密院事。⑤	初附蔡京，因权力之争反目。
重和元年（1118）	薛　昂	罢门下侍郎，充佑神观使兼侍读。⑥	蔡京党。
宣和五年（1119）	蔡　攸	以上清宝箓宫使兼神霄玉清万寿宫使兼侍读除领枢密院事。⑦	蔡京长子。

钦宗立朝时间短，“宫观兼侍读”有两位：何㮚，靖康元年十一月以提举万寿观兼侍读除门下侍郎。⑧唐恪，靖康元年闰十一月罢少宰，授中太一宫使兼侍读。⑨

南宋高宗朝“宫观兼侍读”情况，《文献通考》有载：“中兴来，如王大资、朱丞相胜非、张大资浚、谢参政克家⑩、赵观文鼎、万俟资政卨⑪，并以万寿观使兼

① 《宋宰辅编年录校补》卷 11，第 659—660 页。

② 《宋宰辅编年录校补》卷 11，第 679 页。

③ 《宋宰辅编年录校补》卷 11，第 707 页。

④ 《宋宰辅编年录校补》卷 12，第 743 页。

⑤ 《宋宰辅编年录校补》卷 12，第 770 页。

⑥ 《宋宰辅编年录校补》卷 12，第 783 页。

⑦ 《宋宰辅编年录校补》卷 12，第 799 页。

⑧⑨ 《宋宰辅编年录校补》卷 13，第 873 页。

⑩ 《宋宰辅编年录校补》卷 15（第 961 页）：“（绍兴元年）正月辛亥，谢克家罢参知政事，除资政殿学士、提举洞霄宫。克家自建炎四年八月除参知政事，是年正月以病求去，执政才数月。绍兴四年七月，卒于衢州。”按，谢克家任职数月即以病求去，且三年后即卒于衢州，则以病求去似非托词，则未任宫观兼侍读之职。《文献通考》或误载。

⑪ 按，《宋史》本传、《宋宰辅编年录校补》等失载万俟卨任宫观兼侍读事。考万俟卨首任参知政事在绍兴十二年八月甲戌（《宋宰辅编年录校补》卷 16，第 1070 页），绍兴十四年二月丙午罢参知政事，送归州居住（同书第 1084—1085 页）。秦桧死后，万俟卨于绍兴二十六年五月被召入为右仆射（同书第 1119 页），卒于绍兴二十七年三月壬辰右仆射任上（同书 1122 页），任宫观兼侍读经历或在两次任相期间。详情已不可考。

侍读。"[1]另有秦桧、秦熺、何铸三人失载。高宗朝"宫观兼侍读"人选随着战、和政策摇摆而在主战派、主和派之间转移。任职者的履历包括两种情况：罢相者的尊崇（王绹、秦熺、谢克家），曾任相位者再次起用前的过渡（朱胜非、张浚、赵鼎、秦桧、何铸、汤思退）。列表如下：

时　间	姓　名	职　务	事　由
建炎四年(1130)	王绹（王大资）②	授资政殿大学士、提举万寿观兼侍读。	执政不及一年，绹累章求退……遂有此授，盖优礼也。③
绍兴二年(1132)	朱胜非	醴泉观使兼侍读。	日赴都堂议事，虽在经筵，实豫国论，位知枢密院之上。④
绍兴四年(1134)	张浚	以资政殿学士提举万寿观兼侍读。	金人入攻。高宗思浚前言……手诏辨浚前诬，除知枢密院事。⑤
绍兴七年(1137)	赵鼎	万寿观使兼侍读。	绍兴六年（赵鼎）罢左仆射……（绍兴七年）右仆射张浚因吕祉、郦琼事皇悚求去……乃召鼎。⑥
绍兴七年(1137)	秦桧	醴泉观使兼侍读。⑦	绍兴二年罢右仆射，再次起用谋与金盟，旋除枢密使。
绍兴十五年(1145)	秦熺	提举万寿观，寻兼侍读。	避秦桧嫌去知枢密院事职，改除。⑧
绍兴十六年(1146)	何铸	端明殿学士，提举万寿宫兼侍读。⑨	金人重视的沟通渠道，再次派遣出使人选。⑩
绍兴三十一年(1161)⑪	汤思退	观文殿大学士充醴泉观使兼侍读。	金人败盟，汤思退作为主和派代表修复与金盟约。⑫

① 马端临《文献通考》卷54《职官考八》"翰林侍读学士（侍读，兼侍读）"条，第491页。按，《翰苑新书》前集卷11"宫观兼经筵"条同，注"系以《中兴会要》修入"。又，《宋史·职官志二》（第2554页）阙书"王大资"。

② 按，大资为资政殿大学士的省称。《文献通考》《翰苑新书》皆失其名，元人富大用《古今事文类聚遗集》卷1"诸院部遗·侍读"条载其人为"王贵"，高宗朝大臣并无其人，误。当是参知政事王绹，建炎三年七月自资政殿学士兼权太子太傅迁中大夫除（《宋宰辅编年录校补》卷14，第938页）。

③《宋宰辅编年录校补》卷14，第953页。

④《宋宰辅编年录校补》卷14，第983—985页。

⑤《宋史》卷361本传，第8976页。

⑥《宋宰辅编年录校补》卷15，第1023—1024页。

⑦《宋宰辅编年录校补》卷15，第1017页。

⑧《宋宰辅编年录校补》卷16，第1088页。

⑨《宋宰辅编年录校补》卷16，第1069页。

⑩《宋史》卷380本传（第9258页）："时有使金者还，言金人问铸安在，曾用否？……未几，以端明殿学士提举万寿观兼侍读，召赴行在，力辞。乃再遣使金，使事秘而不传。既归报，帝复许以大用。"

⑪ 按，《翰苑新书》《文献通考》《宋史·职官志》载汤思退于隆兴元年(1163)任宫观兼侍读，列于张焘之后，为孝宗任用，不确。据《宋宰辅编年录校补》卷十六（第1135—1136页）载，汤思退任"宫观兼侍读"是在"绍兴三十一年"(1161)而非"隆兴元年"(1163)，是为高宗任用。

⑫《宋宰辅编年录校补》卷16，第1143页。

孝宗朝“宫观兼侍读”情况见载于《文献通考》:“隆兴元年,张大资焘以万寿,汤大观思退以醴泉,并兼侍读。乾道五年,刘敷制章以祐神兼侍读。”①还有史浩、梁克家两人失载。孝宗长期处于太子储君之位,故对东宫师傅感情较深,刘章、史浩任“宫观兼侍读”与此相关。另外,孝宗朝前期力主恢复,张焘与此有关。隆兴北伐失利之后,起用稳健派,梁克家是其中代表。列表如下:

时　间	姓　名	任　职	事　　由
孝宗即位之初	张　焘	宫观兼侍读。	在高宗朝力主恢复与建储,②拜同知枢密院事、参知政事,因老病未能改授。
孝宗即位之初	刘　章	提举佑神观兼侍读。	孝宗太子时期教授。旋拜礼部侍郎。③
淳熙四年(1177)④	史　浩	醴泉观使兼侍读。	孝宗太子时期教授。隆兴元年,拜尚书右仆射,与张浚政见不合,罢相十三载。再度入相前的铺垫。⑤
淳熙五年(1178)	史　浩	醴泉观使兼侍读。⑥	以右丞相求退,孝宗挽留以宫观兼侍读。
淳熙九年(1182)九月	梁克家	醴泉观使兼侍读	稳健派代表,与主战的虞允文分任左、右相,旋除右丞相。⑦
淳熙十三年(1186)十一月	梁克家	醴泉观使兼侍读。	罢相后改任。⑧

南宋其他时期“宫观兼侍读”任职情况较少,政治作用不明显,可考者七人,列表如下:

时　　间	姓　名	任职情况
宁宗开禧三年(1207)	钱象祖	以提举万寿观兼侍读除参知政事(《宋宰辅编年录校补》第1340页)。
理宗端平二年(1235)	真德秀	罢参知政事,除提举万寿观兼侍读(同书第1508—1509页)。
理宗端平三年(1236)	郑清之、乔行简	俱罢相,同除醴泉观使兼侍读(同书第1556页)。
理宗淳祐四年(1244)	杜　范	以提举万寿观兼侍读除右丞相兼枢密使(同书第1607页)。
度宗咸淳元年(1265)	贾似道	除镇东军节度使充侍读(同书第1679页)。
度宗咸淳三年(1267)	王　爚	罢知枢密院事,除提举万寿观兼侍读(同书第1687页)。

① 马端临《文献通考》卷54《职官考八》“翰林侍读学士(侍读,兼侍读)”条,第491页。按,《翰苑新书》前集卷11“宫观兼经筵”条同,注“系以《中兴会要》修入”。

② 《宋史》卷382,第9295页。

③ 《宋史》卷390,第9425页。

④ 《宋史》本传仅称“淳熙初”,《宋宰辅编年录校补》卷17(第1159页)载为“淳熙四年三月”。

⑤ 《宋史》卷396,第9499—9500页。

⑥ 《宋史》卷396,第9500—9501页。

⑦ 《宋宰辅编年录校补》卷18,第1148页。

⑧ 《宋宰辅编年录校补》卷18,第1255页。

总的来看,“宫观兼侍读”的政治影响主要集中在北宋徽宗和南宋高宗、孝宗三朝。徽宗朝主要表现为拜相前的预备或罢相后的尊崇,由退休宰辅担任“宫观兼侍读”,是对他们的政治资历、经验的认可,通过经筵场域对政治事务起到应对顾问之功,保留着保傅的尊崇意味。高宗、孝宗两朝因为存在战、和国是之争,往往以任命前任宰辅进入“经筵”御前场合作为再次起用为宰辅的人事过渡,释放政治方针调整的信号,高宗朝后期与孝宗即位之初的经筵“师保”以反对秦桧议和、主张抗敌的旧臣为骨干,对调整政策、维护政局稳定起到了积极作用。还有一些特殊情况,如南宋初孝宗即位前长期未定太子名分,一直受到潜邸师傅护佑引导,感情颇深,即位后任命潜邸旧臣为“宫观兼侍读”,回归了职位形成之初的保傅意义,可谓得体。又如南宋末度宗咸淳元年,贾似道“欲以经筵拜太师”,其中保傅意味已是回光返照,行事草率以至沦为笑柄。①

三、结 论

经筵师道观念的制度演变有三个阶段:第一,本事出现。仁宗朝经筵官“坐立”姿态经历了从“天禧旧制”“天圣新制”到“皇祐永制”调整,这些调整仅出于技术性考虑,不带有师道观念内涵,但无意中为师道观念赋予制度意义创造了可供言说的本事。第二,神宗朝吕公著、王安石等针对仁宗朝“皇祐永制”提出改革,倡导“侍讲官坐,侍读官立”,赋予经筵官“坐立”姿态以师道观念内涵。事虽未济,但扩大了师道观念的影响。第三,哲宗朝出现经筵制度合理利用师道观念,与保傅制度结合,以重臣(多为前任、现任或预备宰辅)任职的“宫观兼侍读”制度设置。这一制度在哲宗朝之后仍持续发挥政治作用,尤其以徽宗、高宗、孝宗三朝为突出,影响直至南宋末年。师道观念对经筵制度的影响,是“活”的制度史的典型体现。以坐立姿态为例,哲宗朝具有尊崇经筵官意味的“宫观兼侍读”制度任职者皆为侍读,是坐侍而非立讲。有趣的是,神宗朝、哲宗朝“坐立之争”“坐立之议”倡导侍讲坐讲、侍读立侍,以及宁宗朝晚间经筵规定侍讲坐讲,②在形式上与“宫观兼侍读”相反。双方在制度形态上相反,在

① 《宋史》卷474(第10660页)载:“似道至,欲以经筵拜太师,以典故须建节,授镇东军节度使,似道怒曰:‘节度使粗人之极致尔!’遂命出节,都人聚观。节已出,复曰:‘时日不利。’亟命返之。宋制:节出,有撤关坏屋,无倒节理,以示不屈。至是,人皆骇叹。”

② 南宋宁宗甫即位就表现出极大的右文崇儒兴趣,不但在人员上招揽朱熹、黄裳、陈傅良、彭龟年等名儒为讲读官,更在制度上增置经筵为早讲、晚讲两班,早讲仍依“近例”(皇祐永制)规定“讲者立侍”,而晚讲则复“旧制”(天禧旧制)规定“讲者坐侍”,晚讲赐坐遭到质疑,旋即复原(载于《宋史》卷37《宁宗本纪》,第479页)。此次“坐立”变化为时不到一月,是宁宗即位之初试图尊崇道学、革新朝政但却浅尝辄止、未获实效的政治缩影。

观念内涵上却完全一致，即承认经筵官具有师道之尊。这说明观念内涵能够根据具体历史情境被灵活采纳利用，呈现为不同的外在制度形态，因此立足于观念内涵而非外在制度形态的判断，才是更准确的界定标准。在这个意义上，神宗、哲宗朝经筵师道观念形成，与仁宗朝经筵制度基本完备，虽然共同标志着宋代经筵与汉唐帝王讲经侍读的区别，但界定宋代经筵的核心标准应该偏重于神宗、哲宗朝师道观念的形成，而非仁宗朝经筵外在制度形态基本完备。还可以通过与汉唐帝王讲经侍读、明清经筵的比较来认识这一问题，明清经筵在保持制度形态不变的前提下，变为帝王训谕臣下的场所，渐失经筵本义，回到汉唐帝王讲经侍读老路。[①]究其原因，关键正在于明清经筵偏离了宋代经筵师道观念内涵。以宋代经筵为标准向前回溯，汉唐帝王讲经侍读缺乏完善制度与师道观念内涵；向后展望，明清经筵虽然具备完善制度，却丧失了师道观念内涵。脱离制度支持的观念是无力的，缺乏观念底蕴的制度是僵化的。尽管不必夸大理想观念在实际政治运作中的效用，宋代经筵师道观念内涵体现的皇权克制即便只是在利用实质之上具有的自我标榜姿态，那也是汉唐帝王讲经侍读与明清经筵未曾有过的姿态。在思想与权力的博弈中，权力在利用思想的前提下对其传统予以一定程度的尊重，毕竟优于随意践踏。“华夏民族之文化历数千载之演进，造极于赵宋之世”，[②]宋代经筵以独有的师道观念内涵又一次印证了这个判断。

［作者简介］ 曾祥波，中国人民大学文学院教授。

---

① 许静《试论明清经筵制度的发展演变》，《明清论丛》第 13 辑，北京：故宫出版社，2014 年，第 143—156 页。

② 陈寅恪《金明馆丛稿二编·邓广铭〈宋史职官志考证〉序》，北京：生活·读书·新知三联书店，2001 年，第 277 页。

南宋诗人刘过生卒年再议

杨 明 杨 焄

［摘　要］ 关于南宋诗人刘过的生卒年，自近人罗振常予以考证以来，学界存在各种不同意见。考订排比刘过部分诗作的创作时间，再参酌整合其他各类文献，可以推断其生年当为高宗绍兴二十五年(1155)，卒年则为开禧三年(1207)，享年五十三岁。

［关键词］ 刘过　生卒年　《龙洲集》

关于刘过的生卒年，学界有不同说法。我们认为刘过生于高宗绍兴二十五年(1155)，卒于宁宗开禧三年(1207)，享年五十三岁。

最早对刘过生卒年加以考证的是罗振常。罗氏在订补明人沈愚所辑《怀贤录》时，提出刘过生于绍兴二十四年(1154)、卒于开禧二年(1206)之说。其所依据者有二：一是明代方志万历《昆山志》称刘过祠建于嘉定五年(1212)①，即刘过葬年(按：此说实始于卢熊所撰洪武《苏州府志》，后世方志沿之)；二是元至正十三年(1353)殷奎所作《昆山复刘改之先生墓事状》云："始故人潘友文尹昆山，先生来客其所，遂娶妇而家焉。既卒，而友文为真州，以私钱三十万，属其友具凡葬事。值其友死，不克葬。后七年，县主簿赵希栎乃为买山，卒葬之。"罗氏以为"后七年"是指刘过卒后七年，于是由嘉定五年上溯七年，为开禧二年。②

此后学界多从其说。直至俞兆鹏《南宋诗人刘过卒年考》方始提出异说，认为刘过卒年应在宁宗嘉定二年(1209)冬。③嗣后谢安松《南宋词人刘过卒年新证》批驳俞说，以为刘过卒年在开禧三年(1207)冬。④俞、谢二家之后，又有

---

① 罗氏原文误作"嘉泰五年"，兹据万历《昆山志》径改。
② 罗振常校订《龙洲词》附录沈愚原辑、罗振常订补《怀贤录》，蟫隐庐排印本，1924 年，第 8b 页。
③ 俞兆鹏《南宋诗人刘过卒年考》，载《中国典籍与文化》2004 年第 1 期。
④ 谢安松《南宋词人刘过卒年新证》，载《词学》第 49 辑，上海：华东师范大学出版社，2023 年。

周子翼《南宋词人刘过卒年问题考辨》，主张维持罗振常旧说。[①]今参考众说，吸取其中我们认为合理的意见，略述己见。

俞文否定刘过卒于开禧二年说，主要依据是叶绍翁《四朝闻见录》卷二《函韩首》一节。《函韩首》记载韩侂胄开禧北伐失利之后，欲派人赴金议和，考虑使者人选时，曾想到刘过。其言云：

> 庐陵布衣刘过亦任侠能辩，时留昆山妻舍。韩颇闻其名，谕钱参政象祖风昆山令，以礼羁縻刘，勿使去。令轻于奉行，遂亲持圆状见刘，目之以奉使，别设供帐精舍以俟之。刘素号挥喝，喜不胜情，竭夌资以结誉。后朝廷既用方（信儒）、王（柟），令小官也，不复敢叩钱。刘宾客尽落，竟郁郁以终云。[②]

据《金史·章宗纪》，方信孺使金凡三次，都在开禧三年，分别为二月、五月、八月。[③]据《宋史·宁宗纪》，王柟使金在同年九月。[④]而据《宋宰辅编年录》及《宋史·宁宗纪》载，钱象祖为参知政事是在开禧三年四月，至十一月兼知枢密院事。[⑤]也就是说，钱氏"风昆山令以礼羁縻"刘过时，南宋已曾派遣使者北上。看来韩侂胄在困境之中多方物色可以充使的后备人选。不论如何，此一事件表明刘过开禧三年尚在人世。

在《龙洲集》里，有若干首可以考定是开禧二年所作。最可重视的是卷二《呈陈总领》五首。[⑥]"陈总领"指陈谦。据《宋史》本传和叶适《朝请大夫提举江州太平兴国宫陈公墓志铭》，陈谦曾两次任湖广总领，第一次在宁宗庆元二年（1196），第二次在开禧二年，以户部郎迁司农少卿，复为湖广总领。北伐失利，金兵深入，汉阳空城遁走，武昌震动。十一月，谦受命为湖北京西宣抚副使。[⑦]刘过诗中说到皇甫斌败绩之事[⑧]，那是开禧二年五月的事。诗中又有"北斗移

---

① 周子翼《南宋词人刘过卒年问题考辨》，载《词学》第51辑，上海：华东师范大学出版社，2024年。

② 叶绍翁《四朝闻见录》卷2《函韩首》，冯惠民、沈锡麟点校，北京：中华书局，1989年，第76页。

③ 参见脱脱等《金史》卷12《章宗纪四》，北京：中华书局，1975年，第280—281页。

④ 参见脱脱等《宋史》卷38《宁宗纪二》，北京：中华书局，1985年，第746页。

⑤ 参见徐自明撰、王瑞来校补《宋宰辅编年录校补》卷20《宁宗皇帝》，北京：中华书局，1986年，第1340页；脱脱等《宋史》卷38《宁宗纪二》，第745—746页。

⑥ 刘过《龙洲集》卷2《呈陈总领》，杨明点校，上海：上海古籍出版社，1978年，第7—8页。

⑦ 参见脱脱等《宋史》卷396《陈谦传》，第12079页；叶适《叶适集》卷25《朝请大夫提举江州太平兴国宫陈公墓志铭》，刘公纯等点校，北京：中华书局，2010年，第502—504页。

⑧ 刘过《龙洲集》卷2《呈陈总领》其一："唐邓征魂招不得。"第7页。按：诗中所述当指皇甫斌率兵攻打唐州、邓州而兵败之事，事详《金史·乌古孙兀屯传》，第2645页。

杓向西指，八月风高塞尘起"之句[①]，则当作于当年秋季。湖广总领置司于鄂州江夏（今武汉武昌）。刘过当时也应在江夏。（刘过《龙洲集》卷二《上谯江州》云："指点武昌在何许？买船又谒吴侯去。"[②]"武昌"指鄂州，治江夏，"吴侯"指吴猎。吴猎自嘉泰四年夏至开禧元年秋先后担任鄂州知州及湖广总领，都在江夏。[③]据岳珂《桯史》卷二《刘改之诗词》，刘过开禧元年曾在京口。[④]他应是离开京口后西行，经过江州，到达江夏的。）既然《呈陈总领》证明刘过开禧二年夏秋之时尚在江夏，那么说他同年已卒于昆山，似乎过于匆遽，不甚合理。

那么刘过是否如俞文所说，卒于嘉定中呢？

俞文提出的一个证据是：刘过有《谒江华曾百里》之作。据清人所编《江华县志》，此曾姓江华县令应是曾之谨。其任期为嘉定元年至四年（1208—1211）。俞文认为，此乃刘过嘉定间尚在之一证。对此谢安松《南宋词人刘过卒年新考》解释道，即使刘过诗中的"曾百里"果真就是曾之谨，那也可能是曾氏待阙时刘过谒见所作，那就不是嘉定年间，而是开禧三年。我们赞同谢文的说法。

事实上典籍中早有刘过嘉定年间还在世的说法。宋元之际佚名《东南纪闻》卷一云："刘龙洲过，太和人。嘉定间客京师，因争竞到府。赵尹师羼素不喜士，将杖之。其侪辈扣橐，使王方岩居间。王不得已，折简于赵云：'刘过平生违越事不止此，要当使俗子治之，勿出吾曹手也。'赵忻然，即释其罪。"[⑤]赵师羼曾多次为临安知府[⑥]，嘉定间确曾为此任，俞文豹《吹剑四录》曾明白指出嘉定庚午（三年）赵在临安尹任上。[⑦]那么《东南纪闻》的记载似乎值得重视。但是，我们认为仍不足采信，原因就在于岳珂《桯史》明确记载了刘过卒年必在开禧间，不可能迟至嘉定年间。

《桯史》卷二《刘改之诗词》记载岳珂与刘过的交往，并录刘过作品多首。其言云：

---

① 刘过《龙洲集》卷2《呈陈总领》其一，第7页。

② 刘过《龙洲集》卷2《上谯江州》，第11页。

③ 参见魏了翁《鹤山先生大全文集》卷89《敷文阁直学士赠通议大夫吴公行状》，《四部丛刊》景宋刻本配明嘉靖铜活字本。第8a—8b页。按：魏文叙述吴氏仕宦经过，于"嘉泰三年春，除广西路转运判官"后，续云"三月，改知鄂州"，"夏五月丁卯，至鄂州"，似官鄂州知州也在同年。然明张鸣凤《桂胜》卷十一《隐山》所载题名有"转运判官长沙吴猎德夫"，且署"嘉泰三年重九日"（杜海军、阎春点校，北京：中华书局，2016年，第181页），是嘉泰三年吴氏尚在广西，赴鄂州已至次年。

④ 岳珂《桯史》卷2《刘改之诗词》，吴企明点校，北京：中华书局，1981年，第22页。

⑤ 佚名《东南纪闻》卷1，燕永成整理，上海师范大学古籍整理研究所编《全宋笔记》，郑州：大象出版社，2017年，第8编第6册，第281页。

⑥ 真德秀《真西山集》卷一九《赐正议大夫守兵部尚书兼知临安府赵师羼乞畀祠禄不允诏》称其尝"四尹神皋"，《四部丛刊》景明正德刻本，卷19第25a页。

⑦ 参见俞文豹《吹剑四录》，许沛藻、刘宇整理，上海师范大学古籍整理研究所编《全宋笔记》，郑州：大象出版社，2016年。第7编第5册，第180页。

庐陵刘改之过以诗鸣江西，厄于韦布，放浪荆楚，客食诸侯间。开禧乙丑过京口，余为饷幕庾吏，因识焉。广汉章以初升之、东阳黄幾叔机、敷原王安世遇、英伯迈，皆寓是邦，暇日相与蹠奇吊古，多见于诗，一郡胜处皆有之。……既而（刘过）别去，如昆山。大姓某氏者爱之，女焉。余未及瓜，而闻其讣。[①]

所谓“饷幕庾吏”，是指管理军粮仓库的小官吏。“及瓜”语出《左传》，系指任职到期。谢安松《南宋词人刘过卒年新证》根据岳珂本人的著作《桯史》《愧郯录》《宝真斋法书赞》等指出岳珂嘉泰四年（1204）十二月赴镇江上任，开禧元、二年（1205、1206）均在镇江任职，证据是确凿的。至于开禧三年（1207）的任职情况，虽未见显证，但他嘉定元年（1208）春初已赴临安参加省试，落第后即回到九江家中，因此可以推知，开禧三年他也还在镇江。不论如何，岳珂担任“饷幕庾吏”任满绝无可能迟至嘉定年间，刘过既卒于岳珂镇江任满之前，那么《东南纪闻》所载述者并不可靠。

综上所述，刘过的卒年既不是开禧二年，也不是嘉定年间，而应是宁宗开禧三年（1207）。

那么刘过的生年是何时呢？罗振常据陈谔《题刘龙洲易莲峰二公墓》诗“同是庐陵士，皆年五十三”之句，断定刘过享年五十三岁。罗氏以刘过卒于开禧二年，则上推五十三年，为高宗绍兴二十四年（1154）。今既定刘过卒于开禧三年，则其生年应是绍兴二十五年（1155）。

这里还须加以说明：罗振常以为陈谔是明代人，实误。罗氏订补《怀贤录》中收录的陈谔诗，当出自清初顾湄编集、徐履忱订正的《刘龙洲墓诗》。[②]据顾湄跋语称，其搜集诗作时主要依据明人俞允文所辑《昆山杂咏》。然检今存《昆山杂咏》，其中收录题咏刘过墓之诗多首[③]，却未见陈作。考嘉靖《昆山县志》，则已将陈谔此作置于明人诗中[④]，后来方志亦皆以为明人。但其实是错误的。明人王行有《题莲峰易先生墓后》一篇，虽未录载陈谔此作，却言及其事。其言曰：“（周伯琦）为庐陵易恒书其曾祖莲峰先生墓表，篆书一十二，正书二十六。

① 岳珂《桯史》卷2《刘改之诗词》，第22—23页。

② 国家图书馆藏清康熙间查嗣瑮旧藏清钞本附有顾湄编集、徐履忱订正《刘龙洲墓诗》，该本有罗振常批校。

③ 参见俞允文辑《昆山杂咏》卷26《吊古》，《四库全书存目丛书》影印明隆庆四年刻本，济南：齐鲁书社，1997年，集部第315册，第134—138页。

④ 方鹏纂、杨逢春修《昆山县志》卷16《集诗》，嘉靖十七年刻本，第24a—24b页。

初，恒既得此书，兵乱随失，今复购获之，且勒于石，而装褫其迹为卷，征余识之。按：莲峰名斗元，字复之，一号太初，葬昆山之南，与刘龙洲墓东西相望。尝观其家藏宋进士野水陈谔诗，以为莲峰才气绝似龙洲，同为庐陵人，虽先后不同，又皆年五十三而死，所藏相去复甚近，故为一诗以吊二墓云。”[①]王行亲见易家宝传的陈谔诗，称为“宋进士”，自然不会有错。查周密《癸辛杂识》云：“陈谔，字古直，号埜水，尝为越学正。”[②]“埜水”即“野水”，《题莲峰易先生墓后》的作者正是此人。而明代也有陈谔，《明史》有传，系明初人[③]，方志因此而致误。既然陈谔是宋人而非明人，则他所说刘过“年五十三”，应该是很可采信的。

还要说明一下：罗振常以为殷奎《复刘改之先生墓事状》所说的“后七年，县主簿赵希楙乃为买山，卒葬之”是指刘过卒后七年，于是由嘉定五年上溯七年，为开禧二年。但是对“后七年”可以有不同理解。谢安松文即解释为潘友文知真州之“后七年”。而据楼钥《真州修城记》，潘氏始任真州知州是在嘉定二年（1209）八月。[④]若从该年算起，那么刘过葬年应是嘉定九年（1216），卢熊《苏州府志》等说葬于嘉定五年（1212）的记载便是错误的。谢说值得考虑。与殷奎《事状》同年所作王公辅《祭刘龙洲先生文》云：“天靳斯文，五十而殒。先生初来，依潘使君。娶妇董氏，遂为娄人。先生之死，贫且无子。潘守仪真，托友买地。其友沦亡，爰及七禩。后得赵簿，始克襄事。”[⑤]审其语气，似乎正是说潘友文托友买地之后拖延了七年，而不是刘过卒后七年。但卢熊《苏州府志》卷十五《祠祀》、卷四四《冢墓》两次说到嘉定五年葬[⑥]，言之凿凿，且卢氏也正是至正十二、三年与殷奎等一同参与修复刘过墓者。[⑦]其间矛盾抵牾，究竟如何解释，还是一个问题。

［作者简介］ 杨明，复旦大学中文系教授，博士生导师。

杨焄，复旦大学中国古代文学研究中心、中文系教授，博士生导师。

---

① 王行《半轩集》卷 8《题莲峰易先生墓后》，明刻本，卷 8 第 13a 页。

② 周密《癸辛杂识》续集卷下《陈谔捣油》，吴企明点校，北京：中华书局，1988 年，第 204 页。

③ 参见张廷玉等《明史》卷 162《陈谔传》，北京：中华书局，1974 年，第 4399—4400 页。

④ 楼钥《楼钥集》卷 51《真州修城记》，顾大朋点校，杭州：浙江古籍出版社，2010 年，第 958 页。

⑤ 王公辅《祭刘龙洲先生文》，罗振常校订《龙洲词》附录沈愚原辑、罗振常订补《怀贤录》，第 10b 页。

⑥ 卢熊辑《苏州府志》，明洪武刻本，卷 15《祠祀》第 21a 页、卷 44《冢墓》第 13a 页。

⑦ 罗振常订补《怀贤录》中所收殷奎《复刘改之先生墓事状》，在文末开列的共事者名单中有“卢熊”（第 12a 页）。明正统十三年刻殷奎《殷强斋先生文集》卷 3、《文渊阁四库全书》本殷奎《强斋集》所收《事状》则作“卢焘”。考殷奎《殷强斋先生文集》卷 7 有《清明有怀公武》，俞允文辑《昆山杂咏》卷 18《怀思》载殷奎《怀卢公武》，均为赠卢熊（字公武）者，又《昆山杂咏》卷 26《吊古》所收题刘过墓诗作中也有卢熊之作，疑作“焘”者盖因形近而致误。

传承与破冰:新世纪元代文学研究的赓续经典与探求新知*

李　雪

［摘　要］ 元代文学研究,在世纪之交曾一度走入低谷。进入新世纪,则迅速展示出新的面貌,研究队伍壮大且充满活力。基础文献整理取得历史性成就,整体成果数量急速增加,高层次课题立项数量和在整个古代文学学科中所占比例大为提升,社会关注度显著提高。研究领域拓展,研究视角多元,新的文学史格局与面貌形成。发展态势较好,但研究深度有待推进,问题的探讨有待深入,成果质量与研究水平也需要提升。

［关键词］ 元代文学　元代文学研究　新世纪

2006年,查洪德教授在《民族文学研究》第3期发表《元代文学研究的困境与出路》一文,文章指出:"元代文学研究已经走入困境。其表现形式是,研究队伍的萎缩和研究水平的下降。"①十几年后的今天,元代文学研究则完全呈现另一种面貌与态势,被认为是中国古代文学研究中最活跃的时段之一。元代基础文献整理取得历史性成就,研究领域极大拓展,元代文学的成就被重新评价,通行于20世纪的不少成说被改写,一些新的命题和概念被提出。概而述之,新世纪的元代文学研究,充满活力且成就可观,值得认真回顾总结。

一、基本文献整理研究取得新进展

20世纪70年代末开始,唐圭璋主持的《全金元词》、隋树森编的《全元散

* 本文为2020年度国家社会科学基金青年项目"元代传记文研究"(项目批准号:20CZW029)的阶段性成果。

① 查洪德《元代文学研究的困境与出路》,《民族文学研究》2006年第3期。

曲》、王季思主编的《全元戏曲》,已陆续出版。不过工作量以及难度更大的元代诗文总集则是在进入21世纪以后陆续出版。

2005年李修生主编的《全元文》及索引共61册全部出版,共1 880卷,收录作者3 140余人,文章33 728篇,2 800余万字,可谓搜罗广博,厥功甚伟,具有巨大的文献价值,受到广泛关注,是“新世纪元代文学研究的重要基石”①。2013年杨镰主编的《全元诗》整理出版,全书包括索引共68册,收入近5 000位诗人,诗作13余万首,2 208余万字,对元代文学、历史等研究起到了很大的推动作用。但因卷帙浩繁,工程巨大,难免有所疏漏,随之产生了一批《全元文》《全元诗》校订、补遗、辑考类的学术成果。2019年,中华书局出版了《全元词》,对《全金元词》有一定的补正。其他总集还有杨镰主编的《元代僧诗全集》(广西师范大学出版社2001年),杨镰、叶爱钦整理,顾瑛辑的《玉山名胜集》(中华书局2008年),杨镰、祁学明、张颐青整理,顾瑛辑的《草堂雅集》(中华书局2008年)、韩格平等主编的《全元赋校注》(吉林文史出版社2016年)。

元代诗文别集的整理,则基本上是进入新世纪才全面展开。20世纪中华书局推出《中国古典文学基本丛书》,上海古籍出版社推出《中国古典文学丛书》出版了系列别集,而其中属于元代的只有耶律楚材的《湛然居士文集》(中华书局1985)、萨都剌的《雁门集》(上海古籍出版社1982年)。不管是进入研究者视野的元人别集还是别集整理,仅此几种而已。而到了21世纪,别集整理成果斐然。

传世的元代诗文别集,总计有数百种。《四库全书总目》著录元别集作者163位,《四库全书》收录元别集169种,入存目别集36种,加到一起二百余种,这应该是元代重要诗文别集的数量。而元代代表性诗人文章家的别集,只是其中一部分。21世纪以来,元人别集已整理出版64种,涉及元代文人50余位。由北京师范大学主持、吉林文史出版社出版的《元代别集丛刊》陆续出版了胡祗遹、刘敏中、戴表元等25位元代作者的诗文集;浙江古籍出版社出版的《浙江文丛》收录了柳贯、黄溍、赵孟頫等18位元人的诗文集;中华书局《中国古典文学基本丛书》出版了袁桷、王恽、元好问等元人的六种诗文集;北京师范大学出版社主编的《元代古籍集成》出版张光弼、周霆震、王逢、张宪等元人诗文集四种;其他出版社出版的元人别集有15种,如:《姚燧集》(查洪德编校,人民文学出版社2011年)、《揭傒斯全集》(李梦生标校,上海古籍出版社2012

① 查洪德《〈全元文〉新世纪元代文学研究的重要基石》,《中国典籍与文化》2007年第2期。

年)、《刘因集》(商聚德点校,人民出版社 2017 年)、《吴文正集》(李军校点,北京大学出版社 2024 年)等。这些元代作家既有姚燧、虞集这样的文学大家,也有一般的诗文作者,别集种类多,作品多,涉及面广。21 世纪以来,元人别集整理的成就,就数量来说,是整个 20 世纪的数十倍。可以说,元代最具代表性的诗人文章家的别集,都已整理出版。

在元曲的整理方面,傅丽英、马恒君校注了《马致远全集校注》(语文出版社 2002 年),蓝立萱校注了《汇校详注关汉卿集》(中华书局 2006 年)。

元代文学批评著述,历来不受关注,甚至不为人知。进入 21 世纪,随着研究的深入,这些文献也被发掘整理出来。刚进入新世纪,就出版了张健编著的《元代诗法校考》(北京大学出版社 2001 年),收录 20 余种诗法著作,并考证作者及其版本源流。此后又有陶文鹏、魏祖钦整理点校的《唐音评注》(河北大学出版社 2006 年),淮建利点校的潘昂霄著《金石三例・金石例》(中州古籍出版社 2015 年),慈波辑校了陈绎曾《陈绎曾集辑校》(人民文学出版社 2017 年)。王水照编的《历代文话》收录李淦《文章精义》等七种元代文论著作(复旦大学出版社 2007 年),羊列荣、刘明今编著《中国历代文论选新编(宋金元卷)》(上海教育出版社 2007 年)收录了元代代表性的一些文论文献。

笔记整理方面,已经出版单行本的笔记有杨晓春点校的王恽《玉堂嘉话》(中华书局 2006 年)、孔凡礼点校的周密《浩然斋雅谈》(中华书局 2010 年),2012 年上海古籍出版社出版了《历代笔记小说大观》,其中收录了杨瑀《山居新语》、姚桐寿《乐郊私语》、陶宗仪《南村辍耕录》、蒋子正《山房随笔》、孔齐《至正直记》,吴东昆校点了叶子奇《草木子(外三种)》(上海古籍出版社 2012 年)。2021 年,以查洪德教授为首席专家的重大项目《辽金元笔记文献汇编及研究》已立项,《全辽金元笔记・第一辑(全十册)》于 2022 年 12 月出版,第 1 辑共 10 册,收笔记 43 种,计 193 卷,317.9 万字。其中,辽金 19 种,元代 24 种。

在元代文献整理工作累累硕果的同时,元代文献的研究工作也在陆续开展。查洪德教授与李军教授合著的《元代文学文献学》(中国社会科学出版社 2002 年)第一次梳理了元代文学文献,从文献的角度为元代文学研究提出了新思路、新见解。此外还有王树林《金元诗文与文献研究》(中华书局 2008 年)、罗鹭《〈元诗选〉与元诗文献研究》(巴蜀书社 2010 年)、刘飞、赵厚均《〈草堂雅集〉与元代文学总集的编撰》①。邱居里《元代文献探研》(北京师范大学

① 刘飞、赵厚均《〈草堂雅集〉与元代文学总集的编撰》,《安徽大学学报(哲学社会科学版)》2012 年第 4 期。

出版社 2014 年)立足于元代文献整理的基础上,从学术史和文献学的视角解读元代文献,史料详实,分析细致,富于创见。杨镰《元代文学及文献研究》(中华书局 2015 年)收录其 20 余篇论文,主要包含对元代文人身世的考辨、文献的辑佚和辨伪,以及对前人编纂的各类元代总集的考订等。周清澍、曹金成主编的《元朝诗文别集版本目录》(上海古籍出版社 2024 年),对元人的文集、别集都进行了系统的版本目录著录、分析,是实用的文献学工具书。

刘达科《辽金元诗文史料述要》(《中国古典文学史料研究丛书》中华书局 2007 年),此外还有查洪德、王树林、李军《中国古代诗文名著提要·金元卷》(河北教育出版社 2010 年)、倪莉《中国古代戏曲目录研究综述》(知识产权出版社 2010 年)、王媛《元人总集叙录》(天津古籍出版社 2018 年)等,这些成果对元代文学研究提供了重要的文献参考,具有重要价值。由周洪才、杨立民编著的《辽夏金元著述总目》(中国书店出版社 2021 年)全面反映了辽夏金元四百六十余年间,诸朝可考及佚名作者七千八百余人的著述情况一万七千余种。这是元代文学整理的重要成果。

总的来说,新世纪以来,元代文献的整理工作有了很大的进展,文献的整理与研究为元代文学与历史的研究奠定了重要的基础,这些成绩都是毋庸置疑的。但不能否认的是,深度的整理和精细的校注,还很缺乏,较之元前与元后,还存在一定的差距,这也是研究者今后努力的方向。

二、对以往认识的反思与新命题的提出

21 世纪元代文学研究的面貌已经与 20 世纪大不相同,当前的元代文学研究刷新了以往对元代文学的认识。否定了一些不符合文学史实际的成说,提出了不少新概念与新命题。

(一) 元代文学研究格局的变化

查洪德教授指出:“以往评价元代文学的地位,大致是两句话:其一,即王国维所说‘元之曲’为有元一代之文学。其二,元代是中国文学史的转折时期,表现有二,一是俗文学取代雅文学,占据文学的主体地位;二是叙事文学较之抒情文学发达,戏曲和小说取代了诗词的主体地位。现在看来,这种认识需要修正。元代文学在中国文学史上确实具有很特别的位置,其中一个显著的标志是,元代是中国古代文学大格局形成时期。中国古代文学所有文体,在元代齐聚文坛。”①对以往评价元代文学地位的认识作了修正。20 世纪的元代文学

① 王洪波《查洪德:元代文学的价值需要重新认识》,《元代文学的价值需要重新认识》,《中华读书报》2020 年 7 月 15 日,第 10 版。

研究可以说是元曲研究一枝独秀，直至 20 世纪末，隋树森、刘知渐、李修生等学者开始提出元代各体文学都应受到关注。1991 年邓绍基先生在人民文学出版社出版了《元代文学史》，此书第一次真正把元代各体文学纳入视野，标志着元代文学研究的转向。李修生先生指出："这部《元代文学史》内容丰富、全面，举凡杂剧、散曲、南戏、诗、词、文、小说，无所不包，弥补了以前文学史有点无面的不足，内中诗文的七章，涉及数十位作家，不仅为历来文学史所未有，甚至已超过了当前学术界的研究范围……总之，此书是一部比较符合元代文学发展的历史面貌，全面反映各种文学样式及其发展过程的文学史。"[①]之后的研究都沿着邓先生指引的道路发展、推进。进入 21 世纪，各体文学研究都有进展。

新世纪以来，学者们力图更加客观全面展示元代文学的真实格局。翟朋在《新世纪以来元代文学研究的审视与思考》一文中，选取新世纪出版的五部代表性著作：李修生、查洪德主编《20 世纪中国文学研究 · 辽金元文学研究》（北京出版社 2001 年），张炯主编《中华文学发展史 · 中世史》（长江文艺出版社），张晶主编《中国古代文学通论 · 辽金元卷》（人民出版社 2010 年），北京师范大学文学院主编《中国古代文学史》（北京师范大学出版社 2008 年），章培恒、骆玉明主编《中国文学史新著（增订本）》（复旦大学出版社 2007 年）进行统计。考察各体文学所占比例，认为"随着元代各体文学研究的推进，元杂剧的研究不再是半壁河山，诗文、词、小说等文体均有一席之地。"[②]这种研究格局的形成是对元代文学地位评价的新认识的有效回应。

（二）以通观性视野对元代文学作整体研究

进入新世纪，文学史的研究注重整体性、综合性、通观性的大视野观照，倡导打破文体，贯穿古今。在元代文学研究中，查洪德教授的《元代文学通论》（东方出版中心 2019 年），属于这方面的成果。查洪德教授指出："《元代文学通论》是以通观视野对元代文学作整体性审视。元代文学构成复杂，地有南北，人有华夷，体分雅俗，由此形成了元代文学的诸多板块。所谓通观视野下的元代文学研究，就是将元代文学中这各具特色、各自发展的多个板块，纳入元代文化精神这一总的视域作整体观照，不再区分文体、地域及作家的民族身份。"[③]该书以通观视野，展示了元代文学的独特风貌。指出大元气象是元代文化精神的基本概括，厌乱思治为元代各体文学的共有主题，论述了元代前中

① 侯光复整理《总结 · 深入 · 开拓——〈元代文学史〉座谈会纪要》，《文学遗产》1992 年第 5 期。
② 翟朋《新世纪以来元代文学研究的审视与思考》，《民族文学研究》2013 年第 5 期。
③ 王洪波《查洪德：元代文学的价值需要重新认识》，《中华读书报》2020 年 7 月 15 日，第 10 版。

期文坛多元归一、后期文坛多元竞胜的特点。将元代文坛的特征概括为文倡于下、雅俗分流、华夷一体。该书一经出版便受到极大关注，2020 年 1 月入选光明书榜，2020 年 12 月被中华读书报评为 2020 年度不容错过的 20 种人文社科好书，作为一部学术著作这是很少见的。评论认为，该书的出版，“标志着元代文学之进入新里程”①。在这一趋势下，元代文学通观性研究成果已有一定数量，张艳还发表了专题论文《元代文学通观性研究》②。邱江宁的《元代文人群体的地理分布与文学格局》（中华书局 2021 年）认为，在蒙古人东拓西征以及密集的驿站建设背景下，13—14 世纪的世界不再是铁板一块，在邦交往来和文化交流中，中国文学不再囿于中国范畴，它是世界性的。③从整体上讨论元代文人群体的地理分布与文学格局演变。任红敏的《元代文坛格局与走向研究》（天津古籍出版社 2023 年）从元代特定历史时期的社会体制、文化思潮、民俗世风、娱乐休闲等对文学的影响和渗透，综合考察各种社会与文学现象。这些研究成果视野宏阔，彰显了非凡的学术洞察力与前瞻性，为元代文学研究开辟了新天地。

（三）厌乱思治主题的提出

今人对元杂剧的评价很高，尤其是对其主题思想的研究成果丰硕，元杂剧反封建、反传统道德说更是流行。查洪德教授指出：“在 20 世纪，严重影响元杂剧研究的，是阶级性、人民性评价标准”，“在元杂剧的研究中，先验地以反传统意识解读元杂剧，以反映阶级矛盾和民族矛盾为标准评价元杂剧，导致对杂剧作家作品的曲解”④。对此，查洪德教授提出元代文学的厌乱思治主题，认为“元代文学的基本精神是追求基本道德与社会秩序的重建，是维护传统而非打破传统。厌倦、厌恶政治与社会的混乱，渴望政治清明天下清平，是元代各体文学共有的重要主题。”⑤观点新颖而具有冲击力。杜瑶瑶发挥这一观点写作《元杂剧厌乱思治主题研究》（南开大学博士论文 2017 年），对元杂剧的主题研究具有颠覆性。过去多认为元杂剧作家作为市井文人，失去了传统士人的品格，对此查洪德教授指出“这些说法过于主观。依据元代文献做具体考察，验之于元代戏曲家在作品中传达的观念，从各个方面来看，元代曲家都没有失去士人的品格。他们是元代士人群体的一部分。对于现实与社会，他们没有

① 张晶《通观：作为文学史研究的进路》，《民族文学研究》2020 年第 5 期。
② 张艳《元代文学通观性研究》，《南都学坛》2015 年第 1 期。
③ 邱江宁《元代文人群体的地理分布与文坛格局》，北京：中华书局，2021 年，第 10—11 页。
④ 查洪德《元代文学通论》，上海：东方出版中心，2019 年，第 17 页。
⑤ 查洪德《元代文学的厌乱思治主题》，《中山大学学报（社会科学版）》2019 年第 1 期。

失去责任心，表现出了士人的忧患意识和担当精神。正因为如此，才有了大量题材严肃、深刻反映当时社会问题的杂剧作品。”①“元代的杂剧作家，绝非‘市井文人’，他们是士人群体的一部分。与诗文作家一样，他们没有放弃自己的社会责任。面对道德失范、社会失序、百姓受难的现实，他们起而拯之，用戏曲作品批判世乱，推行教化，以期改善社会，重建秩序。他们坚守中原传统观念，期待社会道德回归。官员廉政，政治清明，百姓安乐，社会安定，是中国百姓千百年不变的愿望，也是元杂剧作家的愿望。‘有补于世’，体现的是杂剧作家的淑世情怀和社会重建意识，也是当时人对杂剧社会功能的认定。”②

（四）雅俗文学的交流与融合

过去很多研究认为元代的诗文作家队伍与戏曲作家队伍是对立的，新世纪以来，很多研究成果对这一认识进行了修正。在元代，俗文学作家队伍形成，于是有雅、俗两种文学作家队伍。元代的钟嗣成和20世纪初的胡适都指出了元代文坛雅俗分流的现象，查洪德教授第一次把这一现象作为文学史问题加以探讨。查洪德教授《元代作家队伍的雅俗分流》指出“作家队伍的雅俗分流，是元代文学史的独有现象。”③并分析了雅俗分流的原因，考察两个队伍的基本状况，认识两个队伍精神面貌的同异，分析两个队伍之关系，认为：“两个作家队伍，在元代这同一时空中，就其主体方面说，是和谐共生的。”④其他研究成果还有任红敏《忽必烈幕府用人导向与元代作家队伍的雅俗分流》（《民族文学研究》2014年第6期）、《元曲的雅俗融合及其转换》（《郑州大学学报（哲学社会科学版）》2019年第2期），张艳《元代文坛的雅俗双栖现象》（《南都文坛》2016年第4期）、《论元代文人的雅俗双栖创作》（《北方论丛》2016年第4期）、《注重性情与教化——杨维桢的雅俗文学理论及创作》（《文艺评论》2017年第7期），赵月霞《论元代民族文化交融与冲突对雅俗文学格局之影响》（《内蒙古社会科学（汉文版）》2017年第1期）等。

新世纪以来，学者审视过去一些被当做权威的结论，求真求实，提出新的问题，得出新的结论，力图清除这些根深蒂固的成说，展示元代文学客观全面的新格局。

三、研究领域空前拓展

20世纪末元代文学研究走入困境，经过一些学者的不懈努力，元代文学

① 查洪德《元曲家的士人品格和杂剧中体现的担当精神》，《内江师范学院学报》2019年第11期。
② 查洪德《元杂剧的淑世精神与社会重建意识》，《南开学报（哲学社会科学版）》2019年第5期。
③④ 查洪德《元代作家队伍的雅俗分流》，《西南民族大学学报（人文社会科学版）》2009年第6期。

研究领域空前拓展。元曲研究引入新方法有了一定的进展,多学科交叉研究的方法展示出新的风貌,元代诗文与诗文理论批评研究蓬勃发展,各体文学研究都取得了一定成果,这些都使元代文学研究领域空前拓展。这些成果及其思路,或借鉴自古代文学研究的其他时段又灵心妙用,或借鉴自史学研究而加以转化,或者是研究者独出心裁。其作者多为青年学者和博士研究生,他们是元代文学研究的新生力量,为元代文学带来了新的气象。

(一)元曲研究的进展

元曲研究在20世纪取得丰硕成果,在元曲作家生平研究,作品考订以及题材本事的研究,作品思想和社会价值研究,元曲史研究,元曲的考古研究,杂剧的舞台表演、音乐、剧场研究,元杂剧中所体现的民俗文化、语法研究,元代文人和杂剧兴盛的相互关系研究等各个方面都取得了突出的成就。自2001年至今,元杂剧研究成果依然不少,据知网统计,期刊论文3 111篇,学位论文960篇,会议论文55篇,数量庞大,只是其中多数还是沿着20世纪元曲研究的路子。研究者为走出元曲研究的困境,使用新的研究方法,有了一定进展。

田同旭《元杂剧通论》(山西教育出版社2007年)是元杂剧研究史上的一部通论著作,对元杂剧进行全面深入的重新思考,提出新观点与新思路。窦开虎《元杂剧校勘研究》(中国社会科学出版社2022年)对元明清及近现代时期元杂剧校勘历史进行了系统梳理,全面展现了元杂剧校勘的总体风貌。杨栋《元曲起源考古研究》,全面搜集并拍摄出土的宋元磁州下窑器物上的词曲作品64首,“拓展了元曲文献学的新视域”,运用“二重证据法”探讨了元曲的基本知识,“对瓷器上的词曲文本予以精审的辨读、校勘、注释和考证……该书破解、澄清了[山坡羊]等曲调的源流演变;《张协状元》编剧时代新证,为元剧先熟论的确证奠定了一定基础。”[①]此书获得教育部科学研究优秀成果二等奖。查洪德教授的《元代散曲的“野逸”之趣》重新审视元代散曲的特点,认为“野逸”是元代散曲的基本精神,表现为狂野肆逸、疏野旷逸、朴野恣逸、乡野恬逸、闲野俊逸、野思逸想、俚野荒逸等多种形态。[②]李昌集《当代七十年散曲研究——兼及“非主流文学”研究的面向与追问》一文肯定了20世纪元代散曲的成就,探讨当代散曲研究的走向和深化的路径。元曲研究还是大有可为的。[③]

① 高莹《元曲起源研究的新创获——杨栋〈元曲起源考古研究〉评介》,《传媒与艺术研究》2018年第1辑。
② 查洪德《元代散曲的“野逸”之趣》,《武汉大学学报(哲学社会科学版)》2019年第4期。
③ 李昌集《当代七十年散曲研究——兼及“非主流文学”研究的面向与追问》,《文学遗产》2020年第3期。

（二）元代诗文与诗文理论批评研究蓬勃发展

过去人们认为元代没有诗学，20 世纪末，元代诗文研究逐渐进入研究者的视野，但是研究人数少，研究范围有限。进入新世纪，历经 20 年，元代诗文与诗文理论研究蓬勃发展。

邓绍基先生的《元代文学史》用七章的篇幅专论元代的诗文作家，可谓有开创之功。进入 21 世纪后，查洪德教授的《元代理学背景下的元代文论与诗文》（中华书局 2005 年）一书，从学术思想、文学主张、创作实绩三个方面对刘因等九位颇具代表性的诗文作家作了深入分析，并在此基础上对理学背景下的元代文论与诗文做了较全面的总结，对元代学术与文学绍宋启明的独特作用给予了揭示。杨镰《元诗史》（人民文学出版社 2003 年），是第一部元诗专史，是新世纪元代文学研究的重要成果。赵敏俐、吴思敬主编的《中国诗歌通史》（人民文学出版社 2012 年）将辽金元卷作为一卷，左东岭主编的《中国诗歌研究史》（人民文学出版社 2020 年）将金元作为一卷，其中的元代部分都占有很大篇幅，元诗在学界的受重视程度与 20 世纪相比已全然不同，这两部书对 20 世纪元诗研究的历史进行了反思，对于促进元诗研究具有重要意义。

2014 年，北京大学出版社出版了查洪德教授的《元代诗学通论》一书，全书 56 万字，对元代诗歌做了综合考察，充实了元代文学研究的薄弱环节，具有重要的学术意义。此书提出元代诗学三方面的独特性：“其一是反应元代文人独立价值观和独立人格精神的诗学主张，其二是理学哲学思维对诗学理论的推进，其三是有关西域诗人群现象的思考。”[①]该书从元代诗学“性情”论、“自得”论、“自然”论、风格流派论、“清和”论、诗法论、“师古”“诗心”论、“主唐”“宗宋”论、鉴赏论等方面梳理了元代诗学及其发展，新意充盈。一经出版便受到学界的广泛关注，被认为“刷新了人们对元代文学的认识”。[②]此书 2013 年入选“国家哲学社会科学成果文库”，2019 年获教育部科学研究优秀成果二等奖，2020 年获得第四届全球华人“国学成果奖”，影响可以想见。2020 年中华书局出版了丁放的《元代诗论校释》，此书汇编与校注了元代单篇论诗之文，并对作者作简要介绍，对今后元代诗歌理论研究具有重要意义。近年来，武君发表了系列元代诗学论文，如《教习维度中的元代诗法及其范式构建》《应试背景下的元代诗歌教习及其诗学意义》《元代题名“诗学”相关著作及其诗学史意

---

① 查洪德《元代诗学通论》，北京：北京大学出版社，2014 年，第 23 页。

② 吴光正《回归文学传统　建构民族诗学——2014 年古代文学研究综述》，《中国社会科学报》2014 年 12 月 29 日，第 B03 版。

义》《“性情之正”论与元代诗学流变》等[①]，推动了元代诗学研究的发展。他的《元代后期诗学研究》（中国社会科学出版社，2024年）从学术文化变迁与元代中后期诗学思想流变、时代精神偶像与元代后期诗学取法、文人心态与元代后期诗学思想的演变三个方面考察元代后期诗学，揭示了元代后期诗学的特点。张素梅《元人选元诗与元诗史建构》（南开大学博士论文，2024年）以元代元诗选本为中心，探讨元人对元诗史的建构，具有较强的批评史意义。

研究者对元代诗风的研究有了很大的进展。刘嘉伟《元大都多族士人圈的互动与元代清和诗风》考察了多族士人圈的互动与诗风的关系，他指出“在频繁的文化互动之中，少数民族诗人的尚清诗风被文坛广泛接受认同；汉儒的熏陶浸染，也使得民族诗人涵醇茹和、笔触工润。多元文化的碰撞融合促成了诗风的新变。”[②]查洪德教授等人的《元人诗风追求“清和”论》专论元代清和诗风及其形成。[③]相关成果还有刘嘉伟的《华夷一体与尚质崇古的元代诗风》。[④]

《全元文》的编纂出版，促使人们重新认识元代文章。据《全元文》统计，元代文章34 000余篇，2 800余万字，数量可观。清初黄宗羲《明文案序》给姚燧、虞集很高评价，其说被《四库全书总目》称引：“国初黄宗羲选《明文案》，其序亦云：唐之韩柳，宋之欧曾，金之元好问，元之虞集、姚燧，其文皆非有明一代作者所能及。”[⑤]近年来元文的价值被认识与发掘。查洪德教授《元代理学背景下的元代文论与诗文》（中华书局2005年）已经有关于元文的介绍。不过相对于元诗而言，元文的专门研究兴起较晚。邵丽光《元代散文研究》（河北师范大学博士论文2013年）考察了元代散文多元化的创作主体，元代散文的包容性观念，元代散文风格的多元构成与新变问题。这是对中国古代散文史研究的一个补充。该论文2024年以《元代散文复古研究》为题在人民出版社出版。高洪岩《元代文章学》（生活·读书·新知三联书店2014年）对元代文章学基本命题、基本理论做了系统梳理。王树林的《元西域文家散文的文献考察及整体风貌》认为元西域散文家散文整体风貌体现在三个方面：“稽古穷经，一根于儒，又释道兼收并蓄；质朴平实，不尚虚华，又感情真挚动人；慷慨多气，豪迈雄

---

① 武君《教习维度中的元代诗法及其范式构建》，《文学遗产》2021年第5期。武君《应试背景下的元代诗歌教习及其诗学意义》，《宁波大学学报（人文科学版）》2023年第1期。武君《元代题名“诗学”相关著作及其诗学史意义》，《中山大学学报（社会科学版）》2023年第1期。武君《“性情之正”论与元代诗学流变》，《文学评论》2023年第3期。

② 刘嘉伟《元大都多族士人圈的互动与元代清和诗风》，《文学评论》2011年第4期。

③ 查洪德、徐姗《元人诗风追求“清和”论》，《文学与文化》2014年第4期。

④ 刘嘉伟《华夷一体与尚质崇古的元代诗风》，《西北民族大学学报（哲学社会科学版）》2016年第4期。

⑤ 永瑢等《四库全书总目》，北京：中华书局，1965年，第1433页。

浑，多体现西北民族性格。”[①]散文个案研究方面也多有创获，如王树林《马祖常散文的文化成因及审美特质》、杨亮的《袁桷与元代散文创作》和《元代散文的创获与发展——袁桷散文创作论》，[②]另外还有一部分研究成果为硕士论文。

元代传记文研究近年有了进展。研究者关注了元代传记文章不同于前代的新质，如查洪德教授《以传奇为传记：姚燧散文读札》一文，从各个方面分析了姚燧传记的传奇性，并指出传奇性也是元代文章的一大特点；[③]《论元代传记类文章的传奇性》（与李雪合作）从元代传记文整体特点的角度，论述元代传记文具有传奇性的特点。[④]相关研究还有李雪《元代传记类文章的传奇性研究》（南开大学博士论文 2019 年）。邱江宁等著《元代中期馆阁文人传记研究》（中国社会科学出版社 2019 年），该书是四篇硕士论文的汇编，绪论论述了元朝的特性与元代馆阁文人传记创作的维度，主体部分是王恽、虞集、欧阳玄、黄溍四个传记作者的个案研究。有关传记文的研究还有唐云芝和李雪等人的研究成果。[⑤]

序文方面，杨匡和《元代诗序研究》（广西师范大学博士论文 2014 年）探讨了诗序与诗歌的文本关系，基于诗序的元代诗学批评，元代诗序方法技巧与题材内容，元代诗序的文献价值等问题。此外还有宋万鸣的《元人赠序文研究》（南开大学博士论文 2022 年）。

20 世纪，元代诗文作家和元代文论家进入研究者视野的人数有限，且受关注度也不高。经过新世纪 20 年，元代重要诗人、文章家、文论家基本都已纳入研究者视野，他们的成就也逐渐为更多人所了解。

（三）各体文学研究的进展

近年来，元代各体文学都受到研究者的关注。除了诗、文、曲之外，词、辞赋、话本小说研究都有一定的成就。

元词与词学研究方面，丁放《金元词学研究》（中国社会科学出版社 2002 年）将词学选本作为一种特殊的批评方式纳入词学理论的视野中来，扩大了词

---

① 王树林《元西域文家散文的文献考察及整体风貌》，《民族文学研究》2015 年第 6 期。

② 王树林《马祖常散文的文化成因及审美特质》，《民族文学研究》2005 年第 1 期；杨亮：《袁桷与元代散文创作》，《南京师范大学文学院学报》2010 年第 2 期；杨亮：《元代散文的创获与发展——袁桷散文创作论》，《江南大学学报（人文社会科学版）》2010 年第 1 期。

③ 查洪德《以传奇为传记：姚燧散文读札》，《文学遗产》2011 年第 1 期。

④ 查洪德、李雪《论元代传记类文章的传奇性》，《复旦学报（社会科学版）》2018 年第 1 期。

⑤ 唐云芝《论元廷赐碑之兴与多民族碑志文学的生成》，《民族文学研究》2019 年第 1 期；《论元代西域人碑铭的跨文化书写》，《民族文学研究》2024 年第 2 期。李雪《由碑志资料看元代色目人的士人化进程》，《河南师范大学学报（哲学社会科学版）》2019 年第 2 期；《儒化倾向与元代散文中色目人形象书写》，《南开学报》2022 年第 3 期。

学理论批评的领域,从中透视出金元词学批评的走向,颇有创见。其他成果还有陶然的《金元词学通论》(上海古籍出版社 2005 年)、牛海蓉《元初宋金遗民词人研究》(中国社会科学出版社 2007 年)、曹利云《宋元之际词坛格局及词人群体研究》(南开大学博士论文 2010 年)、朱志远《元明词选研究》(南京师范大学博士论文 2013 年)。倪博洋指出:"'北词南渐'是元代中后期词坛的一股潜流。在南方词风北上的同时,北方词风的若干要素也渗透南方词人的创作。……元词是词史发展的一个有机构成,不应割裂。"①任红敏认为:"元统一南北之后,南北文化与文学合流,南北词坛开始互动并相互影响,元代词坛出现新的风貌。元词的创作并不衰弱,对宋词有继承也有创新,仍然是富于活力的。"②这些成果增加了研究者对元词的关注。

辞赋研究也有了一定的研究成果。康金声、李丹的《金元辞赋论略》(学苑出版社 2004 年)详尽地探讨了金元辞赋的创作状态和理论发展,总结了金元赋的特点和历史走向。2008 年中国社会科学出版社出版了李新宇的《元代辞赋研究》,此书在对元代辞赋文献调查和整理的基础上,探讨元赋"复归古体""祖骚宗汉"等本质特色,说明了元代赋论集、赋选集的赋学思想与文化内涵,总结了元赋创作各个时期的情致,揭示其在赋史上的作用与地位。李新宇还发表了一系列期刊论文。牛海蓉的《金元赋史》(人民出版社 2005)一书,梳理了元朝赋史的发展。

新世纪以来,话本小说研究也有一定的成果。卢世华《元代平话研究:原生态的通俗小说》(中华书局 2009 年)指出从宋元讲史和各种历史书籍到通俗的平话作品,是中国小说史上的一个飞跃,平话正是飞跃完成的里程碑。此外还有罗筱玉《宋元讲史话本研究》(中国社会科学出版社 2010 年)。刘相雨的《宋元话本学术档案》(武汉大学出版社 2014 年)对 20 世纪以来宋元话本经典论著进行了评介,编撰了 20 世纪以来宋元话本研究论著提要,宋元话本学术大事记。"体例新颖,内容丰富,于史料梳理、旁征博引中溯本源、探流向,在介绍经典、点评论著时切中肯綮、直率诚恳。"③

(四)多学科交叉研究

近年来,文学与艺术的结合研究受到学界的重视。王韶华《元代题画诗研

① 倪博洋《论元代中后期"北词南渐"之风》,《民族文学研究》2016 年第 6 期。
② 任红敏《论"词衰于元"与元词风貌》,《河南社会科学》2018 年第 3 期。
③ 李永《乐梳史料溯本探流　评经典推陈出新——评刘相雨主编〈宋元话本学术档案〉》,《潍坊学院学报》2015 年第 5 期。

究》(中国传媒大学出版社 2010 年)依据元代具体的艺术环境、特殊的社会状况以及诗、书、画三种艺术的自身特点,从微观上研究了四种不同创作主体的题画诗,确定了元代题画诗在中国题画诗史上举足轻重的地位和里程碑式的贡献。相关成果还有:王进《元代后期文人雅集的书画活动研究——以玉山雅集为中心的展开》(中国艺术研究院博士毕业论文 2010 年)、梁艳《赵孟頫与元代文艺思想》(南开大学博士论文 2015 年)、徐姗《元代画家诗人研究》(南开大学博士论文 2015 年)、张明《元代馆阁文人群体与书法复古思潮研究》(吉林大学博士论文 2017 年)。2017 年南开大学出版社出版了张毅、于广杰编著《宋元论书诗全编》,2019 年中华书局出版了张毅教授的《宋元文艺思想史》,张教授从思想史的角度阐释了元代的文艺思想,他指出:"元代文人在诗画交融和书画一体的创作实践中,将文艺的社会功利性与书画的笔墨及气韵作了有效分离,以志在山林丘壑的从容、萧散,将自得、自适的心情与淡泊、宁静的清雅美感融合为一体,表现具有高古气质的人格修养,以及性雅、情雅、气雅的审美趣味。"[①]张毅教授还有多篇相关论文发表。

文学与宗教文化的研究也进入研究者的视野。左洪涛《金元时期道教文学研究——以全真教王重阳和全真七子诗词为中心》(人民出版社 2008 年)以全真教道士为研究对象,对其发展脉络和诗词成就做了考察。蒋振华《元明清道教文学思想研究》(凤凰出版社 2008 年)考察了元代道教与文学之关系、全真七子的散文思想及诗学思想、元代神仙道化剧思想,从思想史的角度考察了元代的道教文学。有关研究成果还有龚世俊《萨都剌与僧道的交游酬唱述论》[②]、秦琰《也里可温与元代文学》(山西大学博士论文 2015 年)、王亚伟《元代正一教道士诗人群研究》(南开大学博士论文 2018 年)等。此外商业文化与文学也受到关注,如昌庆志《宋元商业文明与文学》(黄山书社 2017 年),这些研究扩展了元代文学的研究范畴,促进了元代文学的进一步发展。

新世纪以来,元代文学研究拓展了新的研究领域。邱江宁教授正在研究的"13—14 世纪丝路纪行文学文献整理与研究"以及高人雄教授正在研究的"全西域文整理与研究"都使元代文学的研究领域空前拓展。元代文学研究者逐渐打破传统观念,使元代文学的研究视野大为开阔。

---

① 张毅《宋元文艺思想史》,北京:中华书局,2019 年,第 17 页。

② 龚世俊《萨都剌与僧道的交游酬唱述论》,《南京师范大学文学院学报》2012 年第 5 期。

四、多种研究视角展示新的文学史面貌

新世纪以来，元代文学研究有了新的格局与气象，研究逐渐全面与具体，有游历之风背景下的纪行文学与文风融合研究；地域文学研究；元代文人心态与文学研究；易代文学研究；多民族文学一体性研究；政治制度与文学研究。很多博士论文都有广阔的学术视野，在其领域具有开创之功。

（一）游历之风背景下的纪行文学与文风融合

近年来，纪行文学研究成为新的学术增长点。元代实行两都巡幸制，元人多爱游历。查洪德教授指出游历之风是元代文坛风气，他认为“在元代，文人之游历，不管从人数规模说，还是从地域范围说，都是空前的。游历所受到的关注，也是空前的。游关乎诗文，也关乎人生。”①2005年李军教授发表《论元代的上京纪行诗》，她认为“上京纪行诗因其内容可裨补史实而具有重要的文献价值，而且艺术风格鲜明，气象雄浑，是元诗中具有北方民族特色和异域草原特质的诗歌珍品。”②之后纪行诗受到广泛关注，产生了一系列研究成果，如邱江宁、杨亮、刘嘉伟等人的论文。③黄二宁《元代知识精英流动与文学生成研究》（北京师范大学博士论文2015年）探讨了元代士人游历的类型和游历观念，考察了元代的赠序、干谒文学、上京纪行诗、海上纪行诗、安南纪行诗、大都书写、杭州书写等文学生成的互动关系，总结了元代知识精英流动在士人主体的精神成长、元代文学的新变、元代诗学观念转变以及各族群各区域文化融合等方面的综合影响。其他有关纪行文学的单篇论文还有《蜀士多才俊，文章萃东南——元代流寓江南蜀籍文学家论略》《元初江南的游士与干谒》《元上都的江南士人》《元代文人的两都纪行之作》《元代南方文士献赋综论》《元世祖朝出使安南使交书论略》等。④陈诗文《元代奉使文学研究》（南开大学博士论文，2024年）讨论了元代特殊社会文化背景影响下的独特文学现象，对元代文学史与外交史具有特殊意义。这些研究成果使元代文学的独特性受到关注。

---

① 查洪德《元代文学通论》，上海：东方出版中心，2019年，第606页。

② 李军《论元代的上京纪行诗》，《民族文学研究》2005年第2期。

③ 邱江宁《元代上京纪行诗论》，《文学评论》2011年第2期；杨亮《元代扈从纪行诗新探》，《江苏大学学报（社会科学版）》2015年第3期；刘嘉伟《华夷一体与元代纪行诗的繁荣》，《求是学刊》2015年第6期。

④ 李军《蜀士多才俊，文章萃东南——元代流寓江南蜀籍文学家论略》，《西南民族大学学报（人文社科版）》2008年第5期；史伟《元初江南的游士与干谒》，《江西社会科学》2010年第5期；申万里《元上都的江南士人》，《史学月刊》2012年第8期；王双梅《元代文人的两都纪行之作》，《河北大学学报（哲学社会科学版）》2017年第5期；黄二宁《元代南方文士献赋综论》，《民族文学研究》2020年第1期；李军《元世祖朝出使安南使交书论略》，《民族文学研究》2020年第3期。

同时,南北文风的融会与时代文风的融合研究也进入研究者的视野。元代文人多爱游历,文人游历对元代文学直接的影响是文风的融合。2010 年,杨亮发表《元初文坛格局的背景与成因——以元代南北文风的交融与转变为中心》认为"南北文人的广泛交往促进了元初南北文风的交融、活跃","从长远来看,这种交融带来了元代文坛的兴盛与繁荣,促进了元代诗文的转换与定型。"[①]邱江宁《程钜夫与元代文坛的南北融合》探讨了"程钜夫推动南人北进的政治文化举措,推动南北文风融合的途径设计、以及他借古文为宗促进南北文风融合的创作理念"。[②]2017 年翟朋以《元代南士北上与南北文风融合研究》为题的国家社科基金项目立项,专门探讨文士与文风的南北交流与融合。梁建功《元前期南下文人文学活动与创作研究》(南开大学博士论文 2021 年)考察北人南下的文学活动与诗歌创作及其对元代诗风融合的促进作用。此类研究成果还有任红敏的《南士北来与元代盛世文风》、刘成群的《赵孟頫与元代南北文风的融会》等。[③]这些研究成果对元代文坛的研究具有促进作用。

(二) 地域文学研究

地域文学研究在古代文学研究领域一直特别兴盛,元代文学也不例外,这一研究视角在元代文学领域一经开创便成为热点,南方、北方各重要文学地域都受到广泛关注。

徐永明《元代至明初婺州作家群研究》(中国社会科学出版社 2005 年)采用理论和考证相结合的方法,对这一时期婺州作家群作了较为全面、系统和深入的研究。这以后,元代各重点文学地域都进入研究者的视野。这些研究成果以元代某一地域为中心,探讨其文学流派、文人群体、诗文成就,同时能够关注到元代的多元文化与多民族融合的背景,考察此地域文学的特殊性,还能关涉到文人群体对文风、文坛的影响。

在其他有关地域文学的研究之中,江南地域文学尤其受到瞩目,主要成果有:杨亮《宋末元初四明文士与诗文研究——以舒岳祥、戴表元、袁桷为中心》(2007 年河南大学博士论文,中华书局 2009 年出版,书名为《宋末元初四明文士及其诗文研究》)、崔志伟《元末明初松江文人群体研究》(上海大学博士论文

---

① 杨亮《元初文坛格局的背景与成因——以元代南北文风的交融与转变为中心》,《民族文学研究》2010 年第 1 期。

② 邱江宁《程钜夫与元代文坛的南北融合》,《文学遗产》2013 年第 6 期。

③ 任红敏《南士北来与元代盛世文风》,《晋阳学刊》2020 年第 1 期;刘成群《赵孟頫与元代南北文风的融会》,《文学遗产》2020 年第 3 期。

2011年)、罗海燕《金华文派研究》(南开大学博士论文2012年,东方出版中心2015年出版)、李超《关于元代江西文派——兼及地域文学流派的思考》、[①]李茜茜《元末明初吴中文人群体研究》(复旦大学博士论文2014年)、赵伟《元末明初士大夫政治文化与文学研究》(中国社会科学出版社2015年)、何跞《元代庐陵文学研究》(南开大学博士论文2015年)、周海涛《元明之际吴中文人文学思想研究》(社会科学文献出版社2016年)、马颖杰《元代杭州文学活动研究》(南开大学博士论文2022年)等。有关北方地域文学的研究主要有王树林《元前期北宗文派七家文集汇考》、[②]傅秋爽《北京元代文学》(知识产权出版社2012年)、辛梦霞《元大都文坛前期诗文活动考论》(花木兰出版社2012年)、刘宏英《元上京纪行诗研究》(中国经济出版社2016年)、邱江宁《东平文人群与元初文坛的"中州元气"论》[③]、王双梅《元上都文学活动研究》(南开大学博士论文2017年)、张艳《元代文人的苏门山文学活动及影响》[④]等。

(三)元代文人心态与文学

20世纪80年代后期,元代文人心态的研究开始受到关注,起初的研究多认为民族压迫是元代文人心态的主要影响因素,20世纪末,研究者逐渐注意到这种结论的片面性。新世纪以来,文人心态的研究角度渐趋多样,研究结论更加客观。徐子方《挑战与抉择:元代文人心态史》(河北教育出版社2001年)将元代文人心态分为三个演变期,集中揭示出在草原和农耕两种文明的冲突中一代文人的心理变易历程。"显示出对发展着的、立交式的而非静态的、截面式的'史'的关怀。……作者将元代文人心态史看作自蒙古贵族入主中原直到被推翻退回漠北为止一个完整的文人心路历程。"[⑤]

研究者还开辟新的思路,从思想史的角度考察元代文人心态与文学。左东岭教授2008年发表《元明之际的种族观念与文人心态及相关的文学问题》一文,认为元明之际文人旁观者心态是一种普遍心态,"它是由于民族隔阂所带来的政治边缘化的历史状况而导致的,并由此构成了三种主要表现形态:政治参与热情和政治责任感的淡漠、政治与道德的分离、生活态度的闲散与个性的自我放任。……此类心态所牵涉的文学问题,则主要是元诗的纤弱与私人

① 李超《关于元代江西文派——兼及地域文学流派的思考》,《古代文学理论研究》第三十五辑,上海:华东师范大学出版社,2013年。

② 王树林《元前期北宗文派七家文集汇考》,《南通大学学报(社会科学版)》2008年第5期。

③ 邱江宁《东平文人群与元初文坛的"中州元气"论》,《文学遗产》2020年第1期。

④ 张艳《元代文人的苏门山文学活动及影响》,《南都学坛》2023年第3期。

⑤ 许伯卿《文心史识相得益彰——试评徐子方教授新著〈元代文人心态史〉》,《学海》2002年第5期。

化写作，飘逸冲淡的文学风格及文坛复归大雅愿望的落空等。”①饶龙隼认为元末明初浙东文人的择主心态“游移于朝廷与乡园之间，以仕途困厄和乡园适意相对照。它上接元末择主心态，是择主心态的一种变衍，而根源就在浙东‘正学’。浙东文人将‘正学’运用于政治，陷入天下是否为公之悖论，终使择主而事的努力宣告破产。”②左东岭教授于《光明日报》刊发《元代文人心态的认知与考证》一文，他指出：“研究元代文人心态，不仅仅需要官方文献与史书记载，更需要野史笔记与诗文作品，尤其是那些直接表达文人心声的诗歌作品，从那里边透露折射出的往往才是他们的真实想法与感受”，“在解读元代文献时，不能指望文人们具有激情澎湃的明确表达，而应该仔细寻绎潜藏于诗文底层的情感潜流。而要找出这种情感的潜流，掌握阅读这些文献的有效方式是至关紧要的。”③为元人心态研究提供了新的思路。

（四）易代文学研究

近些年左东岭教授发表了一系列从思想史角度考察元明之际文学的相关论文。《闲逸与沉郁：元明之际两种诗学形态的生成及原因》指出：“在元明之际的诗坛上，曾经存在着两种截然不同的诗学思想。一种主张诗歌应该随时代之变化而变化，作者生逢乱世就应该有变风变雅的声音出现，以针砭现实、指摘时弊，写出沉郁顿挫的诗作。另一种则认为，诗人虽身处世变而依然应保持自我的人格与操守，处乱世而不易其节，其诗风仍应有悠然之风度与闲适之状态。此二种诗学观念代表了元明之际的两种主流诗学倾向，显示了有异于承平时代的审美追求，凸显了易代之际的诗学特征。从诗歌发展史的角度看，此种由元至明的朝代变迁所带来的诗歌审美倾向的改变，既突破了台阁文学颂美朝廷的儒家诗学审美形态，又催生出超然物外的审美追求，为这个不幸的时代增添了些许亮色。”④《“台阁”与“山林”文坛地位的升降浮沉——元明之际文学思潮的流变》一文“对元明之际的‘台阁’与‘山林’文坛地位的升降浮沉及文学思潮的演变作比较深细的论证，并揭示其复杂的社会历史原因。”⑤此外还有《台阁与山林：元明之际文坛的主流话语》（《首都师范大学学报（社会科学版）》2019 年第 5 期）、《行道与守道：元至明初文人人生模式的生成与转换》

---

① 左东岭《元明之际的种族观念与文人心态及相关的文学问题》，《文学评论》2008 年第 5 期。

② 饶龙隼《元末明初浙东文人择主心态之变衍及思想根源》，《文学遗产》2008 年第 5 期。

③ 左东岭《元代文人心态的认知与考证》，《光明日报》2008 年 12 月 10 日，第 11 版。

④ 左东岭《闲逸与沉郁：元明之际两种诗学形态的生成及原因》，《文艺研究》2019 年第 5 期。

⑤ 左东岭《“台阁”与“山林”文坛地位的升降浮沉——元明之际文学思潮的流变》，《文学评论》2019 年第 6 期。

(《文史哲》2020 年第 2 期)等成果，这些成果显示作者独到的学术眼光，对易代之际文学研究具有重要的启示作用。饶龙隼《元末明初大转变时期东南文坛格局及文学走向研究》(国家图书馆出版社 2017 年)以东南文学为中心，探讨了在元末明初南北文化被隔裂与东南文人呈地域群落分布这两大生态系统下，所形成的文坛格局基本框架及其对元明易代文学走向的影响。

做易代文学研究的学者还有张勇耀教授，她的论文《"元气"论与金元之际的文学传统建构》《金元之际〈诗经〉学价值考论》《金元之际的汴京书写与文化记忆》《金元易代与"文化重建"——元好问与"河汾诸老"的人生选择及文学精神新论》《金元之际的诗坛北移与诗歌风貌》①等，角度新颖，具有启发性。

(五) 多民族一体化研究

进入 21 世纪，民族观和文学史观的转变以及大中华民族观念的深入，使得多民族文学研究逐渐兴起。多民族文学融合是元代文学的重要特色。张迎胜《元代回族文学家》(人民出版社 2004 年)"是第一本较为全面而系统地研究中国元代回族文学家的学术著作"②。其中对高克恭、萨都剌、马祖常、马九皋、廼贤、泰不华等六位文学家作了专章论述，对丁野夫等 12 位诗文作家和不忽木等 11 位散曲作家也作了较为具体的介绍，推动了元代多民族文学研究的深入发展。云峰的《元代蒙汉文学关系研究》(民族出版社 2005 年)、《民族文化交融与元散曲研究》(广西师范大学出版社 2011 年)、《民族文化交融与元杂剧研究》(人民出版社 2012 年)从多民族融合的角度研究元代的散曲、杂剧。刘嘉伟《元代多族士人圈的文学活动与元诗风貌》(人民出版社 2016 年)探讨了多族文人间的相互关系、互相影响、文学活动、以及对元代文坛风气、作品风格、价值取向等方面的影响。他指出"元代文坛的多民族文学创作是'多元'的，同时，多族士人又彼此影响，相互涵化，形成了共有的文化精神与文学风貌。这是元代多民族文学的独特之处，也是元代文学之魅力所在。"③查洪德教授认为"华夷一体"是元代文坛的显著特征。他指出"中国的元代文学是一个整体，元代的文坛具有整体性，不管华夷，不论南北，都融入了这一整体。"④此外还有不少研究成果，如赵延花《蒙汉文学交融视域下的元诗研究》(内蒙古

① 张勇耀《"元气"论与金元之际的文学传统建构》，《文学评论》2021 年第 3 期。张勇耀：《金元之际〈诗经〉学价值考论》，《中州学刊》2021 年第 6 期。张勇耀《金元易代与"文化重建"——元好问与"河汾诸老"的人生选择及文学精神新论》，《民族文学研究》2023 年第 2 期。张勇耀《金元之际的汴京书写与文化记忆》，《中州学刊》2022 年第 10 期。张勇耀《金元之际的诗坛北移与诗歌风貌》，《社会科学战线》2024 年第 2 期。

② 张迎胜《元代回族文学家·序》，北京：人民出版社，2004 年，第 1 页。

③ 刘嘉伟《元代多族士人圈的文学活动与元诗风貌》，北京：人民出版社，2016 年，第 335 页。

④ 查洪德《"华夷一体"：元代文坛特征》，《民族文学研究》2017 年第 4 期。

大学2017年博士论文)、杨亮《元代色目诗人创作的多重向度论》(《民族文学研究》2019年第5期)等,这些研究成果推动了多民族文学研究的发展。

色目汉文化世家文学文化研究也受到关注,主要成果有:张沛之《元代色目人家族及其文化倾向研究》(天津古籍出版社2009年)、杨绍固《元代畏兀儿内迁文学家族变迁研究:以偰氏、廉氏家族为中心》(中国社会科学出版社2020年)、胡蓉《元代东迁色目作家研究》(中国社会科学出版社2020年)、刘嘉伟的《草原文化视域下元代偰氏家族的文学创作》(《青海社会科学》2020年第6期)等。

(六) 政治、制度与文学

近年来,馆阁、幕府文人研究取得了可瞩目的成果。馆阁文人是元代文人的重要组成部分,他们的文学主张、学术思想对元代文坛有至关重要的意义。关于馆阁文人的研究成果,对元代文学研究有重要的推动作用。邱江宁的《奎章阁文人与元代文坛》,阐述了奎章阁文风对元代文坛与元代中晚叶文坛格局以及明初文风的影响。①任红敏《金莲川藩府文人群体之文学研究》(南开大学博士论文2010年,社会科学文献出版社2020年出版)深入考察了金莲川藩府文士的学术主张、文化主张、文学主张,诠释了藩府文人对元初北方文坛乃至有元一代文学之发展进程的深远影响。邱江宁《元代奎章阁学士院与元代文坛》(中国社会科学出版社2013年)考察了奎章阁学士院文人群体的构成及其他们在元代文坛的重要影响。其《奎章阁文人群体与元代中期文学研究》(人民出版社2013年)一书,"从研究视角、研究领域和研究方法等方面为现有的元代诗文研究开启了一个丰富多元的世界。该著放下了汉族本位的固有视角,敢于回到历史本原地承认元王朝多民族、多文明形态的核心特征之于元代文学独特面貌形成的意义,承认农耕文明、游牧文明之间不再是单向学习、吸收的关系,而是双向互动的交流、融汇关系,从而打开一个生鲜、活泼、别具生面的元代中叶文学世界。""读者藉此可以洞见元代中期文学的主流风貌及其文风特色的形成原因。"②其研究著作还有《元代馆阁文人活动系年》(人民出版社2015年)。姜学科《元世祖时期翰林国史院文人研究》(南开大学博士论文2018年)从翰林制度与文学角度对元世祖时期翰林国史院文人及其活动进行考察,梳理了这批文人以翰林国史院为中心的文学活动成果和特色,阐释了

① 邱江宁《奎章阁文人与元代文坛》,《文学评论》2009年第1期。

② 查洪德《值得大力探究的元代诗文世界——兼评〈奎章阁文人群体与元代中期文学研究〉》,《陕西理工学院学报(社会科学版)》2015年第2期。

他们在元代文学史上的独特地位。杨亮《混一风雅:元代翰林国史院与元诗风尚》(社会科学文献出版社 2022 年)探讨翰林国史院在元代文学与制度之间的错综关系,论述了元代翰林国史院与元代文士活动以及对中国诗歌传统的承续与新变。另外还有一些单篇论文,也是馆阁文学研究的重要成果。

元代文学与文化方面的研究也受到关注。吴志坚《元代科举与士人文风研究》(南京大学博士论文 2010 年)考察了元代科举及其与士人文风之间的关系,开元代科举与文学研究之先河。2013 年武汉大学出版社出版了余来明的《元代科举与文学》考察了元代科举制度的历史特点和兴废变迁,厘清了科举制度与文学演进的相互关系,完善了进士题名录的建构,为元代文化文学研究提供了新思路。罗鹭《元代印刷文化与文学研究》,探讨书籍的出版印刷与元代文学传统的建构、元代文学特色的形成、元代文学传播之间的关联与互动,对元代印刷出版文化的整体面貌、历史地位进行了全新的审视和定位。①还有余氏《元明科举与文学考论》(武汉大学出版社 2015 年)、杨亮《元代科举制与延祐以后南北文风的混一》、任红敏《元代科举与元代文学发展》等,都是这一领域的重要成果。②

新世纪以来元代文学研究取得了丰硕的成果,除了以上研究之外,选本批评、学术(经学)与文学等方面的研究也进入研究者的视野,如袁梅《金元唐诗选本研究》(南开大学博士论文 2019 年),张素梅《元末元诗选本与“台阁”风貌的构建》③,王珏《元代学术生态与〈诗经〉学研究》(南开大学博士论文 2022 年)等。除了传统的文学研究之外,元代的数字人文研究也逐渐兴起。研究者循着前代与后代的研究路子,开阔新的研究视角,关注元代文学各方面研究,展示出新的文学史面貌。但与前代和后代文学研究相比,元代文学研究还需要不断探索和深入,研究者还需提高研究水平,以更客观的眼光认识元代文学的独特性,揭示元代文学的价值,对元代文学成就作出客观的评价。

五、未来的展望

元代是中国历史上很重要的一个时期,元代文学的研究是大有可为的。查洪德教授多次提到:“这些年,新视角、新思路的课题和成果不断涌现,国家

① 罗鹭《元代印刷文化与文学研究》,上海:上海古籍出版社,2023 年。

② 杨亮《元代科举制与延祐以后南北文风的混一》,《河南社会科学》2015 年第 4 期;任红敏:《元代科举与元代文学发展》,《中州学刊》2018 年第 2 期。

③ 张素梅《元末元诗选本与“台阁”风貌的构建》,《民族文学研究》2024 年第 4 期。

社科基金项目立项数量，在整个中国古代文学类项目中占了相当比重。但就目前所处的研究阶段看，文献整理方面，基本文献整理取得了相当大的成就，而深度整理与作品的精细解读，还远不够。史与论的探讨方面，基本问题逐步提出，深入的探讨有待推进。其他文体的研究，如话本、文言小说等，进展不大。另外，随着笔记研究进入研究者视野，元代笔记也开始引起注意。至于打通文体、地域、民族，对元代文学作整体把握，则是近些年的事。总而言之，不管是文献的整理，还是史论的探讨，元代文学研究都依然任重道远。与中国古代文学其他时段的研究情况相比，还有很大差距。这几年，李修生先生多次说，元代文学研究刚刚开始。从一定意义上说，这是一个客观的判断。”①

诚如查洪德先生与李修生先生所言，元代文学研究还有很大的空间。从大的方面来说，当前大众甚至研究者对元代文学研究还存在很多偏见，有关元代文学研究的普及性读物还很少，向大众与一般研究者介绍元代文学研究，破除既有的偏见与认识，是元代文学研究者需要努力的一个方面。

就古籍整理而言，虽然当前取得了很大的成就，但是深度的整理与校注还很缺乏，唐宋已经出版各类资料汇编，而元代还没有。就理论研究而言，《全元文》《全元诗》《全元词》等都已整理出版，而相应的研究并没有跟上，这也是需要努力的方面。元代文学的研究，很多方面都是刚刚起步，与先秦文学研究及唐宋文学研究还存在明显的差距，还需更加深入与全面的研究。

元代文学研究虽然还存在很多问题，但是成绩也是不容小觑的。把新世纪 20 年的前后两个十年对比，可以看出一些明显变化。据查洪德教授统计，前十年的成就主要在文献整理，研究的全面展开在后十年，社会关注度的提升也主要在后十年。他用两个数字说明问题。一个是人大复印报刊资料《中国古近代文学研究》对元代文学研究论文的转载，2001 年至 2010 年十年共转载 50 篇，其中还包括 4 篇 20 世纪研究综述。2011 年至 2020 年十年共转载 72 篇。在文章转载总数大幅减少情况下，元代文学研究转载数量却大幅提升。另一数字是国家社会科学基金项目立项，2001 年至 2010 年十年，中国文学立项总数 1 161 项，元代 16 项，占比为 1.37%。而 2011 年至 2020 年，中国文学立项总数 3 762 项，元代文学 73 项，占比为 1.93%。前十年中，2010 年一年就有 5 项。如果用另一种年代划分法，2000 年至 2009 年，仅有 11 项，而 2010 年至 2019 年是 71 项。还有与元代文学相关的选题，前十年 2 项，后十年 13 项。

① 王洪波《查洪德：元代文学的价值需要重新认识》，《中华读书报》2020 年 7 月 15 日，第 10 版。

另外,元代文学研究的一些著作,引起了学术界和新闻媒体的高度关注,这也是很多年没有的情况。新世纪前两个十年,元代文学研究已展示出不同面貌。今后的十年、二十年,应该更可期待。老一辈学者引路于前,青年学者广泛响应,未来元代文学的研究定会取得更好的成绩。

[作者简介] 李雪,南开大学文学院副教授。

从徐氏复仇故事的插写看《三国志演义》孙权崛起叙事的隐显主题与文章技巧

许　蔚

［摘　要］　小说《三国志演义》在叙述孙权崛起时插入一则徐氏复仇故事。明清刻本已意识到该故事的重要性，予以图像呈现，反映一定的阅读体验和思想观念。除赞赏徐氏的智节，肯定该故事具有独立传诵的价值外，明清评点已注意到该故事的插写具有文章结构上的考量。作为孙权崛起叙事的一环，该故事既符合孙氏三代创业"报仇"与"权力转移"这两个主题，也与孙权前后两次征黄祖构成局部文本的细密对应。

［关键词］　《三国志演义》　徐氏　报仇　权力

徐氏为夫孙翊复仇，是小说《三国志演义》在叙述孙权崛起江东时插入的一个小故事。这个故事，本事见于《三国志》裴松之注引《吴历》，似乎是真实发生过的历史事件。孙权崛起过程中，发生的事件很多，尤其是征讨和处置江东豪强之事。小说叙述以孙权征黄祖为线索，并没有对那些事件予以采择和演绎，却讲述了这么一个看上去无关紧要的故事，颇值得玩味。现代学者虽然较少关注这一故事，但明清以来的评点者确实贡献了一些看法。在梳理有关意见的基础上，我们尝试将徐氏复仇故事置于孙权崛起叙事的隐、显主题中，考察其插写的文章技巧与结构考量。

一、明清《三国志演义》版刻图像、评点对徐氏复仇故事的看法

《三国志演义》在插写徐氏复仇故事时，本身已附有倾向性的评价。明嘉靖元年序刻本在此故事后所附诗赞即称"义节俱全守此身，报冤斩贼诈相亲。

三分多少英雄辈，不及东吴一妇人”，[①]表彰徐氏义节两全，能为英雄豪杰所不能为。

明余象斗刻本《三国志传评林》对小说内容偶有点评。该本在徐氏复仇故事部分，除版面上端添加一枚版画外，书眉也附刻评语一则。所谓“评计斩仇(妫)、戴：计斩二贼，徐氏之节，孙、傅之忠，并行不背”，[②]平平道来，尽管对徐氏评价并不太高，但也没有予以抹杀。至于所附刻之版画，虽然主要是一种商业上的尝试，但为文字选配相应的图像，也反映一定的阅读体验和思想观念。[③]该版刻画面为室内，左一将军举刀，中间一人身首分离，右为一妇人，表现的应是徐氏设计在密室杀死妫览的场面；但榜题却为“仇(妫)览谋杀孙翊以谋徐氏”，似乎是将画面中的将军解释为妫览，而将死者解释为孙翊。显然，这既与小说中孙翊步出帐外，被边洪从背后砍杀的叙述不相符合，也与书眉所附评语不相适配。此外，榜题强调“以谋徐氏”，即认为妫览是因谋求徐氏之美色而设计杀死孙翊的，显现出潜在的女性祸水论意识，也显然是对徐氏复仇故事的曲解。注意到含有明嘉靖二十七年序的叶逢春刻本为徐氏复仇故事绘刻了两幅版画，第一幅画面为院内，左为一夫人及婢女，右为一将军，一手持剑，一手举起，似在述说，榜题为“边洪谋□□翊以图徐氏”。[④]尽管场景移到室内，在画面中央增加了身首异处的孙翊，但余象斗刻本在构思上应参考了叶逢春刻本将凶手与徐氏置于同一场景的做法。至于叶逢春刻本榜题中的“边洪”，显然是一种错误认知。余象斗刻本在延续“图/谋徐氏”基础上，也充分认识到这一点，尽管在画面中表现了直接凶手“边洪”行凶的瞬间，但其榜题则按照故事的本意改正为幕后凶手“妫览”。另外，鉴于余象斗也刻过《水浒志传评林》，他的书坊在选择仿刻此一图像及榜题时，不排除也受到西门庆谋死武大故事的潜在影响。

与叶逢春刻本、余象斗刻本的情形类似，“全像”在明代闽刻《三国志演义》中相当流行，虽然有时不同书坊会贡献一些不同的样式，但大体上则相互沿

---

① 《三国志通俗演义》卷 8，美国国会图书馆藏明嘉靖元年序刻本，第 43b 页。参见《三国志演义》卷 8，上海：上海古籍出版社，1980 年，第 374 页。另外，西班牙藏叶逢春刻本“报冤”作“报仇”，“英雄辈”作“英雄将”，见井上泰山编《三国志通俗演义史传》，上海：上海古籍出版社，2009 年，第 401 页。关于《三国志演义》的明代版本，参见中川谕《〈三国志演义〉版本研究》，上海：上海古籍出版社，2010 年。

② 《新刊京本校正演义全像三国志评林》卷 7，《古本小说丛刊》第 23 辑景印日本早稻田大学藏明万历余象斗双峰堂刻本，北京：中华书局，1991 年，第 546 页。余象斗另刻有《批评三国志传》，参见陈翔华《余象斗与其批评三国志传》，《明清小说研究》1995 年第 3 期。

③ 关于小说图像的批评功能，参见毛杰《试论中国古代小说插图的批评功能》，《文学遗产》2015 年第 1 期。

④ 《三国志通俗演义史传》，第 400 页。

袭。明建阳刻本《新刻全像演义三国志传》、刘荣吾刻本是较为特别的一类，其版画表现的是孙翊宴会场景，榜题为“孙翊设宴待诸县令”，[①]完全偏离了故事的主题。而熊清波刻本表现的则是徐氏事成之后，以妫览、戴员两颗首级祭奠孙翊的最终场景，榜题作“徐氏计斩二贼”，[②]应当说对故事予以了较好的提炼与呈现。当然，这一图像沿袭自叶逢春刻本。叶逢春刻本第二幅版画即是徐氏以人头祭夫的场景，榜题作“徐氏杀览□□祭夫”。熊清波刻本省去了婢女，同时也将孙、傅二将省略为一员。不过，这两种画面似乎都不太受欢迎。郑少垣刻本、朱鼎臣编辑本所刻图像与前述余象斗刻本比较接近。杨闽斋刻本图像也与三者大体一致，惟在左增刻一将军，更符合小说中徐氏埋伏二将的叙述。朱鼎臣编辑本榜题为“徐氏杀死妫览”，[③]相比余象斗刻本的曲解，延续了叶逢春刻本、熊清波刻本的看法，一方面配合了徐氏设计杀贼的主题，一方面也更符合画面中斩杀一人的实际情况。而郑少垣刻本、杨闽斋刻本榜题作“孙高、傅英杀死仇(妫)览”，[④]虽符合画面表现的二将斩杀妫览的瞬间，却忽略了图像中的妇人，也就是故事的主角徐氏。黄正甫刻本图像与杨闽斋刻本接近，但省去中间的尸体；榜题则类似熊清波刻本，作“徐氏评(计)杀妫览、戴员”。[⑤]汤宾尹校本附刻版画两枚，其一绘两人，左男子持剑，右为妇人，似为孙翊赴宴前场景，榜题为“仇(妫)览、戴员杀死孙翊”；其二亦绘两人，左一人举刀，右一人身首异处，当是斩杀妫览场景，榜题为“孙、傅杀仇(妫)览祭孙翊”，[⑥]无论图像还是榜题，似乎都有意回避徐氏，相比郑少垣刻本、杨闽斋刻本只是在榜题中抹去徐氏，更能反映对这个女性忍辱复仇故事的排斥态度。

明李卓吾评本的夹批既有“好老婆，人人该讨一个”这样的艳羡俗言，也说“好个徐氏，不可不以为妻，又不忍以为妻也”，对徐氏忍辱复仇表示同情。除此之外，其夹评也说“徐氏不独貌美，其权智节义更美也”，最后指出“如徐氏权

---

① 《新刻全像演义三国志传》卷7，北京国家图书馆藏明建安刻本，第8b页。《精镌按鉴全像鼎峙三国志传》卷7，《古本小说丛刊》第35辑景印英国博物院藏明藜光堂刘荣吾刻本，北京：中华书局，1991年，第316页。

② 《新刻京本补遗通俗演义三国全传》卷7，台北故宫代管原北平图书馆藏明万历二十四年熊清波诚德堂刻本，第9b页。

③ 《新刻音释旁训评林演义三国志史传》卷7，美国哈佛燕京图书馆藏明朱鼎臣编辑本，第9b页。

④ 《新锲京本校正通俗演义按鉴三国志传》卷7，日本国立公文书馆藏明万历三十三年郑少垣联辉堂刻本，第12a页。另见郑世容翻刻郑少垣刻本《新锲京本校正通俗演义按鉴三国志传》卷7，《古本小说丛刊》第辑，北京：中华书局，1991年景印日本京都大学藏明万历三十九年郑世容刻本，第473页。《重刻京本通俗演义按鉴三国志传》卷7，日本国立公文书馆藏明万历三十八年杨闽斋刻本，第11b页。

⑤ 《新刻考订按鉴通俗演义全像三国志传》卷7，北京国家图书馆藏明天启三年黄正甫刻本，第8a页。

⑥ 《新刻汤学士校正古本按鉴演义全像通俗三国志传》卷7，北京国家图书馆藏明刻本，第9页。以上榜题，遇残损处，以意补足。

叶逢春刻本

熊清波刻本

建阳刻本

余象斗刻本

朱鼎臣编辑本

郑少垣刻本

杨闽斋刻本

智，孔明、公瑾、孟德、仲达俱逊一筹，千古一人、万古一人也！妇人云乎哉？”① 尽管这与小说原附诗赞所表达的赞赏一致，但说诸葛亮、周瑜、曹操、司马懿等小说着重描写的韬略之士都比不上徐氏，可以说对徐氏权智之能的评价已至高至极。其回末总评更说“徐氏真不愧为孙坚、吴夫人子妇，伯符、仲谋弟妇也。若孙翊，似难为夫耳”，②对徐氏表达深切的同情与惋惜。另外，明刻英雄

① 《李卓吾先生批评三国志》第 38 回，北京国家图书馆藏明末黎光楼刻本，第 9—10 页。台北藏明刻本《李卓吾先生批评三国志》系眉批。关于李贽评点系叶昼托名，参见陆联星《李贽批评〈三国演义〉辨伪》，《光明日报·文学遗产》1963 年 4 月 7 日第 458 期。也有学者持不同意见。关于李卓吾评本的版本情况，参见中川谕《〈李卓吾先生批评三国志〉版本四大系统名称的再定义——以耶鲁大学等图书馆藏珍本比较为基础》，《河北学刊》2016 年第 36 卷第 1 期。

② 《李卓吾先生批评三国志》第 38 回，台北图书馆藏明刻本，第 14b 页。

谱本亦见有署名李贽的夹评二则，一评徐氏暗唤孙、傅二将，称“有节有谋”；一评徐氏浓妆艳抹，称“美人局用得正好”，[①]都是针对计谋本身的简单点评。

明钟伯敬评本的眉批除增加“算妫览为婴儿”“娶此老婆，死亦甘心”等外，几乎完全沿袭李卓吾评本对徐氏权智的高度评价。而其回末总评称“徐氏节义两全，权智双绝，东吴伟妇人，古今奇男子也”，则基本上是对小说原附诗赞之义的简单重复，并没有呼应眉批而作更进一步的评价。[②]

清初李渔评本虽然没有沿袭李卓吾评本的论述，但除采用毛宗岗评点对今妇人的调侃等外，关注的却是徐氏擅长卜《易》的能力，也就是将徐氏复仇降到技术层面来理解，显然评价不太高。可以说，无论对徐氏还是对徐氏复仇故事，李渔评本都没有贡献什么切当的体会和意见。[③]

清初毛宗岗评本，一方面，在小说文本上保留了这一故事，仅对个别文字稍作调整，并将诗赞改为“才节双全世所无，奸回一旦受摧锄。庸臣从贼忠臣死，不及东吴女丈夫”，[④]从而将小说本身的评价重点落实到“才”上；另一方面，在夹评中称徐氏为“慧夫人”，连用几次“权变之极”，最终说“比及孙权兵到，女将军早已杀贼矣。其卜《易》，则是女先生。其用兵，则是女军师。如此奇妇人，恐不让南阳卧龙也”，[⑤]虽然相对李卓吾评本，其评价显得收敛了许多，但也可谓层层递进，甚加推崇了。可见，无论是李卓吾评本，还是毛宗岗评本，都意识到这个忍辱含垢，临机能决断的妇人复仇故事具有被独立传诵的价值。不过，这只是就徐氏复仇故事本身所作感想式的论述，还没有涉及小说叙事结构层面的评价。

就文章技巧而言，毛宗岗在《读三国志法》中将这个故事与小说讲述的其他女性相关故事并举，指出“《三国》一书，有笙箫夹鼓，琴瑟间钟之妙。如正叙黄巾扰乱，忽有何后、董后两宫争论一段文字；正叙董卓纵横，忽有貂蝉凤仪亭一段文字；正叙傕、汜猖狂，忽有杨彪夫人与郭汜之妻来往一段文字；正叙下邳交战，忽有吕布送女、严氏恋夫一段文字；正叙冀州厮杀，忽有袁谭失妻、曹丕纳妇一段文字；正叙荆州事变，忽有蔡夫人商议一段文字；正叙赤

① 《二刻英雄谱》卷七，日本国立公文书馆藏明崇祯熊飞雄飞馆刻本，第 14b、15a 页。

② 《钟伯敬先生批评三国志》第 38 回，日本东京大学东洋文化研究所双红堂文库藏明刻本，第 15b、18b 页。关于钟伯敬评本、李渔评本等的版本情况，参见中川谕《『三国志演義』二十四卷系後期刊本諸本について》，《立正大学文学部論叢》2019 年第 142 期。

③ 《李笠翁批阅三国志》第 38 回，北京国家图书馆藏清初刻本，第 7b—8 页。

④ 《四大奇书第一种》卷 19，北京国家图书馆藏清康熙李渔序刻本，第 31a 页。关于毛宗岗评改本的版本及年代等问题，参见陈翔华《毛宗岗的生平与〈三国志演义〉毛评本的金圣叹序问题》，《文献》1989 年第 3 期。

⑤ 《四大奇书第一种》卷 19，第 31a 页。

壁鏖兵，忽有曹操欲娶二乔一段文字；正叙宛城交攻，忽有张济妻与曹操相遇一段文字；正叙赵云取桂阳，忽有赵范寡嫂敬酒一段文字；正叙昭烈争荆州，忽有孙权亲妹洞房花烛一段文字；正叙孙权战黄祖，忽有孙翊妻为夫报仇一段文字；正叙司马懿杀曹爽，忽有辛宪英为弟画策一段文字。至于袁绍讨曹操之时，忽带叙郑康成之婢；曹操救汉中之日，忽带叙蔡中郎之女，诸如此类，不一而足。人但知《三国》之文是叙龙争虎斗之事，而不知为凤为鸾，为莺为燕，篇中有应接不暇者，令人于干戈队里时见红裙，旌旗影中常睹粉黛，殆以豪士传与美人传合为一书矣”，[①]虽然是提醒读者注意女性在三国故事中也有一席之地，但似乎主要是说这类故事就如笙箫与鼓交替、琴瑟同钟间隔一样，不过是小说叙事节奏的一种调节。姑不论他所举诸例不无牵强、拼凑之嫌；按照他的这一思路，相关故事在文章叙事层面似乎就没有什么再值得深入探讨的价值了。

值得注意的是，其第三十八回回评说“正叙孔明出草庐之后，读者方欲拭目而观孔明之事，乃忽然舍却新野，夹叙东吴，不但为孙权一边不当冷落，亦将为孔明游说东吴张本也。且其间文字亦有相连而及者。孔明为玄德画策，便有周瑜为孙权画策以配之。孙权为孙坚报仇，便有徐氏为孙翊报仇以配之。又玄德得贤相，孙权亦得良将。孔明欲图荆益，甘宁亦请图荆益。凡如此类，皆天然成对，岂非妙文”。[②]明嘉靖元年序刻本《三国志演义》以来的文本一般为二百四十则，自李卓吾评本开始将两则合为一回。《定三分初出茅庐》与《孙权跨江破黄祖》同在一回，为毛宗岗作出此种配对判断提供了文本基础。当然，所谓“忽然舍却新野，夹叙东吴，不但为孙权一边不当冷落，亦将为孔明游说东吴张本也”，并非仅就此回而言，而是针对小说整体的谋篇布局。而“文字亦有相连而及”则是就此回局部文字的相互呼应所作的具体分析。刘备一方与孙权一方的相配，是基于两边之事同在一回的判断。而孙权为孙坚报仇与徐氏为孙翊报仇相配，则是就原本《孙权跨江破黄祖》一则内部所作的判断。就此而言，读者确实能够体会毛宗岗所说“天然成对”之感。不过，一方面，我们同意小说在插写徐氏复仇故事时，可能确有此种主题呼应的结构性考量；另一方面，毛宗岗将评论焦点仅仅放在“报仇”之上，虽不能不说是抓住了重点，却也可能忽略了徐氏复仇故事在孙权崛起叙事中所具有之潜在意义。

---

① 《读三国志法》，载《四大奇书第一种》卷首，第 18—19a 页。

② 《四大奇书第一种》卷 19，第 19 页。

二、《三国志演义》中孙权崛起叙事的两个主题

无论是周瑜画策，得良将，还是图荆益，毛宗岗都是将孙权一边的叙事与刘备一边相配对。这既是出于同回之中相连为文的阅读体会，也是基于其坚定的蜀汉正统观念所作出的评论。他对孙权一边的内部叙事进行比较，注意到徐氏复仇故事与孙权伐黄祖之事同样都是报仇。而“报仇”确实是小说中东吴三代创业叙事从一开始就定下的主题。

东吴基业，始自孙坚。孙坚初次出场，明嘉靖元年序刻本以下在第三则《安喜县张飞鞭督邮》中，李卓吾评本以下合并在第二回内。小说虽然对其战斗细节有一定表现，但对其背景的介绍则较为简单。此后十八路诸侯汇聚，孙坚虽被称为“江东猛虎”，但此前奉诏任长沙太守，讨区星进而封侯之事，小说只说“不五十日报捷”，并未予以展开。此一段叙述的重点在孙坚进入洛阳后得到传国玉玺，顿生不臣之心。程普所谓“今天授主公，必有登九五之分。此处不可久留。宜速回江东，别图大事”，[①]正是东吴创业的宣言。毛宗岗认为“一玉玺耳，孙坚匿焉，袁绍争焉，刘表截焉。究竟孙坚不因得玺而帝，反因得玺而死。若备之帝蜀，未尝得玺；丕之帝魏，权之帝吴，亦皆不因玺。噫嘻！皇帝不皇帝，岂在玉玺不玉玺哉？”[②]又说“玉玺得而孙坚亡，玉玺失而孙策霸。甚矣，玉玺之无关重轻也。成大业者，以收人才、结民心为宝，而玉玺不与焉。坚之匿之，不若策之弃之。策之英雄，殆过其父。”[③]从小说中三家成就帝业的情形，以及儒家圣王政治观念来看，毛宗岗的这番评论似乎不无道理；但这样的评论无疑忽视了玉玺所代表的名位及其号召力。如果不考虑孙坚后来的横死，他以玉玺代表天命，和曹操挟天子以令诸侯、刘备标榜中山靖王之后一样都是以名位相激，本质上并没有区别。实际上，清代的一般读者就并不都像毛宗岗一样，而是较充分地意识到玉玺流转所象征的权力转移。[④]

孙坚虽是经袁术挑拨而说出“叵耐刘表，昔日断吾归路，今不乘时报恨，又待何年”；[⑤]但他既然携玉玺还吴，从后来诸葛亮为刘备、甘宁为孙权献策谋取荆益来看，跨江击刘表是其创业道路的必然选择。只是他因轻躁而功败垂成。

---

① 《三国志通俗演义》卷 2，第 9b 页。

② 《四大奇书第一种》卷 4，第 1b—2a 页。

③ 《四大奇书第一种》卷 8，第 1b 页。

④ 清代弹词《三国志玉玺传》即以玉玺的流转为展开叙事的线索。关于该书的讨论，参见龚敏《弹词〈三国志玉玺传〉的来源和成书时间考略》，《止善》2010 年第 8 期。

⑤ 《三国志通俗演义》卷 2，第 22b 页。

李卓吾评本的夹评说这是应了毒誓，[1]意谓为玉玺而丧身。从小说叙事的层面看，确实是前后照应。但这一评论，既聚焦于玉玺本身，反而忽略了其图王之意。毛宗岗夹评认为"刘备、曹操、孙坚，并起一时。而备则及身于帝，操亦及身而王。独坚不帝不王，而死于不虞之锋刃。岂非有幸，有不幸哉?"又说"孙坚此一死，不特坚所不及料，亦蒯良、吕公之所不及料也"。[2]尽管也有孙坚得玉玺而死的表达，但毛宗岗在此却说孙坚之死是个意外，相比李卓吾评本，还是较为公允的。

孙坚之死带来两个后果。其一是跨江世仇，即毛宗岗夹评所说"本欲报截路之仇，今又添一杀父之仇。是仇上加仇矣"，[3]孙吴创业故事贯穿始终的"报仇"主题遂由此固定下来；其二则是玉玺转移到了孙策手上，即毛宗岗回评所说"此卷叙孙坚之终，叙孙策之始"。[4]

明嘉靖元年序刻本以下都说孙坚出征时，已安排"权与叔父善保江东"；[5]孙坚死后，蒯良也献策说"方今孙坚已丧，江东无主。坚子皆幼，不能历事。可乘此虚弱之时，火速进兵，江东一鼓而可得也。若付尸还策，容回南郡，养成气力，荆州之患也"，[6]可知孙坚虽然身死，江东基业并未丢失。孙策葬父后，"引军居江都，招贤纳士，屈己待人。因此，四方有才德者渐渐投之"，[7]也表明他既有独立发展的条件，也有意重整旗鼓。小说虽然接着写董卓欺孙策年轻，以为"何足道"，毕竟还是承认他为孙坚的继承人。不过，孙策再次出场，却已寄人篱下。至于原因，小说只说"陶谦与策母舅丹阳太守吴景不和"，[8]就没有更多的解释。毛宗岗评本删去孙坚的事先安排，应是认为仅凭一句陶谦与吴景不和，无法解释既然保有江东，孙策何以就沦落到自投袁术的地步。实际上，这应与孙策名位不高，气力不易养成有关。

孙策在袁术手下任怀义校尉，朱治所谓"久困于人之下，此非大丈夫之志也"，[9]正是孙策心声，与前文刘备"屈身守分，以待天时，不可与命争也"[10]之言恰成反对，即不甘心继续屈身事人，不愿守分待时，而是想把命运掌握在自己

---

① 《李卓吾先生批评三国志》第7回，明末黎光楼刻本，第10b页。
② 《四大奇书第一种》卷4，第13a页。
③ 《四大奇书第一种》卷4，第13b页。
④ 《四大奇书第一种》卷4，第2a页。
⑤ 《三国志通俗演义》卷2，第24a页。
⑥ 《三国志通俗演义》卷2，第29页。
⑦ 《三国志通俗演义》卷2，第29b页。
⑧⑩ 《三国志通俗演义》卷3，第71a页。
⑨ 《三国志通俗演义》卷3，第72a页。

手中。而孙策赖以改变命运的关键，却是玉玺。他以玉玺为质，向袁术借兵。后者不仅借给他兵三千人、马五百匹，且说“你名微，难掌大军。我表你为折冲校尉、殄寇将军”。[①]小说中的袁术虽然生性吝啬、工于算计，毕竟世代公卿，明白玉玺价值甚高，并不是区区兵马所能配得上的。“折冲校尉、殄寇将军”不过表奏朝廷，并不需要袁术再多给一兵一马，看上去似乎是顺水人情，其实相比三千兵马更为重要。孙策征战江东，正是赖有此名位，才能快速壮大队伍。此点对比小说写他投袁术前，四方人才只是“渐渐”来投即可知。而毛宗岗一方面将原文改为“你职位卑微，难掌大权，我表你为折冲校尉、殄寇将军”，[②]另一方面又评论说“不但借得兵马，兼得一个大官”，[③]即充分意识到名位与权力之间的关系。不过，他同时评论说“以无用之玺，换有用之兵”，[④]却忽略了他所说的“大官”正是“玉玺”的对应。

孙策为借兵提出的理由，一是为亡父报仇，一是解母舅之困。但小说写他“假名救吴景，实取大业”，[⑤]渡江后，即自主掌握命运，东征西讨，一直到去世前，好像都未出兵击刘表，似乎与“报仇”主题不合。毛宗岗特地在卷末评中指出“或曰：孙策如此英雄，何不先击刘表以报父仇？予曰：脚头不立定，未可报仇。脚头才立定，亦未可报仇。曹操初得兖州而遽击陶谦，则吕布旋议其后。刘备未定巴蜀而遽攻曹操，则关张不能为功。策固筹之熟矣”。[⑥]其实，明嘉靖元年序刻本以下在孙策创业叙事中虽然没有写出兵荆州，却在《孙策怒斩于神仙》一则开始即提到他破黄祖之事，又通过录出张纮所上表文的形式讲述了破黄祖的经过，并且表中还明确说是“讨有罪”。[⑦]由此，也可以解释何以孙策临死时只叮嘱孙权善保江东，“宜想父兄创业之艰难，勿轻易也”，[⑧]而不像吴太夫人那样遗命报仇。盖孙策认为经此一战，“虽表未擒……表之鸱张，以祖气息。而祖家属、部曲，扫地无余。表孤特之虏，成鬼行尸”，[⑨]对东吴来说，已不足虑。

孙权继承父兄成业之后，即兴兵报仇，功败垂成，与孙策遗言“勿轻易”相呼应。而二次出击，终告成功，从此崛起。从显性叙事来说，孙权崛起无疑是围绕报仇而展开的。但决定孙权崛起的，却并非从父兄处继承而来的世仇。

① 《三国志通俗演义》卷3，第73a页。
②③ 《四大奇书第一种》卷8，第6a页。
④ 《四大奇书第一种》卷8，第5b页。
⑤ 《三国志通俗演义》卷3，第72a页。
⑥ 《四大奇书第一种》卷8，第2a页。
⑦⑨ 《三国志通俗演义》卷6，第32a页。
⑧ 《三国志通俗演义》卷6，第62a页。

小说写孙策在病床上将印绶授予孙权，对母亲说："今将印绶付弟权，望母朝暮训之。父兄旧人，慎勿轻怠！"而吴太夫人则说"恐汝弟年幼，不能立事，当复何如?"孙策告以内外之事皆有旧人辅佐，除嘱咐张昭外，也要求大乔通过小乔叮嘱其连襟周瑜；更对孙权说"汝若负功臣，吾阴魂于九泉之下，必不相见"。[①]可知无论是孙策，还是吴太夫人，都对孙权不放心。换句话说，孙权虽然得到印绶，但上有吴太夫人，下有张昭、周瑜等父兄旧人，并没有真正掌握权力之实。

小说在讲述他初伐黄祖之前，插写了曹操来使令遣子入朝之事。此时的孙权虽广纳宾客，吸收不少新人；但遇此决策之事，则犹豫未决，"引周瑜等，诣吴夫人前议论"。[②]吴太夫人则说"公瑾之言是也。公瑾与伯符同年，小一月耳。我视之如子也。汝以兄事之。勿遣子为质"。[③]可见不仅大事由母亲决断，即使父兄旧人也需要他以兄事之。周瑜所说"见制于人"，虽是针对外事的议论，可以说也是此时孙权处境的写照。李卓吾评本夹批"夫人自可"，[④]虽然是比较随意的评论，应当说已注意到吴太夫人才是实际的掌权人。毛宗岗显然也觉察到了此段文字的微妙，遂对原文加以大幅度删改。他不仅将孙权领周瑜等找吴太夫人，改为"吴太夫人命周瑜、张昭等面议"，又将吴太夫人的决断之辞删到只剩"公瑾之言是也"，更增加孙权"遂从其言"一句，[⑤]从而强行提升孙权的自主性，放大了他的权力。如此一来，则使得小说写作初伐黄祖一事意图不明。

小说写孙权两次伐黄祖，并非只是将失败与成功、略写与详写作对比那么简单。两次报仇的背景，可以说完全不同。明嘉靖元年序刻本以下在简单介绍江东发展形势之后，即写吴太夫人临终，把周瑜、张昭叫来，遗命说"不幸孙策早丧。今已将江东基业尽付与孙权耳。望汝等可扶持吾子，吾死不忧矣。今病危，嘱以后事。愿子布、公瑾早晚教诲孙权，勿使吾儿有失。江东、黄祖有累世之冤，不可不报。善保江东，以成完全之计也"。[⑥]吴太夫人去世时，才真正将江东基业"尽付"孙权，说明孙权此前不过是名义上的继承人而已。毛宗岗评本虽然保留了吴太夫人基业付权之语，但将病危以下语尽数删除，切断了原文的行文气脉。如此一来，毛宗岗评本后文紧接着写孙权与张昭、周瑜商议

---

① 《三国志通俗演义》卷 6，第 62 页。
② 《三国志通俗演义》卷 8，第 40a 页。
③ 《三国志通俗演义》卷 8，第 41a 页。
④ 《李卓吾先生批评三国志》第 38 回，明末黎光楼刻本，第 8b 页。
⑤ 《四大奇书第一种》卷 19，第 28 页。
⑥ 《三国志通俗演义》卷 8，第 44 页。

伐黄祖，就多少显得来龙不清。而孙权面对父兄旧人的议论，再次“犹豫不决”，直等甘宁与张昭折辩，才在以师傅事之的父兄旧人那里占得上风，终于自主决定出兵。也就是说，孙权在母亲去世、新人来投的情况下，才真正自主掌握了权力。这才是孙权取得伐黄祖的胜利，崛起于江东的关键所在。

就东吴创业叙事整体来说，孙坚得到玉玺，以为“天命”所归，揭开创业序幕；孙策以玉玺换得军、马与名位，席卷江东，奠定基业；孙权看似与玉玺无关，却坐领印绶，占据名位，并最终完成权力交接，崛起江东。可以说，在报仇的显性叙事之下，孙氏三代创业背后隐藏的主题是权力转移。此点在孙权崛起叙事中，尤其明显和重要。小说连写两次伐黄祖，毛宗岗所谓“犯而能避”，正赖于此。而其间插写的徐氏复仇事件，除了如毛宗岗所说与孙权复仇天然成对外，也应置于这一隐藏主题和前后衔接的叙事框架之下来看待。

三、《三国志演义》孙权崛起叙事插写徐氏复仇故事的意义与技巧

《三国志演义》虽是累积成书，但其最终的编撰者在结撰成文时，既对叙事结构有通盘考量，也对文章技巧不无讲究。毛宗岗评本在李卓吾评本基础上，又进一步对小说文本加以改造。其改造工作，除史事的修正、诗词的更换外，尤其重视文章技巧的磨炼。而他的评点正是建立在其改造的基础之上。毛宗岗《读三国志法》除主张蜀汉正统外，主要即从叙事结构与文章技巧两方面对他所谓“文章之最妙者”予以阐发。[①]他虽然主张文章应有宾主之法，从大关节上说，叙写三家应以蜀汉为主，但也意识到行文中孙、曹二家也“不当冷落”，可以宾衬主，与刘备一方相互掩映。就东吴一方来说，其叙事本身也具有文章写作上的自足考量以及被读者选择阅读的独立性。如前所述，明嘉靖元年序刻本以下，孙氏三代崛起的显性叙事都围绕“报仇”主题而展开。毛宗岗也充分意识到这一点。他对东吴叙事的文字改造正是紧扣“报仇”的文题。

孙坚战刘表而意外丧生，孙权破黄祖而巩固江东，从故事本身来说是报仇一事的起灭。而就明嘉靖元年序刻本以下的则题来看，《孙坚跨江战刘表》与《孙权跨江破黄祖》（李卓吾评本改作《孙权跨江战黄祖》）也明显形成前后对应。毛宗岗对此心领神会，因而他对这两部分的修改基本上就只是对具体文字的修饰，没有太多改变明嘉靖元年序刻本以来的行文脉络。问题是，如前所述，明嘉靖元年序刻本以下虽然没有通过则题来强调孙策进攻刘表，实际上却

① 《读三国志法》，第6b页。

提到他大破黄祖，斩首二万余，黄祖家小皆失、部曲覆灭，仅以身免之事。从孙坚战死，到孙策消灭黄祖部曲，再到孙权取得黄祖首级，可以说小说是采取层层递进的方式来叙写此“报仇”主题。不过，孙策破黄祖在小说中并未得到直接描写，而是以表文的形式间接呈现。此种处理显然是出于文章技巧的考量。如此看来，似乎也符合毛宗岗所说“作文者，以善避为能，又以善犯为能。不犯而求避之，无所见其避也。唯犯之而后避之，乃见其能避也”。①但毛宗岗对此却并不认同，大概是觉得这种改换文体的手法太过刻意而不自然，既属笨拙，且仍不免“合掌”之嫌。②他自己的做法是，一方面将孙策破黄祖之事尽数删除，从而既避免与前文写孙坚攻刘表重复，又为后文写孙权跨江击黄祖预留了叙事空间；同时，保留许贡家客三人为主报仇之事，从而既填补了孙策创业叙事避开“报仇”所留下的缺位，又与后文徐氏密召二将为夫复仇遥遥相对，可以说完美地践行了其文章避之有法，犯之亦有法的主张。③

明嘉靖元年序刻本以下在《孙权跨江破黄祖》一则连续写两伐黄祖之事，虽然一败一胜，一略一详，但以“报仇”主题观之，似乎亦未得犯避之法。不过，一方面，如前所述，孙氏三代创业叙事除“报仇”外，还有“权力转移”的隐含主题，两次进攻黄祖的背景完全不同，算得上是“天然有此等波澜，天然有此等层折”。④另一方面，小说既写孙权领有江东之后，仁人志士纷纷来投，又拒绝遣送质子入朝，就文势而言，铺垫已极，需要以一战承接，但径直写大破黄祖却又显得文气迫促，一略一详则缓急相宜，更何况百忙之中还插写了一个徐氏复仇故事。就显性叙事而言，徐氏复仇故事可以说起到衔接失败与成功的过渡作用，使这一段“报仇”文字显得“参差错落，变化无方”。⑤毛宗岗对此应当是感到相当满意，因而称其“天然成对”，予以尽数保留。

成对之法，是毛宗岗反复强调的文章技巧，在评论此段文字时也随处点明。小说虽然对孙权初伐黄祖着墨不多，但提到其部将凌操攻入夏口，几乎取胜，却被甘宁一箭射死；年仅十五岁的凌统，夺父尸而回。而孙坚跨江击刘表，在胜利的前夕，死于吕公埋伏；孙策换父尸而回，年才十七岁。毛宗岗夹批即说“前孙策求父尸，今凌统夺父尸，遥遥相对”。⑥这既是与前文相对，同时也是提醒读者，经他改造过的小说虽然没有了孙策破黄祖之事，在此却得到了潜在

① 《读三国志法》，第12a页。
②⑤ 《读三国志法》，第8a页。
③ 《读三国志法》，第14a页。
④ 《读三国志法》，第7a页。
⑥ 《四大奇书第一种》卷19，第29a页。

的“呼应”。此外，孙权得甘宁后，再伐黄祖，终于成功；凌统虽欲与甘宁拼命，却不被允许，二者也形成反对。而徐氏报仇既被毛宗岗视为与孙权报仇成对，自然也应可视为与凌统报仇成反对。

徐氏为孙翊报仇，一面派人报知孙权，一面自行处置，不等孙权到来，就已斩尽杀绝。就显性叙事而言，徐氏复仇就如前述李卓吾、毛宗岗评点所说，是权智节义俱备。而就隐性叙事而言，徐氏则是以主母身份，自主处置，方告成功。明清评点虽然没有注意到这点，但明代闽刻本版画既突出孙、傅二将，余象斗刻评林本也强调孙、傅之忠。这虽然是一种偏见，其前提却建立在对徐氏系主母的认知基础之上。徐氏能够自主掌握命运，凌统则必须听命于主公孙权，所以徐氏能忍妫览而终得报杀夫之仇，凌统不能忍甘宁却终不能雪杀父之恨。毛宗岗夹批纠缠于孙权是否偏心甘宁的问题，①反而忽略了孙权与黄祖有杀父之仇，凌统亦与甘宁有杀父之仇，一得报，一不得报，原因并不出在孙权身上，而是势位使然。

如前所述，孙权报仇成功，是建立在吴太夫人去世，他真正取得江东权力的基础之上的。但除权力的保障之外，他还有赖甘宁来助。小说以吕蒙之口介绍甘宁偷过夏口及其出身原委，并说：“主公求士如雨，安记旧仇耶！况兼各为其主，又何恨焉！”孙权既感叹“吾得兴霸之来，要破黄祖必矣”，又对甘宁说“吾得兴霸，大称心矣，岂有记恨之理也！君勿疑耳。愿定破黄祖之策”。②毛宗纲评本夹批说“黄祖不录甘宁之功，孙权不记甘宁之怨，彼此正相反”。③这当然没有错，但孙权不记旧时之仇，既与凌统心存往日之恨相反，实际上也与徐氏能忍一时之辱相对应。甘宁偷过夏口，投奔孙权，献策破黄祖；也恰与徐氏暗唤孙、傅二将，商议设计杀二贼相对。甘宁料到黄祖走荆州，独自埋伏东门，一声喊起，拦住黄祖，在程普赶到前，枭其首级；亦与徐氏预先将二将埋伏密室帷幕之中，大呼一声，二将跃出，杀死妫览，在孙权抵达前，尽诛其党羽相对。而甘宁将黄祖首级献予孙权祭祖，亦与徐氏将二颗首级祭夫相对。④

事后，孙权封孙、傅二人为牙门将，镇守丹阳，与封甘宁为都尉，镇守夏口相对，都是对忠心事主的肯定。他将徐氏迎归养老，小说写江东无不称徐氏之德，亦如他不允许凌统报仇，而是将其与甘宁分开，并授予“承烈都尉”（李卓吾

---

① 《四大奇书第一种》卷20，第6a页。
② 《三国志通俗演义》卷8，第46页。
③ 《四大奇书第一种》卷19，第33b页。
④ 甘宁一箭射黄祖落马，也与一箭射死凌操相对，正应“各为其主”。

评本夹批说“凌统，孝子”），[①]皆是以名分安抚之。而徐氏离开丹阳，由二将镇守，也正与下文紧接着讲述的吴太夫人病故，将江东尽交孙权之事相对，背后的潜在意义都是权力交接，符合前述孙氏三代创业叙事的隐含主题。就隐性叙事而言，徐氏失去权力引出吴太夫人失去权力（孙权取得权力），即毛宗岗所说“将雪见霰，将雨闻雷之妙。将有一段正文在后，必先有一段闲文以为之引。将有一段大文在后，必先有一段小文以为之端”。[②]毛宗岗虽然没有指出二则故事之间的对应关系，但夹批说吴太夫人遗言“先公而后私，先尊贤而后亲亲也。何东吴奇女子之多乎”，[③]也意识到徐氏与吴太夫人具有可比性。

四、结　语

徐氏复仇故事尽管篇幅不长，但在明清版刻及评点中都得到一定的关注。就相关图像呈现和评点意见来看，虽然偶有个别偏离主题的看法，但大体上，徐氏之智、节都得到充分的肯定。《三国志演义》采写该故事无疑是成功的。作为孙权一方的故事，徐氏复仇故事是与东吴三代创业叙事的隐显主题相协调的。小说在讲述孙权崛起的两次伐黄祖事件之间插写这一复仇故事，一方面，从显性叙事的层面，如毛宗岗评本所说是对报仇主题的呼应，从而将孙权两次不同结局的征战衔接在一起；另一方面，从隐性叙事的层面，则是对权力转移主题的呼应，从而将孙权两种不同的名实地位衔接在一起。而就具体情节与文字来看，徐氏复仇故事无论是谋划、行动还是结局，都与孙权两次伐黄祖之间有着细密的对应关系，显现出小说编撰者高超的叙事技巧和文章编织能力。

［作者简介］　许蔚，复旦大学中国古代文学研究中心、复旦大学中文系副教授。

① 《李卓吾先生批评三国志》第 39 回，明末黎光楼刻本，第 2b 页。
② 《读三国志法》，第 16b 页。
③ 《四大奇书第一种》卷 19，第 32a 页。

理想与现实:夏言的文学书写及其表现反差

王　婷

[摘　要]　作为嘉靖年间的馆阁重臣,夏言的诗文创作除了展露个人的文学修养和审美情趣,更大程度上呈现了嘉靖时期的政治氛围及文学风气。夏言数量可观的应制赓和之作,显示其投入庙堂书写的身份意识和职能担当,成为嘉靖朝中央文官和君主之间文学互动趋于热络的显著标志。特别是其中揄扬祥瑞之作,或形成一种策略性的文学话语,旨在维护自身的政治生存空间,多少受到权术动机的驱使。同时,他的作品在描画帝国盛世图景之际,基于个人经验性和客观真实性,也不同程度地逗露了自我"栗惧"的心理,以及揭橥令人失落的现实景况,形成理想与现实之间的某种反差,因而凸显了其文学书写的复杂性。

[关键词]　夏言　馆阁传统　君臣关系　文学书写　表现反差

夏言(1482—1548),字公谨,号桂洲,贵溪(今属江西)人。正德十二年(1517)进士,官至少师、吏部尚书、华盖殿大学士。世宗朝以议郊礼而蒙帝眷,入直内阁,旋为首辅。嘉靖二十七年(1548),严嵩奏其受贿于陕西总督曾铣,交关为奸利,论斩西市。作为嘉靖时期身居高位的馆阁文士,夏言的诗文创作除了展示个人的文学修养和审美情趣,更折射出嘉靖朝的政治氛围和文学风气。其诗文宏整雅饬,多有君臣应制庚和之作,侧重颂述当朝治道,显示中正典雅的台阁气象,所谓"调燮之暇,游戏翰墨,风动泉流,而皆上赓帝歌,下鸣《雅》《颂》,与二三元老更倡迭和于庙堂之上"①是也。这种基于身份意识与职

① 吴一鹏《少傅桂洲公诗余序》,夏言《桂洲词》卷首,明嘉靖刻本。

能担当的庙堂书写，体现了对明代前期台阁文学传统的强力接续。同时，面对此际复杂多变的政治环境，以及世宗皇帝的文学喜好，其一方面借助某种策略性的祥瑞书写，满足世宗政治心理和文学兴趣，以维护自身的政治生存空间；另一方面，又由此反映了处在政治夹缝之中的现实困境。本文结合嘉靖时期的政治与文学生态，考察夏言如何通过文学书写描绘理想的政治秩序和社会伦理，借此反映嘉靖时期士人的政治理想与现实困境，并透过其文学书写所体现的某种反差，揭示传统士大夫在皇权影响下儒家理想与政治现实的冲突。

一、以礼乐为中心的应制赓和

针对明代台阁文学发展变化的情形，有研究者指出，台阁体的流行时间，大致在仁宗、宣宗及英宗前期的近二十年间，而台阁体的产生则须具备两个条件，即"天下太平、政治清明的时代环境"，"皇帝与文官集团之间的关系要达到亲融和谐的状态"。[①]受制于馆阁文士自身的创作局限，加上明中叶由复古派所倡扬的文学风尚的影响，此后总体上台阁文学一度表现出某种颓势。若以明前期台阁体兴盛的条件观察嘉靖时期中央文官的文学书写，其则呈现出某种复杂的变化样貌。

从个人的喜好来看，明世宗继位以来，表现出较为浓厚的文学兴趣，所谓"万机之暇，喜为诗文"[②]。这自然为君臣之间的应制赓和提供了契机，而那些应制赓和的行为，同时构成馆阁文士重要的文学活动。何乔远《名山藏》云："世宗中兴藩服，淹贯经史，杰作奇思，远继高帝。"[③]世宗有较高的文学素养，又喜好诗文创作，时常与文学侍从进行互动。这种文学活动不仅为了黼黻和彰显廊庙，也成为君臣密切联络的一种机缘。对此，前七子之一的王廷相有所体认，其在序夏言《应制集》时指出：

> 自古人主好文者少，人主能自文者为尤少。……洪惟我皇上圣睿聪明，文思天纵，吐语成章，揆辞会道，每有制作，古朴浑成，参诸典、谟、雅、颂，不约同轨，蔚然人文宗统，经纬区夏矣。岂非文运之嘉际乎？是以内阁诸公及公得以袭东壁之华，应奎章之诏，日数数焉。供奉宸游，则咏和

① 左东岭《王学与中晚明士人心态》，北京：人民文学出版社，2000 年，第 18—19 页。
② 钱谦益《列朝诗集小传》乾集上《世宗肃皇帝》上海：上海古籍出版社，2008 年，上册，第 5 页。
③ 何乔远《名山藏》卷 86，《四库禁毁书丛刊》，北京：北京出版社，1997 年，史部第 48 册，第 32 页。

篇什;被旨撰言,则对扬休美。或感天颜以褒嘉,或蒙圣笔以裁润,文之荣遇,何以尚此?

尽管王廷相加入复古派文学集团,但他与作为中央上层文官的夏言多有往来,检视夏言文集,其中收录有《春日阁中述事次王浚川韵》《次答王浚川云龙歌》等作,王廷相文集中亦有《奉和桂洲阁老新居》等。这篇序文也是二人交往的凭证之一,王氏以"此可以观君臣之相遇矣,岂徒文之美云乎哉"①为夏言《应制集》定调,视之为表彰君臣遇合互动的一个案例,意在说明世宗"好文"且"能自文"所发挥的积极影响。从君主的角度来看,世宗好尚诗文,勤于制作,不仅"蔚然人文宗统",且得以"经纬区夏",显示了兴盛的人文气象和不紊的政治秩序,俨然成为"文运之嘉际"的表征。以夏言为代表的"内阁诸公"而言,世宗的好尚直接产生互动的效应,使得他们文学才能得以尽情发挥,无论是"供奉宸游"还是"被旨撰言",一齐加入了颂扬休明、感念圣主的书写行列,展现了"文之荣遇"的盛景。

王廷相的序文,多少凸显了嘉靖时期夏言等馆阁文士应合世宗文学兴趣的自觉行动。而综观夏言的诗文书写,其中即有数量可观的应制赓和之作,这些富有台阁色彩的作品,也成为嘉靖朝中央文官和君主文学互动趋于热络的显著标志。《明史·夏言传》载:"帝每作诗,辄赐言,悉酬和勒石以进,帝益喜。奏对应制,倚待立办。"②曹忭《桂洲诗集叙》称夏氏"天才敏妙,超悟玄旨,虽在上前,万言立就。每进一篇,九重必再三鉴赏"③,即提示世宗和夏言之间较为密切的文学互动关系。受制于馆阁文士的身份意识和职能担当,台阁体书写的主基调,往往不离颂圣鸣盛、感念君恩一类的主题,像明代前期的台阁体诗,被认为"不再是自由表达情感或驰骋想象的途径,转而逐渐受阶层因素决定",它们"更集中赞颂了明朝皇帝的圣德","表达了儒家思想在文化上的优越性,并褒扬了治道所带来的民族复兴"④。夏言的文学书写尤其是他在馆阁期间撰作的大量篇章,同样不例外。⑤早在夏言任礼部侍郎时,就受到世宗的眷顾,

① 以上见《王廷相集·内台集》卷5,北京:中华书局,1989年,第988—989页。

② 张廷玉等《明史》卷196,北京:中华书局,1974年,第17册,第5193页。

③ 夏言《桂洲诗集》卷首,《续修四库全书》,上海:上海古籍出版社,2002年,第1339册,第171页。

④ 孙康宜、宇文所安主编,刘倩等译《剑桥中国文学史》下卷,北京:生活·读书·新知三联书店,2013年,第36页。

⑤ 如仅检点夏言《桂洲诗集》,其中即载录大量此类篇章,以诗集卷一为例,其中就有:《恭和御制西苑视谷祇先蚕坛位赋》《白鹿赋》《奉制记乐赋》《恭和御制五月九日视工遇雨赋》《侍上奉圣母观玉泉山赋》《恭和御制谒陵礼成奉圣母舟还京记事述怀赋》《恭和御制初夏西游奉圣母舟行赋》《天赐时玉赋》《恭和御制皇考睿宗献皇帝祔祭太庙福瑞赋》《大驾南巡赋》《恭和御制思恩小赋》《瑞云承月赋》《谢赐金镶合香真号莲瓣发围赋》等。

如夏言自称,“本朝典制,惟入内阁为大学士,拜吏部尚书,始特降手敕。言承乏礼部侍郎才月余,而遽领大宗伯,又与辅臣同手敕之命,盖甚荣矣”①。嘉靖十五年(1536)闰十二月,夏言以礼部尚书兼武英殿大学士入参机务,时“言疏辞”,世宗则曰:“卿才宜此任,久在朕心,第以部值多事,皆倚办卿,故朕以此任托卿为迟,卿何辞为?可殚忠诚赞治,毋负朕怀。”②世宗此项对夏言颇多倚重的任命,标志着夏言内阁政治生涯的正式开始。而夏言入内阁之后,“深得主眷,十年中玺书手札四百余通,功名亦应知止矣”③。特定的身份背景和职能担当,加上朝廷给予的优渥待遇,激发了他颂圣鸣盛的意识以及感念君主的心理:

垂衣端拱等虞舜,坐令四海歌无为。……感念君恩报称难,犬马终当誓衔结。赤心愿比玉阶葵,向日朱英耐炎热。(《恭和御制禁游歌》)④

王业兴千古,皇风动九垓。南郊躬藉罢,西苑省耕来。松柏瑶坛启,云霞紫殿开。圣情天远大,万世仰昭回。(《奉旨作无逸殿西壁诗三首》之一)⑤

元日欣逢七日春,阳和遍布圣皇仁。百年礼乐郊禋正,万国讴歌泰道伸。协一治同天地大,执中学得帝王醇。微臣薄劣何裨补,只有丹心老更真。(《恭和御制元旦作》)⑥

大哉皇建极,神化自无方。熙皞同尧舜,规模犹汉唐。(《恭和御制王政诗三首》之一)⑦

神功钦六祖,圣德尊七宗。祈天崇报祀,万国仰皇风。(《恭和御制诗六首》之一)

至仁合天地,大孝光祖宗。万邦歌帝德,四海同仁风。(同上之二)⑧

四库馆臣评夏言诗文,谓其“宏整而平易,犹明中叶之旧格”⑨。清人朱彝尊又

---

① 《赞治堂记》,《夏桂洲先生文集》卷16,《四库全书存目丛书》,济南:齐鲁书社,1997年,集部第75册,第12—13页。

② 《明世宗实录》卷195,台北:台湾“中研院”历史语言研究所,1962年,第43册,第4129页。

③ 胡维霖《与相士论相书》,《胡维霖集·墨池浪语》卷1,《四库禁毁书丛刊》,北京:北京出版社,1997年,集部第164册,第529页。

④ 《桂洲诗集》卷5,《续修四库全书》,第1339册,第214页。

⑤ 《桂洲诗集》卷8,《续修四库全书》,第1339册,第249页。

⑥ 《桂洲诗集》卷14,《续修四库全书》,第1339册,第288页。

⑦ 《桂洲诗集》卷19,《续修四库全书》,第1339册,第339页。

⑧ 《桂洲诗集》卷19,《续修四库全书》,第1339册,第341页。

⑨ 《四库全书总目》卷176《桂洲集》提要,北京:中华书局,1965年,下册,第1577页。

谓“应制诗篇，投《颂》合《雅》，不若袁文荣（炜）之近于亵也”[1]。站在正统的立场审视，夏言的诗文包括应制诗篇，大多体现了宏伟整饬、平正温和的风格，特别是那些应制之作，更呈现中和雅正的特点，符合传统的风雅精神。四库馆臣谓夏言诗文体现了“明中叶之旧格”，则指向其诗文书写恪守前朝规制格调的表现风格的稳定性和持续性。这一特点，又多反映在他具有浓厚台阁体色彩之作。上面所引诸篇，虽仅为夏言《桂洲诗集》中“应制”作品的若干诗作，但有着一定的代表性。作为具有公共书写性质之作，“应制”因为需要更紧密应合君主的精神意志和审美趣味，作者个人表现的自由度极其有限，在书写要求上，更重在体现一种制作的规范性或程序性。显现于诸诗中的“王业”“皇风”“仁风”“帝德”“圣德”“至仁”等等，均为台阁体中用于颂圣鸣盛的常见词语，而雍容平和的抒写节奏，则传递出作者谨慎而克制的表现立场。的确，夏言这类作品由于难以“自由表达情感或驰骋想象”，显然缺乏情感张力和艺术个性，甚至因其归向中和雅正而流于平庸。但另一面，它们又不同程度地成为我们观察作者书写意图和循沿路径的多扇窗口。看得出，为求“应制”之作表现既有的规范性或程序性，作者并不愿意轻易越出“旧格”，这也可视为其对台阁文学传统的自觉赓续。亦因如此，作者更倾向依循台阁体创作固有路径，即通过强化主观的塑造，着力描绘“熙皞同尧舜，规模犹汉唐”的明帝国盛世图景，称颂“万邦歌帝德，四海同仁风”的帝王之圣明仁厚，并且不忘表白“感念君恩报称难，犬马终当誓衔结”的赤诚忠心。要之，拘滞于台阁体的书写规制，夏言此类“应制”作品难脱“旧格”，当然，如此也就难以表现独特的思想和艺术个性，但这同时指示其有意承接台阁传统的创作意识。

值得注意的是，夏言在馆阁期间，多有奉和世宗参与和实施相关礼乐仪制过程所作之篇，这成为其“应制”的一个显著特征。嘉靖时期，围绕由藩王朱厚熜入继大统时继统与继嗣的正名定分问题发生扞格，世宗意欲尊崇生父即孝宗之弟兴献王朱祐杬，以内阁大学士杨廷和为代表的文官集团则反对此举。自从在大礼议事件中排斥廷议以确定追崇所生大礼，世宗“遂以制作礼乐自任”，时值夏言“始用事”，于是其极力配合世宗锐意礼乐之事，“乃议皇后亲蚕，议勾龙、弃配社稷，议分祭天地，议罢太宗配祀，议朝日、夕月别建东、西二郊，议祀高禖，议文庙设主更从祀诸儒，议祧德祖正太祖南向，议祈谷，

① 《静志居诗话》卷 10，北京：人民文学出版社，1990 年，上册，第 288 页。

议大禘，议帝社帝稷”[①]。他的有关礼乐仪制的建议，得到世宗的认可，“自是大蒙帝眷”[②]，“郊庙耕蚕诸大礼，一言投合，群难莫摇，数年陟至孤卿元辅”[③]。作为建议者和见证者，夏言奉和世宗参与和实施相关礼乐仪制过程所作的篇章，不但记录了世宗朝礼乐仪制建设和施行的系列事件，而且凸显了他投注其中的观照立场。如《瑞云承月赋》：

> 爰嘉靖己亥兮八月望既，大驾宵征兮虔告上帝。霜清阁道兮衮衣降舆，星朗周庐兮玄圭扣陛。时维穆穆兮骏奔皇皇，矩度恭严兮诚意靡遑，百辟欢呼兮九霄回光。淑气氤氲兮须臾礼成，亲基定命兮钦肃回轮。拜瞻大道兮畏敬犹存，恭默思帝兮天心眷歆。凤寝之南兮龙楼之角，皎月在天兮圆晕如束。盘旋五采兮英华焰发，承以嘉云兮金方应素，环以珠星兮诸垣隐辅。金桂婆娑兮绣如绮霞，银蟾陆离兮文如翠圃。兹惟上天兮倏忽降神，报我皇上兮一念精禋。冲穆会道兮瑞发高旻，和敬上迎兮至祥倏臻。丕显圣躬兮万世尊亲，光昭治象兮葆含帝馨。祥联东陛兮福益神孙，太平天子兮四海永贞。九庙欢歆兮百神效灵，千秋百世兮日月凝精。显休和命兮永荷天祯，辅臣陈辞兮歌颂明征。

据赋前序文，嘉靖十八年(1539)八月二十日子刻，世宗“躬诣南郊奏告”，举行祭天大礼，礼成驾还，“时则仰见月生圆晕，五采旋绕，祥光焰发，淡素云承之，正应西方淑气，移时乃散”。明日，夏言因世宗降手札相示，于是言“拜奏称庆”，“飏言以颂帝德”，以为“皇上事天之诚，感应如响，上帝歆和，皇祖昭格，顷刻之际，遂显光华，以示嘉报。太阴映日，福溢宫壶，西白呈祥，光联东陛。实皇上万寿康宁，皇太子千秋永庆，祚胤无疆，泰道文明之象也”[④]。故而，是赋书写“瑞云承月”景象的出现过程，并不只是为了描画祥瑞之象，要在昭示天子礼祀上帝，“恭默思道，以俟天休”，其虔心事天诚意，使得神通感应，“遂显光华，以示嘉报”，昭示实施礼乐仪制直接而正面的反馈效应，即其给社稷带来昌明康宁征兆的重要意义。无论如何，天子是实施礼乐而参与祭天的主体，所以上赋铺叙的最终意图，落实在了称颂“帝德”的主旨上。鉴于天子礼祀上帝自

① 《明史》卷196《张璁传》，第17册，第5178页。
② 《明史》卷196《夏言传》，第17册，第5192页。
③ 杨时乔《夏文愍公全集叙》，《夏桂洲先生文集》卷首，《四库全书存目丛书》，集部第74册，第161页。
④ 以上见《桂洲诗集》卷1，《续修四库全书》，第1339册，第186—187页。

属朝廷重要事件，故赋中所记，从“虔告上帝”到“恭默思帝”，从“瑞发高旻”，“至祥倏臻”，到“丕显圣躬”，“歌颂明征”，逐次加以呈现，加上作为副文本的赋前序文的交代，使得整个事件的经过和作者所要表现的旨意周详而明晰。同时，礼祀上帝、云月呈祥、称颂帝德三者之间，构成相互联结的叙述的逻辑脉络，并最终归向颂圣鸣盛的表现主旨。

类似表现当世礼乐盛兴、君主圣明的“应制”作品，在夏言作品中并非少数，他的《恭和御制山陵春祭嘉喜歌》其中曰：

> 今春乘舆肇称陵，祀礼遥望松柏山之巅。沾濡雨露有真感，陈词亹亹亲告虔。是时修饰陵工正兴作，暂设俎豆文祖碑楼前。……朝来忽报永和宫中皇子生，少顷御笔亲传宣。臣勋臣时暨臣言，举手加额咸曰我皇圣德真格天。恭趋行宫造膝御榻前，叩头拜喜瞻龙颜。多男已协封人祝，四海不但歌启贤。六月之内三降祥，洪眷岂弗由高乾。百年朝家无此熙，盛事天保定尔亦孔坚。中兴绍统比肇创，皇运有开当必先。

诗前序文记云，嘉靖十六年(1537)二月，车驾发自京师，世宗“躬诣长陵春祀”，以示春秋躬祀之礼。礼成之明日，中官驰奏皇第三子生永和宫中。既而“复蒙赐示御制山陵春祭嘉喜歌一章”，“谨恭依宸韵僭和成篇”①。天子春祭和生子这两件事，原本看上去互不关联，夏言赓和世宗所作而将两大事件联系起来，则不仅本于“圣主作歌答天命”的“应制”主调，并且为了进而彰显“我皇圣德真格天”的天子勤修典礼而子嗣繁衍的天人感应，借此加强颂圣的表现效果。这种记述天子礼事的赞歌式的应制作品，又见于他如下诗篇：

> 夙夜事遄征，显陵日在望。龙旗照中原，千里驰平康。陟岵怀劬劳，如存事其亡。白日长风急，辇路红尘扬。天语戒守吏，勿为吾民殃。爱亲与仁民，隐隐出衷肠。皇情轸大事，群工思赞襄。矧荷君恩重，寝食宁自遑。首谋北迁重，再计南行忙。百虑复千思，祇固厥后昌。巡狩自虞典，天子实省方。……嵩山入云雾，衡岳摩青苍。荣光照河洛，协气符明良。兹行迓天明，万世其久藏。(《恭和御制南诣显陵命驾出京自述诗》)

① 以上见《桂洲诗集》卷5,《续修四库全书》,第1339册,第214—215页。

> 大孝重园寝，睿思结中肠。翠华幸远服，黄盖临层冈。夙夜怀明发，靡惮道路长。仰睇纯德山，允占后祚昌。江汉作襟带，衡岳为垣墙。五气集玄宫，卿云满帝乡。慎动体阴静，居守严巨防。百神护灵域，万世悦先皇。荣光发天地，宝历那可量。文谟既已显，武烈庶无忘。(《恭和御制初阅纯德山喜而自得诗》)①

以上两首诗系记述世宗巡狩和谒陵之礼的应制之作，其诉述的根本用意，要在赞颂天子“蒐讲三代之制，修正郊庙典礼”，乃至“展谒山陵”及定“躬祀之礼”②的重视礼乐之举，它们连同前面所引述的记录世宗躬行大礼的诗赋之篇，成为作者讲述天子强化礼乐仪制故事的典型案例。如同夏言诸多之作，这些诗赋作品在表现风格上不失中和雅正的特点，显示作者介入“应制”这类公共书写而秉持的谨慎和克制的立场，重在恪守制作的规范性或程序性。亦鉴于此，其创作个性所受到的抑损自在情理之中。但要说明的是，假如因这些作品出自“应制”而认定其虚誉应和多于真实表达，那也未必完全契合夏言的创作意图。杨九泽《桂洲诗集序》指出，“礼乐文章同原共贯，必和敬积中，而英华发外，非可以伪为强饰也”，以为夏言“首议亲蚕，遂定帝籍、四郊、九庙、大祫、大禘、雩坛、庙号之礼，次第举行，而钟律歌章，舞佾行缀，莫不斟酌稽厘，既明既备，彬彬乎礼乐昌嘉之会，畴能比隆”？所以“玩其词旨，凝重而森严，盖深于礼者也；和平而温润，盖深于乐者也”③，即视其所作为“礼乐文章同原共贯”的楷范。此说殆非虚言，不难发现，夏言重视礼乐建设的意识十分强烈，他在嘉靖二十三年(1544)所拟《殿试策问》中说，“六经之道同归，而礼乐之用为急。自昔唐、虞、三代之治，莫不繇斯。夫六经所陈，固治天下之大经大法也，而本之则在礼乐”，天子“践阼以来，不遑他务，首以人伦典礼是究是图”，“而郊社禘尝之义，始克协于成；其在邦国乡党之制，不暇悉指，乃若天子之事，固不越此”，强调“复古礼乐以建中和之极”④。诗中着力描绘的“百年礼乐郊禋正，万国讴歌泰道伸”⑤“礼崇祈报典，道阐玄元宗。庇民还福国，寰寓畅真风”⑥，未尝不是他为之陶醉的一种理想图景。从这个角度看，夏言以上那些记述世宗勤于礼事

① 《桂洲诗集》卷2，《续修四库全书》，第1339册，第193—194页。
② 《恭和御制山陵春祭嘉喜歌》序，《桂洲诗集》卷5，《续修四库全书》，第1339册，第214页。
③ 《桂洲诗集》卷首，《续修四库全书》，第1339册，第172—174页。
④ 《夏桂洲先生文集》卷9，《四库全书存目丛书》，集部第74册，第461页。
⑤ 《恭和御制元旦作》，《桂洲诗集》卷14，《续修四库全书》，第1339册，第288页。
⑥ 《恭和御制诗六首》之三，《桂洲诗集》卷19，《续修四库全书》，第1339册，第341页。

之作，未必不是他本人礼乐建设意识强化的展露，或多或少表现了有感于当朝礼乐盛兴的欣悦，传达了“复古礼乐以建中和之极”的政治理想。

二、权术动机下的祥瑞书写与政治轨迹

明代馆阁文士颇多应制活动，也产生了书写种类繁多的祥瑞之物和现象的应制作品。[①]考察夏言的诗文书写，尤其是他的应制作品，同时也可以发现一个基本的事实，即其相关书写特别是那些揄扬祥瑞之作，或成为某种策略性的文学话语或“公关手段”，用以满足世宗政治心理和文学兴趣。比起明孝宗、武宗等前朝诸帝，世宗的个性和作风颇为矜恃刚愎，这在震惊朝野的大礼议事件上已暴露无遗，其时“帝既定尊亲礼，慨然有狭小前人之志，欲裁定旧章，成一朝制作。张孚敬、夏言用事，咸好更张”[②]。至于夏言本人，“帝每作诗，辄赐言，悉酬和勒石以进，帝益喜”[③]，显示他和世宗之间有着良好的文学互动，在这种互动关系中，祥瑞书写成为突出的一个方面。如前引夏言作于嘉靖十八年(1539)的《瑞云承月赋》，其中涉及这一主题，此赋描述“皇上事天之诚，感应如响，上帝歆和，皇祖昭格”，遂使得“月生圆晕，五采旋绕，祥光焰发，淡素云承之，正应西方淑气”，一时呈现“瑞云承月”的祥和天象。这一景象被世宗看作吉祥征兆，故“降手札”示言，言则“拜奏称庆”[④]，不失时机地利用奉和君主的机会，将此事演绎成一则呈祥现瑞的生动故事，用以歌咏圣德，赞美盛世。

在科学技术不发达的古代社会，超出人们知识范围的自然灾祥现象，或成为解释天道与人事相感应、比附时政盛衰的典型事例，从而被赋予特定的政治内涵，历史上这类例子不胜枚举。在嘉靖朝，性格和作风矜恃刚愎的世宗皇帝格外重视祥瑞现象的发生，以作为他成功治理国家的明证。一时间，馆阁之臣因祥瑞应制而受到嘉赏和升迁的成为较普遍的现象。如时任礼部尚书的张潮，“尝应制和上奉圣母游览，有诗；贺嘉禾、瑞麦、庆云、灵鹊，有赋；贺瑞雪、甘露、瑞兔，有颂；贺时雨、时雪，有疏。每被称赏。其时雨瑞雪，中有‘雨珠玉不可为衣食’之句，则温旨特摘出，以奖忠爱。自元老而下，眷遇之隆，罕与俪者”[⑤]。而时任詹事府詹事的陆深，在“辛丑春，元旦大雪”时，“与诸词臣进《瑞

---

① 参见叶晔《明代中央文官制度与文学》一书中所列《明代祥瑞应制作品一览》表，其中涉及瑞星、甘露、瑞雪、河清、嘉禾、瑞麦、嘉瓜、白乌、白鹊、神龟、玄兔、白兔、白鹿、龙马、龙驹、驺虞等，杭州：浙江大学出版社，2011年，第66—68页。

② 《明史》卷193《李时传》，第17册，第5113页。

③ 《明史》卷193《夏言传》，第17册，第5193页。

④ 《瑞云承月赋》序，《桂洲诗集》卷1，《续修四库全书》，第1339册，第186页。

⑤ 费宷《资善大夫太子宾客礼部尚书兼翰林院学士掌詹事府事赠资政大夫玉溪张公潮行状》，焦竑《国朝献征录》卷18，《续修四库全书》，第525册，第737—738页。

雪颂》，上览而嘉焉”[①]。又沈德符《万历野获编》载：“世宗朝，凡呈祥瑞者，必命侍直撰元诸臣及礼卿为贺表，如白龟、白鹿之类，往往以此称旨，蒙异眷，取卿相。”又言：“乙未年春正月朔大雪，上谕大臣曰：‘今日欲与卿等一见，但蒙天赐时玉耳’。礼卿夏言即进《天赐时玉赋》以献，上大悦，以忠爱褒之，甫逾年而入相矣。”[②]尤其是沈氏的记述，显示当时馆阁诸臣因进献贺庆祥瑞文字而“蒙异眷，取卿相”，夏言于嘉靖十四年(1535)上《天赐时玉赋》，深得世宗欢心，“甫逾年而入相”，则被当作馆阁文臣职位迅速升迁的例子而标出。据《明史·夏言传》载，言于世宗所赐之作“悉酬和勒石以进”，使得“帝益喜”，获世宗赏识，且“数召见，咨政事，善窥帝旨，有所傅会”[③]。据此，夏言在处理君臣关系上讲究策略，对待君主所好，善于揣测逢迎，主要目的当然是为了争取自身政治利益最大化。联系起来，这令人不难体察出，在他诗文作品中占据一定数量的揄扬祥瑞之作，其背后或多或少受到并不单纯的权术动机的驱使。

嘉靖十六年(1537)，夏言为作应制之篇《灵鱼诗六首》，就是典型的例子。该诗诗前小序记其撰作之缘起，是年三月，“皇上展祀山陵礼成，奉圣母游览金山，泛舟西湖以还”，“上制《西湖词》一阕，词中有‘锦鲤跃忙’之句。少顷，巨鲤入御舟，上喜甚”，“召臣言至御幄前，授以词草，且纪其事于末简，曰：‘此灵鱼也。’”言遂进言云：“今巨鱼入舟，实陛下至德感乎得众之象、海邦贡琛之征也。”巨鲤跃入舟中，本有一定的偶然性，无关祥瑞之兆，然被世宗视为吉祥的灵验，而作为应制作者，夏言则乘势附和之：

> 帝德广大兮，浩浩其天。数罟不入兮，尔潜在渊。(《灵鱼诗六首》之二)
>
> 舟楫翩翩兮，湖水滔滔。尔弗灵兮，曷识黄袍？(同上之三)
>
> 扬翠鬐兮锦鬣张，奋一跃兮觐天光。凌素漪兮腾逝，含御气兮洋洋。(同上之四)
>
> 诗歌于牣兮，《易》著豚鱼。圣德极至兮，大化与俱。(同上之五)[④]

继后又有《恭和御制前次灵鱼入舟追作四首》：

① 唐锦《詹事府詹事兼翰林院学士俨山陆公行状》，《龙江集》卷 12，《续修四库全书》，第 1334 册，第 590 页。

② 《万历野获编》卷 2，北京：中华书局，1959 年，第 53—54 页。

③ 《明史》卷 196，第 17 册，第 5193 页。

④ 以上见《桂洲诗集》卷 2，《续修四库全书》，第 1339 册，第 191—192 页。

圣人大化与天通，不是谈玄与说空。鱼跃于渊真道体，利从九五见飞龙。

至德飞潜自感通，白鱼有兆信非空。君王神圣过周武，御舸波心见赤龙。

麦庄桥畔绿波通，谁使神鱼奋跃空？始信波臣知扈跸，太平天子是真龙。

金海西湖御气通，中流箫鼓振虚空。太音自感游鱼听，未必深渊有潜龙。①

巨鲤入舟之所以被看作非同一般的特异事件，关键在于鲤鱼跃入的是御舟，对应的目标是至高无上的君主，这使得平常事件比附不平常征象的合理性为之增强，也使得作者书写的想象空间为之扩张。如果说，在事件发生后世宗召夏言“至御幄前，授以词草”，且谓之曰“此灵鱼也”，有意要和词臣分享这一看似颇为灵验的事件，授意对方为之宣述张扬，那么，夏言对于世宗的意旨则心领神会，极力神化鱼跃御舟奇妙的感通效应，其追从附和心思，可谓昭然若揭。作者的任务是确认和礼赞天子盛德感孚应验的真实性和完美性，诗歌的字里行间弥漫着一连串装饰性的话语，“帝德广大”“圣德极至”“圣人大化”“君王神圣”“太平天子”云云，几乎使赞美的力度无以复加，主要的目的是要强化事件的可信度和神圣感。毫无疑问，一旦当某些奇特的自然现象进入人们刻意捕捉祥瑞征兆的视线，并被赋予特定的政治涵义，而这种过程又同时被利用的动机所包裹，那么其有可能成为一种习惯性的行为。考察夏言的诗文创作，并非偶然为之的祥瑞书写正可说明这一点，其撰于嘉靖十二年(1533)的应制之作《白鹿赋》又是典型例子之一，假如说上诗咏的是“灵鱼”，那么此赋写的是“灵兽”，赋曰：

繄金方之灵兽，产中岳之神区。按祥经以验物，表圣代之休符。孕瑶光以成象，输北海而应图。乍腾倚于山椒，忽振迅于天衢。彼积寿于千龄，毳将苍而变白。角未茁而已然，实气化之所殖。挺玉质以霜莹，曜晶荧之正色。超崄绝而星奔，野呦呦而苹食。度朝阙于函谷，弭夕驾于瑶池。谢仙寰之岑寂，望帝阙而来仪。跄百兽而率舞，衎嘉宾而赋诗。感明

① 《桂洲诗集》卷21，《续修四库全书》，第1339册，第357页。

王之在御,岂虞罗之可羁。昔飞黄服皂于轩图,凤鸟雝鸣于舜治。商运启而白狼游,汉道亨而天马至。遇涂山之素乌,贡越裳之皓雉。纷荣烛于往牒,并垂光于来祀。矧皇极之丕建,协鸿化于神明。夐登三而咸五,与泰初而齐名。宜祯祥之总萃,显不世之休征。保灵祚之孔殷,来百禄而是膺。

关于上赋撰写的背景,作者在赋序中作了交代:"皇上龙飞之一纪,承天建极,骏德鸿烈,震曜宇宙,巍乎炳然,与二帝三王同盛。于是休气充塞,祯祥并臻,诸福之物,应德而见。乃献岁嘉月,有白鹿至自灵宝。"概括这篇赋作的书写主旨,赋中"按祥经以验物,表圣代之休符","宜祯祥之总萃,显不世之休征"云云,应是再恰切不过的表述。按照谐音,"夫白鹿者,百禄也,岂非我皇受禄于天之庆哉"①。这样的解释,不失为一种讨巧的傅会,也可见作者巧运心思。为了充分说明白鹿作为一种"灵兽"而代表"祯祥",关于对象所有信息的发掘和绍介,自然是必须完成的环节。对此,作者利用赋长于铺叙的文体属性,花费不少的笔墨,不但追踪"灵兽"孕育生长的产地、历经千年的修龄,而且针对它的样貌、品质、习性、动止等作了全面刻画,用以证明其灵异出世,脱俗不凡。全篇的叙述逻辑简单而明了:"灵兽"代表"祯祥","祯祥"联结"圣代",白鹿来仪虽属偶然,但偶然中蕴含必然,这就是,天子"骏德鸿烈,震曜宇宙",致使"诸福之物,应德而见",二者构成密切的因果联系。当然,如此费尽心思的比附,很难说没有以赞美"祯祥"、颂扬"骏德"而投合君主喜好的动机。

按照传统的祥瑞概念,一些应时的气象状况如天降瑞雪,往往被看作是吉祥的征兆,这类认知及相关书写在历史上同样层出不穷。也因如此,这又成为夏言祥瑞书写中绝好的比附素材。来看他为沈德符特别述及的《天赐时玉赋》:

端月启淑气回,阳春布瑞雪飞。天子一念,周于九围,乃命楮毫,诏臣仆感天恩赐时玉,千里一色,四郊霑足。……于是南宫小臣,仰承宸翰,谨端拜而进辞曰:臣闻先正有言,使天而雨珠,寒者不可以为襦;使天而雨玉,饥者不可以为粟。伊上天之降雪,实滋繁于五谷。矧一气之潜萌,已三白而相属。锡兆庶以丰年,耀太平之玉烛。尔其飘飘洒洒,蔼蔼浮浮。

① 《桂洲诗集》卷1,《续修四库全书》,第1339册,第176—177页。

花明鹊观，光映龙楼。乍萧骚以入听，倏皎洁而盈眸。挺琼林于阆圃，积瑶水于昆丘。陋北风之歌卫，壮南山而咏周。于是乐彼闾阎，惠此畎亩。明昭上帝，锡我大有。谐万国之欢心，慰三农之翘首。谅无惭于比德，宜见称于我后。①

所谓“时玉”，借指瑞雪，以示其珍贵。如此比喻是鉴于世宗“圣文”已“以时玉名雪”，其被夏言誉为“古今所未经道”，因而“恭掇天语”②。自然，作为应制者，夏言能够顺势利用这一称喻，渲染天之降雪之合时吉祥。所谓合时，即降雪可以滋益五谷，慰藉三农，因此“锡兆庶以丰年”；所谓吉祥，即瑞雪昭示帝德崇大，世道盛明，故曰“耀太平之玉烛”。从颂圣鸣盛角度看，后者应是作者书写的重心所在，也是比附政治情势以投合君主所好的一种应对策略。

又据《明世宗实录》记载，嘉靖二十年(1541)正月戊子朔，“是日雪，群臣以灵雪应祈具表贺，大学士夏言，尚书严嵩、温仁和，侍郎张邦奇、张潮、孙承恩，学士陆深各进颂，并优诏答之”③。嘉靖二十一年(1542)正月，“辛卯雪，礼部以灵雪应祈请上御殿受贺”，“既而诸司各具表称贺，上优诏答之”④。夏言参与了这两次庆贺“灵雪”活动，分别作《灵雪颂》《瑞雪应祷贺表》。某种意义上，以夏言为首的臣僚对瑞雪的自觉称贺，正是在体察世宗心理后及时展开的颂扬祥瑞的创作活动。就世宗而言，因嘉靖十九年(1540)和二十年(1541)入冬少雪，遂为之祈祷，所以天降瑞雪，被夏言等人顺理成章地解读为天人感应的结果，“惟我皇上，动与天会，曰雪而雪，曰雨而雨，斡旋化机，主宰元秘”，“上下同流，天人交契”⑤；“去岁冬尽少雪，皇上躬祷弥旬，至岁除未罢，乃嘉靖二十年正月初一日，大雪遂降，实应虔祷，允为上瑞者”；“昨冬雪候少愆，皇上宫中虔祷，乃今正月初十日，瑞雪大降，农亩霑足”。很自然，基于天人感应的解读立场，赞颂圣心虔敬、帝德洪大，成为夏言瑞雪贺表重点展开书写的内容：

兹盖恭遇皇帝陛下，德高舜、禹，道泰羲、轩。深轸黎甿，以民天之在食；屡形诃旨，惟邦本之系农。日秉精虔，感风云于翕忽；天回顺应，握造化之枢机。百神效能，万灵隤祉。布灵光于琼宇，种淑气于瑶田，销疵疠

① 《桂洲诗集》卷1，《续修四库全书》，第1339册，第181—182页。
② 《天赐时玉赋》序，《桂洲诗集》卷1，《续修四库全书》，第1339册，第181页。
③ 《明世宗实录》卷245，第44册，第4921页。
④ 《明世宗实录》卷257，第44册，第5151—5152页。
⑤ 《灵雪颂》，《夏桂洲先生文集》卷16，《四库全书存目丛书》，集部第75册，第54页。

于域中,雨珠玉于大上。农祥是兆,占万国之有年;帝力何知,赖一人之多庆。

恭惟皇上德超邃古,道合重玄。御世康人,欲万物各得其所;闵农重谷,以上帝好生为心。顷因时泽偶愆,既屡勤于斋祷;既而圣衷愈励,乃曲尽于焦劳。力拯民艰,竟回天意。飘琼积玉,观腊雪于阶前;委润流膏,殄遗蝗于地下。普天蒙祐,率土腾欢。协丰亨豫大之休,仰圣神功化之极。①

这类称颂祥瑞的贺表用于特定的场合,进献给特定的对象,如何遵循相应的书写规范和程序,应该是其首要考量的因素,这决定了它们平正、板滞甚至流于模式化的书写特点。作者称得上极尽颂扬之能事,各类礼赞美化的词语连缀成句式对仗整饬、内容大同小异的骈体文,颂扬世宗以虔心洪德感通上天,使之降福世间,护佑庶民,旨在最大限度提升庆贺称颂的效果。不能不说,这种书写行为本身带有以君主为歌颂中心的强烈的策略性和针对性,进献此类贺表基本的出发点,还在于充分满足世宗的心理需求,从中博取一定的政治资本。正因如此,当时就有人质疑夏言等人的颂雪行为,如时任御史的杨爵上疏条列世宗"任用匪人"、"兴作未已"、"朝讲不亲"、"信用方术"、"阻抑言路"等"失人心而致危乱者"五事,夏言等人的颂雪行为,被其视为"非祥瑞而称贺,谗谄面谀,流为欺罔",属于"任用匪人"之弊。其中表达的激烈的谏言,与夏言等人庆贺颂扬瑞雪的贺词形成鲜明反差。此疏一上,世宗大为恼怒,杨爵也因此遭受重罚:"帝震怒,立下诏狱搒掠,血肉狼籍,关以五木,死一夕复苏。所司请送法司拟罪,帝不许,命严锢之。狱卒以帝意不测,屏其家人,不许纳饮食。"就连为他求情的主事周天佐、御史浦鋐,也"先后榁死狱中,自是无敢救者"。在"益恶言者"②的世宗面前,杨爵的直谏行为触犯龙颜是必然的,这在一定程度上也反映出嘉靖朝的政治生态。特别是经历了大礼议事件,"强烈的专制欲望"与"对个性突出的臣子的忌恨与反感"成为世宗人格上的两大特征。③这种性格特点,同时影响馆阁文士的处世心态,驱使他们更注意权衡利害关系,甚至导致"迄嘉靖季,密勿大臣,无进逆耳之言者"④。后者处于特定政治生态中

① 以上见《瑞雪应祷贺表》(嘉靖二十年正月)(嘉靖二十一年正月),《夏桂洲先生文集》卷10,《四库全书存目丛书》,集部第74册,第484—485页。

② 以上见《明史》卷209《杨爵传》,第18册,第5524—5526页。

③ 左东岭《王学与中晚明士人心态》,第212页。

④ 夏燮《明通鉴》卷53,北京:中华书局1959年版,第5册,第1803页。

的自我表现，乃“刓方为圆，贬其素履”[1]，他们在道与势之间左右摇摆和挣扎时，往往走向自保，甚至弃道从势，选择顺从君主威势而保持相对稳定的君臣关系，以维护自身的政治生存空间。夏言诗文作品尤其是应制之作呈现的祥瑞书写，虽是其个人创作的一个方面，但具有一定的代表意义，不但延续了受制于中央上层文官身份意识和职能担当的台阁文学传统，并且融入了企图保持良好的君臣关系、谋取自身政治利益的权术动机。在政治权力欲的驱动下，选择适宜的生存之道，伺察机遇而进取，成为夏言倾向性的政治选择。在他善于体察圣意、频繁颂贺祥瑞的同时，其政治轨迹也随之发生变化。因为受到世宗的青睐，他于嘉靖十五年（1536）闰十二月以礼部尚书兼武英殿大学士入内阁，尽管其时李时为首辅，但“政多自言出”，后来时卒，夏言即升为首辅。嘉靖十八年（1539），言“以祇荐皇天上帝册表，加少师、特进光禄大夫、上柱国”，而“明世人臣无加上柱国者，言所自拟也”[2]，可见其一时权势之盛。应当说，夏言之所以能迅速拓展政治生存空间，迈向通显之途，和他精于权术、善于逢迎的作风不无关系，而他诗文作品尤其是应制之作中的那些祥瑞书写，则不同程度打上了这一作风的烙印。

三、盛世图景中的“栗惧”心理与失落现实

嘉靖朝的政治环境，对处在馆阁上层和政治前端的阁臣心态影响更大，同时也形之于他们的文学书写。就夏言来说，大量的应制酬和之作，不仅体现了他的身份意识和职能担当，并且不可避免地受制于当时的政治生态，“济济皇阶泰，熙熙景运嘉”[3]，“洪惟我皇圣神不世出，功德直趋古帝先”[4]，诸如此类颂圣鸣盛的讴歌，在夏言诗文中俯拾即是，显示对台阁文学传统的强力接续。而这种更具规范性和程序性的书写，在不少时候只是出于仪式和策略的需要，未必完全是“情动而辞发”的作者真实心声的吐露，其中的敷衍和浮泛在所难免。但倘若据此涵括夏言的书写样貌，又未免流于简率和武断，并不符合其诗文创作的全部特征。事实上，作为问题考察的一个方面，夏言文学书写其他的某些特点同样值得注意，透过这些特点，我们或可以辨识作者流露其中复杂而矛盾的心态。

---

① 《明史》卷201末赞，第17册，第5322页。
② 《明史》卷196《夏言传》，第17册，第5194页。
③ 《圣节祝寿一十首》之九，《桂洲诗集》卷13，《续修四库全书》，第1339册，第285页。
④ 《恭和御制山陵春祭嘉喜歌》，《桂洲诗集》卷5，《续修四库全书》，第1339册，第215页。

嘉靖十六年(1537)，夏言曾作《渔家傲·感述丁酉七月》，慨叹自己的人生遭际："一介书生逢圣主，十年谏草人争睹。满目风波浑不顾，思砥柱，也曾独障狂澜住。孤忠久被奸邪妒，君恩深重难抛去。明日辞官还上疏，天应许，白圭免受青蝇污。"[①]其时夏言已入阁参与机务，跻身宰辅之列，然而仕路的通达，也给他带来难以消除的精神压力。词中虽述说自己遭逢"圣主"，感念"君恩深重"，并自我表白为报答君主的赏识，致力于朝政而进谏建言，但疑忌纷起，扞格不断，因此遭遇"满目风波"，招致"久被奸邪妒"的不测。又"白圭"云云，意在表明自我之清白，所以"辞官"被当作了证明自我的选项，尽管这样的宣示未必是作者真实的意愿，但至少表达了一种姿态。无论如何，处身朝堂之上，要承受各种的猜疑和攻讦，这令夏言深为之戒惕，平添诸多不安全感。他在作于致仕还乡后的《次严介豁韵寄汪石潭宗伯二首》诗中亦云："鸣玉朝朝侍紫宸，八回同赏上林春。年来世路风波恶，岁晚乡园感慨新。"[②]"鸣玉"在朝，近侍君主，固然让夏言倍感荣耀，但一路所经历的"风波"，则又令他不禁感慨世路坎坷，险恶丛生。应该说，夏言有感于"风波"之遭历的慨叹，并非无的放矢，漫然言之，而是有着个人切身的体验，这一点，在他赠答友人温仁和的《答温托斋》诗中有更明显的表露：

> 倾盖知我者，于公见畴昔。忆从题诗日，玉堂屡对食。江湖十年梦，公乐在泉石。而我幸遭际，千载真难一。飞腾践台轴，岁不满六七。中间历风波，支撑颇费力。痛定复思痛，不寒仍自栗。所惧恩宠多，能免愆尤积。士习日云变，人心良叵测。吁嗟平生心，有如此白日。古调倘可寻，临风鼓吾瑟。[③]

温仁和，字民怀，号托斋，成都华阳人。弘治十五年(1502)中进士，历任翰林院编修、吏部右侍郎、工部尚书、礼部尚书等职。在上诗中，作者追忆往昔二人亲密的交往，其中提及的"题诗"一事，当指夏言曾为温氏作七言古诗《题温托斋宫谕雪景山水图》。[④]忆及昔日往事，恍然数年已逝，如今友人致仕归居，纵乐于山水田园间，反观自己，尽管有幸得到天子的青睐，身居馆阁高位，尚在仕途

① 《夏桂洲先生文集》卷7,《四库全书存目丛书》,集部第74册,第368页。
② 《桂洲诗集》卷18,《续修四库全书》,第1339册,第328页。
③ 《桂洲诗集》卷3,《续修四库全书》,第1339册,第200页。
④ 此诗见《桂洲诗集》卷7,《续修四库全书》,第1339册,第239页。

驰骋，但异于常人的飞黄腾达的政治遭际，同时也招来意想不到的"风波"，故而带给自己的不啻是荣禄，还有更多的惶恐。由诗中所述可见，作者视温氏为知己，既然如此，知友之间无须更多的掩饰，尽情发抒内心所思，或是彼此倾诉的最好方式。自此来看，"不寒仍自栗"并非虚言，当是作者对自我心理的真实刻画，处在风云诡谲而充满利益冲突的政治权力中心，大概惟有亲身经历者，才能真切体会权力背后潜含的巨大风险。人心叵测，君恩无常，诗人经历"风波"而感受到的"痛"及肺腑的"栗"和"惧"，不仅来自同僚属官的倾轧和猜忌，也有侍奉君侧而产生的内心强烈的不安。对于自感"暮年知己少，愁绝海天长"①的诗人来说，或许和温氏这样平生知己的彼此酬答，亦不失为倾吐自我心声的恰当机会。

实际上观夏言所作，其中也有涉及"风波"的具体事件，如他以下酬答友人李廷相的《大江东去》三词：

> 秋意满前，正衔杯，又见江乡风物。同巷高人应念我，伏枕萧条四壁。许大忧怀，无边归思，撚断髭须雪。自怜迂叟，岂堪相伴朝杰。　去岁今辰，想莼羹鲈鲙，高兴□徒发。几度长空南望尽，雁字千行明灭。揽镜堪悲，壮颜非旧，秃尽冲冠发。危楼昨夜，坐到西岩堕月。（《次东坡韵柬李蒲汀送蟹》）
>
> 水落蒹葭，白露冷，长养横行之物。夜雨疏灯照蜗涎，晓起枯黏满壁。物色堪嗟，人情可慨，愁鬓添新雪。飘然霞外，神仙真是豪杰。　故园酒热鸡肥，相对青山，有约黄花发。但得天恩容拂袖，眼底风波自灭。宠辱闲惊，是非妄恼，胸次无毫发。寸心皎皎，争光天上秋月。（《再叠坡韵答蒲汀蟹词》）
>
> 小坐秋轩，谢蒲翁，遣赠名园佳物。自启筠笼唤纤手，携至麟堂东壁。碧水含晶，繁星焕彩，寒映冰盘雪。如珠似玉，果中应是魁杰。　总忆年时咏葡萄，一体新词三发。几对黄花烹紫蟹，久悟世间生灭。汉阁丹青，商山杖屦，毕竟俱华发。清尊架底，且醉藤罗夜月。（《答蒲汀馈水晶葡萄》）

据作者自述，以上三首词系"壬寅六月十二日作，此时待罪闭门，有忧谗怀隐之

① 《次林旗峰挽郑少谷二首》之一，《桂洲诗集》卷12，《续修四库全书》，第1339册，第278页。

悰焉”[①]。“壬寅”即嘉靖二十一年(1542),对夏言来说,这一年他的内阁生涯经历大起大落。三月,其一品九年考满,世宗以先朝大学士杨士奇、刘健之例予以褒奖。[②]夏言有《减字木兰花·壬寅春考一品九年满感述》:“九年一品,素食真惭縻国廪。七载黄扉,目断青山未拂衣。忧多先老,只有辞官归即好。圣主深恩,犬马难忘恋阙心”[③]。言自入内阁之后,深为世宗所倚重,“一切礼文之事皆以属言,赏亦称是”[④],并逐渐掌握世宗下放的政治权力,以致“赫然为真宰相,压制六卿矣”[⑤]。不过,优势的地位同时使他面临政治压力,深感立身之艰,所谓“忧多先老”未必言不由衷。而他随着三个月之后一场“风波”的卷入,这种忧悒陡然加剧。六月,世宗以久雨伤禾为由切责内阁,并同时发夏言欺谤舞文各罪状,[⑥]遂革言职闲住。言自谓“待罪闭门”,即指此事。看得出,这场“风波”给夏言带来很大的心理冲击,词中“许大忧怀”“愁鬓添新雪”云云,可以体味出他内心的忧郁和怅惘。对夏言来说,从深受世宗器重,到此时遭到贬弃,前后境遇迥异,未免会产生不小的心理落差,特别是世宗信“谗”而喜怒无常,可能直接使他丧失政治前途甚至生命安全,这无疑令夏言内心倍感忧惶,至于他在词中宣称“宠辱闲惊,是非妄恼,胸次无毫发”,更像是在强作自我排遣。既然“忧谗”,在无力抗拒的情形下,那么“怀隐”作为某种心理补偿和应对方式,就成为必然的一项选择,虽然这并不能说是夏言主动为之的人生选项,但这么做也许在一定程度上有助于平息“风波”。同样地,上述词作以嘉靖二十一年(1542)六月作者遭世宗责斥而被革职事件为背景,通过酬应知友的

① 以上见《夏桂洲先生文集》卷7,《四库全书存目丛书》,集部第74册,第361页。

② 《明世宗实录》卷259:“(嘉靖二十一年三月)丙申,少傅兼太子太师、礼部尚书、武英殿大学士夏言一品九年考满,上遣中使赐言银五十两、彩段四表里、宝钞五千贯、茶饭五桌、羊三只、酒三十瓶。吏部以先年大学士杨士奇、刘健赐敕宴例上请,奉旨:‘言辅导朕躬,历官一品九载,懋输忠悃,久著贤劳,朕心嘉重,可复少师、吏部尚书、华盖殿大学士,勋阶兼官悉如旧,赐敕奖谕,仍赐宴,礼部给与诰命,以称朕褒礼元臣至意。’”(第44册,第5183页)

③ 《夏桂洲先生文集》卷7,《四库全书存目丛书》,集部第74册,第364页。

④ 王世贞《嘉靖以来内阁首辅传》卷3,北京:中华书局,1991年,第34页。

⑤ 《明史》卷72《职官一》,第6册,第1730页。

⑥ 《明世宗实录》卷263:“(嘉靖二十一年六月)辛巳,上手谕都察院曰:‘……昨夏言测知东宫迁移,无故力称改慈庆为东宫府。夫废母后备制以纵奉子,朕必不为。言前称朕意为正,驳郭勋之非,今何一用勋言,若今谓为忠正,前亦忠正,前谓为非,则今亦非也。盖嫉人贤己,欲美必皆己出,亦无归美君上之意。是其恣肆已成性,必不迁于忠谨敬畏之地。夫何谓郭勋以不领敕下狱矣,犹千罗百织,如何自拟君旨,谓不必用敕。言官系朝廷耳目,一犬不如,专一听受主使,逆君沽誉,倾人取位以奉所悦,或戕人一家以代报复,吁!是人为乎?又凡工作,例有内官监官,昨撰大享殿兴工,何无高忠敕稿。前岁忠代言进玉器祝寿,朕已疑其与彼同计矣,今果通,泄朕言不具敕稿,果无例耶!果不通谋耶!昨又闻乘轿苑中,次日朕以香叶束发巾,命用皮帛鞋以便跪起,彼谓不可。夫无赐而自乘,是擅也;有命而抗违,非礼也。且朕不早朝,彼亦不入内阁,军国重事,径自私家而专裁之,王言要密,岂宜人臣视如戏具!如此大事,言官岂无一人知见,不闻一言片疏纠发,徒知欺谤君上,弄法舞文,排挤忠直,贪生媚灶。今日神鬼皆怒,雨甚伤禾,卿等其布此谕,俾中外知之。’”(第44册,第5217—5219页)

书写方式，发抒积压在其内心深处而挥之不去的忧抑。

在另一方面，不同于大量黼黻廊庙、粉饰太平而描绘明帝国盛世图景的应制赓和之作，夏言也有一些作品通过日常见闻和社会交际所获取的信息，直接或间接表现了有异于太平盛世景象的失落现实，这又多少和前者形成某种书写上的反差。如《赠胡汝愚令东阳》："东南民力久困竭，岂弟足以扶凋伤。"《赠梁东之宰常熟》："送君慰我江湖忧，东吴民病知有瘳。"[①]《送魏浅斋中丞出抚河南》："御史风霜旧，中丞斧钺新。明庭选夙望，重寄在疲民。襄沔流移甚，江淮寇掠频。黄河有余润，休问蔡吴人。"[②]上述诸诗属于社会性交往书写，皆为作者送别友人前往地方任职或巡察而作，其中从不同的侧面，披露地方出现的种种窘困的现实境况，寄寓对他们整肃地方治安、休养生息、纾解民困的殷切期望。再如《良乡道中》："涂潦余秋涝，春牟半雪伤。人民转凋瘁，草树亦荒凉。刺眼关千虑，谋猷属庙堂。"[③]《静海县父老来迓》："昔年曾按部，今日重经过。眼见闾阎苦，力排阛阓多。尚惭虚职业，岂意有讴歌。"[④]相较于那些体现了一定规范性和程序性的应制赓和之作，以上诗篇纯属作者个人"旅况"之记录，即时即地，随感而发，具有更强的经验性，因此也呈现更多的真实性，而民之"凋瘁"，"闾阎"之"苦"，显然不是其极力赞颂的太平盛世应有的景象，但亲历的经验提醒诗人，这原本就是存在于当下社会而与盛世图景格格不入的真实现象。诚然，对比夏言文本中数量可观的应制赓和作品，这样更富有个人经验性和客观真实性的书写，还显得十分有限和零散，但不管如何，这些有限而零散的书写，呈示了作者另一种观照现实的视角，不同程度传递出他内心的真实体验。与此同时，在朝向世宗上疏言事，也为夏言议论时事提供了机会，这些奏疏文本的相关陈述，记录了他对现实境况的点滴感受：

> 今宣、大二镇凋敝极矣，盖缘先朝六军之供亿频繁，万姓之疮痍未复，兼之将帅无耻，刻剥恣行，抚臣不才，侵渔太急，加以连岁荒旱，谷粟不登。况近日传闻二镇饥窘比昔尤甚，米价腾贵，敻异往时，所欠军粮，多未补足，人怀愁怨，日不聊生。又闻大同饥民，争啖人肉，宣府饿卒，抢夺市米。教场操枵腹之军，至不肯举旗以应号令；营门卧饥羸之卒，至不能跨马以

① 以上见《桂洲诗集》卷6，《续修四库全书》，第1339册，第227—228页。
② 《桂洲诗集》卷11，《续修四库全书》，第1339册，第267页。
③ 《桂洲诗集》卷9，《续修四库全书》，第1339册，第254页。
④ 《桂洲诗集》卷9，《续修四库全书》，第1339册，第256页。

执器械。兵势萎靡，人心涣散。（《请实边储以防虏患疏》）①

臣窃见近日奏报，兼得之访闻，榆林一镇，灾伤重大，士马捐瘠，死亡无算。人至骨肉相食，仓廪空乏，田野荒莱，商贩不通，烟火几绝，草根树皮，剥掘已尽。近复捣石为粉，用以疗饥，食者皆重坠而死。言之尤可伤心。（《议赈榆林地方及荐都御史李如圭布政使周叙疏》）②

兹者达贼入寇大同，诸堡悉被残毁，延绥等处重被灾伤。一则杀戮遍于原野，一则饥羸转于沟壑。是以沿边诸郡，白骨委积，诚可伤心。（《覆议沿边各立义冢疏》）③

这些进呈的奏疏文本涉及时患种种，或暴露边镇"凋敝"之极，或陈述地方"灾伤"之重，难掩忧危伤恻的情绪。当然，对于作者而言，这一奏陈行为，也本自他向君主自觉建言的职志。尤其是相较于那些以颂圣鸣盛为主要担当的应制赓和之作，这里所反映的，则更多出于作者对现实景况的真实观察，虽然只是局部的、个别的，但毫无疑问，这些文本显示了他对当下社会另一面的书写，从某种角度看，它们也对以刻画明帝国盛世景象为宗旨的应制赞歌，客观上起着一种解构的作用。

［作者简介］ 王婷，上海商学院文法学院讲师。

① 《夏桂洲先生文集》卷12，《四库全书存目丛书》，第74册，第553页。
② 《夏桂洲先生文集》卷14，《四库全书存目丛书》，第74册，第627页。
③ 《夏桂洲先生文集》卷14，《四库全书存目丛书》，第74册，第637页。

逸乐文本的多重对话：清初两幅《三好图》探析

毛文芳

［摘　要］ 盛清著名画家禹之鼎绘有两幅《三好图》，像主分别为乔元之与汪懋麟。画家取典于南朝人物萧琛之故实，以书、酒、乐寓意“三好”。文人画像题裁广泛，两幅《三好图》与明末陈洪绶绘《何天章行乐图》、清初释大汕绘《迦陵填词图》异曲同工，皆可视为诠释功业伦理等主流价值之题裁外，勾描像主人生逸乐的侧影。本文旨在考察清初两幅同题《三好图》之画面、像主及所涉扬州地域与文化社群，细探绘题文本包括快意享乐、声色偏移、警戒宽解、取舍之辩、后代观看等繁复意涵，试由意义的辩证与翻转、曲终奏雅与游戏性、层层交织的美学形式等面向链接视觉观想、思维冲击与语言手法进行阐论。两幅《三好图》交迭组构的大型文本于逸乐主题的多重对话，可据以窥看近世礼教与情欲相互辩证的文化转型迹象。

［关键词］ 逸乐　乔元之三好图　文人画像　禹之鼎　乔莱　汪懋麟

一、引　论

清代文人画像甚伙，大抵以表功、纪实、抒情、伦理等为主题要求，或标帜个人功业如王士禛《载书图》、乔莱《侍直图》；或纪录文化活动如陈维崧《填词图》、田雯《秋泛图》；或表征伦理亲谊与家族传承如李良年《灌园图》、朱彝尊《小长芦图》；或抒情写志如尤侗《竹林晏坐图》、朱彝尊《烟雨归耕图》；或志写地景如朱彝尊《竹垞图》、朱昆田《月波吹笛图》；或表达宗教愿想如李符《庐山行脚图》……等。各幅画像均记录像主一段心曲，个个诉说鲜活的人生故事，观看与题咏，更将画像带向一个公众的话语空间，播染而成文人集体的记忆。

盛清著名画家禹之鼎绘有《乔元之三好图》,以书、酒、乐寓意“三好”,画迹现藏南京博物院。无独有偶,康熙名士汪懋麟亦有一幅出于禹氏之手的《少壮三好图》,成为两幅主题相同的文人画像,皆与《何天章行乐图》(图1)①、《迦陵填词图》(图2)②有异曲同工之妙,以书、酒作为装缀画景的物质,像主有女乐侍侧,引发观者无边的联想。

图1 (明)陈洪绶绘《何天章行乐图》(卷)
绢本设色,25.3＊163.2 cm,现藏苏州市博物馆

图2 (清)释大汕绘《迦陵填词图》(版画)乾隆拓本
折装1函,页首,现藏北京大学图书馆古籍善本特藏室

学界历来不乏美人图的研究,晚近非文人画系统的肖像画已广泛引起美术史学者的关注,然而针对文人画像之美色元素进行探讨者尚不多见,著名的艺术史家 James Cahill 于2010年出版的大作:*Pictures for Use and Pleasure: Vernacular Painting in High Qing China*(致用与娱情的图像:盛清的通俗

① 关于此图研究,笔者撰有《色隐与游戏:陈洪绶〈何天章行乐图〉题咏》,收入拙著《图成行乐:明清文人画像题咏析论》,台北:台湾学生书局,2008年,第225—258页。

② 《迦陵填词图》,笔者所见为北大图书馆古籍善本特藏室所藏道光印本,印本乃摹勒乾隆拓本而成。关于此图研究,笔者撰有《长鬣飘萧、云鬟窈窕:陈维崧〈迦陵填词图〉题咏》一文,收入拙著《图成行乐》,第341—460页。

画),针对 17—18 世纪中国社会非精英阶层包括妇女在内的赞助画进行考察,迥异于精英收藏的"文人画",这类赞助画往往为装饰或纪念目的而作。Cahill 揭示清宫对江南繁华及情色文化的迷恋,美丽诱惑的娱情图像挑战着文人教条,可藉以加强对清代文化的理解。[①]笔者曾考察明清时期与"三好图"相类的"郎与丽"——美姝陪侍的文人画像构式,画家描摹逸乐色调以凝塑艳情气氛,美色观看成为题跋文本的重要课题。[②]文人画像的美色观看牵系着声色品赏的审美范畴,晚明声色文化的极致发展是"花榜",体现于诸如《莲台仙会品》《金陵妓品》《金陵百媚图》《吴姬百媚图》等文献或版画,是欲望想像结合审美兴趣的产物。明末的时代处境,助长文士为摆脱仕途失意而栖身青楼的风气,名妓成为礼教外文人情欲的依归,二者的交往建构了广纳艺术美感而别出礼法的情感世界,催生了名妓文化的新现象。虽受限于社会礼教之区隔,同时又与人间情欲联系,名妓与文士的唱和交游甚至成为时尚。[③]卜正民(Timothy Brook)提出"性的时尚"说,狎妓冶游不仅体现财富,也是社会地位等差的表征,文化象征性资本不可能被排除于狎娼消费之外。明代理学转为心学,泰州学派发展鼓动性强的情欲观,正好提供人们感官欲望合理化的基础与动力,带动情色消费以维系文人去俗就雅的文化优势。[④]尽管政治崩解后的清初不再有如复社文人藉隐于声色以图救亡的必要,而情欲与礼教的交相辩证依然是文人集体对话的重大论题。情欲觉醒是中国社会自 17 世纪以降呈现的最大文化走势,而礼教复兴是 18 世纪以来思想界的主流,两股思潮看似异趋,却又同时存在;相互冲突,却又不断对话,是近世中国进入现代之"转型期"耐人寻味的现象,情与礼的辩证对话,无疑是探究三百年来文化走向的主轴。[⑤]

清代文人画像题裁广泛,置入书、酒、乐三元素成为形塑像主逸乐人生的侧影,两幅《三好图》绘制时间相近,画家、像主与题人皆活跃于清初扬州的文

---

① Cahill, James, *Pictures for Use and Pleasure: Vernacular Painting in High Qing China*, Berkeley, University of California Press, 2010.

② 参见拙著《图中物色:明清"三好""郎与丽"类型画像文本之隐喻观看与抒情演绎》,《人文中国学报》2017 年第 25 期,第 1—47 页。

③ 王鸿泰著有一系列精彩著作,如:《明清文人的女色品赏与美人意象的塑造》,王瑷玲主编《明清文学与思想中之情、理、欲:文学篇》,台北:"中研院"中国文哲所,2009 年,第 189—226 页。《青楼名妓与情艺生活:明清间的妓女与文人》。熊秉真、吕妙芬主编《礼教与情欲:前近代中国文化中的后现代性》,台北:"中研院"近史所,1999 年,第 73—123 页。《美人相伴:明清文人的美色品赏与情艺生活的经营》,《新史学》,《新史学》24:2(2013),第 71—130 页。

④ "性的时尚"说参引自卜正民(Timothy Brook)著、方骏等译《纵乐的困惑:明代的商业与文化》,北京:生活·读书·新知三联书店,2005 年,第 264—268 页。情色消费论参见巫仁恕《奢侈的女人:明清时期江南妇女的消费文化》,台北:三民书局,2010 年,第 63—66 页。

⑤ 参自张寿安《嫂叔无服,情何以堪?——清代"礼制与人情之冲突"议例》,收入熊秉真、吕妙芬主编《礼教与情欲:前近代中国文化中的后现代性》,第 125—178 页。

人社群。本文考察清初两幅同题《三好图》之画面、像主及所涉扬州地域与文化社群，细探绘题文本包括快意享乐、声色偏移、警戒宽解、取舍之辩、后代观看等繁复意涵，试由意义的辩证与翻转、曲终奏雅与游戏性、层层交织的美学形式等面向链接视觉观想、思维冲击与语言手法进行阐论。两幅《三好图》交迭组构的大型文本于逸乐主题的多重对话，可据以窥看近世礼教与情欲相互辩证的文化转型迹象。

二、《乔元之三好图》

(一) 画面

南京博物院藏《乔元之三好图》(以下或简称《乔像》)，[①]是清代画家禹之鼎所绘，纸本设色，纵 107.1 cm，横 36.5 cm。引首有大字行书题签“少壮三好图”，署“士标书”，下方两枚钤印：白文“查士标印”、朱文“二瞻氏”(图 3)。隔水绫后为画心，画心左下角有三枚直排钤印，分别是白文“禹营丘”、朱文“尚基氏”、朱文“达趣”。

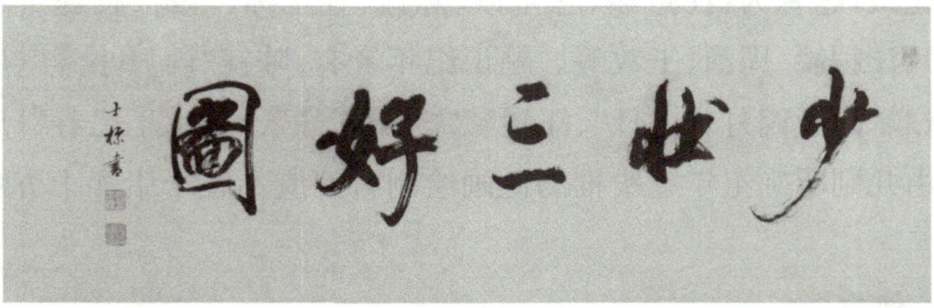

图 3 (清)禹之鼎绘《乔元之三好图》(卷)
纸本设色，107.1＊36.5 cm，现藏南京博物院
查士标题签

画中像主面部白皙，倚几踞榻而坐，右手摊展书册，左手垂放在膝。榻后桌案堆栈大量书籍，椅榻亦陈列数册，前方桌案摆放珊瑚瓶插、鼎炉、觚皿及酒盅。左方三位女乐分别拨弦、吹箫、击节，右侧两名女侍合抬一坛酒，右者扬手与回望的左者脸部眼神均朝女乐方向观望，画家似以演奏高潮作为构图的叙事时刻。书籍、酒坛、女乐直指画题：“三好”，具现像主的生活意趣。像主正面的脸部写真以赭色细腻勾染，稍见凹凸，又以各种横斜直弧之兰叶线描表现像主舒闲欹坐身姿造成的袍服皱折，勾勒像主豪宕不拘的性格。歌吹弹唱的华

① 感谢南京博物院美术研究所万新华教授与馆员大力协助，得以亲见《乔元之三好图》及院内清晰图版。本文所引《乔元之三好图》题跋，悉采自南博画迹拖尾，不另加注。

衣女乐与力抬酒坛的粗布侍女形成两组女像,用笔工整,设色清丽,衣纹、器物、书籍构线均富有装饰性美感。画家以一前一后的桌案、左静右动的女像姿仪,营造既均衡又有变化的画面结构。案头文玩与桌榻杌凳等家具的多样化造型,凸显画家以写真为基础与秀媚古雅的画风(图4)。

图4 (清)禹之鼎绘《乔元之三好图》(卷)

纸本设色,107.1 * 36.5 cm,现藏南京博物院

南京博物院藏的《乔元之三好图》画心没有任何题识,隔水绫之后的拖尾共11则题跋,题者为:汪懋麟、念堂澄、陈钰、查士标、李沂、程邃、汪楫、蓑雪(李以纲)、汪耀麟、周渔、王牧等。题识纪年者有:陈钰"丙辰小春"(康熙十五年),汪懋麟"丙辰四月廿一日"、汪耀麟"丙辰九月"、周渔"丁巳春"(康熙十六年)等。由几则明确纪年题跋推测此画绘制时间应不晚于康熙十五年(1676)二月。

(二)像主

笔者于画卷拖尾的题跋寻找像主乔元之的蛛丝马迹。汪耀麟题句曰:"白田乔子年正少";汪懋麟跋尾署称:"草于白田乐志堂"。白田为宝应县别称,宝应县隶属扬州市,清初南直隶扬州府宝应县确实有乔氏望族,康熙初年最知名文人当属乔莱。乔莱,字子静,号石林,又号石柯,宝应人。[①]《三好图》像主乔元之与乔莱是否有关?《乔像》拖尾第一则为汪懋麟题诗,诗末识曰:"元之世年道兄画像列景与余三好图略相类",笔者考察汪懋麟《百尺梧桐阁集》收录一诗篇名为:"子静兄子画像列景与余三好图略相类请题走笔疾书兼呈子静",[②]比对内容,二诗相同。子静是乔莱的字,"子静兄子"自然是乔莱兄辈之子,这幅《三好图》的像主乔元之可以确定就是乔莱的侄辈,是乔莱为元之向汪氏索

① 乔莱生平历事,参见《清史稿》卷484。清叶衍兰辑摹,黄小泉绘《清代学者像传》第1集,传文部分。

② 该诗辑入《百尺梧桐阁集》卷14,《四库全书存目丛书·集部·别集类》第241册,台南:庄严文化出版公司,1997年,第629页。

题而作。乔元之即乔浣尘，为宝应乔家十一世乔荫的次子。乔莱之父乔可聘为其叔祖，乔莱为其堂叔，宝应乔家为耕读世家，祖辈乔份墓志铭载："以耕凿课长公，以诗书课中翰"，长公为浣尘祖父乔可仕，中翰为曾任中书舍人的乔可聘。乔莱喜汲引才士，士多倚以成名，士林交游极广。当时重要官僚文人均有诗文往来，如王士禛、张英、陈廷敬、高士奇等。后赴京任官，于宣武门外斜街之南辟一峰草堂寓所，与博鸿同年朱彝尊、彭孙遹、陈维崧、施闰章、汪琬、毛奇龄、潘耒、汤斌、汪楫等常相聚会，赏花论诗，觞咏竟日，均一时才子名士，名闻海内。乔莱筑乐志堂，著名诗人叶燮为作《乐志堂记》，宝应诗人盛邀叶燮为编《白田唱和集》和《白田风雅》，极一时唱和之盛，史称："白田风雅"，侧录清初扬州诗坛一个活跃的扉页。①由此应证前引汪氏兄弟的题句："白田乔子年正少""草于白田乐志堂"。

11则题跋诸家，或称元之为"道兄""世兄""世道兄""同学兄"，即如汪楫、程邃等年逾半百的长辈纡尊称之，乃文人忘年交游习性，不足为奇。汪耀麟署"丙辰九月元老年翁属题"、周渔署"丁巳春元之年翁索题"，二家由乔沅尘父(年翁)乔荫索题。查士标署"元老年道兄出示尊照三好图"、王牧署"元老年道兄出三好图示余"，老年道兄应指沅尘堂叔乔莱，由乔莱出示堂侄画像乞题。乔莱于康熙十一年充顺天乡试同考官，以父老请归终养，后于康熙十四年丁父忧(按乔可聘卒于此年，乃《乔元之画像》绘前一年)，居丧尽礼。直到康熙十七年，获荐举赴京应试中博学鸿词科出任翰林编修。那么这幅乔元之堂侄画像绘成及索题时间，应在乔莱父居丧守制在家的康熙十五、十六年(丙辰、丁巳)间，符合诸家题跋纪年。前引汪懋麟题曰："子静兄子画像列景与余三好图署相类请题走笔疾书兼呈子静"，又汪氏为《乔像》的题识曰："丙辰四月廿一日十二研斋汪懋麟草于白田乐志堂"，乔莱族中兄弟名位不显，像乔沅尘这样的侄辈能获扬州名笔禹之鼎绘像并得知名文士如汪懋麟爱屋及乌而题跋，即使观众面对画中人，对话语境仍不免植入以堂叔乔莱为核心所建构的文人圈，《乔像》始得以流传，间接证明《乔元之画像》绘题活动的核心人物应属乔莱无疑。

乔莱美称乔浣尘人品，誉为"古之狷者"，尝以竹林七贤之阮籍及阮咸喻称两人叔侄关系，昵称沅尘为"余家小阮"，既敷染魏晋名士的流韵，也笑指二阮嗜酒成痴成狂以兹对应"宝应乔家白"酒业兴盛的家风，《乔像》右侧二婢大瓮抬酒可能实指家酿"乔家白"。《乔元之画像》以"三好"为主题，或许不仅是个

① 相关资料参引自马俊慧《宝应"乔家白"与〈乔元之三好图〉》，"乔家白""乔氏家学""乔氏研究会"(http://www.yzqjb.com/html/83765178.html2018.07.12)。

人志趣的描画而已，可能也与家族氛围有关，宝应乔家原即书香世家，亦拥有“白田乔家白”名酒称号，乔莱家向蓄伶管，素以姿伎称，据说康熙皇帝车驾南巡，曾召至行在而蒙赐，[①]如此家族无疑是《乔元之三好图》诞生的温床。

三、汪懋麟《少壮三好图》

（一）画面

《乔元之三好图》画心隔水绫后拖尾第一则题跋为汪懋麟所作，诗曰：

> 嵚崎好事如我无，昭阳禹生为写少壮三好图。左拥异书一万卷，右贮良酝三百壶。前后列坐五少女，弹丝吹竹歌吴歈。[②]

开篇明指自己也有一幅禹之鼎所绘《少壮三好图》（以下或简称《汪像》），证明《汪像》绘制在前，《乔像》在后。继而一一指陈画面：左拥异书、右贮良酝、前后列坐五位丝竹女乐。诗末识曰：“元之世年道兄画像列景与余三好图畧相类。”据以比对《乔像》（再参图4），首先，《汪像》是“左拥异书一万卷”，《乔像》的书册在像主身后；其次，《汪像》是“右贮良酝三百壶”，《乔像》则是侍女合抬酒坛由右方走来；再者，《汪像》是“前后列坐五少女”，《乔像》则是三位女乐。孙枝蔚（1620—1687）《题汪季角舍人三好图》，对画面亦有所指陈：

> 中有五妖姬，时妆总不如。一姬坐吹萧，一姬调筝初。一姬闲按谱，细看手爪殊。二姬立近前，行酒复校书。主人方衔杯，醉面微有须。盛年身强健，安闲退食余。买书不论价，黄金到手虚。几上所罗列，富过于陶朱。[③]

首段符应汪诗“前后列坐五少女，弹丝吹竹歌吴歈”，二人皆指出画上列有5名女乐，孙氏细指女乐们的动作：吹萧、调筝、按谱、行酒、校书。其次，孙言“买书

① 阮籍得悉步兵厨营善酿酒并藏美酒三百斛，自荐步兵校尉职，故世称“阮步兵”。阮咸嗜酒放诞，饮酒径用大瓮，甚至可与猪共饮，宝应乔家以酒知名于世。康熙二十五年乔莱罢官南归，汪楫送别诗已出现“乔家白”字眼。参引自马俊慧文（同前注）。

② 汪懋麟曾以《子静兄子画像列景与余三好图畧相类请题走笔疾书兼呈子静》题名，辑入汪著《百尺梧桐阁集》（同前注）。笔者比对汪集与南博藏本，二者文字大抵相同，后出诗集篇幅较短，已经删润。笔者引文采自原画拖尾。

③ 孙诗引自《溉堂诗集.续集》卷5，《续修四库全书·集部·别集类》总1407册，上海：上海古籍出版社，2002年，第571页。

不论价,黄金到手虚",汪言:"左拥异书一万卷",皆指藏书丰富。汪言:"右贮良酝三百壶",孙氏则以主人"衔杯""醉面"指称像主嗜"酒"。末言桌几罗列众品贵物。陈维崧亦为此画题词《沁园春》,题下小序曰:"图作群姬挟筝琶度曲,拥书万卷,数鸱尽贮酒其旁。"依序以乐、书、酒点染《汪像》的悦乐气氛。可惜汪懋麟《少壮三好图》失传,笔者未能深考,仅由以上题诗推测画面的图像布置。

(二) 像主

汪懋麟,字季角,号蛟门,江苏江都人。自幼潜心诗文,笃志经史,初学于宿儒王岩。顺治后期,王士禛在济南倡和《秋柳诗》,汪懋麟遥和。渔洋来扬任推官五年间,汪氏曾执弟子礼学诗,平日时相往来,有幸参与红桥唱和,对其后来入京发展不无关系。①汪懋麟,才气过人,不仅遗老方文、冒辟疆、龚贤、邓汉仪等交往密切,如王士禛、宋琬、田雯、施闰章等在京显宦愿折节与交。②康熙二十一年,汪懋麟在京任翰林院修撰,曾与王又旦同邀徐乾学、王士禛与陈廷敬集于北京城南祝氏园,为文酒之会,汪懋麟嘱同乡画师禹之鼎绘《城南雅集图》(图5)纪盛。43岁的汪氏年齿最少,撰《城南山庄画像记》。③记文自述,顺治末拜识王士禛,有幸参与红桥修褉盛会。举乡试后与海内名贤相结纳。

图5 (清)禹之鼎绘《城南雅集图》(卷)

绢本设色,50.8 * 126.5 cm,现藏于东京国立博物馆

① 王士禛的扬州活动,参见拙作《揄扬声誉:王士禛的画像题咏》,收入《图成行乐》(同前注),第461—548页。

② 关于汪懋麟历年事迹梗介,参见胡春丽《汪懋麟年谱》,上海:复旦大学出版社,2014年。

③ 参见汪懋麟《百尺梧桐阁集》(同前注),"文类"卷3,第739页。下文悉引自此。

康熙八年应阁试入京，得交京官，九年在京选授中书舍人，十二年遭母丧去乡。十三年返昆山奔丧的京官徐乾学翰林访扬，汪懋麟尽地主之谊，邀请徐氏与寓扬书法家姜宸英，集饮于汪氏“爱园”，并邀嘱禹之鼎绘《三子联句图》。按此行踪推知，汪懋麟《少壮三好图》绘制时间当在康熙十二年丁忧返乡到康熙十五年《乔像》绘成之间。康熙十八年，汪懋麟获徐乾学荐举参加博学鸿词廷试未中，时左都御史徐元文奉旨监修《明史》，特荐汪氏等 7 人入史馆充纂修官。康熙二十三年，遭诬革职返乡，杜门谢宾客，蓄声伎以浇块迭，遽得疾卒，享年 49 岁。

四、扬州的绘题社群

《汪像》乃汪懋麟母丧返乡丁忧期间所作，而《乔像》的绘制时间，亦适逢乔莱父丧守制在家之际。《汪像》在先，绘题据点在汪氏的“爱园”，《乔像》略后，绘题据点在乔家的“乐志堂”。二者皆为扬州文人宅园，弥漫着酬唱的雅集气氛。欲了解两幅《三好图》绘题社群的建构型态，不妨先探查清初扬州的文化社集概况。

（一）清初的文化社集

扬州原以业盐富庶闻名，色艺为生的女乐、女伶、娼妓等数量可为全国之冠，“扬州瘦马”不胫而走，繁育丰富的声色消费文化。[①]但作为文化中心，扬州才在晚明不断创造城市旅游景点的时尚中刚刚崛起，著名的红桥也是明末数年间所修建。顺治二年，清兵南下用飞炮攻城屠杀，扬州从明万历以来营造的富甲天下荣景，遭到惨重打击。易代之变后，由满目残芜和废墟中重建的这座城市，虽要到 18 世纪才达致扬州八怪与商业结合的文化顶点，但清初的扬州已显现出极不一样的意蕴。扬州夹着水陆辐辏的地理位置成为文人学士及游宦结集之地，虽地处长江北岸，文化构成属性使其成为文化中心之一，被想像成江南精神的化身，聚集大批前朝遗民并弥漫着浓厚的文学风气。[②]

随着城市重建的扬州文坛，其创构正逢诸案在江南风波迭起的惊恐时期，先是海警告急，位处大江之北盐商关饷中的扬州具有微妙的政治色彩，雅集于此的文人不少正罹“奏销案”开革功名或贬黜降职，沉淀心底的家国兴亡遗恨、目下遭际的新怨交织、浅斟低唱的香艳情调等，由微妙复杂、扑朔迷离的动荡

① 参见韦明铧著《扬州瘦马》，福州：福建人民出版社，1998 年，第 1—4 页。

② 参见张宏生《王士禛扬州词事与清初词坛风会》，氏著《清词探微》，上海：上海古籍出版社，2008 年，第 206—207 页。

政局滋养出兼容并蓄，广纳欣趣的宽宏气象，这种新的骚动气氛形塑着广陵文坛。①康熙初年，具有全国性声誉的王士禛莅临扬州，结社修禊唱和，名城、胜景、雅园之名不胫而走，有赖名流赋予文化资本。②

扬州在清兵屠城后重建逐渐恢复生机，唱和雅集之复苏可推功于赴扬任官之王士禛。康熙元年夏，在扬任职的王士禛与陈维崧、杜浚、袁于令、朱国祯诸名士泛舟红桥，渔洋赋诗，和之者众，绘为图画，坛主王士禛的名声随之向江南江北辐射流传，过扬州者莫不问红桥。过两年，渔洋二度修禊于红桥，即席赋诗，程邃、孙枝蔚、汪懋麟等诸君皆和。康熙四年冒襄水绘园修禊，亦以王士禛为首之文学社集盛事。即使渔洋离开扬州后，康熙五年，有王士禄，宋琬、曹尔堪等京官旅扬，汪耀麟、查士标等一干布衣雅士泛舟游吟。康熙八年，汪懋麟、乔莱、宋荦等文士泛舟红桥，有诗怀念离扬赴京任官的王士禛。文坛明星邀聚一批名士，以一个醒目地标进行题和，自王渔洋揭开序幕后，成为活络扬州诗坛的雅集形态与文化仪式，③或可为两幅《三好图》作衬垫。

（二）二像的题咏群体

画迹现存的《乔元之三好图》，拖尾共计 11 位题人，念堂澄、陈钰、蓑雪（李以纲）、周渔、王牧等 5 人生平不详，无传可考，周、王 2 人是透过"年翁"乔荫或堂叔乔莱索题，余 3 人极可能是因地缘关系于宝应唱和往来的当地文友。余为查士标、程邃、汪楫、李沂、汪懋麟、耀麟兄弟等 6 位。

为画题签并有题咏的查士标，字二瞻，号梅壑散人，新安人，明亡，弃举子业，专事书画，被视为逸品，家藏鼎彝及宋元真迹颇伙，遂精鉴别，流寓扬州。程邃，字穆倩，号垢道人、野全道者，安徽歙县诸生，江东布衣。山水沉郁苍古，长于金石考证之学，晚年侨寓江都。二家皆以江南布衣书画艺术家闻名于扬州文坛。另一位明亡后选择终身布衣的李沂，字子化，号艾山，晚号壶庵，以号艾山行，南直隶扬州兴化人，是明故宰相李春芳的后裔。明亡后辞诸生业，隐归林下，誓不仕清。江淮南北论诗首推诗醇典雅之兴化，兴化诗坛首推李沂。禹之鼎早年青衣时即寄寓李家（下详），故禹李二人关系深厚。以《乔像》绘制于康熙十五年计，嘱题之乔莱 35 岁，像主乔沅尘较莱略长（约 40 岁以下），查士标 62 岁，程邃约 72 岁、李沂约 60 岁。其余题家可考者，汪懋麟 37 岁，汪耀

① 严迪昌《清词史》，南京：江苏古籍出版社，1990 年，第 55—56 页。

② 梅尔清（Tobie Meyer-Fong）著、朱修春译《清初扬州文化》，上海：复旦大学出版社，2005 年，第 30—55 页。

③ 参见拙作《揄扬声誉：王士禛的画像题咏》，收入拙著《图成行乐》（同前注），第 461—548 页。

麟40岁，汪楫51岁，画家禹之鼎30岁，这个绘题社群由30岁至70岁不等，年龄跨度甚大，显示以家族为中心辐射之广陵诗友横跨多世代的社群属性。

《汪像》像主，也是《乔像》题者之一的汪懋麟，较乔莱长2岁，皆于康熙六年考中进士，虽一同活跃于扬州文人社群，似乎较乔莱更早进入王士禛的唱和群体。王士禛于顺治十七年夏到康熙四年六月赴京，共居扬5年，渔洋年纪为27—32岁，汪懋麟为21—26岁，小汪2岁的乔莱，此际为19—24岁，查无与渔洋交往之迹。禹之鼎仅为14—19岁，尚未有画名，未及参与王士禛在扬州的文化社集。至于汪懋麟《少壮三好图》，由于画迹不传，真正题跋情形无从得知，据笔者一一翻检相关诗文集，搜得杜濬、尤侗、施闰章、孙枝蔚、梁清标、陈维崧、汪楫、朱彝尊、徐釚等诸家题跋，多系年长父执辈。其中杜濬、孙枝蔚、汪楫皆寓扬布衣。杜濬字于皇，号茶村、西止、半翁，明亡后不出仕，避乱流寓京、扬一带以终。孙枝蔚与汪楫皆寄籍江都，后来皆获荐入翰林。汪楫同时为《乔像》与《汪像》题诗，因与懋麟同具诗名，时称“二汪”。康熙二十二年(1683)，汪楫同中书舍人林麟焻赴琉球，出使成功，当时禹之鼎担任随行画家。

《乔像》题者：查士标、程邃、汪楫、李沂等人以遗民书画名家游于淮扬，故与在扬之汪懋麟、耀麟兄弟时相唱和；《汪像》画卷题者必有与《乔像》具地缘同构型之布衣，或因文名不显，题跋文本失传，笔者翻检幸得于一隅，康熙十八年汪懋麟获徐乾学荐举博学鸿词科不就，得左都御史徐乾学兄徐元文特荐入史馆与修《明史》，故《汪像》题者可考者悉为博鸿荐举之翰林同僚：尤侗、施闰章、陈维崧、朱彝尊、徐釚、孙枝蔚、乔莱等，汪懋麟又获乔莱之嘱为《乔像》题于首位，乔汪二人既是扬州同乡，更是鸿博荐举修史之翰林同僚。

汪懋麟《少壮三好图》索题时段大约有二：其一，《少壮三好图》绘成(约康熙十四年)后以迄康熙十八年汪懋麟奔丧服满返京，题者应集中于扬州，为当地布衣诗文书画家。其二，康熙十八年鸿博荐举任职翰林修纂之后。题者多为在京翰林同僚。《汪像》百年后于乾隆间被扬州收藏家秦敦夫购入，敦夫以此卷多康熙名流题诗视为珍宝。曾在秦宅观此画卷的考证家翁方纲对此图有所补充：

> 予尝见其小像曰“少壮三好图”，盖用《南史》萧彦瑜语。后有幼华题句，亦在壬戌(按康熙二十一年)之春。盖诸公相聚都门，一时纪胜，又得慎斋名笔写之，令人叹羡，不啻置身其间，与诸公晤对者。①

---

① 引自翁方纲《复初斋诗集》卷39，《续修四库全书·集部·别集类》第1407册，上海：上海古籍出版社，2002年，《秦敦夫编修购得其乡前辈汪蛟门少壮三好图遗照属题三首》诗中按语。

幼华即王又旦，历官户科给事中、户部都给事，与孙枝蔚时相唱和，为“京中十子”之一。翁氏看到画卷发言：“诸公相聚都门，一时纪胜”，可知汪氏《三好图》绘成后因其博学鸿词举荐入京而携画自随索题，并在此际大量乞题。不禁让人想到清初著名词家徐釚有一幅亦同样绘于康熙十四年之《枫江渔父图》，携画自随，乞题各方文士，康熙十八年徐釚中鸿博后，则广向翰林同僚乞题，笔者有幸获睹现存画迹，得悉拖尾有 70 余家题跋（图 6）。《汪像》与《枫江渔父图》如出一辙，均可窥探康熙时期政治资本作用于文学创作之隐形力量。①

图 6 （清）谢彬写照、章声补图《枫江渔父图》（卷）（局部）

纸本设色，画心 26＊133 cm，总长 2 000 cm（含引首、拖尾）

上海枫江书屋收藏

（三）画家禹之鼎

《清稗类钞》引《兴化县志》传载曰：“禹之鼎，字尚吉，兴化人。初为李氏青衣，公事毕，窃弄笔墨，主人教其专习绘事，遂入都，以画进。康熙时，授鸿胪寺序班，非其志也。归里，所制山水、人物，细碎处瘦而不纤，挥洒处浓而不浊，间有小品，亦精致可爱。”康熙二十年，35 岁的禹之鼎入京官鸿胪寺序，以善画供奉南薰殿，尤以肖像著称。次年，那幅为 5 位高官绘制的合像《城南雅集图》，为禹氏入京后所绘第一幅重要绘像。康熙二十一年，翰林院检讨汪楫受命与中书舍人林麟焻赴琉球出使，禹氏以伴使随行成功，声名大噪，当朝名士画像泰半出自其手，时人推为当代第一。禹之鼎兼长肖像、仕女、山水、花鸟各科；先后出入蓝瑛及宋元诸家，转益多师，擅长多种画法，肖像画兼取墨骨、白描和江南传统画法。据李佩诗研究禹之鼎较前代肖像画表现突出者为“援古”，或

① 参拙著《一则文化扮装之谜：徐釚〈枫江渔父图〉》，收入拙著《图成行乐》，第 259—340 页。

以其转益多师的妙笔援引古代画家笔法为其画风;或以古代诗词史迹典故中寻求画像题裁。兹以王士禛为例,其 67 岁后 10 幅画像悉出禹手,如《荷锄图》(取汉代御史大夫儿宽"带经而锄"与杜甫《暮春题瀼西新赁草屋》)、《放鹇图》(用雍陶《和孙明府怀旧山》及萧颖士《白鹇赋》)、《幽篁坐啸图》(用王维《竹里馆》)、《倚杖图》(用王维《辋川闲居赠裴秀才迪》)、《雪溪图》(用苏轼《纵笔三首》及《龟山》)……等,均禹氏以其专擅之援古画像。①

以南薰殿供奉名满天下,能为文化名人王士禛绘制晚年系列画像的禹之鼎,可谓登峰造极之巨匠,其绘画发迹与扬州宝应乔家不无关系。禹之鼎本籍扬州府兴化县人,寄籍江都。十余岁时苦练丹青,曾任嘉隆状元宰相、兴化李春芳之后裔收为"司画青衣",后入兴化另一位晚明宰相吴甡四子吴元履府中作书童。吴甡、李氏嫡裔李清皆与乔莱之父乔可聘同朝为官,又结为儿女亲家。乔莱于康熙六年中进士入京任官中书。十二年请假归省。十四年可聘卒,乔莱居家丁忧,与兴化李、吴二氏亲家必频繁来往,禹之鼎与乔家结识当在此期间。周积寅认为"禹之鼎曾在乔莱门下作食客,教授其子学画",当在康熙十二至十六年乔莱归里之际,以及康熙十九至二十年两个时段。禹之鼎能于康熙二十年任鸿胪寺序班,以画供奉入直畅春园成为宫廷画师,周积寅先生认为就是任职翰林的乔莱举荐得力。②

康熙十三年,返回苏州府昆山奔丧的翰林京官徐乾学翰林来访扬州,汪懋麟尽地主之谊,邀请徐氏与浙地寓扬书法家姜宸英,雅集于汪氏"爱园",禹之鼎应邀出席为绘《三子联句图》并作图记,孙枝蔚称汪懋麟"遇善画者禹生",禹氏与汪氏应结识于此时,可能即透过由京返乡之乔莱所引介。时年 28 岁的禹之鼎参加这样的名公朝臣聚会,可见其在扬画名已显。由此推知,禹氏于康熙十三年获嘱绘《三子联句图》,受汪懋麟器重,于康熙十四年前后为汪氏绘制《少壮三好图》,康熙十五年再为乔元之绘同题画。

寄寓于乔莱家的禹之鼎,成为当地文人社集重视与欢迎的画家,一度为乔氏父子绘制多幅画像,为乔莱长子乔崇烈作《饷乌图》《蒹葭书屋图》,为乔莱三子乔崇修作《溪边独立图》。③现藏于南京博物院著录为禹之鼎所绘乔莱像者就有

---

① 参见李佩诗《诗画兼能为写真:禹之鼎诗题式肖像画研究》,台湾师范大学艺术研究所硕士论文,2004年。笔者详考王士禛画像,撰成《揄扬声誉:王士禛的画像题咏》一文。得自李佩诗论文启益甚多,于此申谢。另参胡艺撰《禹之鼎年谱》,《朵云》,1982 年第 3 期,第 206—215 页。

② 林漠《乔莱与〈桃花流水图〉:兼论其作者》,http://blog.sina.com.cn/s/blog_51ef5f350102vvo9.html (2018.07.10)。

③ 林漠《禹之鼎〈蒹葭书屋图〉中人物考》,http://blog.sina.com.cn/s/blog_497c80170101hbnz.html (2018.07.10)。

6 幅之多:《濯足小像》《平芜独立小像》《竹林偶聚小像》《柳荫垂钓小像》《花雨坐禅图》《书画娱情图》等,倍受乔莱器重。事实上,汪懋麟的画像亦不止一幅,除《三子联句图》合像与《三好图》外,至少还有《梦砚图》《锦瑟图》(或称《百尺梧桐阁图》),二像题者众多。笔者尝见《梦砚图》卷(图 7),纸本设色,亦由禹之鼎所绘、恽寿平补景,是禹氏在京以后的成熟作品。潘耒曾作《为汪蛟门题梦砚图》。[①]

图 7 (清)禹之鼎绘、恽寿平补景《汪懋麟像》(卷)
纸本设色,185.6 * 30.8 cm,现藏地不详

南博所藏《乔元之画像》,是禹之鼎 28 岁少作,像主的脸部刻画、比例配置及衣纹线条皆不免流露出稚嫩的痕迹(图 8),与禹氏 54 岁为王士禛系列画像

图 8 (清)禹之鼎绘《乔元之三好图》(卷)(局部)

① 引自《遂初堂诗集》,《续修四库全书》第 1417 册,上海:上海古籍出版社,2002 年,第 200 页。

图 9 (清)禹之鼎绘《幽篁坐啸图》(卷)(局部)
绢本设色,36 * 77 cm,现藏于山东省博物馆

如《幽篁坐啸图》(图 9)的练达笔法不能同日而语,然已预示其未来肖像画运用典故为画面组构诉说性情节的特色,虽然禹之鼎"诗题式肖像画"为王士禛进行的系列写真,呈现着诗意淋漓尽致而繁复的图文转译手法,但《三好图》以三种对象结合像主生活意趣的简明构图,依然有效达致以视觉媒介进行对像主形象的廓描与喻涉,成功开启了文人社集对此逸乐主题的多重对话。

五、题咏意涵

二画之主题、画家相同,绘制时间相近,两位像主及题咏社群之关系皆以扬州为核心所展开,题咏意涵不妨视为同件大型文本以进行考察。

(一) 快意享乐

先由陈鈺对《乔像》一首七言长篇诗开始谈起。诗曰:

> 我生见书常若馋,只思饱饫恣搜探。万卷鳞次咽不下,却如积叶偎孤蚕。
> 缥缃之外好红友,一卷真堪下一斗。醉看天地总蘧庐,佳名合号扫愁帚。
> 唯有蛾眉视若土,声色场中学聋瞽。此生不入温柔乡,撩须怕犯胭脂虎。

前三段诗先谈我辈,分言书、酒、乐三事。先言书,吾人见书若馋,求知若饥,却往往不能通读万卷书，仅如一枚孤蚕蚀桑叶。第二段言酒，缥缃原指书囊书衣所用的淡青浅黄色丝帛，此代指书卷，“红友”为酒的别称。吾辈在书卷之外嗜酒，一卷书、一斗酒，醉眼卧看天地仿如暂时寄身之逆旅，无怪乎酒具有“扫愁帚”的雅号。第三段由乐扩言声色遮掩地说：视蛾眉若土，并于声色场中学聋瞽，再以惧怕家内悍妇(胭脂虎)为由誓不入温柔乡。接下来，作者才将焦点转向画面：

> 羡君三好皆能全，丰姿白皙何翩然。胸有明珠数千斛，挥毫作赋喷春泉。
> 遏来邀得顾虎头，画成玉树当清秋。手把牙签坐湘簟，凝眸侧耳听吴讴。
> 环列妖姬云鬓绿，歌翻白纻调丝竹。参差玉指屈柔荑，秋波光映芙蓉肉。
> 更有双鬟进酒来，碧缸潋滟浮新苔。四座焚香袅金鸭，杯中蟾影光徘徊。

陈钰到此始托出本画主旨：“三好”，欣羡乔元之书、酒、乐三好皆能全。作者环绕着画面人像与物象进行歌咏。首赞画面的核心人物：像主之面部白皙，风致翩然，是一位天赋高华、挥洒纵横的才子，妙手画家禹之鼎形塑其如“清秋玉树”。再回到画面端详像主：“手把牙签（书册）坐湘簟，凝眸侧耳听吴讴。”第三段指陈画面左侧三位年轻妖娇的女乐或歌唱、或弹按丝竹的动作，并细部勾写其纤指、明眸及玉体。第四段又转移视点至画面右侧抬着酒坛的两位丫鬟，并想象着坛中酒液的状态：“碧缸潋滟新苔”。作者又将视点转移至衬景：四座鸭炉焚香袅袅，案上酒杯似有蟾影徘徊。陈钰透过视觉与想像营造了一个环绕着书、酒、乐富有光影、音声与香氛的行乐场景。

诗文到此显然大不同开篇“我生”那三段诗的人生际遇，故有“羡君三好皆能全”的欣慕之意，这样的行乐场景经过铺陈之后，更激发了观画人的潜在心理：

> 我时酒渴披此图，流涎欲落呼提壶。低头恍若闻歌管，伸手便欲翻书橱。吁嗟乎！人生快意如君无，谁谓古今不相及，何减风流萧彦瑜。

陈钰诱导出：披图酒渴、恍闻歌管与伸手翻书的欲望。这样的三好，是人生鲜有之快意。作者最后拈出南朝年少明悟甚有才辩之萧琛典故作结，完整拈出三好主旨，提出一种与南朝萧彦瑜风流相及的快意人生观。

《汪像》的观看亦然，施闰章题诗《汪蛟门舍人三好图》曰：

竹西况复风流地，雪色妖姬擅歌吹。秦邮美酒吴阊书，咄嗟充斥等闲事。前年醉我燕市头，高歌月下解貂裘。白门昨夜灯船曲，呜咽秦淮水不流。可怜名士悦倾城，桃叶杨枝旧系情。兴阑开阁会遣去，一壶一卷娱平生。①

说到扬州城北门外竹西亭一带，正是美姬歌舞的风流胜地，高邮的美酒，苏州的好书，两座历史古城霎时间便等闲充盈了这些物事。忆起像主前年才在燕京市街如阮咸之子阮孚解貂裘以换酒，月下醺醉高歌；汪懋麟曾在南京秦淮河畔与施闰章过从甚密，故又言其日昨来到旧地，随着拥观名姬唱曲灯船游河人潮簇集，河水为之不流。以下话锋转向古代名士，如同东晋王子敬宠爱美妾桃叶，唐代白乐天宠爱歌姬杨柳，名士总是悦慕倾城佳人，一旦意兴阑珊亦不需执着美色，仅一壶一卷便足以娱悦平生。

布衣画家查士标获乔荫嘱题《乔像》，识曰："元老年道兄出示尊照三好图，不胜企羡，率书小诗以□，并请正之"，诗曰：

醉读奇书复听歌，吾徒豪气尽消磨。欢场漫道须年少，野老犹然唤奈何。

开首"醉读奇书复听歌"一句点出三好之物：酒、书、乐，尽管后话"不胜企羡"，前诗却以一位过来人损抑的口吻指出三好将使"豪气尽消磨"，接着再以后二句"年少"与"野老"的年龄对照，指陈了画像是一幅"欢场少年"的写照。这位年过六旬的查士标怀着既企羡又暗自损抑的矛盾心态："犹然唤奈何"。另一位自称老者的短文亦同样夹杂一种矛盾心结：

予惟好酒。客西湖，又爱歌舞。闲时看，读书三句。年来老大，心如槁木。观元之世兄此图，忽觉浑身皆痒也。蓑雪题(按有白文李以纲印)

这位文士李以纲的生平不可考，然由题句中得知其"年来老大，心如槁木"。不料观看此图，则以"忽觉浑身皆痒"赞扬《三好图》洋溢的青春活力，并召唤着自我"好酒""爱歌舞""闲时读书三句"等年轻岁月的记忆。

---

① 参见施闰章撰、何庆善等点校、刘学锴审订《施愚山集》第 2 册，合肥：黄山书社，1993 年，第 417 页。

以上题跋大致可梳理出诸家对于两幅《三好图》的几点共识：对像主皙颜丰采的容仪赞赏；对年少快意的追慕与企羡；对书、酒、音律三样好物娱玩人生的认同，三个面向率皆出于诸家对画面的视觉共感，透过视觉性导引，激发题者无法抑遏的欲望与欢悦的想象。

（二）声色偏移

孙枝蔚《题汪季角舍人三好图》开篇直陈："舍人有三好，性类萧彦瑜。音律与书酒，缺一不足娱。"[①]直接链接萧琛三好的主题，孙氏视线逡巡图面后开始发论：

> 展玩此图罢，既喜还踌躇。所喜神情肖，所虑岁月徂。百年易至耳，少壮乃须臾。萧公当暮景，三事亦难俱。人生贵自足，何必拥群姝。请看杨直讲，惟一娇小奴。两幅青布裙，长饥□其头。三脚木床上，调曲清且遒。此乐亦寻常，梅翁家所无。虽无何足伤，富贵多庸愚。

画像逼真令人"喜"，然画中意却引人"虑"。"三好"营造少壮快意、盛年行乐的气氛，然而少壮须臾，百年易至，"岁月"步伐之促，教人踌躇。萧公暮年三事难全，故孙枝蔚分别开脱文人对三好的执着，其一是"色"，诗人引宋代杨褒家一名擅弹琵琶的娇奴足以带来平易之乐，这是同为国子监直讲的梅尧臣家所无，故言："人生贵自足，何必拥群姝"。其次是"声"，"调曲清且遒，此乐亦寻常"，孙枝蔚将"三好"的不安偏向感官之"声色"。

汪楫的《乔像》题诗：

> 顾曲难将白眼开，摊书且放手中杯。此时应接真无暇，又有双鬟抱瓮来。声色场中莫读书，美人停拍会轩渠。问君展卷缘何事，可似□家量不如。郎君白皙好丰仪，快意正当年少时。老夫望望不敢近，照眼无非琼树枝。

画中人如何？这位眼空世物而有年轻傲气的乔郎，因精通乐音频顾曲律而暂时摊展书册、放下水杯，正在应接不暇之际，有两名鬟婢合力抱瓮而来。首四句依序展开了乐、书、酒三好之物。汪楫接着试将三好扫去一物"书"，又将曲律之

① 孙诗引自《溉堂诗集·续集》，《续修四库全书》第1407册，第571页。

“声”连结了欢笑美人之“色”,为乔元之敷染了暗藏于三好深层的艳氛:“声色场中莫读书,美人停拍会渠轩”。半百的汪楫看着画中这位容色白皙好丰仪的晚生,直指像主是位令人企羡的快意少年,眼前的画中人,其皙颜与神姿真如白雪覆盖又光莹洁净的琼树枝柯,让作者有种“老夫望望不敢近”的畏怯感。

《乔像》前引题家以长辈口吻歌赞之余,已悄悄发出另一重声音。李以纲以为“年来老大,心如槁木”,恰与查士标所认定三好使“吾徒豪气尽消磨”异曲同工;半百汪楫与年过六旬的查士标二人,嗫嚅低吟:“老夫望望不敢近”“犹然唤奈何”,何尝不能与陈钰那段“若土”“聋瞽”“温柔乡”“胭脂虎”的警世话语视为互文!当陈钰自谦地说着“我生”:“唯有蛾眉视若土,声色场中学聋瞽。此生不入温柔乡,撩须怕犯胭脂虎。”或如查士标所言“欢场漫道须年少”,似乎已皆将“书、酒、乐”人生三好的快意格局偏移至“乐”一项,并将以乐音曲律为主的“声”连结丝竹弹唱女乐的“色”,而成“声色”或径言“欢场”。

汪楫轻描淡写说:“声色场中莫读书,美人停拍会轩渠。”汪楫:“声色场中莫读书,美人停拍会轩渠。”径把声色与美人对举。“声/色”之听/视感官又向“色”偏移,系画像观看将女乐化约为“色”的视觉优位性有关。如此偏移充斥于题跋的字里行间,成为集体潜意识。李沂的楚辞体缓缓舒展观画的目光:“赵女兮吴姬,皓齿兮修眉。列坐兮华屋,品竹兮弹丝。”先铺陈这些女乐的美貌,而后及于丝竹技巧,再揣摹像主投往女乐的视线:“顾佳人兮如玉”。陈钰细数画面:“环列妖姬云鬓绿,歌翻白纻调丝竹。参差玉指屈柔荑,秋波光映芙蓉肉。”且与“若土”“聋瞽”“温柔乡”“胭脂虎”大段诗意相对照,作者十分明确地将“三好”“歌翻白纻调丝竹”的“音律”转移至“妖姬云鬓绿”“参差玉指屈柔荑,秋波光映芙蓉肉”的女性容身,无怪乎诸家会以充满惧慎的口吻将三好之“音律”定位在蛾眉、声色、温柔乡。

南朝萧琛原意:“琛常言:少壮三好:音律、书、酒。”乔氏书香世家,酿有名酒“乔家白”,又蓄养歌伶,原即是“三好”嗜癖熏习的温床。而诸家题跋不约而同视乔元之与汪懋麟“不减风流萧彦瑜”,却将原典中之“音律”悄悄往“声色”挪移,乔莱画像亦不乏此意的敷染,徐乾学有诗《戏题石林小像》、[①]孙枝蔚有词《念奴娇　又题乔石林舍人小像图中坐拥金钗不烦石林所为》,[②]二人诗词题句连番言及南唐戏、佳人、金钗、东山妓、衣香鬓影、妆成金屋乐事、人生合老温柔乡……等,无异是《乔元之画像》声色偏移的翻版。

---

① 徐乾学《憺园文集》卷6,《续修四库全书》第1412册,第395页。
② 孙枝蔚《溉堂诗余》卷2,《续修四库全书》第1407册,第653页。

（三）警戒宽解

《三好图》的像主为侄孙辈，为中老年题者带来年少快意的回忆与歆慕，然细读字里行间，隐含着对“三好”的警戒。念堂澄题《乔像》曰：

> 窈窕何人歌曼声，奇书名酒更移情。老夫福命从来薄，录录笑惭负此生。

后二句自我感叹福命一向单薄，故无法享有“三好”，以致庸碌辜负此生，推崇乔元之是令人企羡之快意少年。回看首句：人之“窈窕”、歌之“曼声”兼含色与乐的意涵，次句再言奇书、名酒“更移情”，则是连同前句的声色，一并指陈三好“移人性情”。那么究竟“三好”是“福命”与否？抑或“移情”与否？这种思维与前述查士标题句“豪气尽消磨”“欢场须年少”的口径一致。

对少壮人生快意同样充满企羡的尤侗，作《沁园春　题蛟门三好图》，上片开篇赞叹汪懋麟：咄咄少年，三好行乐。下片则顺着“美色”的思维对焦于画上五名女乐而“饱看红妆”，曰：

> 画图到处流传，得饱看红妆也有缘。但酒癖书淫，恐妨万事，歌残舞散，难驻千年。仆病停沽，吾衰畏解，文籍先生高枕眠。君休笑，是有虽可喜，无亦欣然。①

之后转回到“三好”的主题：酒癖、书淫妨事，歌舞残散难久驻，针对“少年”发论，过了行乐少年岁数的尤侗，病衰的身躯已停沽酒，并畏解书，更远离声色以求高枕眠，最末三句则以无得失的洒脱心境看淡三好之乐。这阙题词，上下片组构成双重语调，一者透过“少年”对照“病衰”歌赞像主令人欣羡的“三好”“行乐”，一者却又铺排一连串警语：癖淫，恐妨，残散，难驻，停沽，畏解，对“三好”透露明显的戒惧。

汪耀麟对《乔像》的题诗，十分耐人寻味。开篇即铺陈一串龃龉议论：不追求美名而好饮酒，出入温柔乡将终结吾躯，美酒会腐肠，蛾眉会伐性。将三好之“乐（音律）”先转成“声”并放大为“声色”，再偏义化为“色”（蛾眉），便可与“伐性”连结，又将“酒”与“腐肠”连结。汪氏引枚乘《七发》之句：“皓齿*蛾眉*，命

---

① 尤侗《百末词》卷5，《续修四库全书》第1407册，第154页。

曰伐性之斧；甘脆肥醲，命曰腐肠之药。"将萧琛之二"好"逆转为二"恶"。其后又严指：擅长发出诗书诵读咿唔声者，未必是真知读书之乐者，倒以饮醇与近妇为乐。既视"读书"与"饮醇近妇"相斥而将彼此别开，那么，"酒"（饮醇）、"乐"（近妇）与"书"（读书）原属人生快意的同组意涵便产生违异，对"三好"的诠析造成转折。

汪耀麟将此议论展开后，随即提出宽解：

> 古不无三者，何妨并为用万卷，亦可倾百壶。生徒女乐两同列，讲学何必皆腐儒。饮酒但恐非次道，好色亦虑如登徒。恒舞酣歌少沉溺，信陵未尝非丈夫。

万卷与百壶不妨同用，生徒与女乐亦可同列！讲学不必腐儒，饮酒亦非不正道，好蛾眉亦可如《好色赋》之曲终奏雅，只要不沉溺于恒舞酣歌，那么就算隐于赌场的毛公，隐于酒馆的薛公，也能在广交隐士的魏无忌眼中成为贤才而为所用，无怪乎战国许多门客愿投归门下，成就其为战国四公子之一的伟大夫信陵君。最后一段回到画上的主角：

> 白田乔子年正少，画像亦欲邀名姝。把卷命酒且顾曲，得毋又学萧彦瑜。世人持论每从上，倘有议者休踌躕。愿以吾意谢流辈，此语或者非狂迂。

此段赞赏宝应乔子年少，把卷（书）、命酒（酒）、顾曲（乐），又邀得名姝（色），直是萧彦瑜再世。汪氏把本篇题跋前半段的一连串龃龉论议视为可以辞谢的"流辈""世论"，题诗到此已将前论一扫而开，劝勉受非议者不必执念，以不沉溺而洒脱的态度应世，并称许论议的自己并不狂迂。

另一则周渔的题跋更深化了汪耀麟的思维，文曰：

> 谢良佐录五经语为一册，明道先生见曰：玩物丧志。二祖神光入酒肆，过淫房，人或议之，祖曰：我自调心，非关汝事。夫五经语何以丧志？淫房酒肆中何以调心？吾愿三好主人，于此具一只眼始得。

周氏题文包含了两个典故。第一个典故是程明道对谢良佐抄录《五经》语为一册虑其执着于一边，故讥为："玩物丧志"。[1]第二个典故是二祖调心的公案，二祖早年虽获达摩"安心"的开悟，然至晚岁，益觉此心不安，故韬光混迹，变易仪相，或入酒肆，或过屠门，或习街谈，或随厮役，用以调伏其心，俗家议谤之，二祖曰："我自调心，何关汝事？"周渔在运用二祖调心典故时，为了配合三好，将二祖"或过屠门，或习街谈，或随厮役"的市井混俗改作"过淫房"。周渔引明道先生对良佐抄录《五经》语讥为："玩物丧志"；又引俗家议谤二祖晚年"入酒肆、过淫房"混迹市井以调心的做法，[2]巧妙地结合书、酒、色三者，以更超越形迹或欲见的心念劝勉像主：如何研阅经"书"而不玩物丧志？如何在"酒"、"色"中而能调伏己心？"吾愿三好主人，于此具一只眼始得"。能将"三好"视为磨炼心志与修身养性的媒介，像主必需具备人生独特的法眼。汪耀麟与周渔随言随扫，为警戒的话语心态进行宽解。

（四）取舍之辩

上述诸家由警戒与宽解对两幅《三好图》进行诠析，另有一群《汪像》题家则对"三好"提出取舍之辩。施闰章题诗《汪蛟门舍人三好图》，[3]大夫用以寄兴而拥"书"把"盏"列"丝竹"，适言"三好"，精神富贵则不必神仙，赞赏着汪氏并非僵卧止酒之人，喜阅读残编短帙，传品商歌，就算三好未全备，才思具足的文友懋麟亦极快意。续曰：

孙老倔强殊苦口，大声劝汝屏诗酒。杜老戒书嗤腐儒，佯狂岂是高阳徒？

施诗在此段句末夹注小字："孙豹人、杜茶村并有作"，因而引出两位文友孙枝蔚与杜濬的题作入诗：孙老曾苦口力劝汪氏屏弃诗酒，杜老以为隐于酒的高阳客未必佯狂，然嗤嘲腐儒成蠹欲其戒书。施氏所谓"孙老倔强殊苦口"，是指孙枝蔚的题诗，孙枝蔚一方面赞扬汪舍人具有通都传遍之高才，一方面却为其忧虑，才名远播将带来车马填闾、应接不暇的精神耗损，若再加上蛾眉丝竹在身侧，又嗜醉成酒徒，正是"美名天所吝，雍福不可居"！[4] 汪氏盛年方刚，应预为

---

[1] 明道此段文意参见黄宗羲原本、黄百家纂辑、全祖望修定：《宋元学案》卷14《明道学案》（下），"陈治法十事"附录《程氏遗书》。

[2] 禅师于北齐天保三年授法予弟子僧璨，其后赴河南邺都，化导四众三十四年，遂韬光混迹，变易仪相，或入酒肆，或过屠门，或习街谈，或随厮役，有人问曰："师是道人，何故如是？"祖曰："我自调心，何关汝事？"

[3] 引自施闰章撰、何庆善等点校、刘学锴审订《施愚山集》第2册，第417页。

[4] 引自孙枝蔚《溉堂诗集·续集》卷5，收入《续修四库全书》，第571页。

未来衰老之日图谋，故“三好”是福气，也是一种试炼，宜更谨慎斟酌，以保身躯永如金石之坚。仔细检视孙氏题诗：“斟酌三者闻，永保金石躯”，三者所指为何？逆其前文之意，在歌赞汪氏高才落纸造成应接不暇的车马填间之后，“而况丝竹边，又自称酒徒”，将“文”“乐”与“酒”三者列举，作为“斟酌”的对象，后二者则并排明示戒绝之意。

陈维崧《沁园春》的题词亦有回响，词序曰：“图上题词甚多，豹人则欲开阁禁酿，于皇则欲焚砚烧书，二说纷然，余故作此词。”便系针对孙枝蔚与杜濬的题作发论。题词上片曰：

> 酒库经堂，正竞筝琶，客声沸然。是秦川遗叟，整襟而入，杜陵野老，裂眼而前。或导荒滛，或规放诞，庄语诙辞尽可传。喧豗甚，似输攻墨守，讼于争田。①

迦陵一开篇便由书（经堂）/酒（酒库）的空间导入，此际正筝琶竞奏，宾客闹声沸然。迦陵自陈写作动机在于对孙豹人与杜于皇二家说法的响应，故词文接着让这两家题跋作者：秦川遗叟（孙枝蔚）/杜陵野老（杜濬）各以有意味的举止现身，前者“整襟”而入的孙氏“导荒淫”，扣应小序“豹人则欲开阁禁酿”：“禁酒”；后者“裂眼”而前的杜氏“规放诞”，则扣应小序“于皇则欲焚砚烧书”：“废书”。迦陵夸饰了二家相左的说法如飞瀑波涛撞击轰响的庄语诙辞相传唱，双方仿佛输攻墨守一样的战事，又像为了争田的兴讼，将拖尾的题跋夸写成争讼。

回看施闰章的说法：“孙老倔强殊苦口，大声劝汝屏诗酒”，言孙氏“屏诗酒”，而孙枝蔚真正明言的，其实是“屏乐酒”，陈维崧曰“豹人则欲开阁禁酿”，仅独言“禁酒”，二家皆有点失焦。至于施闰章谓杜濬：“杜老戒书嗤腐儒，佯狂岂是高阳徒”，言其“戒书”，陈维崧既谓：“于皇则欲焚砚烧书”，又在题词中曰：“茶村暇日，讵废丹铅”，亦言“废书”话题，则与施闰章诗意相同而形成互文。

陈维崧题词下片曰：

> 不闻博弈犹贤。但适兴、焉能便舍旃。况溉堂集内，颇言声伎，茶村暇日，讵废丹铅。卿论诚佳，吾从所好，亟唤蛮娘斗管弦。牙签畔，渐玉箫风起，吹动觥船。

---

① 引自《迦陵词全集》卷25，《四部丛刊初编》，台北：台湾商务印书馆，1967年，第11a页。

迦陵对《汪像》的看法，先宕开三好，直以“博弈”作比，若能适兴，怎需舍弃呢？孙、杜二家也未必全然信守为人生教条，孙枝蔚在《溉堂集》颇言声色之事；而杜濬平日岂废朱铅点勘校订书籍之乐？最后作者以自身“亟唤蛮娘斗管弦”（乐色），“牙签畔”（书），“渐玉箫风起”（乐），“吹动觥船”（酒），追随汪氏，从其对三好之“好”。至于施闰章，在题诗之末回应：虽“积书人多读书少”，尽管“今已老”有时不我予之慨，仍推许“我爱读书”，则逆指杜濬“戒书嗤腐儒”之意而“爱书”，最终不忘赞赏汪懋麟的诗才：“惭君诗思真涌泉，被酒长篇疾如扫”，以肯定“被酒”助兴可迅笔扫长篇，亦站在孙枝蔚“大声劝汝屏诗酒”的反面。据汪懋麟《百尺梧桐阁遗稿》卷 8 有诗曰：“似此新欢原不易，如何旧习欲全除”，句下自注：“书、酒、音律”，亦属回响。

对汪氏《三好图》之取舍话题延续到后代，一仍争讼之戏笔，乾隆秦敦夫购藏此画，鉴赏家暨戏曲家王文治有诗《题少壮三好图》回应前代：

> 卷尾诗千篇，太名震一时。骋妍而抽秘，各各穷瑰奇。孙杜互争执，去留或偏私（孙豹人欲去酒，去声伎，而独存书，盖庄论也。杜茶村专欲去书，则激论也。诸公各以诗词，为之解纷）。诸公善解纷，最着尤（西堂）与施（愚山）。[1]

王文治一如上述陈维崧，着眼于孙、杜二家题跋，此外，又特别挑出尤侗与施闰章共 4 家。针对孙枝蔚的题诗，上文已述及：施闰章解为“大声屏诗酒”，陈迦陵解为“开阁禁酿”：“存书”“禁酒”。王文治则综观孙氏全诗，纳入前半段“人生贵自足，何必拥群姝。请看杨直讲，惟一娇小奴。”以为孙氏“欲去酒，去声伎，而独存书”，末句接近迦陵“开阁”存书之意。至于杜濬的题诗，各家共识甚高，施闰章谓：“杜老戒书嗤腐儒”，陈维崧谓：“于皇则欲焚砚烧书”与“茶村暇日，讵废丹铅”，皆为“废书”话题，与王文治言“杜茶村专欲去书”的意见一致。

王文治以为“孙杜互争执，去留或偏私”，是看出了汪懋麟《三好图》拖尾诸家题诗孙、杜二人的争论焦点在于劝诫汪氏对三好该如何舍弃？“孙豹人欲去酒，去声伎，而独存书，盖庄论也。杜茶村专欲去书，则激论也。”这一庄一激的评点，也流露出王氏对酒、色十分防备的文人心态。至于尤（西堂）与施（愚山）

---

① 引自王文治《梦楼诗集》卷 21，台北：学海出版社，1975 年，《纪闻录》，“书酒乐少壮三好”条，第 266 页。

之“诸公善解纷”又如何？上引尤侗题词曾谓：

> 酒癖书淫，恐妨万事，歌残舞散，难驻千年。仆病停沽，吾衰畏解，文籍先生高枕眠。君休笑，是有虽可喜，无亦欣然。

施闰章亦曰：“拥书把盏列丝竹，富贵何必非神仙。……吾爱舍人好才思，纵无三者良快意。……惭君诗思真涌泉，被酒长篇疾如扫。”二公皆不指责汪懋麟，以和事佬的角色提出洒脱不执着且无得失计较之心以开脱“三好”孰轻孰重的争辩。

（五）后代观看

百年后，汪懋麟《少壮三好图》被乾隆年间饶财之收藏家秦敦夫购入。秦恩复，字敦夫，扬州人，进士及第亦官翰林编修。观画题跋者有赵翼、王文治、姚鼐、翁方纲、郭麐等人。翁方纲题曰：“盖诸公相聚都门，一时纪胜，又得慎斋名笔写之，令人叹羡，不啻置身其间，与诸公晤对者。”[①]代表诸家对这幅前代画迹及绘题名流的赞扬。王文治题诗前文已论其对前代争讼之回应。郭麐《摸鱼子》，题曰：“汪蛟门先生少壮三好图藏秦敦夫太史家太史属题”，[②]扣紧“三好”将汪氏与萧琛连结，誉其：“大有六朝风味”，《汪像》因有诸公争题而略胜史传中的萧郎一筹。接着又注入时间因素，再快意的文娱生涯亦将敌不过岁月的流逝，懋麟家有高耸梧桐树，书斋颜为“百尺梧桐阁”，百年下来，换来了绕屋白杨。下片则回到作者自身的感悟，人生何止三好？然少壮不有多时，酒阑、歌罢、蛾眉散，老来只与蠹鱼共生死。词末回到画上景致，揣想着自己在天下明月共三分而独占其二的扬州城，过着书橱为屏、珰杓舀酒的醉读生涯。因为时间之河的淘洗，绚丽的光辉在百年光阴的拂掠下逐渐褪色，原本鲜明的一代风流不再，给观者带来了沧桑与幻灭感。

翁方纲有《秦敦夫编修购得其乡前辈汪蛟门少壮三好图遗照属题三首》，[③]先计算汪懋麟仕履生涯8年，早已不复少年身。又引汉代赋家枚乘最著名的《七发》为论，《七发》旨在透过楚太子与吴客的对话，提出对声色玩乐无度将引发弊害的对治，引《七发》陈说，实则流露对“三好”的保留意识。翁方纲持较为开明的心态，认为勿需执着于《七发》直陈的弊害，不妨将其视为一种参

---

① 引自翁方纲《复初斋诗集》卷39，《续修四库全书》第1407册，诗中按语。

② 引自郭麐《灵芬馆词・蘅梦词》，《续修四库全书》第1725册，第604页。

③ 引自翁方纲《复初斋诗集》卷39。

禅途径必要的因缘："由声色中悟"，有此转折，那么汪氏置入南朝梁萧琛语境的《三好图》，便可借此卷以鉴镜古今，并以个人藏书之癖道坐拥满床古隶籍册之极乐。诗后段意识到前后观画的距离竟有一百二十年之遥，重返画中人神气笑貌时，仍为其丹山雏凤、翩翩少年之风度喝彩。

王文治的题诗亦有自省成分，先由自身说起，一己豪气自负的少壮岁月，书、酒尚具，独乏声伎，唯遇华筵必淋漓追欢。如今已是六十岁髭白翁，酒厌昏浊，典多遗忘，少壮之书酒豪兴，到老而支离，如今唯留丝竹结习。王文治蓄有家乐，故能厘析声律，那乐音仿佛是佛国世界里震动仙庭、青云为低的迦陵妙声鸟。作者随又苦叹识曲无人，大音其希，恐连最后"音律"这一好也将摒弃。此诗约作于乾隆后期，正处于王家彩云班兴盛之时，题画诗表征了王文治对前朝雅事的洞悉，并由此思及自蓄家乐之盛。题诗最末，王文治的自省意识建立在"吾生百年后""人命如蜉蝣"的时间感之上，因此好/恶、去/留、是/非的对立也显得微不足道。诗末言及参禅的话头，唐朝道宣律师戒律精严，然法相宗祖师窥基大师虽持法不严，却能和光同尘。王文治针对三好图中的"物役"欲念兴起参禅心，自勉先识道宣法师的律仪戒，才能进窥窥基大师的圆满戒行，而终达"只手擎万象，而不挂一丝"不染不滞的清净境界。

上述郭麐、翁方纲、王文治等人有感于百年之河的障隔，看画时遂带着远距离观看的眼光，出于冷静理性略带疏离的笔致自我反思，并对引发矛盾的"三好"产生消极表述。郭氏谓："百尺梧桐，而今愁换，绕屋白杨"，乃着眼于今昔沧桑感，而少壮不多时，酒阑、歌罢、蛾眉散，老来只与蠹鱼共生死。翁方纲一方面引《七发》直陈弊害，却又转折地将"三好"视为一种参禅途径必要的因缘。王文治则回首 60 岁自身经验言及年少即对"三好"有所支离，如今产生一种消解意识，去"物役"而起禅心，以达无有染滞的境界。至于赵翼的题诗则有强烈的表达，秦敦夫收藏此画时，曾向赵瓯北索题，瓯北题句曰："蛟门三好书音酒，尺缣绘作荒淫薮。吹箫度曲皆婵娟，展帙催杯亦姿首。"[①]赵氏持着极严苛的立场视三好画卷为"荒淫薮"，后二句特指婵娟、姿首之"色"。进而更明确地表示："少年狡狯吾已厌，豪士放诞君勿取"，最后继训诲口吻警语之后，给予这位藏家秦敦夫无上勉励："君今修途方发轫，何暇征歌醉花柳。声华再世继蓬瀛，傲厉他年眝台斗。"以"见宰辅重臣"作为秦氏修途的具体目标。像赵翼这样严厉的口吻，已将"三好"的意识解离殆尽。

① 参见赵翼《瓯北集》卷 33，上海：上海古籍出版社，1997 年。《秦敦夫编修得其乡先辈汪蛟门少年三好图长卷为书于后》。

六、申　论

与《何天章行乐图》《迦陵填词图》等“郎与丽”构式之文人画像颇有异曲同工之妙，禹之鼎为汪懋麟与乔元之绘制的画像《三好图》，画家相同，主题相同，像主彼此熟悉，绘制时间相近，题咏社群重叠，经由康熙盛世氛围与文坛名流社集的推导，两幅《三好图》可组成一个诞生于清初扬州特殊时空环境含括图像与题跋的大型文本。官方的政治社会秩序与儒家价值规范之外，中国社会存在着许多异质元素形塑士大夫文化，若缺少诗酒流连或狂乱的宗教想像，士大夫文化的建构势必丧失原有的血脉精髓和声音色彩，李孝悌提出“逸乐”可作为一种价值、一种分析工具、一种视野与课题，据以形成明清文化的一个重要面相。[①]笔者既已细读这件大型文本，以下试由“逸乐”的视角进行申论。

（一）意义的辩证与翻转

“三好图”取典于六朝萧琛的少壮快意观，画家为像主周身铺排三样事物，以符号化意涵指称像主：“书”表征文化涵养，“酒”表征洒脱性格，“女乐”表征适情悦乐，恰可作为满足文士物质及感官欲望的日常休闲典型。“三好”可作为文人少壮中老不同人生阶段娱情的参照系数，“三好”的原典脉络可以有焦点偏移的自由诠释，结合视觉观想的绘题文本组建出十分迂回的论述结构，文人们的对话呈现了意义繁复的辩证与翻转。

首先，“少壮三好”已隐含一种优越性，徒令中老文士不胜企羡：“羡君三好皆能全”（陈钰），故而产生“望望不敢近”（汪楫）“犹然唤奈何”（查士标）的心态。饶有意味的是，诸家发出歌赞口吻之际，同时并存与“三好”对立的矛盾声口：“酒癖、书淫妨事，歌舞残散难久驻”（尤侗），或指其“移情”（念堂澄），甚至出现“温柔乡可终吾躯”“蛾眉伐性”“腐肠好事”（汪耀麟）等负面语汇，这些矛盾的声口只能遮遮掩掩，诸家采取巧妙迂回的手法。譬如念堂澄以自谦自抑的两面性手法处置“三好”，自叹命薄，无福消受“三好”，以致惭笑此生，一面推崇乔元之是快意少年；一面提出质疑：首言“曼声”“窈窕”，次言奇书、名酒更“移情”，连同前句之声色，一并指陈三好“移人性情”，经过这番质疑，后句的“福命薄”便是正言若反，明褒暗贬。但因为站上对立面，不得不在末句“笑惭负此生”以一抹羞惭笑容带过。碰触如此严肃的课题，如念堂澄出以自抑口吻

---

① 李孝悌《序：明清文化史研究的一些新课题》，收入氏编《中国的城市生活》，台北：联经出版社，2005年，第6—11页。另有专文《士大夫的逸乐：王士禛在扬州（1660—1885）》，《昨日到城市：近世中国的逸乐与宗教》，台北：联经出版社，2008年，第159—200页。笔者深受二文启发，谨申谢忱。

“福命薄”，或嬉笑口吻“笑惭”者，所在多有。像主之一的汪懋麟，观看《乔像》题曰：“一时传笑惊庸愚，谓我好色兼爱酒，蠹鱼干死何其迂。嗟我此图多所怪。”先以戏谑口吻自嘲“好色兼爱酒”，不读书任其“蠹鱼干死”而远离功名，年渐衰颓，蓬首粗服不修边幅，而文学苦无进境。这样的“我”进入画中，只能是一幅不正经而“多所怪”的画像，难入俗眼，故只能“传笑惊庸愚”。

除了嬉笑自抑，另一种手法，则以年纪进行切割与划清界线，两幅《三好图》的题者多中老年长辈，诸家喜以对举方式呈现像主/题者的人我分野，譬如：“欢场漫道须年少，野老犹然唤奈何”（查士标）；“快意正当年少时，老夫望望不敢近”（汪楫）；“芳年行乐”“老眼抄书”（朱彝尊）；“百年易至耳，少壮乃须臾”（孙枝蔚）；“咄咄汪生，少年行乐”“仆病”“吾衰”（尤侗）；“白田乔子正年少”（汪耀麟）、“我爱读书今已老”（施闰章）、“年来老大，心如槁木”（蓑雪）……等。有趣的是，对这些长辈而言，“三好”具现像主年少快意、芳年行乐的表相下，又不约而同地将“声色场”“欢场”“温柔乡”“酒癖”“书淫”“豪气消磨”“蛾眉伐性”“腐肠好事”“玩物丧志”等道德指訾的语汇拉成一条警戒线。“三好”诚然逸乐但危险！其中对于“乐”的看法最为复杂。在萧琛的原始典故中，音律（乐/声）一项，被文人附益了“色”的元素，增益后的“声色”旗帜鲜明地将“三好”作了焦点偏移，并对“声色”特具防卫性思维。诸家将像主划入“快意欢悦”的少年时间场域中，却不让“危险的逸乐”越过警戒线伸入病衰老年。诸家题诗连成一气：对“三好”踌躇不安，朱彝尊“暗悔从前”，尤侗则提出一串癖淫、恐妨、残散、难驻、停沽、畏解指訾，二人代表当代题家对“三好”一种身历其境的忏悔与警戒。

《汪像》题家如孙枝蔚、杜浚、陈维崧、施闰章、尤侗，甚至隔代的王文治等人咸以为书、酒、乐并非一个紧密不分的包裹，诸家观想各自游移，对“三好”进行取舍争讼，一如汪耀麟题《乔像》所言：“一时议论多龃龉”。这些繁复辩证及争讼的探讨。后代题咏者，如郭麐、翁方纲、王文治等人因时空相隔的角度或端起正襟危坐面孔，或委诸时间飞逝风流不再的哀伤，或付以物质不能经久永恒的感叹，交织着各种声音，以出于冷静略带疏离的笔致进行反思。郭氏着眼于今昔沧桑感，翁方纲以引《七发》直陈弊害，王文治以去除“物役”而对“三好”产生解离意识，赵翼严视三好画卷为“荒淫薮”，明确表示：“少年狡狯吾已厌，豪士放诞君勿取”，更将“三好”转为“三坏”，全盘解消。顺此脉络下来，“三好”由“人生快意”（陈钰）、“芳年行乐”（朱彝尊），到“秦川遗叟导荒淫”、“杜陵野老规放诞”（陈维崧），终被视作“荒淫薮”（赵翼），以解离意识将“三好”作了彻底的翻转。

然而，文人未必赶尽杀绝，后代的翁方纲虽引《七发》直陈弊害以解离“三好”，却又转折地将“三好”视为一种参禅途径必要的因缘，王文治虽以去“物役”解离“三好”，亦随起禅心，以达不染不滞的净业境界。当代充满警戒意识的中老年文人观者，哪一位不是从少壮乔氏/汪氏一路走来？怎么解套，才是上策。汪耀麟与周渔两人的题跋特别醒目：汪耀麟铺陈一串龃龉议论，虽引枚乘《七发》之句强力挞击“蛾眉伐性”，“美酒腐肠”，随即又开脱地说：“生徒女乐两同列，讲学何必皆腐儒。饮酒但恐非次道，好色亦虑如登徒。恒舞酣歌少沉溺，信陵未尝非丈夫。”周渔的题跋更深化汪氏“恒舞酣歌少沉溺”的思维，引程明道对谢良佐抄录《五经》讥为：“玩物丧志”，又用二祖调心的公案，以超越形迹与欲见的心念劝勉像主，这样的语言策略，将可能被解离的“三好”再度翻转回来。

宇文所安引刘勰《文心雕龙·物色》“物色相召，人谁获安?”论述中西诗歌的爱欲问题，将诗与欲望并列，其过程犹如对人心的诱惑过程：招引出去、离开、歧路—告诫、招引进来、畏缩不前、乐与礼、直奔伊甸园、岔道—怀疑、尾声—走入歧途的诱惑之词。[①]清代两幅《三好图》共同组建的绘题文本，似乎也能含括在宇文所安“诱惑/招引”的诠释框架里，以逸乐为核心，冲击着文人的深层意识，具有辩证性及多层翻转的对话意涵。

（二）曲终奏雅与游戏性

在礼坏乐崩的战国时代，蓄养女乐逐渐成为各国国君的普遍爱好，政治若与乐舞作连结，终将招致祸害，自来人们便对声色抱持怵惕之心，孟子便与齐宣王有过一段对话，排比一连串事物，询问是否为“王之大欲”？五种事宜的排比中，声、色占了两种：“声音足听于耳”“采色足视于目”，[②]“声音”“采色”两项即为视听之乐，被视为先秦贵族的普遍基本娱乐。早期辞赋多对声色极尽描写，譬如屈原《楚辞》的《招魂》《大招》对舞女、乐女容色体态做过生动逼真的描绘；宋玉的神女赋系列，亦以华美的文词润饰幻念并展示极致美色。美色究竟危不危险？面对绝世美人，经得起诱惑吗？一味躲避女色，如何反证他不好色？展览美色不是关键，美色诱惑的抵拒方是考验一位守礼君子是否不犯邪淫的良方，汉赋对于美色的夸张与铺陈，是以展览美色的手法驱动品德检验的

---

① 宇文所安(Stephen Owen)著、程章灿译《迷楼：诗与欲望的迷宫》，第一章《诱惑/招引》，北京：生活·读书·新知三联书店，2004年，第1—61页。

② 引自《孟子》，朱熹《四书集注》卷1《梁惠王上》，台北：学海出版社，1982年，第12—13页。

奥义。赋家原为宣扬理念而将情欲书写加入讽谕色彩,甚至借由展览美色以批评登徒子,这些仿如真境的文字创造,使作品里外的男性产生无以抗拒的浪漫想象与亲昵感,就在欲望想象即将达到高潮之际,赋家笔锋一转,以公式化的“曲终奏雅”戛然而止。嬉游性的文章,其写作乐趣奠基于浪漫想象的铺陈过程,是故扬雄批评辞赋“劝百而讽一”,而将宋玉此类作品归入“丽以淫”的层次。①

清初两幅铺展逸乐生活的《三好图》绘题文本,以视觉观想展现着汉赋“丽以淫”的特质,而“劝百而讽一”的赋家心志似乎在《三好图》文本不断翻转的辩证中得到具现。文人耽恋成癖,以此别出雅俗,又旋言旋扫,创建一套娴雅而退隐的策略。②以《乔元之三好图》为例,汪耀麟与周渔大费周章地随言随扫,显示两人对“三好”主题深层的不安。快意人生的反面即是伐性与腐肠,遂搬出理学家程明道的“玩物丧志”与禅宗的“二祖调心”严阵以待,无疑是明末色隐为寄的思维翻版,至于孙枝蔚的题句:“忠孝不过情字”,则接引晚明上承汉赋“曲终奏雅”的情调。

《三好图》诸家题咏诠释“快意”“行乐”的画面时,就算同一位题家,口径亦未必全然一致,他们运用正反翻转的语言手法以平衡矛盾与焦虑。一方面崇慕像主拥有六朝人物萧琛的少壮风流,为图面敷染的酒色歌乐氛围,添加旖旎的艳色想象;另一方面则又受潜意识的道德观支使,对画中的快意人生维持一种洁净的疏离。宇文所安认为此现象可溯源于圣王制礼作乐对彻底疏离与集体迷狂的古典平衡。③图像与题咏表达悦乐人生与道德焦虑的对话,或诸家在正言若反、曲终奏雅的语言交锋中,另有一种游戏的况味在题绘社群心理蔓延。④

《三好图》之于画家及像主而言,有意回溯六朝人物风流,迥异于正襟危坐的画像,相反的,被描绘的像主闲适自如地徜徉于一个画家所设计的休闲气氛里:图面摆设的景致,置于萧琛三样好物的典故情境里,由画家构筑一个书、酒、乐(色)的世界,提供像主与观众脱离日常正轨而悠闲嬉乐的境界想像。正经工作总括来说是道德的,使人愉悦的游戏则因为不严肃,往往被贬低为非道

---

① 汉赋的语言策略,参见康正果《风骚与艳情》,台北:云龙出版社,2016 年,第 87—95 页。

② 闲隐观引自王鸿泰《闲情雅致:明清间文人的生活经营与品赏文化》,《故宫学术季刊》2004 年第 1 期,第 71—77 页。

③ 圣王制礼作乐,俾二者的危险因素保持一种平衡,一旦乐的诱惑力过于强大,诗人就巩固文本与之对抗;若礼显得过于矫揉造作,诗人便心甘情愿为乐招诱而去。参见宇文所安《迷楼》,“乐与礼”,第 28—29 页。

④ 游戏视角参引自[美]托马斯·古德尔(Thomas L. Goodale)、杰弗瑞·戈比(Geoffrey Godbey)著、成素梅等译,昆明:云南人民出版社,2000 年,第 179—265 页。

德。然而被视为“不严肃”“非道德”的游戏，被排除在正轨生活之外，反而是对日常生活的一种超越。图面诉说的故事，强力号召着画家、像主与题咏诸家转化成心态轻松的游戏者，或如懋麟曰：“嗟言此图多所怪”，或如耀麟言：“一时议论多龃龉”，观者刻意营造“三好”为一种“丈夫偶然寄兴”而“传笑惊庸愚”的媒介，纷纷投入诠释的活动中。

这场脱离日常正轨（功业、伦理）的诠释活动，促成了一个小型社群的形成，该社群刻意营造正言若反、曲终奏雅的语言交锋回馈这些图像，为彼此罩上一层共感的光环，以突显社群的共性。对“三好图”的画家、像主与题咏者来说，各种互文性文本或套语结构的置入，有如走入历史的一种游戏性漫游，在漫游中，人世间的现实突然成为一种转瞬即逝的东西，人们随时准备接受漫游过程中令人惊异和新奇的事情。游戏的魅力在于使人暂离现实，扮演着另一个迥异的角色，人在游戏中易趋向最悠闲的境界，甚至连身体都脱离了世俗的负担，如同心理分析理论所言，游戏在本质上具有治疗性，禹之鼎为乔元之与汪懋麟构织了一场迭合六朝人物生活领域之悦乐体验带入的游戏，目的就在于发挥这种具有治疗功能的“补偿性”特质，[①]运用当时盛行之玩物丧志的儒学观、[②]二祖调心的禅学观，透过一场年少快意的游戏性展示，使小型社群转化人生失意的经验与情感，达致心灵的抚慰与净化。

（三）层层交织的美学形式

美酒、佳肴、丝竹歌吹、山水云影，清初扬州的雅集荡漾着迷狂色彩，逸乐欢愉毫无窒碍地奔涌而出，图像题跋传译着文人心中的奥义。两幅《三好图》的观画者定焦于“美色”而产生交相迎/拒的复杂心态，一方面由自然人性的层面宽慰嗜欲含融的悦乐欢情，另一方面却因嗜欲对道德节制的冲击，翻转出庄严的忏悔意识。回首接引晚明闲隐观上溯汉赋“丽以淫”与“曲终奏雅”的书写传统，迎合17世纪以降文化走向情欲觉醒、礼教复兴的两股潮流，[③]文人观看丽姝陪侍的绮艳画像并赋予歌赞，于“美色”采取或迎、或拒的两面性手法推演着人性与道德的思维，诱使观者在画面与本事之间往返穿梭，观看思维迂回而周折，赋予层层精彩演绎，唤起强烈的言志动机与诉说意图，成为清初文人集体共创的文化聚合品。《三好图》对美色嗜欲的耽溺与推拒，是一个观看、阅

---

① 游戏的补偿性特质，参见《人类思想史中的休闲》，第185—189页。

② 参见赵园《说“玩物丧志”：对明清之际士人的一种言论的分析》，收入钟彩钧主编《明清文学与思想中之情、理、欲：学术思想篇》，台北：“中研院”中国文哲所，2009年，第7—44页。

③ 参引自张寿安《我欲立情教，教诲诸众生：跨越时空论“达情”》（序言），熊秉真、张寿安主编《情欲明清：达情篇》，台北：麦田出版社，2004年，第9—10页。

读、书写多重环节组合的思维行动,呈现情欲与道德的力矩交锋,借由多重阅读视点的连结,或召唤美感经验,或激荡情欲需求,或冲击良知主体,伴随着人生面向及议题,使情欲世界与艺文书写之间得以接驳交参,出以谐谑,述以伦常,成为美学的一个混声组曲,据以展开近代中国知识界的学术意义,反省许多习而不察的知性心态。[①]

彼得·布鲁克斯(Peter Brooks)认为西方文艺作家都迷恋于身体,视其为灵魂无可回避的他者,精神分析理论以为这种认知癖冲动引导着小说创作和阅读,女性身体激发了讲故事的动力。[②]那么,声色或许是清初文人展现社会渴望、焦虑和矛盾冲突的力矩交点,文人借着诗酒流连酬唱,运用一定格套或修辞,作出程序化陈述。

《三好图》众多题家在六朝萧彦瑜与清代汪、乔二氏之古今像主并置的视觉叠影中,植入各种多样化文本如:枚乘《七发》、明道学案、二祖公案、输攻墨守等文化典故;或王子敬美妾桃叶、白乐天歌姬杨柳、宋子京女侍丽竖、吴元中侍妾远山、杨褒家娇小奴、阮咸子侄阮孚等人物故实,《三好图》画卷镶嵌与构织多种引文,成为一个含有多层论述与多层符号系统交织的大型文本,每一个"文本中的文本"都牵连起文化史的环节,也牵连起此环节所指涉的论述意识或意义背景,因而产生所谓的"互文"作用。《三好图》画像文本以各种引文、典故、故实相互交织、碰撞、融合,形成镶嵌式的互文性对话,总体可视为一个意义空间或文化实践,画面本身、接续呈现之诸家题咏,这些深入图绘或文字底层的典故、引文镶嵌,扩散至引首题署、拖尾款识等延伸性文本,构造了文本多层论述相互吸收、转化、移植、偏斜或编织的状况。《三好图》以六朝萧彦瑜典故作为起点,穿越禹之鼎构图所呈现的鲜明视觉表相,冲击着文人娱乐欢悦又矛盾焦虑的深层观想,产生了许多思维的分枝,彼此纽结而成错综复杂的枝蔓,缔造多重向度的空间与相互穿梭的网络关系,将文本的认知带往更宽广的诠释空间,[③]以兹进行文化诠释与批判,产生了逸乐文本鲜明的美学形式。

李孝悌认为士大夫逸乐生活的断片,穿越其精炼文字和符码迷障,深入文人文化之堂奥,不同于学术史、思想史、政治史甚至文学史等专精范畴无法触

---

① 阐论引自熊秉真《情欲天地的知性探索(总序)》,《情欲明清》,第5—8页,得益于该文时代总览及观测甚多,谨此致谢。

② 参见[美]彼得·布鲁克斯(Peter Brooks)著、朱生坚译:《身体活:现代叙述中的欲望对象》,北京:新星出版社,2005年。

③ 互文观点,参见廖炳惠编《关键词200:文学与批评研究的通用词汇编》,台北:麦田出版社,2003年,第255—256页。

及的角落，生活史的研究看似细琐，往往能够提供较完整的横切面或统合点，重新架构具有特色的传统文化风貌。[①]清初扬州，娱乐设施与奢侈消费积极重建与复原，依旧残存着修辞学之怅惘与空间置移的意味，声色一旦成为符号便带有两面性。李惠仪教授探讨中国文学之欢娱与惆怅，会与迷恋和幻灭等概念紧密相关，[②]文人借此寻觅知音，因共享逸乐性质便与他者区隔开来，形成了自我与社群的认同，清初两幅《三好图》，可作如是观。

[作者简介] 毛文芳，台湾中正大学中文系教授，东亚汉籍与儒学研究中心主任。

---

① 引自李孝悌《士大夫的逸乐：王士禛在扬州(1660—1885)》，第170页。

② 参引转引自梅尔清(Tobie Meyer-Fong)《清初扬州文化》，第63页。又 Wai-yee Li, *Enchantment and Disenchantment: Love and Illusion in Chinese Literature*, Princeton: Princeton University Press, 1993，第81—83页，转引自梅尔清书同页注1。

从作者到编者：清代皇子的别集删修与“期待视野”*

颜子楠

［摘　要］ 本文探讨清代皇子在编修别集时“作者身份”与“编者身份”相重叠的现象，以及不同的“期待视野”导致的内容与样貌变化。皇子弘历《乐善堂全集》与弘昼《稽古斋全集》经历了从雍正朝到乾隆朝的版本更迭，而不同版本的刊行目的与“预期读者”存在较大差异。对比二集的经论与史论部分可知，弘昼在编定别集时面临着极大的读者压力，因此有意识地删减了自己的作品。在赋得诗与拟诗方面，过于强烈的读者意识导致两位皇子在创作时刻意地压抑了诗歌的抒情性。通过分析期待视野的差异有助于理解别集产生过程中的政治性、社会性考量。

［关键词］ 清代皇子　预期读者　弘历　弘昼　乾隆

在清代诗文领域内，皇子的文学创作与别集刊行活动远超前代，但由于既定研究范式的限制，这批特殊的作家及其作品在很大程度上会被更负盛名的诗人与流派所掩盖，无从发掘其文学意义。同时，由于文学抒情传统的强大惯性，现有研究更倾向于关注皇子别集的文本，而不太关注他们的文献如何生成。不过，当书籍史与阅读史的视角被引入文学研究，探讨皇子别集的生成过程让这些文本获得了再次阐释的机会。同时，我们也重新将文献视为一种动态的机制，而非静态的载体；围绕文献生成的探讨可以让皇子文学的功能性、社会性价值被重新发掘。

在雍正乾隆时期，皇子日常学习诗文创作，而部分皇子在世时会刊行自己

* 基金项目：教育部哲学社会科学研究重大专项“中国语言文学自主知识体系的理论创新与当代实践”，项目名称：“古典诗教文道传统的当代阐释及教育实践”，项目号：2024JZDZ049。

的别集。每当皇子刊行其别集之时,他们的文学身份也因此转变——从文本的作者变成了文集的编者。在这个文献生成的过程中,"作者身份"使得皇子在创作时关注篇章字句、措辞用典、抒情言志等文本层面的内容,而"编者身份"则会迫使皇子考虑,这部别集在其"预期读者"眼中将会造成何种效果,进而对文本进行一定程度的修订——这便是"期待视野"①的话题。换言之,皇子别集的编辑修订指向了他们对于读者期待视野的揣测,进一步指向了文献生成背后的文化考量——真正掌控文献样貌的并非作为作者或编者的皇子,而是更大程度上取决于别集的预期读者。然而,哪些人会成为皇子别集的预期读者?预期读者是否会随着时间而改变?更有甚者,当皇子的政治身份产生变化时,他们对于预期读者的期待视野是否也会随之变化?针对这一系列问题的探讨,我们首先需要回归皇子别集编撰的原始语境。

一、刊行别集的身份变化

现存清代皇子别集有数十部,但绝大多数的版本情况比较单一,即某位皇子在固定时间收集刊出此前创作的诗文。譬如现存较早的皇子别集是雍正皇帝在继位后整理刊行的《雍邸集》,其中收录了其在康熙时期的诗文作品。同样在雍正时期,允礼刊刻的《静远斋诗集》也收录了其在康熙时期的诗文作品。由于这两部别集均刊行于雍正朝,在经历了康熙末年皇太子废立的风波之后,其刊行的内容经历了严苛的文字审查。由于版本单一,我们也很难从中观察到读者群体的变化。

相比之下,皇四子弘历与皇五子弘昼的别集经历了版本更迭,对于分析皇子期待视野的改变而言极具代表性。弘历与弘昼均于雍正八年整理了《乐善堂文钞》十四卷与《稽古斋文钞》十四卷,二集之间存在着明确的关联性。然而,这两部别集并未公开刊行,在经历了版本更迭之后,其部分内容被收入了日后的通行版中。乾隆元年,刚刚继位的乾隆皇帝整理了《乐善堂全集》四十卷,交付武英殿刊行,其内容皆为雍正时期所作。这一版本流通较广,但在二十余年后却又被收缴删修。乾隆十一年,弘昼模仿兄长《乐善堂全集》的体例,编撰了《稽古斋全集》八卷,同样收录了自己在雍正年间的作品,但也有部分乾隆初期的作品被加入其中。乾隆二十三年,乾隆皇帝忽然下令重订此前刊行的《乐善堂全集》,且将已经刊布天下的别集全部收回,改换成《御制乐善堂全集定

① "期待视野"指的是作者或编者对于作品所面向的读者群体的预期,见:罗杰·夏蒂埃著,吴泓缈、张璐译《书籍的秩序》,北京:商务印书馆,2014年,第92—93页。

本》三十卷——《全集定本》与之前的《全集》相比,删去了多达十卷的内容。[①]

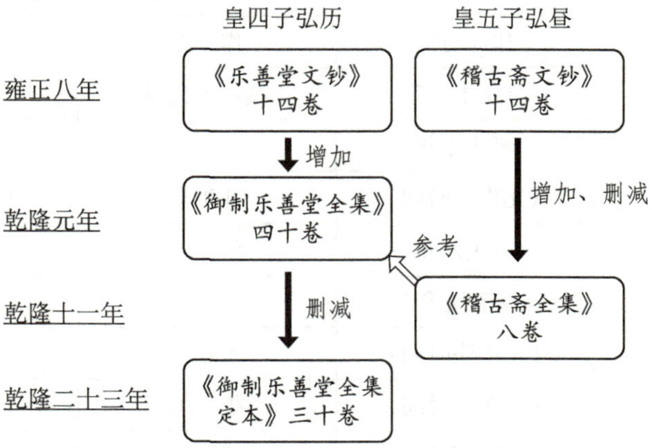

简而言之,如今的通行版《御制乐善堂全集定本》与《稽古斋全集》均为乾隆时期删修改定的。弘历的别集经历了三个不同版本,分别是十四卷本、四十卷本与三十卷本;而弘昼则有两个,十四卷本与八卷本。这两部别集所经历的版本更迭不仅反映了两位皇子的作者身份,更指向了二者作者身份到编者身份的转换,以及二人在特定文化与政治环境下的不同考量。

雍正八年成书的《乐善堂文钞》与《稽古斋文钞》总结了两位皇子此前的学习成果,此时两位皇子均为二十岁。两部文钞前各有十余位臣子撰写的序文,其作者主要是二人的师傅,也有几位亲王贵戚;两位皇子之间也互相撰写了序文。不过,在弘昼最终修订的《稽古斋全集》中,他原本为《稽古斋文钞》所写的自序被删去了,其他序文也大多没有具体日期;但我们依旧可以参照弘历《乐善堂文钞》来判断这些序文的写作时间,即在雍正八年至十一年之间。以下表格为两位皇子《文钞》前所附序文的状况:

弘历《乐善堂文钞》		弘昼《稽古斋文钞》	
作序者	作序时间	作序者	作序时间
弘历(自序)	雍正八年	弘昼(自序)	(此序今不存)
弘　昼	雍正八年	弘　历	雍正八年
庄亲王允禄	雍正十年	庄亲王允禄	(无作序时间)
果亲王允礼	雍正十年	果亲王允礼	(无作序时间)

① 关于弘历《乐善堂全集》的版本问题,可参阅:晏爱红《乾隆〈乐善堂全集〉版本改订考》,《清史研究》2005年第2期,第93—95页。

续　表

弘历《乐善堂文钞》		弘昼《稽古斋文钞》	
作序者	作序时间	作序者	作序时间
慎郡王允禧	雍正十一年	諴亲王允祕	（无作序时间）
平郡王福彭	雍正十年		
鄂尔泰	（无作序时间）	鄂尔泰	（无作序时间）
张廷玉	雍正八年	张廷玉	（无作序时间）
朱　轼	雍正九年	朱　轼	雍正九年
蒋廷锡	（无作序时间）	蒋廷锡	（无作序时间）
福　敏	（无作序时间）	福　敏	（无作序时间）
蔡世远	雍正九年	蔡世远	（无作序时间）
邵　基	雍正九年	邵　基	（无作序时间）
胡　煦	（无作序时间）	胡　煦	（无作序时间）
顾成天	雍正八年	顾成天	（无作序时间）

以上列表实际上揭示了序文撰写的两个阶段：其一，在雍正八年至九年间，所有曾在上书房负责教授过两位皇子的师傅为两部《文钞》撰写了序文；其二，在雍正十年至十一年间，两位年长且当权的皇子允禄与允礼，以及另外三位与弘历、弘昼年龄相仿且私交更为密切的皇子允禧、允祕、福彭分别为二人撰写了序文。

从撰写序文的作者层次可知，这两部《文钞》同时刊行，必定出于雍正皇帝的授意。因此从严格意义上讲，二集只反映了弘历与弘昼的作者身份。而同时拥有编者身份与读者身份的，是隐藏于文集之外的雍正皇帝。依照现存序文来看，师傅们的文字非常谨慎，没有对两位皇子的文学成就展现出任何倾向性的表达，例如张廷玉谈及弘历时说“意义渊深，文采博赡”，谈及弘昼时说“文采巨丽，俊伟卓荦”①；又如，日后弘历极为推崇的师傅蔡世远，此时论及两位皇子的性格时也颇为持平，认为弘历“仁孝聪明，逊志时敏”，弘昼“至性过人，孝恭肫挚”②。如果仔细分析同一作者写给两位皇子的序文，其序文在结构上的相似性是非常明显的。由此可见，这些臣子必定是同时得到两位皇子的《文钞》的，而且比较注意要在写序时保证“公平”地评价两位皇子。

① 爱新觉罗·弘历《御制乐善堂全集定本》序，《景印文渊阁四库全书》第1300册，台北：台湾商务印书馆，1986年，第246页；爱新觉罗·弘昼《稽古斋全集》序，《四库未收书辑刊》第9辑第21册，北京：北京出版社，1997年，第187页。

② 爱新觉罗·弘历《御制乐善堂全集定本》序，第251页；爱新觉罗·弘昼《稽古斋全集》序，第193页。

更为重要的是,师傅们无一例外都将雍正皇帝重视皇子教育一事当作序文写作的重点。例如,鄂尔泰强调“今皇子昆弟,孝友相若也,忠爱相若也,其仰遵圣父‘以立诚为本,明理为先’,又相若也”[①];福敏则认为“我皇上训迪皇子之方,实有承先启后,垂裕于无穷;皇子之敬承圣教者,实能亲炙其光”[②]。又如,邵基在为弘历所写的序文中提到“皇上睿智天成,文思光被,而庭帷之近,所以垂慈育德者,必谆谆于‘立诚明理’之功焉”;同时,他在为弘昼所写的序文中提到:“我皇上‘立诚明理’之训,乃造道切实之功,皇子朝夕服膺,实有所得。”[③]尽管是在为两位皇子的《文钞》作序,师傅们写作的主旨是在着重阐发皇子们的成长与雍正皇帝本人的关切密不可分。换言之,两位皇子《文钞》所展现出的修养和成就,实际上正是身兼编者与读者身份的雍正皇帝的功绩。

乾隆元年,新皇帝下令刊行《乐善堂全集》。《全集》按文体分为四十卷,先文后诗,早前《乐善堂文钞》的 14 篇原序也被附上。此时的弘历贵为天子,再无人有资格为他撰写序文,因此皇帝撰写了一篇自序来阐述刊行这部《全集》的理由,从中亦可观察到其身为编者的期待视野:

> ……继序以来,躬理万几,兢兢业业,惟恐一事失宜,负皇考付属之重。思如曩时从容文墨之娱不可复得;然少有余闲,未尝不考镜经史,以自观省。爰取庚戌文钞所载,存十之三,续作未订入者,存十之七,总为一编,共若干卷。非欲以文辞自表著,盖是集乃朕夙昔稽古典学所心得,实不忍弃置。自今以后,虽有所著作,或出词臣之手,真赝各半,且朕亦不欲与文人学士争巧,以转贻后世之讥。则是集之辑,有不得已者。[④]

这段文字的主要论点是,弘历“不得已”只能刊行这部《全集》。但实际上,他所给出论据并没有很强的说服力。首先,弘历不仅把文学创作当作是一种娱乐的方式,还将其当作是一种自我修养的方式,因此他必须将这些文学作品作为其青年时代的记录而保留下来——这是一个颇为勉强的借口。其次,弘历预见到自己的文字在将来有可能会有臣子代笔,只有那些皇子时期所写的作品

① 爱新觉罗·弘昼《稽古斋全集》序,第 186 页。
② 爱新觉罗·弘历《御制乐善堂全集定本》序,第 250—251 页。
③ 爱新觉罗·弘历《御制乐善堂全集定本》序,第 253 页;爱新觉罗·弘昼:《稽古斋全集》序,第 195 页。
④ 爱新觉罗·弘历《御制乐善堂全集定本》序,第 233—234 页。

才是真正属于他的——这也是刊行别集的另一个借口。最后，“不欲与文人学士争巧”的提法特别值得深思。除了表明自己的文学观之外，[①]这句话更是在暗示，已经身为皇帝的弘历在将来不会编纂任何文集，以避免与他人进行文学竞争，这便进一步论证了刊行这部《全集》的必要性——皇帝至少应该刊行这部《全集》以保存他的真实作品。然而，把这句话与其“非欲以文辞自表著”一句放在一起理解，则刊行文集的行为就基本上等同于文学竞争与自我标榜——或许在弘历心中，刊行别集、文学竞争、自我标榜之间的界限本来就是不明确的。简而言之，新皇帝此时刊行别集，或许只是一种自我满足的行为，用以证明自己亦是一位合格的文士。

在拖延了十一年之后，弘昼《稽古斋全集》才正式刊行。《稽古斋全集》模仿《乐善堂全集》，按照文体排序，总卷数仅为八卷。《稽古斋全集》并非仅仅收录了弘昼在雍正时期的作品，也有很少量的诗文是乾隆前期所作。《稽古斋全集》在刊刻之后进呈御览，弘历专门写诗纪念此事：

> 《五弟稽古斋全集刻成进览即事书怀》
>
> 华编成秩秩，谦度出迟迟（余与弟皆以雍正八年荟萃所为诗文定稿，而《乐善堂全集》刻于乾隆丙辰，弟至今岁始刻《全集》，即此谦冲，朕实愧赏弗置）。稽古得精粹，由中不蔓枝。清辞淡以远，豪笔爽而奇。恍忆晴窗永，埙篪唱和时（集中诸作，旧时日课同题者居大半）。[②]

正因为弘历依旧将刊行别集的行为视为自我标榜，因此才会认为弘昼在十一年后刊行《稽古斋全集》是“谦冲”的表现。弘历写给《稽古斋全集》的序文中也完全表露了这一态度：

> 顾予与王同时订定诗文，予以乾隆元年，勉从讲学诸臣之请，刊布《乐善堂文集》，迄今十有一年，王始出是编命梓，其迟徊慎重，不自满假，谦德雅怀，足为师法。是则予之所深愧，而嘉叹为不可及者夫！[③]

---

① 于小亮《论乾隆帝“不欲与文人学士争长”文学观》，《江苏师范大学学报（哲学社会科学版）》2020年第1期，第15—25页。

② 爱新觉罗・弘历《御制诗初集》卷36，《景印文渊阁四库全书》第1302册，第551页。

③ 爱新觉罗・弘昼《稽古斋全集》序，第179页。

弘历在序文的结尾还提到,“王之年日增,德日进,文日多,异时有二集、三集者出,予当以是为立,一一为王序之。”[①]然而弘昼此后对于文学并没有展现出更多的兴趣,也没有再整理任何文集刊行,反而是弘历自己颇为积极地刊行了五部御制诗集和三部御制文集。

《稽古斋全集》中除了弘历的御制序之外,早前《稽古斋文钞》的 13 篇原序也被附上,而新撰写的则是施炳炎与常卫都的两篇序文,以及弘昼的自序。[②]施炳炎、常卫都两人均为弘昼府上的教习,也是负责校阅《稽古斋全集》之人——两人均以才学疏陋为由推辞,但在弘昼坚持之下才勉强撰写序文。因此,两人的序文自然是充斥着陈腐客套的溢美之词:施炳炎将弘昼比为汉代的河间王、东平王;而常卫都则称弘昼“岂徒与摘句寻章之士争夸翰墨已乎?”[③]几乎所有有文集存世的皇子都会被他人比作“河间”和“东平”,而且类似“不与摘句寻章之士争夸翰墨”的话术也几乎会被用在所有皇子身上来强调其文学作品的特殊意义,这与弘历“非欲以文辞自表著”及“不欲与文人学士争长”的论调如出一辙。

身为编者的弘昼在自序中则披露了自己的期待视野。首先,弘昼在开篇就明确表示:“在宫内时,朝夕追随皇上(弘历),一体诵习,其课业辛勤大略相同,顾余资学浅陋,远不及皇上聪明天纵,是以发为文艺,形于诗歌,工拙悬殊,奚啻霄壤。”其次,在准备刊行的过程中,弘昼曾将稿本“录送大学士毅庵鄂先生分别瑕瑜,先生缘燮理无暇,复尔溘逝,以故未得成书。乃取回原集,嘱余诸子之师江宁施生炳炎、常生卫都同为校对,复命严加删削其不必录者。”[④]无论是在序文中的谦虚表态,抑或是弘昼原本寄希望于大学士鄂尔泰为其筛选收录的内容,弘昼很明显地意识到,他的这部《稽古斋全集》刊行之后,必然会与《乐善堂全集》形成对比,而身为皇帝的兄长弘历必定会成为其集的第一位读者。正是由于存在着互为对比的情况,弘昼在选录诗文作品时确实也有意识地针对《乐善堂全集》进行了处理(将在以下两节予以论述)。

最后,在乾隆二十三年,皇帝突然下令修订《乐善堂全集》,这条上谕也被附在《御制乐善堂全集定本》之前:

---

① 爱新觉罗·弘昼《稽古斋全集》序,第 180—181 页。
② 弘昼早前所撰《稽古斋文钞》自序可能被新的自序替换掉了,今已不存。
③ 爱新觉罗·弘昼《稽古斋全集》序,第 199—202 页。
④ 爱新觉罗·弘昼《稽古斋全集》序,第 198 页。

上谕：近日偶阅《乐善堂集》，缘初刻所存，卷帙颇繁，其中多有不甚惬心之句。昔人云："文章千古，得失寸心"。朕非悔其少作，博不惬情，去留之名，政以随时删订，则今昔诣力所到，端可藉以自验。其令内廷诸臣悉心校阅，分拟应存、应删，签贴进呈，候朕裁酌，重订定本，以付剞劂。钦此。①

弘历并没有明确解释哪些是"不甚惬心之句"，将筛选的任务交给了臣子。从以后删订的状况来看，弘历的心思并不难揣测。将《全集》与《定本》的篇目进行比对相比，《定本》删减最多的内容是制义 18 篇、赋 19 篇、古体诗 87 首、近体诗 136 首；删减的内容主要分为四类：赞美其师傅的篇章，称赞其父统治时期出现祥瑞的相关篇章，涉及"华裔之别"的篇章，涉及"仁政"的篇章。②由此可知，身为编者的弘历所考虑的主要问题，是删去其早年身为皇子时期所写的应酬性作品，以及迎合其父雍正皇帝喜好的作品，因为这些作品必然包含很多程式化的溢美之词。由于皇帝的政治权威已然建立，编辑别集的目的也不再单单是留存自己的作品，而是如何维护皇帝的形象。此时皇帝的期待视野与二十三年前完全不同：当时《全集》的刊行毕竟还只是一种文学层面的自我标榜，而删减后的《定本》则是将天下士人作为预期读者，皇帝对于政治形象的考量必然超越了自我满足的意图。

二、删减篇目的政治考量

弘历与弘昼的别集均经历了增添删减的状况，但原则上，这两集希望展现的依旧是两位皇子在雍正时期的文学成就，也就是其作者身份时所留下的痕迹。按照序文所述，两集中都留存有大量的日课之作，而且各类文体均有涉及。从篇幅上看，两位皇子经论与史论的文章最多，这理应是皇子们在其师傅指导下完成的日课。此外，制艺与赋的数量也相对较多，不过弘历在删订《御制乐善堂全集定本》时把 18 篇制艺全部删掉了，弘昼的《稽古斋全集》则仅留存了 8 篇。为了更有针对性地分析作者身份与编者身份的矛盾性，在此仅就经论与史论部分进行比对。

以下表格是两位皇子别集中留存的经论题目。表格中**斜体的标注**是弘历

① 爱新觉罗·弘历《御制乐善堂全集定本》序，第 234 页。

② 以上数据统计及内容分类，见：晏爱红《乾隆〈乐善堂全集〉版本改订考》，《清史研究》2005 年第 2 期，第 93—98 页。

在此后《御制乐善堂全集定本》里删去的 4 篇经论，**加粗的标注**是与《稽古斋全集》相同的篇目，仅《春王正月论》一篇：

弘历《乐善堂全集》		弘昼《稽古斋全集》	
论　　题	出处	论　　题	出处
1）立身以至诚为本论	雍正对联	1）道不远人论	《四书》
2）读书以明理为先论	雍正对联	2）荡荡乎民无能名焉论	《四书》
3）休休有容论	《四书》	3）卑宫室而尽力乎沟洫论	《四书》
4）信而后谏论	《四书》	4）恕之一言终身可行论	《四书》
5）管仲器小论	*《四书》*	5）见小利则大事不成论	《四书》
6）信而后谏论	*《四书》*	6）忠焉能勿悔乎论	《四书》
7）宽则得众论	《四书》	7）畏圣人之言论	《四书》
8）修道之谓教论	《四书》	8）信而后劳其民论	《四书》
9）小德川流大德敦化论	*《四书》*	9）其为气也配义与道论	《四书》
10）宽裕温柔足以有容论	*《四书》*	10）自生民以来未有夫子论	《四书》
11）敬以直内论	《易经》	11）君子以果行育德论	《易经》
12）上下交而其志同论	《易经》	12）观我生观民论	《易经》
13）君子以虚受人论	《易经》	13）观乎人文以化成天下论	《易经》
14）家人上九有孚威如终吉论	《易经》	14）藉用白茅论	《易经》
15）惧以终始其要无咎论	《易经》	15）聚而上者谓之升论	《易经》
16）物不可以苟合论	《易经》	16）卷阿矢音论	《诗经》
17）嘉言罔攸伏论	《书经》	17）张仲孝友论	《诗经》
18）有言逆于汝心必求诸道论	《书经》	18）鲁僖公牧马之盛论	《诗经》
19）夙夜基命宥密论	《诗经》	19）钦哉唯时亮天功论	《书经》
20）春王正月论	《春秋》	20）揆文奋武论	《书经》
21）晋荀林父帅师及楚子战于邲晋师败绩论	《春秋》	21）麴蘖盐梅论	《书经》
22）晋侯及楚子郑伯战于鄢陵楚子郑师败绩论	《春秋》	22）衣裳在笥论	《书经》
23）作三军论	《春秋》	23）不贵异物贱用物论	《书经》
24）三月公会晋侯宋公卫侯郑伯曹伯莒子邾子薛伯杞伯小邾子于溴梁戊寅大夫盟论	《春秋》	24）周公作周孚先论	《书经》
25）诸侯同盟于平丘公不与盟	《春秋》	**25）春王正月论**	《春秋》

续　表

弘历《乐善堂全集》		弘昼《稽古斋全集》	
论　　题	出处	论　　题	出处
26）忠信之人可以学礼	《礼记》	26）桓公三年有年论	《春秋》
27）爱亲者不敢恶于人敬亲者不敢慢于人	《孝经》	27）冬斋高子来盟论	《春秋》
28）以仁育万物以义正万民	周敦颐	28）六月齐人取济西田论	《春秋》
29）为万世开太平	张载	29）待来岁之宜论	《礼记》
30）动亦定静亦定	程颢	30）人情者圣王之田论	《礼记》
31）治天下在得人	《贞观政要》	31）竹箭有筠松柏有心论	《礼记》
		32）大乐必易大礼必简论	《礼记》
		33）后稷之祀易富论	《礼记》
		34）君子淡以成论	《礼记》
		35）甸师帅属耕耨王藉论	《周礼》
		36）遂人治野以下剂致甿论	《周礼》
		37）天产作阴德地产作阳德论	《周礼》
		38）民数谷数藏于天府论	《周礼》
		39）有功书于太常祭于大烝论	《周礼》
		40）禁原蚕论	《周礼》
		41）小行人以康乐和亲安平为一书论	《周礼》
		42）进呈《性理》论	
		43）圣人四府论	邵雍
		44）知无用始可与言用论	庄子
		45）未应不是先已应不是后论	程颢
		46）正心术以立纪纲论	朱熹

首先，从经论的题目和内容来看，两位皇子所接受的是论辩式的、阐发式的训练，这也符合康熙朝以来宫廷尊崇"宋学"的基本状况。对比二人仅有的一篇同题之作《春望正月论》，两人的设问、论据、结论都比较相似——这也从侧面证明了两人的师傅向二人传授的是相同的论辩方式与思想内涵。[①]其次，从数量上推测，二人在别集中呈现出的文章应该都是经过认真筛选的。按弘

① 爱新觉罗・弘历《乐善堂全集》卷2，《故宫珍本丛刊》第549册，海口：海南出版社，2001年，第90页。爱新觉罗・弘昼《稽古斋全集》卷1，第239页。

历自称“余生九年始读书，十有四岁学属文”，[①]即他从雍正二年开始练习写作，至雍正十三年截止，十余年的时间不可能仅完成了31篇经论日课；同理，弘昼的46篇必定也不是他经论日课的总数。

最重要的是，两位皇子的经论论题几乎完全不同，只有《春王正月论》一篇是同题之作。然而二人同学多年，雍正皇帝为他们所选择的师傅也完全相同(参见前文臣子所撰序文部分)，不太可能在日课时为二人分别出题。因此我们或许可以确定，弘昼在刊行《稽古斋全集》时应该参考了弘历的《乐善堂全集》，将其中已经选录过的同题篇目从自己的集子中撤出。这样做的好处是，可以让读者避免将两位皇子的同题经论拿来对比，免去不必要的麻烦——这也就可以解释为什么弘昼在刊行别集之前希望大学士鄂尔泰为其筛选文章。

弘昼故意删减篇目，最直接的证据便是弘历针对“立身以至诚为本，读书以明理为先”所写的两篇经论。此为雍正皇帝亲自书写的对联，悬挂于上书房；弘历与弘昼同在上书房学习，没有理由只有弘历为此联撰写论文，而弘昼却不撰写。另外足以佐证的是，《乐善堂全集》与《稽古斋全集》中均收录了皇子因“赐联”所撰写的纪恩诗：

> 弘历《己酉冬十一月二十一日，皇父御书“立身以至诚为本，读书以明理为先”一联，恩赐悬挂书斋，以寓训诲至意，恭纪》
>
> 文明雅化敷重译，咫尺奎章贲玉除。妙义直须十四字，至言已胜万千书。天颜有喜龙鸾动，缃案承恩雨露舒。从此就将当益奋，敢违提训负居诸。[②]

> 弘昼《己酉冬十一月二十一日，皇父亲至尚书房，御书“立身以至诚为本，读书以明理为先”一联，赐挂书斋，以寓训诲至意，恭纪》
>
> 云日光华绕瑞烟，两言实发古心传。至诚无妄方为学，明理能通便是贤。宸翰缤纷祥凤舞，御书训诲圣恩宣。书斋何幸得珍宝，捧诵高悬义蕴绵。[③]

由此可见，正是因为弘历《乐善堂全集》中已经存录了这两篇经论，弘昼在编辑《稽古斋全集》才选择将自己的作品删除。不过令人费解的是，弘昼只有在经

---

① 爱新觉罗·弘历《乐善堂全集》序，第48页。
② 爱新觉罗·弘历《乐善堂全集》卷30，第400页。
③ 爱新觉罗·弘昼《稽古斋全集》卷8，第412页。

论部分比较刻意地避免了同题之作，但在此后其他文体的部分，如史论、古今体诗等，却还是留下了一小部分与弘历同题之作。

相比于经论部分只有一篇同题之作的状况，弘历与弘昼在史论部分出现的同题之作相对较多。以下表格是两位皇子别集中留存的史论题目。表格中**斜体的标注**是在此后《御制乐善堂全集定本》里删去的 4 篇作品，**加粗的标注**是与《稽古斋全集》相同的内容，共 15 篇：

弘历《乐善堂全集》		弘昼《稽古斋全集》	
1）傅说论	2）周平王东迁论	1）夏总论	2）鲁僖公论
3）宋襄公论	4）晋悼公论	3）曹参为齐相国论	4）汉高帝过鲁以太牢祀孔子论
5）宋伯姬论	*6）周过其历论*	5）南越王赵佗论	6）张释之谏阻啬夫为上林令论
7）汉武帝论	8）汉元帝论	7）汉景帝更减笞法定箠论	8）董仲舒论
9）韩淮阴背水阵破赵论	*10）东方朔论*	9）东方朔论	10）李广论
11）西汉总论	12）汉光武论	11）司马迁论	12）张安世论
13）李固杜乔论	**14）东汉总论**	13）刘向论	**14）东汉总论**
15）蜀汉兴亡论	**16）东吴总论**	15）汉光武以卓茂为太傅封褒德侯论	16）以刘昆为光禄勋论
17）东晋总论	18）北魏世祖拓跋焘论	17）画功臣于云台论	18）袁安论
19）高欢论	*20）隋文帝论*	19）郭泰论	20）申屠蟠论
21）唐太宗论	**22）长孙皇后论**	21）汉治钩党论	22）诸葛孔明论
23）唐肃宗论	24）唐德宗论	23）孔融论	**24）蜀汉兴亡论**
25）唐宪宗论	26）唐穆宗论	25）曹魏总论	**26）东吴总论**
27）褚遂良论	28）郭子仪论	27）西晋总论	28）山公启事论
29）陆贽论	30）李晟论	29）范宁论	**30）东晋总论**
31）裴度论	32）李绛论	31）陶侃运甓论	32）祖狄论
33）李德裕论	**34）唐总论**	33）卞壸论	34）郗鉴论
35）后唐总论	**36）张承业论**	35）谢安论	36）高允论
37）宋太祖论	38）宋宣仁皇后论	37）笔公进规论	38）蔡兴宗论
39）吕端论	**40）韩琦论**	39）苏绰论	40）王僧辩论

续 表

弘历《乐善堂全集》		弘昼《稽古斋全集》	
41) 明道程子论	42) 程明道告神宗当防未萌之欲论	41) 北周总论	**42) 唐总论**
43) 北宋总论	44) 宋理宗论	43) 唐太宗敕百司诏敕未便者皆执奏论	44) 唐太宗论张元济寻究盗状论
45) 岳武穆论	**46) 文天祥论**	**45) 长孙皇后论**	46) 魏徵论
47) 南宋总论	48) 元仁宗论	47) 常何之名托于马周论	**48) 褚遂良论**
49) 许衡论		49) 徐有功论	50) 娄公圣德论
		51) 张柬之论	52) 开元二十九年立赈饥法论
		53) 唐代宗广德元年以薛嵩田承嗣李怀仙为河北诸镇节度使论	54) 刘宴不惜小费论
		55) 李泌论	56) 段秀实论
		57) 陆贽论	58) 李抱真会王武俊于南宫论
		59) 裴垍论	**60) 裴度论**
		61) 韩昌黎论	62) 张公喜佳麦良蚕论
		63) 后五代总论	**64) 张承业论**
		65) 北宋总论	66) 李沆论
		67) 范文正公论	**68) 韩魏公论**
		69) 南宋总论	70) 宗泽论
		71) 文天祥论	**72) 许衡论**
		73) 耶律楚材论	74) 张居正论

综合两位皇子的史论来看,题目大约分成四类:总论、君论、臣论、事论。两位皇子同题最多的是总论与臣论。弘历集中留存有数篇君论,而弘昼集中完全没有留存君论。由此可以推测,弘昼在编撰别集时刻意删去了自己撰写的君论,必定是为了避免“臣议君”的状况出现。

清代皇家的史学训练倾向于让皇子判断大是大非,辨析前人行为的对错,理解事件发生的因果关系——这些在两位皇子的史论中均有体现。不过,两位皇子毕竟仅是十几岁的少年,其史论有时也颇显稚嫩,但从某些作品中还是能够观察到他们对于历史的兴趣。以《蜀汉兴亡论》为例,两位皇子均按照时间顺序描述了蜀汉从立国到灭亡的过程，不过二人收尾的议论部分却有着明显的高下之别。弘历的结论是：

嗟夫！治乱之理，岂非系于人君之用贤与不用贤哉？当昭烈之狼狈奔走，以未得孔明故也。后主之克守前烈，为敌国所畏者，以孔明在相位故也。其用黄皓、陈祇而丧国败家者，以孔明既殁故也。贤人为国家之宝，岂不信哉？①

弘历将兴亡的缘由归结为“人君之用贤与不用贤”，这是非常标准的答案，呼应了诸葛亮《出师表》中“亲贤臣、远小人”的论点。相比之下，弘昼的结论却是：

呜呼！以昭烈之百历艰危，而始造有西土。至于其子，乃束手委身，一入魏而竟不思蜀，哀哉！当其出降时，子谌痛哭极谏，人谓“昭烈无善子而有善孙。”以吾观之，究何济哉！②

弘昼实际上并没有给出明确的结论，而只是在慨叹蜀汉灭亡——这正是最常见的把“议论文”写成“抒情散文”的错误。与此相似的是弘昼在《诸葛孔明论》结尾处的慨叹：“惜卒于军，功业不究，设使再延数年，魏可灭，汉可兴矣。而孔明竟死者，是天不祚汉，岂人力所能为哉！”③这种表述很大程度上是受到了《三国演义》的影响。在《书诸葛亮前后出师表后》一文中，弘昼将这种感性表达发挥到了极致：“使其三年不死，必能取魏。”④此外，在《诸葛武侯赞》中，弘昼称赞诸葛亮“和权走懿，谋定不爽”；⑤在长诗《咏诸葛武侯》中，他再次提到“更假之数年，灭魏何再计”。⑥

对比《乐善堂全集》可知，弘历也写过数篇与诸葛亮有关的作品：《十臣赞》的第二首是《诸葛武侯赞》，这与弘昼所作相同；《古风十三首》的第十一首，与弘昼《咏诸葛武侯》的体裁和内容均保持一致，亦足以判定为同题之作；惟独弘历的《读武侯出师表》是一首七言律诗，并不是弘昼所写的“书后”体。⑦

---

① 爱新觉罗・弘历《乐善堂全集》卷4，第112—113页。
② 爱新觉罗・弘昼《稽古斋全集》卷2，第268页。
③ 爱新觉罗・弘昼《稽古斋全集》卷2，第267页。
④ 爱新觉罗・弘昼《稽古斋全集》卷4，第316页。
⑤ 爱新觉罗・弘昼《稽古斋全集》卷5，第336页。
⑥ 爱新觉罗・弘昼《稽古斋全集》卷7，第379页。
⑦ 爱新觉罗・弘历《乐善堂全集》卷12、卷25、卷32，第203、344、427页。

弘昼的一些咏史诗与其史论的选题相同,例如《读唐太宗本纪》《读长孙皇后传》《读魏徵传》《咏谢安》《咏高允》等作品,但弘历集中咏史诗与史论选题相同的仅《郭汾阳》一首。如此看来,无论是史论还是咏史诗,两位皇子很有可能系统性地针对历朝历代的帝王将相进行过相关诗文创作,不过这在二人别集中并未明确呈现。

结合《乐善堂全集》与《稽古斋全集》所存经论与史论来看,两集相互补充,能够观察到雍正时期在皇子教育方面的系统性考量。年仅十余岁皇子所学习的内容与当时那些投身科举的普通士人有相通的地方,即重视宋儒对经典文献的阐释。另外,皇子们在历史学习方面投入了大量的精力——无论是贯穿历朝历代的总论,还是对各朝君臣做出评价,甚至是针对某个特定历史事件进行讨论,这些都是以治理国家为前提考量的具有实际功用的学习内容。然而或是出于“藏拙”的心态,或是出于篇幅的限制,两位皇子在编集刊行时并未完整地展现自己全部的学习成果,别集以《全集》冠名终究有些误导。

《乐善堂全集》于乾隆元年行世,弘昼在其后刊行《稽古斋全集》时,也面临着极大的读者压力——乾隆皇帝必定是其集的第一读者。因此,弘昼必须在自序中阐明自己远远不及其兄长的文艺水平。另外,由于他与弘历同学,读者必定会将二人的别集进行对比,因此弘昼才会非常谨慎地“复命(施炳炎、常卫都)严加删削其不必录者”,其真正用意是针对《乐善堂全集》的已选篇目将自己的作品进行删减。简而言之,弘昼刊行别集的行为与其顾忌读者的心态是相互矛盾的:他一方面希望效仿其兄弘历,让自己的作品流传于世;另一方面,他的期待视野中充满了对于其兄的顾忌。至此,编者身份对于作者身份的压制即是唯一的折衷手段。

三、诗歌创作的抒情压抑

如果按照“经史子集”四部来划分皇子们的学习内容:经部与史部的内容关乎政治,因此是重中之重;子部的内容较为庞杂,从两位皇子的别集中也很难判断是否有所偏好;集部的内容则多少带有一些“从容文墨之娱”的意味了,原则上更能够体现出作者身份。然而即便是自娱之作,弘历与弘昼的相关作品也体现出了相当程度的政治实用性和对于预期读者的考量。如果说上一节分析的是别集刊行时的编者身份压制了作者身份,本节则主要强调,皇子在日常写作中已经被训练出了极为强烈的读者意识,其作者身份也无法摆脱期待视野的束缚,以至于产生了抒情压抑的现象。

在乾隆二十二年科举恢复试贴诗考试之前，皇子别集中以“赋得”为题的诗作数量要远高于一般作家。[①]《乐善堂全集》与《稽古斋全集》中分别收录了53首、28首赋得诗——尽管数量不算很多，但两人的赋得诗仅有两题重复，由此亦可推断弘昼收录的作品应该也是经过大量删减的。表格中**斜体的标注**是弘历在此后《御制乐善堂全集定本》里删去的32首诗作，**加粗的标注**是与《稽古斋全集》相同的诗作，仅2首(在《御制乐善堂全集定本》中均被删去)：

弘历《乐善堂全集》		弘昼《稽古斋全集》	
诗　　题	出　　处	诗　　题	出　　处
赋得霜花扑晓鞯		赋得日暖万年枝	《文苑英华》蒋防等人同题之作
赋得春风传我意	李白《望汉阳柳色寄王宰》	赋得元和布泽	《佩文斋咏物诗》潘孟阳同题之作
赋得秋水长天一色	王勃《滕王阁序》	赋得风不鸣条	《文苑英华》卢肇等人同题之作
赋得鹭立芦花秋水明	陶岘《西塞山下回舟作》	赋得微雨从东来	陶潜《读山海经》
赋得草色全经细雨湿	王维《酌酒与裴迪》	赋得龙池春草	《文苑英华》陈翊等人同题之作
赋得卧听村村打麦声		赋得寿星见	《文苑英华》佚名同题之作
赋得一雨便如秋		赋得草木万方春	李中《春日作》
赋得七月流火	《文苑英华》敬括同题之作	赋得宫殿百花中	王维《三月三日勤政楼侍宴应制》
赋得碧天无际雁行高	*苏轼《宋叔达家听琵琶》*	赋得春风扇微和	《文苑英华》陈九流等人同题之作
赋得万户捣衣声	*李白《子夜四时歌》*	赋得秋日悬清光	江淹《望荆山诗》
赋得秋菊有佳色裛露掇其英	***陶渊明《饮酒》***	赋得独钓寒江雪	柳宗元《江雪》
赋得汲古得修绠	*韩愈《秋怀》*	赋得迎岁早梅新	唐太宗《于太原召侍臣赐宴守岁》
赋得千家山郭静朝晖	*杜甫《秋兴八首》*	赋得紫微晴雪带恩光	钱起《和王员外雪晴早朝》
赋得花随春令发	吕渭《皇帝移晦日为中和节》	赋得青山长对卷帘时	刘长卿《赴南中题褚少府湖上亭子》

① 例如允礼在康熙年间所作92首赋得诗收录于《静远斋诗集》，在雍正年间所作17首赋得诗收录于《春和堂诗集》，不过其中几首是重复的。

续　表

弘历《乐善堂全集》		弘昼《稽古斋全集》	
诗　题	出　处	诗　题	出　处
赋得春色满皇州	***谢朓《和徐都曹出新亭渚诗》***	赋得云物望中新	冷朝阳《立春》
赋得好雨知时节	杜甫《春夜喜雨》	赋得露下天高秋气清	杜甫《夜》
赋得波静藻依鱼	*马祖常《海子桥》*	赋得瑞鹤长如太液仙	苏颋《龙池乐章》
赋得泉和万籁吟	崔湜《奉和幸韦嗣立山庄侍宴应制》	赋得穿帘小燕双双好	明宣宗《四景》
赋得绿野含膏润	*阴铿《闲居对雨诗》*	赋得踏花归去马蹄香	伪托杜甫
赋得槐杪清蝉烟雨余	*罗隐《闲居早秋》*	赋得宴开芸阁儒风盛	宋理宗《赐胡大昌》
赋得九歌扬政要	*唐玄宗《首夏花萼楼观群臣宴宁王山亭回楼下又申之以赏乐赋诗》*	赋得虚心高节雪霜中	刘兼《新竹》
赋得鹤舞千年树	陈子昂《春日登金华观》	赋得山气日夕佳	陶潜《饮酒》
赋得晨光动翠华	*《文苑英华》佚名同题之作*	**赋得秋菊有佳色**	**陶潜《饮酒》**
赋得花香能醉蝶	*黄庚《春日西园晚步》*	赋得诸贤直笔擅三长	陆游《史院书事》
赋得独倚修篁看鹤笼	林逋《夏日池上》"独倚新篁看鹤笼"	**赋得春色满皇州**	**谢朓《和徐都曹出新亭渚诗》**
赋得买夏欲论园	苏轼《新年》	赋得梧桐月向怀中照	邵雍《首尾吟》
赋得踏花归去马蹄香	伪托杜甫	赋得不因风雪废谈经	吕大邻《经筵大雪不罢讲》
赋得船痕半载书	林逋《送越倅杨屯田赴阙》	赋得所乐在人和	白居易《太平乐》
赋得晨烟半湿低平野	*冯延登《春雨》*		
赋得白菊为霜翻蒂紫	*皮日休《初冬偶作寄南阳润卿》*		
赋得野径寻梅见小春	曾几《十月一日》		
赋得自锄明月种梅花	刘翰《种梅》		
赋得二月春风似剪刀	*贺知章《咏柳》*		
赋得钓收鹭下虚舟立	*陆游《渔家》*		
赋得沙留鸟篆斜			
赋得碧梧留雨夜声多	*戴炳《四月节景》*		

续　表

弘历《乐善堂全集》		弘昼《稽古斋全集》	
诗　题	出　处	诗　题	出　处
赋得千章夏木清	杜甫《陪郑广文游何将军山林》		
赋得得雨溪声壮	孙应时《题黄岩溪》		
赋得人立藕花风	陈旅《建昌胡氏小有楼》		
赋得波浸一天星			
赋得机杼暗传秋	卢纶《七夕诗》		
赋得落叶满阶风自扫	李开先《秋深村况》		
赋得宫花尚怯寒	杜牧《早春阁下寓直萧九舍人亦直内署因寄书怀四韵》		
赋得辇路净风沙	金幼孜《誓师毕随驾回营中马上赋》		
赋得人行红雨中	杨万里《春日六绝句》		
赋得风梭织水纹	上官婉儿《游长宁公主流杯池》		
赋得羽湿鸟飞迟	萧纲《赋得入阶雨诗》"湿鸟羽飞迟"		
赋得苔石疑文字	何逊《行经孙氏陵诗》		
赋得石剑攒高青	韩愈《答张彻》		
赋得诗情一短笻	《佩文韵府》摘句		
赋得岸痕新雨过	陈必复《舟中得催字》		
赋得蜻蜓立钓丝	杜甫《重过何氏五首》		
赋得八月湖水平	孟浩然《望洞庭湖赠张丞相》		

弘昼集中还有一首五言绝句《沙留鸟篆斜》并没有"赋得"字样，但比对弘历集可知这首原本也应是赋得诗。另有一些以诗句为题的作品有可能原本也是赋得诗，比如《千金市骏骨》《春蚕食叶声》《冬岭秀孤松》《扣月一钟残》《早起闻雀声》之类。

以上两集中赋得诗题的来源主要还是一些大型官修类书或总集，如《文苑英华》《佩文斋咏物诗选》《佩文斋广群芳谱》《御选唐诗》《御选宋金元明四朝诗》

等。由于缺乏文献证明，我们现在只能推测，这些诗题是负责授业的师傅为皇子们选取的，而非出于皇子们自己的阅读喜好。许多诗题都是以季节时令为主旨的，这意味着皇子们首先要学习的是在固定的时间节点创作固定主题的作品。例如，每年春季的朝会，皇子们需要练习写作《赋得春色满皇州》《赋得宫殿百花中》之类的作品进呈御览，而在每年秋季的节庆时，皇子们则需要以类似《赋得七月流火》《赋得秋菊有佳色》的主题进行创作实践。至于其他的皇家活动或朝廷事务，则《赋得瑞鹤长如太液仙》《赋得九歌扬政要》之类的作品理应能够满足特定的宫廷语境。

整体而言，赋得诗的写作思路一般都被诗题严格局限，现仅以弘历的《赋得鹭立芦花秋水明》为例：

> 风起芦洲鹭翻斜，欲飞还竚水程赊。凌波雪羽轻翻节，倒影罗纹皎夺花。宛在伊人深白露，几分秋色淡明霞。遥看景物苍茫意，拟共鸥盟荻浦沙。①

这首诗首联点明题目中出现的三个元素，颔联是围绕鹭与芦花的动态描写，颈联是围绕鹭与秋水静态描写，而最后结尾用想象的方式收结。两位皇子所写的大多数赋得诗都能观察到动静搭配的写作方式和层次推进的结构框架，符合标准的文学审美；由此可见，诗歌训练的目的是让皇子们学会写作的基本规矩，而非强调独特的抒情性。

弘历于乾隆二十三年修订《御制乐善堂全集定本》时，将《乐善堂全集》中所录赋得诗删汰大半，仅存21首。对于已经统治二十余年的皇帝而言，赋得诗中有着大量的“其中多有不甚惬心之句”。尽管弘历早年为《全集》撰写自序时提及“不欲与文人学士争巧”的心态，但越是公开的否定，越是能够证明其内心是将刊行别集、文学竞争、自我标榜等概念混为一谈的。大肆删减赋得诗，其目的正是去芜取精，即便此集是其皇子时期文学素养的“真实”反映，他还是不希望将过多程式化的习作展现给读者。另外，撰写赋得诗本就要求使用相对华丽的措辞，因此容易在道德层面遭受批评——对于皇帝而言，弘历需要向臣子们展现的是宵衣旰食的君王形象，而非一位自幼便沉溺于华采辞章的皇子。

从赋得诗题中亦可观察到，弘历、弘昼对于宋诗也略有涉猎。在康熙时期，

① 爱新觉罗·弘历《乐善堂全集》卷30，第401页。

皇帝重视唐诗，整个朝廷虽未明确地压抑宋诗风格，但馆阁重臣大多是倾向于宗唐的。[①]到了雍正时期，由于皇帝对于诗歌创作的兴趣不大，且此前的诗坛正宗王士禛已经逝去，雍正一朝实际上缺乏一位引领诗坛风气之人。弘历、弘昼在学习诗歌创作时，自然也要从那些庄重典雅的初盛唐宫廷诗入手，但他们对宋代之后的作品并不排斥，譬如弘历有《读苏子瞻题司马君实独乐园诗即用原韵》《读范文正公神道碑用宋陈傅良原咏韵》，弘昼有《拟王禹偁题待漏院》《拟欧阳修丰乐亭诗》等等。[②]

值得注意的是，弘昼的两篇拟作并不是在模仿前人的写作风格，而是将自己代入王禹偁和欧阳修的视角，模拟二人的语气进行再创作。以《拟王禹偁题待漏院》为例：

> 月色朣胧曙色宜，纯臣于此作何思？调和鼎鼐齐房魏，燮理阴阳勉契夔。品物流行天道著，苍生富庶相君施。万钱厚禄非容易，展转无言待漏时。

弘昼是以诗歌的形式，将王禹偁《待漏院记》的内容复述了一遍。换言之，这种写作是纯粹文学技巧层面的训练，而非思想或抒情的训练——弘昼不需要独自思考写作的内容，只需要把前人的文本用自己的语言转述出来即可。

弘历与弘昼的拟作基本上都是在“模拟前人语气”，严格意义上讲，这或许应该被归为传统的“代言体”。例如两位皇子均有《拟苏子瞻游赤壁诗》：

> 弘历：赤壁赤壁何崔巍，清流蹙浪如银堆。我来携客弄小艇，一轮秋月光徘徊。座中洞箫吹莫哀，酡颜恰有新秋醅。眼前好景不易得，何妨磊落玉山颓。君不见红楼绮阁管弦高，富豪子弟争游遨。又不见鼓钟歌舞府中宴，日食万钱殊未厌。惟有清风明月不外求，几人江上为勾留。东方既白且归去，得闲还拟重来游。[③]
>
> 弘昼：黄州景物嘉，与客来赤壁。水底月作心，岩间露成汁。万顷荡茫然，孤舟秋夜寂。曹周今何在，山川犹旧色。无负此良宵，光阴岂易得。是

---

① 潘务正《清代翰林院与文学研究》，北京：人民出版社，2014年，第95—125页。

② 爱新觉罗·弘历《乐善堂全集》卷22、卷23，第313—314、329页；爱新觉罗·弘昼《稽古斋全集》卷8，第411、417页。

③ 爱新觉罗·弘历《乐善堂全集》卷20，第291—292页。

以曩昔时，秉烛游未息。君不见壶中有酒嘉殽堆，东冈月色可徘徊。窈窕之章且莫歌，相与欢饮菊花杯。长江滔滔千古在，物我无尽何伤哉。同游赤壁有今夕，愿常来往开襟怀。①

尽管弘历在诗歌的前半部分使用的是七言，而弘昼使用的是五言，但两人在中间部分均以“君不见”来引出诗歌的下半部分——这间接证明了二人相互唱和的行为，抑或是教师传授了同样的写作结构。

两位皇子的别集中还有数篇类似的作品，如《概括苏子瞻后赤壁赋即用赋字》《拟柳子厚始得西山宴游诗》《拟杜工部洗兵马行》《拟桃花源中人送渔郎出源》《拟渔人复至桃花源不复得路》等等。“模拟前人语气”的写诗模式对于皇子而言是比较合适的训练方式。毕竟皇子生长于宫廷之内，很少能有自由活动的空间，更不必说自己对于世间事物的体会了。与其让皇子自发创作，还不如让皇子们熟悉前人的名篇，掌握其内容与措辞，模拟前人语气，然后将自己放置于一个虚构的语境之内进行再创作，这种方法是比较契合十几岁少年的学习能力，而且也能激发他们的学习兴趣。

对于仍处于学习过程中的皇子而言，赋得诗与模拟之作均有着明确的读者群体——皇子的师傅与雍正皇帝。尽管写诗的原则是吟咏性情，但在实际的操作层面，充满抒情性的诗歌是不会在皇子的别集中出现的。从创作层面来看，抒情性并不是可供判断优劣的标准；整体的结构性、联句的逻辑性、措辞的准确性则是可以明确衡量的，而这也恰恰是师傅在日课时所能够教授给皇子的内容。从期待视野来看，既然雍正皇帝是皇子诗作的首要读者，皇子的文字中就会有意识地控制自己的表述。即便是拥有抒情性的诗作，其能够选择表达的情感也被局限——只有表现出积极情感的诗作才会被收录，例如对于闲适生活的喜爱、对于读书学习的热情、对于圣主盛世的赞美等等，而绝不会出现表现愁苦怨望的诗句。这些现象愈发验证了皇子们在所谓的“从容文墨之娱”之时依然有着准确的期待视野，其作者身份指向的仅仅是单一的读者。

结　论

从弘历与弘昼两部别集的成书过程来看，皇子刊行别集时的期待视野有着明确的针对性。《御制乐善堂全集定本》与《稽古斋全集》中充斥着一些因皇子

① 爱新觉罗·弘昼《稽古斋全集》卷7，第385页。

身份变化而产生的矛盾。一方面，在雍正时期，两位皇子作品的主要读者是雍正皇帝，而在乾隆时期，其读者群体变化为全天下的士人；那些刻意迎合雍正皇帝心理预期的作品，此时已经并不适宜展现给普通读者。另一方面，弘历政治身份的变化，不仅仅让他对于自己的作品产生了新的认识，同样也影响到了弘昼如何审视自己的作品。两部别集的最终面貌，恰恰是作者身份与编者身份在面对不断改变的预期读者后，一再权衡、删减的结果。皇子的期待视野被预期读者所"胁迫"的状态，恰恰是清代皇子别集的特质。

通过比对弘历与弘昼的别集可以发现期待视野的改变，但我们仍需重新审视其他清代皇子的别集以寻找佐证。然而，我们很难从版本情况较为简单的别集中找到编者身份压制作者身份的情况，但是较易观察到其作者身份指向特定读者的情况。总而言之，"期待视野"的复杂性理应是清代皇子别集的最大特色，只是这种特色容易被相对单一的版本情况所掩盖，而既定的研究范式的限制对于别集作者身份与编者身份重合的分析也相对不足。因此，针对清代别集的分析重心或许可以从作者转移至读者，借此还原编集时的原始语境，分析期待视野的变化如何塑造了文献样貌，如此才能更加清晰地理解别集产生过程中的社会性考量。

［作者简介］ 颜子楠，北京师范大学文学院副教授。

初版《全宋词》编纂经过考

万根宁

［摘　要］　唐圭璋将初版《全宋词》的编纂过程总结为“综合诸家所刻词集、搜求宋集附词、汇列宋词选集、增补遗佚”的四个步骤，不过通过比对其在编纂期间发表的一系列文章，会发现实际的编纂经过要复杂得多。四个步骤均曾在编纂的不同阶段分别不止一次地进行，所用文献也曾被反复翻检，这样的编纂过程在一定程度上导致了初版《全宋词》在别集版本方面遗漏善本、在所辑佚词出处标注方面尚多晚近文献的问题。在定稿付印后，书版与定稿又曾毁于战火，这也使得今见初版《全宋词》在部分细节上呈现出较早编纂时期的面貌。

［关键词］　初版《全宋词》　编纂经过　辑佚

唐圭璋曾在自传中这样描述《全宋词》的编纂经过：

我在教学之余，继续研究词学，并于一九三一年起，开始编纂《全宋词》。清陈廷焯撰《白雨斋词话》，曾建议编纂《全宋词》，但他估计得太容易了，以为“月余可成。”我与同门任中敏商量，打算分四步编《全宋词》：一、综合诸家所刻词集；二、搜求宋集附词；三、汇列宋词选集；四、增补遗佚。后来中敏专办教育，他就没有继续编下去。我却坚持原计划，进行搜辑，并旁采笔记小说、金石方志、书画题跋、花木谱录、应酬翰墨及《永乐大典》诸书，统汇为一编，钩沉表微，以存一代文献……先后三次印出《全宋词目录》，分发全国各地，广泛征求意见，并先写成六十家词跋尾，发表在《江苏国学图书馆年刊》上，后又写成四十种词跋尾，发表在《制言》上，作为准备工作。一九三七年，全书初稿完成，由编译馆交上海商务印书馆排印。因其时抗战爆发，上海商务印书馆移到香港排印，于一九四〇年出版线装本。①

此后许多研究在提到《全宋词》编纂过程时皆直接引用以上描述，不过比对初版《全宋词》编纂期间唐圭璋发表的一系列文章可以发现，“综合诸家所刻词集、搜求宋集附词、汇列宋词选集、增补遗佚”只是《全宋词》编纂之初所拟定的简要工作计划，这四个步骤主要是在1933至1934年《词学季刊》刊登《全宋词编辑凡例》《全宋词初编目录》及《全宋词初编目录（续）》之前的初步架构阶段所进行的工作。以上步骤曾在初版《全宋词》编纂的不同阶段反复进行，甚至前一阶段用过的文献，也在后面的阶段再次被翻检查阅，《全宋词》完整的编纂经过，要比这四个步骤复杂得多。通过考察这一编纂过程，可以更清楚地看到唐圭璋对全字头总集的认识。

一、初版《全宋词》编纂情况概述

为了说明初版《全宋词》详细编纂经过，需要先将1931年唐、任准备辑《全宋词》至1940年《全宋词》印行期间，有关当时辑词数量的记载作一梳理：

1932年4月，夏承焘见到唐圭璋《续辑宋金元词目》②。9月，吴梅见到唐圭璋所辑《宋金元三朝词辑》，其中宋人1 031家，金54家，元218家③。12月，唐圭璋在信中告诉夏承焘，近辑佚词又得五十余家④。

1933年8月，《词学季刊》刊登《石刻宋词》一文，序言云“予辑宋金元人词已及千家”⑤。12月，《词学季刊》刊登《全宋词编辑凡例》《全宋词初编目录》（下文皆简称“《初编目录》”）二文，《初编目录》序言称“所辑词人已逾千家，篇章万八千有奇”⑥。

1934年4月，《词学季刊》刊登《全宋词初编目录（续）》。《初编目录》与

① 唐圭璋《唐圭璋自传》，《文献》1981年第2期。

② 1932年4月23日日记：“接唐圭璋信，寄示续辑宋金元词目，比赵万里所辑尤备，足征功力之深，草草未细观。”（夏承焘《夏承焘日记全编》，杭州：浙江古籍出版社，2021年，第2362—2363页。）夏承焘日记未说明以何种历法纪日，疑与吴梅日记同，皆为农历，这里姑且仍用日记原日期。

③ 吴梅九月十六日（公历十月十五日）日记：“唐圭璋至，出示宋金元三朝词辑，多从各家未选录本，一一汇钞，计宋一千零卅二家，金五十四家，元二百十八家，洋洋钜观，可云煞费苦心，余弟子中之翘楚也。”（吴梅《吴梅全集　日记卷》，石家庄：河北教育出版社，2002年，第223页。）

④ 1932年12月1日日记：“接唐圭璋信，谓有意改编《词律》，近辑佚词又得五十余家。”（夏承焘《夏承焘日记全编》，第2426页）

⑤ 唐圭璋《石刻宋词》，《词学季刊》1933年第一卷第二号，第145页。

⑥ 唐圭璋《全宋词初编目录》，《词学季刊》1933年第一卷第三号，第199页。

《初编目录(续)》仅列出《全宋词》计划选用的词集丛刊中各词人收词数,及当时为这部分词人补辑佚词的成果,共计 193 家,录词 15 123 首,《目录(续)》末云“待续”,或将续以赵万里《校辑宋金元人词》(下文皆简称“赵辑”)所辑词人目(当有 60 家,共 986 首),后因故未继续刊登。根据《初编目录》及《初编目录(续)》二文,此时去除原有词集,唐圭璋为已有词集增辑 99 首,辑词总数若以前一年之“万八千有奇”计,则已为无词集词人辑词近三千首。

1935 年《全宋词草目》刊行①,辑佚用书近 200 种(不计词集丛编、文集附词),共辑词人 1 114 家,词作 19 894 首,断句 334 则,较之 1933 年底,又增千余首词。

1937 年 1 月,《全宋词》编成付印,时逢战乱,因此直到 1940 年 5 月,《全宋词》方刊成发行。初版《全宋词》共收词人 1 183 家(不计附录一中已辨仅有伪作的词人),词作 18 708 首,断句 391 则,辑佚用书二百五十余种。以相对较全的附录二《宋词互见表》计,考证误收词 523 首。

对比吴梅所见《宋金元词辑》《初编目录》《草目》与初版《全宋词》所收词人及词作数目,可以看到,在 1932 年 9 月前后,初版《全宋词》便已初具雏形,1933 年底辑录词作数与初版已经相差无几,也就是说,虽然截至 1933 年底,呈现在公众视野的仅是四个步骤中的第一步“综合诸家所刻词集”以及零星辑佚的成果,但这公布出来的内容无疑只是当时实际编纂情况的冰山一角。既然初版《全宋词》的大宗辑佚成果此时已经奠定,而之后《全宋词》竟又继续编纂了三年,那么便需要对比 1933 年初的《汲古阁所刻词补遗》(根据夏承焘日记,《词学季刊》创刊号自 1932 年 7 月开始筹备②,原定在阳历年底出书③,那么很可能早在 1932 年底,此文便已交付龙榆生)、1933 年底的《初编目录》、1934 年初的《四库全书宋人集部补词》、1935 年的《全宋词草目》与最终的初版《全宋词》的差异,以更清楚地了解 1933 年后的工作方向。

二、《汲古阁所刻词补遗》阶段

1933 年 4 月,《词学季刊》创刊号刊登《从〈永乐大典〉内辑出〈直斋书录解

---

① 《全宋词草目》中未注刊印时间,据王兆鹏《唐圭璋先生学术年表》,知印行时间为 1935 年(唐圭璋著,王兆鹏编《词学探微》,北京:商务印书馆,2020 年,第 543 页)。

② 1932 年 7 月 28 日日记:“接榆生复,谓词学杂志决于秋间着手,先出彊村专号;嘱予与圭璋各撰一文,并问蔡松筠君,盼予早写定《词例》。”(夏承焘《夏承焘日记全编》,第 2388 页)

③ 1932 年 8 月 26 日日记:“接榆生复,谓词学杂志至迟当在阳历年底出版。”(夏承焘《夏承焘日记全编》,第 2394 页)

题〉所载之词》与《汲古阁所刻词补遗》(下文皆简称“补遗”)二文。前者为无词集与文集存世的七家词人辑佚词 27 首(其中包含了赵万里已辑《可轩曲林》7 首,唐圭璋又为其增补 2 首),所用《大典》共四卷(误注卷数与赵万里所用不计入内);后者用到《大典》四卷(二文合计共用七卷),以及《全芳备祖》《花草粹编》(下文皆简称“《粹编》”)《词林万选》《历代诗余》四种类书或选集,为汲古阁刻《宋名家词》中的 12 家增辑佚词。《大典》佚词与存世词籍的重合度比较低,从《从〈永乐大典〉内辑出〈直斋书录解题〉所载之词》中仅可见其时自《大典》所辑佚词尚有误收者,如林淳《柳梢青(水月光中)》据《阳春白雪》实为赵汝愚词,至《全宋词草目》时则已删之,说明其时未据《阳春白雪》核对重出误收词。从《补遗》中则可以看到此前《全宋词》编纂情况的更多细节。

《汲古阁所刻词补遗》为汲古阁刻本 61 家词中的 12 家(晏殊、李之仪、程垓、毛幵、陈师道、张元干、陆游、王安中、向子諲、洪咨夔、张孝祥、叶梦得)补遗,其中张元干、陆游、向子諲、张孝祥 4 家,《初编目录》皆用吴氏双照楼影宋本。《初编目录》自汲古阁刻《宋名家词》61 家中选用其中 36 家,而《补遗》仅补 12 家,且无杜安世、陈亮两家,又多叶梦得一家,二者重合度看起来不高,似乎此文并不直接来自《全宋词》的早期成果,而是将当时的辑佚所得与汲古阁刻本进行拟合后得到专为汲古阁刻本补遗之作。但进一步考察《初编目录》所选 36 家汲古阁刻本词集,会发现其中大多数并无唐圭璋所辑词,唐增辑者仅晏殊、毛幵、洪咨夔、程垓、陈师道、杜安世、王安中、李之仪、陈亮 9 家,且其中晏殊、毛幵、洪咨夔、程垓、陈师道、王安中、李之仪 7 家,《补遗》与《初编目录》辑词数相同,而《初编目录》改用吴昌绶景宋本的 4 家中,陆游、张元干、向子諲词景宋本与汲古阁本同出一本而所收篇目稍有出入,张孝祥词则二者版本迥异。更进一步看,初版《全宋词》中,张孝祥词虽用陶湘景宋本《于湖先生长短句》拼配吴昌绶景宋本《于湖居士乐府》,并以吴昌绶本校补陶湘本,但其用陶湘本的部分仍保留了与陶湘本、吴昌绶本不同,而与汲古阁本相同的异文。如《水调歌头(青嶂度云气)》题序,陶湘本作“隐静山中大雨”①,吴昌绶本作“隐静山观雨”②,而初版与汲古阁本皆作“隐静寺观雨,寺有碧霄泉”③;又如《浣溪

① 张孝祥《于湖先生长短句》卷 1,《续刊宋金元明本词》影印本,上海:上海古籍出版社,2012 年,第 732 页上栏。

② 张孝祥《于湖居士文集》卷 31,《景刊宋元本词》影印本,上海:上海古籍出版社,2012 年,第 213 页下栏。

③ 唐圭璋《全宋词》卷 138,香港:商务印书馆,1940 年,第 3 页上栏。张孝祥《于湖词》(卷 1),中华再造善本影印《宋名家词》本,北京:国家图书馆出版社,叶二。

沙(霜日明霄水蘸空)》题序,陶湘本作"荆州约马举先登城楼观"[1],吴昌绶本无题序,而初版与汲古阁本皆作"荆州约马举先登城楼观塞"[2];再如《西江月(楼外疏星印水)》题序,陶湘本作"庾楼陪诸公饮,醉甚,和向巨源、任子严、陶茂安韵,呈周悦道使刻之楼上"[3],吴昌绶本无题序,而初版与汲古阁本皆误作"庾楼陪诸公饮,醉甚,和尚巨源、任子严、陶茂安韵,呈周悦道使刻之楼上"[4],其间由汲古阁本改用吴昌绶本校补陶湘本的痕迹历历可见。也就是说,虽然双照楼影宋本早已印行,且为《初编目录》所用,但在1933年初,尚未被纳入到《全宋词》"综合诸家所刻词集"所用版本中。由此可知,此时还只是大致确定了已有刊本的各家词集之收词篇目,以便开展辑佚工作,关注的重点在集外佚词而非已有词集刊本部分。这个情况在夏承焘日记中也可以找到佐证,1933年1月,夏承焘曾欲与唐圭璋分工合作《全唐五代宋元词》,其所构想的分工方式是唐辑佚词,自己负责整理毛、王、朱、江各家汇刻[5],说明其1932年所见唐辑词目仅为佚词,已有词集者则未列入,但或许由于夏氏此时尚致力于《词例》、词人年谱等其他研究,故未及达成此项合作。

此外还可以看到,《补遗》所列两种类书与三种较晚近的选集,虽不见得是此时所用全部辑佚材料(如1932年8月夏承焘曾在日记中提及唐圭璋用《珊瑚网法书题跋》为元人赵孟頫《松雪斋词》补遗二首[6],《全宋词草目》亦据以辑周文谟等人词,只不过据《珊瑚网》所辑恰巧无此十二家,故此书未出现在《补遗》中;又如1932年10月夏承焘曾将据《渚山堂词话》所辑佚词寄予唐圭璋[7],1934年唐文《〈四库全书〉宋人集部补词》中便出现了据此书辑佚者),但无疑是非常重要的来源,其中有些词作在《补遗》中仅据晚近选集辑,到了《草目》便改用宋人选集、笔记并据以另补更多佚词。如晏殊词,《补遗》从清人选集《历代诗余》补三首,《草目》云此三首皆晏端书本据《历代诗余》补,盖涉《梅苑》而误,另从《花庵词选》(《唐宋诸贤绝妙词选》)

---

① 张孝祥《于湖先生长短句》卷4,第741页下栏。

② 唐圭璋《全宋词》卷141,第1页下栏。张孝祥《于湖词》卷2,叶二三。

③ 张孝祥《于湖先生长短句》卷4,第743页下栏。

④ 唐圭璋《全宋词》卷141,第3页下栏。张孝祥《于湖词》卷3,叶四。

⑤ 1933年1月19日日记:"年来拟从事《全唐五代宋元词》,先从整理毛、王、朱、江各汇刻入手,嘱圭璋专辑佚词,分工合力为之。闻赵万里辑得佚词颇多,有可补本集者,当为书询之。"(夏承焘《夏承焘日记全编》,第2449页)

⑥ 1932年8月19日日记:"发榆生暨南大学函,寄去圭璋《松雪斋词补遗》,《珊瑚网》中补得二首。"(夏承焘《夏承焘日记全编》,第2392—2393页)

⑦ 1932年10月4日日记:"复圭璋函,劝其勿中止辑佚词工作,附去《渚山堂词话》佚词数首。朋辈中有二人著述可垂久远者,一圭璋辑佚词,一榆生注彊村词本事也。"(夏承焘《夏承焘日记全编》,第2406页)

补二首[①]，初版同，可见撰《补遗》时主要是从《历代诗余》中进行初步辑佚，到了《草目》时则进一步考知初步辑佚成果的真伪，并从更早的选集中增加新的佚词；陆游词，《补遗》从《粹编》补《恋绣衾(长夜偏冷添被儿)》《恋绣衾(病来自是于春懒)》《月照梨花(霁景风软)》《月照梨花(闷已萦损)》《江月晃重山(芳草洲前道路)》五首，其中《月照梨花》二首，《草目》与初版改据《中兴以来绝妙词选》，又从此书中补《水龙吟(摩诃池上追游路)》《夜游宫(宴罢珠帘半卷)》《如梦令(独倚博山峰小)》三首，初版又从《耆旧续闻》《剑南诗稿》《四朝闻见录》中补七首并断句一则，亦可见撰《补遗》时所据为明人选集《花草粹编》，其后方从诗集《剑南诗稿》、笔记《耆旧续闻》《四朝闻见录》、宋人选集《中兴以来绝妙词选》中辑得更多佚词。

同时，正是由于此时辑佚用书和词集版本比较均未全面铺开，所以《补遗》中辑词误收情况也相当严重，如李之仪《鬲溪梅令》实为姜夔词，张元干《阮郎归》实为王之道词，陆游《恋绣衾》二首实为辛弃疾词，向子諲《六州歌头》实为刘褒词等，这些误收情况会随着后续工作的展开而逐渐得到改善。

综合上述情况来看，到1932年底，《全宋词》的工作重心主要在于求"全"，即大量地收集佚词上，收集的重点关注对象是《粹编》《历代诗余》《永乐大典》等后出但体量较大的选集或类书，此外如《珊瑚网法书题跋》《道藏》[②]等也已初步翻检。辑佚虽在收集词集丛刻与文集附词的基础上进行，但词集丛刻与文集附词的搜集与比对工作则非此阶段的关注重点。夏承焘曾预期康熙年间编纂的《历代诗余》中当保存了来自未亡佚的《永乐大典》中的内容[③]，这或许也是唐圭璋起初看重《历代诗余》的又一原因，不过从修订版《全宋词》最终自《历代诗余》中辑录词作极少的情况来看，《历代诗余》的修纂者当并未充分利用其时尚存于世的《永乐大典》。

---

① 案《草目》此处排版有误，原文作"又据花庵词选补破卷三补玉楼春绿杨芳草一首破阵子燕子来时一首乃秦观词之误(晏端书珠玉词钞据草堂诗余补如梦令楼外残阳一首据历代诗余补玉楼人去年寻处一首忆人人密传春信一首前村满雪一首皆涉梅苑而误梅苑并不注撰人也兹并不取"(唐圭璋《全宋词草目》，南京：国立编译馆，1935年，第39页)，但《破阵子(燕子来时)》从不作秦观词，作秦观词者实为《如梦令(楼外残阳)》，故这段文字当作"又据《花庵词选》卷3补《玉楼春(绿杨芳草)》一首、《破阵子(燕子来时)》一首(晏端书《珠玉词钞》据《草堂诗余》补《如梦令(楼外残阳)》一首，乃秦观词之误；据《历代诗余》补《玉楼人(去年寻处)》一首、《忆人人》'密传春信'一首、'前村满雪'一首皆涉《梅苑》而误，《梅苑》并不注撰人也。兹并不取)。"

② 夏承焘1933年3月1日日记云"圭璋近于《道藏》中得金元方外词达四百页之多，可谓惊人奇迹矣。"(夏承焘《夏承焘日记全编》，第2464—2465页)《全宋词》与金元词的辑佚是同步展开的，只是此时自《道藏》辑词或许不够彻底，《全宋词草目》中还未见引及《道藏》书目，至初版《全宋词》中方引《了明篇》等。

③ 1931年8月9日日记："《历代诗余》，清初辑此书，《永乐大典》尚在，有许多材料，今所难见者，故极可宝贵。宋元专集，清初人所未见者，则可依调补入。此书一出一入，皆编《全宋词》初步重要工作也。"(夏承焘《夏承焘日记全编》，第2263页)

三、《全宋词初编目录》阶段

为汲古阁所刻词补遗时尚未进行的词集丛刻版本比对工作，在1933年底至1934年初的《初编目录》中始初步开展。《初编目录》与《初编目录（续）》计划用汲古阁《宋名家词》、四印斋所刻词、江标《宋元名家词》、吴昌绶《景刊宋元本词》、《彊村丛书》、易大厂《北宋三家词》作为《全宋词》中"综合诸家所刻词集"的主体部分。在《初编目录》中可以看到，吴昌绶双照楼影宋本词别集11家尽被收录（陶湘续刊则不知为何完全遗漏），说明此时的《全宋词》已开始从求"全"转向求"善"吴氏影宋本，陶氏影宋元本不知何故未用，南京所藏明钞、明刊本则更不见采。同时刊出的《全宋词编辑凡例》里特为表出选用善本四家，其中叶氏景宋本《淮海词》刊于1930年，彊村四校本《梦窗词》刊于1932年，《晨风阁丛书》本《平园近体乐府》（以全集附词校汲古阁本）刊于1909年，惟四印斋本《白石词》（据陆氏刻本刊。江苏省立国学图书馆于1934年12月前已藏陆氏原本，但此本非丁氏旧藏，不知是否入藏时间迟于《编辑凡例》，此外图书馆还藏有《四部丛刊初编》影陆氏本）刊刻时间稍早，以上四家中惟淮海词是以"早"为善的善本，吴文英词与周必大词则为近人校勘本。双照楼影宋本与1900年前后刊印的几种版本之外，《初编》最重《彊村丛书》，《彊村》所收120家宋人词别集中，105家为《初编》全部采用，未用者皆因《彊村》所收版本篇目较少之故，此外1934年4月的《初编目录（续）》中还增加了来自1934年3月出版的易大厂编校《北宋三家词》的内容。以上情况一方面可以认为是清末民初词籍校辑刊刻热潮为编纂《全宋词》打下了坚实的基础，使得《全宋词》虽不像清编《全唐诗》《全唐文》那样已有蓝本且倾举国之力，仍能在两三年内初见雏形，但另一方面也可以说明，初版《全宋词》本就暗含了总结一个时代词学文献研究最新成果的立场，这一点最明显地体现在《初编》对《彊村丛书》《校辑宋金元人词》和《北宋三家词》的倚重上。

《初编目录》中未标明辑词出处，不过这一阶段的辑词情况可以由同期刊登的《〈四库全书〉宋人集部补词》得知。《〈四库全书〉宋人集部补词》为《四库全书》中47家有文集词人补词126首，用书26种（不计实为转引者），此时所引书目中新增许多宋人选集、笔记和词话，《大典》亦增引三卷，但所录词仍有已经用到过的更早出处已收却据晚近选集录入的情况。如王安礼《万年欢（雅出群芳）》注据《粹编》（此词直到修订版始改据《梅苑》），惠洪《虞美人草（城里久偷闲）》注据《粹编》引《冷斋夜话》（《草目》改据《苕溪渔隐丛话》引《冷斋夜话》,此书已见于《〈四库全书〉宋人集部补词》,但此首却据《粹编》引)。但文中所标出处与实际来源不符的情况较为普遍,如司马光《阮郎归(渔舟容易入深山)》注出《青箱杂记》,经校文本,知实从《粹编》转引(稗海本《青箱杂记》卷八首句作"渔舟容易入春山"[①]);洪迈《临江仙(绮席流欢欢正洽)》,注出《夷坚志》但未注卷数,实从《绝妙好词笺》或《词综补遗》转引(涵芬楼铅印本《夷坚志》支景卷八"流欢"作"留欢"[②],"十分秋"作"十分春"[③],"匆匆"作"葱葱"[④],"蹑东风"作"揖东风"[⑤],《绝妙好词笺》仅"十分秋"作"十分春"[⑥],《词综补遗》仅"流欢"作"留欢"[⑦],余皆与此文同);王安礼《点绛唇(秋气微凉)》注据《倦游杂录》,但《倦游杂录》卷三作王平甫(王安国)词[⑧],《粹编》引《倦游杂录》作王和甫(王安礼)词[⑨]。另外,此文中已经出现一些辨误的案语,如曾巩后案云据《梅苑》知《历代诗余》载《洞庭春色》一首为无名氏词,《历代诗余》涉前首而误,韩驹后案云据《归潜志》(金人笔记)知《词综》载《昭君怨》一首为完颜亮词,说明随着用书范围的扩大,《全宋词》已对《永乐大典》《历代诗余》等类书与晚近选集中的误收误署词进行了初步考订。综合以上情况来看,在1933年底至1934年初的这段时间,《全宋词》的工作重点是初步比较和选择词集版本(此时主要是在丛刻与晚近影印本中选择),继续增加新辑佚词,以及根据新用文献对已有误收词加以考证。

四、《全宋词草目》与《全宋词跋尾》阶段

《初编目录》中只是大致整合了几种丛刊与辑词,到1935年《全宋词草目》刊出时,词别集版本的选择有了进一步的细化,《初编目录》中未用的陶湘续刊本替换了部分原用彊村本或江标《宋元名家词》本的内容,又用《初编目录》未用的版本替换和增补了一些词人作品,同年《全宋词跋尾》的刊出,标志着初版《全宋词》近百家词集的版本已基本选定。

比对陶湘续刊十家宋元本词别集在《草目》中替换原定版本的情况,可以更清楚地看到《全宋词》在较早版本与名家精校本之间进行取舍的立场:

---

① 吴处厚《青箱杂记》卷8,天津图书馆藏明万历间刻康熙间补刻《稗海》本,叶二。

②③④⑤ 洪迈《夷坚志》支景卷8,铅印本,上海:涵芬楼,1920年,叶四。

⑥ 周密辑,查为仁、厉鹗笺《绝妙好词笺》卷1,影印道光八年刻本,上海:上海古籍出版社,1984年,第12页。

⑦ 陶樑《词综补遗》卷4,中国国家图书馆藏道光十四年刻本,叶一五。

⑧ 张师正撰,李裕民校点《括异志　倦游杂录》,上海:上海古籍出版社,2012年,第95页。

⑨ 陈耀文《花草粹编》卷1,中国国家图书馆藏明万历十一年刻本,叶六〇。

陶氏影印词集版本	初编目录所用版本	草目所用版本
贺铸(残宋本《东山词》)	彊村丛书本(残宋本。去其已见《贺方回词》之八首)	同初编目录
黄庭坚(宋本《山谷琴趣外篇》)	彊村丛书本(据劳校移写,后以宋本校之,又以祠堂本等校补)	同初编目录
周邦彦(黄氏旧藏宋本《详注周美成词片玉集》)	彊村丛书本(毛氏旧藏宋本《详注周美成词片玉集》)	四印斋本(明影钞元巾箱本《清真集》)
辛弃疾(宋本《稼轩词》甲乙丙集)	未云何本。从所用为甲乙丁集来看,如非陶本甲乙集拼赵辑丁集,则为天津图书馆藏《百家词》本甲乙丙丁集。无论是陶本拼赵辑还是用津图本,都可凑齐甲乙丙丁四集,其中溢出长短句(十二卷本)者 20 首,而《初编》仅注云从甲乙丁三集中各辑一首。从初版《全宋词》中乙丁二集(甲集仅一首)录词次序与四卷本原序不同来看,《初编》据四卷本辑词颇多失收,故有此注。	未云何本,仅说明从四卷本中补词 15 首①,后记中提到了津图《百家词》本、双照楼续刊景宋本(即陶湘本)、赵辑所刻丁集,以及梁启勋编年本《稼轩词疏证》。此时尚无涵芬楼影印汲古阁影宋抄本,校初版《全宋词》与汲古阁影宋抄本、陶湘本、津图《百家词》本、梁启勋编年本,文本皆有不同。
辛弃疾(明小草斋钞本《稼轩长短句》)	四印斋本(元刊本)	同初编目录
张孝祥(宋本《于湖先生长短句》)	(初编目录仅收吴氏影宋本《于湖居士乐府》)	陶湘本
赵以夫(汲古阁影宋抄本《虚斋乐府》)	江标宋元名家词本(汲古阁未刻词本)	陶湘本
蒋捷(缪荃孙摹元钞本《竹山词》)	彊村丛书本(过录元钞本)	同初编目录
刘克庄(宋刊《后村居士集》本)	彊村丛书本(刘喜海藏钞《后村先生大全集》本,又以张金吾钞天一阁大全集本、宋刻《后村居士集》本、汲古阁刻《后村别调》本、《阳春白雪》等校之)	同初编目录
方岳(元刊《秋崖先生小稿》本)	四印斋本(况周颐钞校本)	同初编目录
刘学箕(明影元钞本《方是闲居士小稿》本)	彊村丛书本(丁氏旧藏清抄本《方是闲居士小稿》本)	同初编目录

① 《草目》先以辛启泰辑本补十二卷本(辛启泰自《永乐大典》辑词以补汲古阁刻本,而汲古阁刻本与十二卷本收词大致相同,因此《草目》以辛启泰本补十二卷本),又以四卷本补,因此自四卷本仅补 15 首。初版虽改变了辛启泰本与四卷本之间的先后次序,但并未因此改变从二本中收词数。

周邦彦词用以明钞元本为底本的四印斋本，而不用以宋本为底本的彊村本或陶本，据周邦彦后记中的说明，是因陶本“多破体字及涂抹之处”[①]，《全宋词跋尾》又补充说明，“四印斋用明本，而以陈注本校订，文字最胜”[②]，在后来的《审稿笔记》中，王仲闻亦问及用四印斋本而不用宋本的缘故，唐圭璋则指出宋本有“多省体字、分阕双拽头、有全黑涂迹、注有脱略、字有脱误”[③]的缺点，总之，唐氏将周词底本由彊村本改用四印斋本，而舍弃陶本不用的原因，是其认为四印斋本讹缺较少，文字胜于他本。四卷本《稼轩词》的情况比较复杂，难以从初版《全宋词》判断所据底本，只能排除文本差异最大的津图《百家词》本，姑置不论。十二卷本《稼轩长短句》四印斋所据底本早于陶本所据底本，因此《草目》仍保持原版本未改（辛词诸本中，《彊村丛书》仅收录辛启泰辑《稼轩集》本，与陶本所收之四卷本、十二卷本皆不同）。除以上三种特殊情况之外，从上表可以看到，《初编目录》原用《彊村丛书》本者，《草目》均沿袭未改，而《初编目录》原用四印斋本或江标刊本者，《草目》则基本改据陶本。在《草目》沿用彊村本的别集中，刘克庄集彊村本收词数远多于陶本，其他四家词，彊村本与陶本所据版本皆属同源，陶本的底本多为宋本或元明旧本，而彊村本则属于精校本。由此可见，《全宋词草目》例言云“是编采用之词集以善本为主”[④]，其定义的“善本”，更多地偏向于晚近精校本，尤其是朱孝臧所校，在彊村本之外，再优先选择早期版本。

《草目》中还首次出现了“毛斧季校本”，即毛扆、陆贻典校《宋名家词》本中的校记，如程垓名下有“毛本《书舟词》一百五十六首，毛斧季校本补《意难忘（花拥鸳房）》一首，毛本《东坡词》有此首，但《粹编》卷九作书舟词，斧季殆据此补入”[⑤]，此首《补遗》中正是据《粹编》辑作程垓词，而《草目》据《粹编》考证了毛扆所补的来历；又如李之仪名下云“毛本《姑溪词》八十六首，据毛斧季校本补八首”[⑥]。从《草目》来看，唐氏是将汲古阁刻本与陆、毛校记明确区分开的，陆、毛校记仅用于辑补佚词，而词集主体仍是汲古阁刻本，不过对照《全宋词跋尾》与《续录》可知，此时《全宋词》稿多已据陆、毛校记校改讹缺，如杜安世《寿域词》、陈师道《后山词》等，据陆、毛校记校改的词集主要集中在《跋尾》中。此

① 唐圭璋《全宋词》卷 69，第 24 页下栏。
② 唐圭璋著，王兆鹏编《词学探微》，北京：商务印书馆，2020 年，第 238 页。
③ 王仲闻撰，唐圭璋批注《全宋词审稿笔记》，北京：中华书局，2009 年，第 93—94 页。
④ 唐圭璋《全宋词草目》例言，南京：国立编译馆，1935 年，第 1 页。
⑤ 唐圭璋《全宋词草目》，第 56 页。
⑥ 唐圭璋《全宋词草目》，第 19 页。

外，《初编目录》阶段仅见于《全宋词编辑凡例》的宋本《淮海词》，此时也正式标注于秦观名下，同时更换版本的还有叶梦得（以道光二十九年叶廷琯刊本替换汲古阁刊本[①]）、陈与义（以汲古阁刊本替换《彊村丛书》本。但彊村所据鲍校本与汲古阁本差异不大，按照初版《全宋词》的惯例，断无舍彊村而用汲古阁者。初版《全宋词》书末索引与《草目》同，正文中却为《彊村丛书》本，疑《草目》此处亦误注，实际未改版本）、刘过（以《蟫隐庐丛书》本替换《彊村丛书》本[②]）、林正大（以黄丕烈旧藏明刊本替换江标刊本）、方岳（以陶湘影元本替换四印斋本）五家（其中林正大词版本，《草目》未及改，但《草目・例言》与《跋尾》已改；方岳词版本，《草目》未及改，《跋尾续录》改之），另有葛胜仲（以集本补）、张继先（以钞本补）、赵长卿（以钞本补）、张伯端（杨易霖补[③]）、向滈（以明钞本补）、吴文英（《草目》中仍仅据彊村四校本收 240 首，至《跋尾》中则云据四校本收 256 首，又补以《彊村丛书》补编词 84 首，共计 340 首，疑《初编目录》与《草目》计数有误）、王之道（以《四库全书》集本补）、刘辰翁（以文澜阁藏钞本《刘须溪集略》补）、何梦桂（以明成化刊本《潜斋先生文集》补[④]）九家，以文集附词或他本增补（后五家为《跋尾》或《续录》始改，可见《跋尾》成文时间当略迟于《草目》）；又有洪瑹、黄升等，据《花庵词选》删汲古阁本误收词；吕渭老（以明钞本校）、蔡伸（以明钞本校）、葛剡（以鲍校明钞本校）、杨炎正（以傅增湘校本校）等十余家，以其他版本校改（这些仅校改讹脱，不涉及篇目增删的情况，见于《跋尾》与《续录》中）。可见此时对于词集版本及文集附词的调查和比较，已较《初编目录》深入且具体很多。

《草目》详细标出了所有词人及佚词来源，与初版《全宋词》相比，无论是辑词数量还是出处均已相差无几。如寇准佚词，《〈四库全书〉宋人集部补词》据《花庵》辑《踏莎行》《点绛唇》二首，据《粹编》辑《甘草子》《阳关引》二首，《草目》

① 叶廷琯刊本以道光十八年叶光复承恩堂刊本为底本，但不知叶光复本以何本为底本，此本又附补遗一卷，为潘曾沂、戈载据《花庵》《雅词》《备祖》等辑录四首。叶廷琯刊本与汲古阁刊本相比，收词数多补遗四首，又有叶氏、潘氏、戈氏校记，属于精校本。此外叶梦得词另有天津、北京藏两种明钞本。《江苏省立国学图书馆书目》仅著录汲古阁本、汪氏覆刻汲古阁本、承恩堂本、《中国文学珍本丛书》本以及一种“杂刊本”，《中国古籍总目》亦未著录南京有叶廷琯刊本，《八千卷楼书目》却有叶廷琯刊本，今南京图书馆也确实藏有一部叶廷琯刊本，唐圭璋所见也确为叶廷琯本，《国学图书馆书目》等著录或有遗漏。

② 《蟫隐庐丛书》本乃罗振常以天一阁旧藏明正统间沈愚刻本《怀贤录不分卷龙洲词一卷》中的《龙洲词》为底本，另以明嘉靖间王朝用刻文集本附词、汲古阁刻本、《彊村丛书》本校，沈愚本有 31 首为彊村所据丁氏藏旧钞本未收者。刘过词在《草目》中虽注用蟫隐庐刊本，但到了《跋尾》中则说明用蟫隐庐底本即明沈愚本，另补以《彊村丛书》等书中所载之词，与初版《全宋词》实际使用的版本相同。

③ 杨补不知何书，初版索引同《草目》，但正文已改据（道藏）《悟真篇拾遗》。

④ 《草目》中仍仅据四印斋本，至《跋尾》中则云以成化刊文集本校补四印斋本。

将《甘草子》出处改为《湘山野录》[①],《阳关引》出处改为《类编草堂诗余》,又增加了对于诗体词《江南春》的说明。初版仅在此基础上将《踏莎行》《点绛唇》出处改为《雅词》,又由于凡例的改动,而将《草目》不收的《江南春》改作附录;又如洪迈词,《〈四库全书〉宋人集部补词》仅辑《踏莎行》《临江仙》二首,其中《临江仙》注出《夷坚志》而未注卷数,实从《绝妙好词笺》转引,《草目》补充卷数为支丙卷六(实际当为支景八,但初版《全宋词》仍沿误,至修订版方纠正),又从《夷坚志》《盘州乐章》补辑二首,其后初版在此基础上仅增断句一则。

五、初版《全宋词》的定稿

从《草目》《跋尾》到初版,是对 1934—1935 年工作的延续,这两个阶段的工作重心是相通的,皆着力于以善本替换原有版本,以更早出处替换原来较晚近出处,校改讹脱、增加佚词以及辨伪。不过相较于之前,这一年对底本的改动或校本的增加都少了很多。

初版在《草目》基础上替换版本者仅王沂孙(以孙人和校本替换四印斋刊本)一家,据他本增补者仅陆游(以《剑南诗稿》补)一家,增加校本者则如陈师道词(以何焯校本校汲古阁刻本[②])等。此外亦有误注出处者,如姚勉词注用"陶本《雪坡词》"[③],然而陶湘《续刊景宋金元明本词》中并无姚勉,《中国古籍总目》等各种书目中亦无陶本《雪坡词》,《跋尾续录》与初版后记又将校江刻本之校本称为"影宋本《姚舍人文集》"[④],后于《全宋词审稿笔记》中方知,初版所用实为南京藏影宋钞本《雪坡姚舍人文集》[⑤]。初版《全宋词》的这一误注导致《宋词版本考》中有将影宋钞本、《豫章丛书》本与"双照楼景印宋本《姚舍人文集》本"[⑥]分别列为三条之误,饶宗颐《词集考》亦据初版后记著录"双照楼影印

---

① 《草目》仅于词人名下注出处及辑词数,未具体到每一首词作来源于何书,但根据原书及初版《全宋词》收词情况,可以推断《草目》中各词来源,下文所述《草目》改出处情况,即如此推定。

② 何焯校本为明弘治马暾刊本《后山先生集》附词。陈师道词文集本与明钞词集本同源。

③ 唐圭璋《全宋词》卷 250,第 7 页上栏。

④ 唐圭璋著,王兆鹏编《词学探微》,第 277 页。唐圭璋《全宋词》卷 250,第 7 页上栏。

⑤ 王仲闻询问:"姚勉词一卷,原注出陶本雪坡词,当以文字几全依江标刻本,疑陶本乃江本之误,尊示云:'陶本'。如非江本,则后记所云某字改,某字删,某字补,俱无着落。'陶本'二字是否无误,后记应否修改,请查示。"唐圭璋回复:"过去谈过。陶本根本无姚勉词。是错的。原文据改乃用影宋钞本《姚舍人文集》。所以著江本之误,因为江本普遍,注明传误者便于查考。"(王仲闻撰,唐圭璋批注《全宋词审稿笔记》,第 142 页)二人对话中提到"著江本之误",是指初版姚勉词后记中"影宋本《姚舍人文集》词三十二首,江刻本《雪坡词》同,惟脱误颇多,兹并据影宋本改订,如江本《贺新郎》'问天天、功名两字',上'天'字改作'苍'……"(唐圭璋《全宋词》卷 250,第 7 页上栏),后记意指用影宋抄文集本校改江本,王仲闻因词后误注陶本,故以为后记中的影宋本即陶湘所刻、初版用陶影宋刻本校改江本,故有此问,实则并无陶影宋刻本,初版或定稿时误以所用影宋本皆为陶湘所刻,故注据陶本,致使其后凭空多一陶影宋刻本。

⑥ 唐圭璋《宋词四考(修订本)》,南京:江苏古籍出版社,1985 年,第 165 页。

宋本《姚舍人文集》附词三十二首”①。

《跋尾》和《续录》所载词集已多据陆贻典、毛扆等校记校补汲古阁刻本，此二文仅举若干异文校例，在初版《全宋词》则可以看到校改的具体情况。初版中有“校毛本”“毛校本”等多种称呼，不过这些称呼所指皆同，与“傅沅叔校本”②“何义门校本”③等一样，皆指以某校本对原底本校改讹缺（在《全宋词草目》与初版《全宋词》的例言中可以看到，《草目》与初版的校勘原则就是校讹缺而不校异文④），如校本与底本编次不同，则《全宋词》编次仍依底本，也就是说，初版中改为“毛校本”或“傅增湘校本”等者并非替换底本，而是标注的是主要校本，与《跋尾》和《续录》中仅描述为以某校本校正者（如李之仪《姑溪词》，《跋尾》云“毛刻《姑溪词》八十六首，陆敕先依集本增补八首，可贵之至。原刻脱误，不一而足，亦并得据以校正”⑤），实际情况并不同。陆贻典、毛扆、黄仪皆在同一本汲古阁刻本上留下校记，但初版中根据这些校记校改汲古阁刻本的词集版本也统称为“毛校本”或“校毛本”。如方千里词版本，在索引中称为“毛扆校本”⑥，在正文后注“以上校毛本《和清真词》九十三首”⑦，在后记中则称为“毛校本”⑧，皆指以毛校校记改毛刻本讹缺；李之仪《姑溪词》有陆贻典校记，《跋尾》亦说明是陆校，陆校所补词后以及后记中皆云陆校，而据汲古阁刻本收录词后及索引中亦称为“校毛本”⑨“毛校本”⑩；校本与底本编次不同者则如晏殊《珠玉词》，初版编次与汲古阁刻本同而与校记（《珠玉词》校记中未写明是何人所校）异，但仍称所据版本为“毛校本”⑪。

初版在《草目》阶段的基础上作的更多改动是继续更改出处和增辑佚词，如前文中已经提到的寇准《踏莎行》《点绛唇》二首由据《花庵》改为出自《雅词》；再如惠洪《渔家傲》组词，《四库全书宋人集部补词》仅据《词统》辑其中六首，《草目》改据《冷斋夜话》辑其中七首，初版则从《石门文字禅》辑得八首。《草目》所载断句亦有遗漏，如《〈四库全书〉宋人集部补词》中已辑韩琦《维扬

① 饶宗颐《词集考》，北京：中华书局，1992年，第234页。

② 唐圭璋《全宋词》索引，第31页下栏。

③ 唐圭璋《全宋词》索引，第24页下栏。

④ 《草目》凡例云“词集中如有讹脱，则据他本订补，如汲古阁刊本词并有讹脱，则据毛斧季校本订补。至详细之异文校记，则以是编意主网罗，故不附录”，初版例言在汲古阁刊本的例子后增“他如文集旧钞足以订补词学丛刻者，并取以校”（唐圭璋《全宋词草目》例言，第2页。唐圭璋《全宋词》例言，第2页上栏）。

⑤ 唐圭璋著，王兆鹏编《词学探微》，第239页。

⑥ 唐圭璋《全宋词》索引，第1页下栏。

⑦⑧ 唐圭璋《全宋词》卷71，第15页下栏。

⑨ 唐圭璋《全宋词》卷70，第12页上栏。

⑩ 唐圭璋《全宋词》索引，第9页上栏。

⑪ 唐圭璋《全宋词》索引，第20页下栏。唐圭璋《全宋词》卷26，第16页下栏。

好》断句,《草目》失收,初版补足;此前诸文未辑断句如洪迈《六州歌头》、王迈《沁园春》、石延年"一分素景"等,初版亦补辑[①]。同时,通过包括上引三则断句在内的许多新增或改出处的断句、词作皆出自《草目》已用书(如寇准二首改据《雅词》,洪迈断句出自《容斋随笔》,王迈断句出自《齐东野语》,石延年断句出自《岁时广记》)还可以看出,在《草目》至初版的阶段,除了从新引书中增加佚词外,还对已用书进行了复核,据以改注出处和补辑之前漏收词作,因此虽然从辑佚用书和辑词来看,初版较《草目》增加的数目皆少于之前的阶段,但此阶段的工作量却并不比之前少。

此外值得一提的是,夏承焘日记中曾提到1938年4月唐圭璋曾言及《全宋词》版及稿俱毁于战乱[②],12月又称书已排版[③],从现有证据来看,这次事故当对初版《全宋词》造成了一定影响,使得重新排版的初版《全宋词》与1938年定稿时稍有不同,在部分内容上呈现出早于定稿的面貌,如卢祖皋《蒲江词》在《初编目录》中已确定使用收词96首的《彊村丛书》本,《草目》《跋尾》亦同,初版卢祖皋索引亦云据《彊村》本[④],然而实际所用为仅收词25首的汲古阁本(且正文词后未注版本),这样大的失误很难认为是由于定稿时误用版本,更近于定稿损坏后,使用手头的工作本重新排版,仓促间将底本换成了校本所致。再如司马光《阮郎归(渔舟容易入深山)》,《〈四库全书〉宋人集部补词》注出《青箱杂记》,但未注卷数,经核对异文,此时实从《粹编》转引,《草目》补注"《青箱杂记》卷八"[⑤],初版却据《粹编》收录,这也很难认为是定稿时另有考量,更近于仓促重录,未注意已有更早出处所致。

综上所述,初版《全宋词》经历了"大致综合诸家所刻词集——从几种晚近选集、类书中大量辑词——初步比对诸家丛刻及晚近刊本词别集、从早期选集及笔记中辑词、开始对辑词进行考证——用较早或精校本更换部分词别集版本、增加他本及文集附词中溢出词、为更多所辑佚词找到更早出处并加以考证——为词别集增加参校本并据以校订讹缺——重复以上步骤、复核所用文

---

① 此外,《草目》与初版皆据赵辑收录词作的词人,《草目》皆未计赵辑断句,如万俟咏、王诜等,不过这当是由于赵辑中各家收词目录皆未列断句,《草目》仅依赵辑目录计数,未核查实收篇目的缘故,这些词人断句,初版皆据赵辑一一收录。

② 1938年4月7日日记:"接榆生片,谓圭璋书来,宋词版及稿俱毁于上海商务印书馆,可为浩叹,前日圭璋宜昌书来,未尝及此,当再作书询之。"(夏承焘《夏承焘日记全编》,第3033页)

③ 1938年12月27日日记:"访仇亮卿于同孚路,见唐圭璋成都一函,甚慰。晚作一书告半年行迹,闻其全宋词已排,就将出书,此大可贺。"(夏承焘《夏承焘日记全编》,第3155页)

④ 唐圭璋《全宋词》索引,第40页上栏。

⑤ 唐圭璋《全宋词草目》,第10页。

献”的曲折编纂过程，在定稿付印后，又遭遇书版与定稿毁于战火、仓促间重新排印的灾厄，使得今见初版《全宋词》在部分细节上呈现出较早编纂时期的面貌。

先从晚近的大型选集和类书中辑词，能在较短时间内集结起大量佚词，并在由后及前的推进过程中，逐步考清成书于不同时代的词籍文献的材料来源、误收情况等。不过初版在编纂过程中逐渐用更早文献替换原据晚近出处的做法更多地出于唐圭璋潜意识中对更高学术目标的自觉追求，而并非如《校辑宋金元人词》一般在体例上对辑词出处的标注作出明确规定，因此初版虽多次复核已用文献，仍多有未注已在别处用过的更早出处的情况，唐圭璋在《全宋词审稿笔记》中亦云，“由于最初辑词时，并未自上而下，故有时已经采取后一种书，以前有过的就未另改了”①。与之相似地，先用晚近丛刊拼出全书的大框架，能够迅速完成“综合诸家所刻词集”的工作，进入辑词环节，但也因为全书的基本框架早已确定，后续用较早版本替换晚近丛刊本的阶段，便只会做一些局部的改动。因此，初版《索引》中所列版本往往只是参校本而非真正底本，《例言》虽称“是编采用之词集以善本为主”②，实际却未能充分利用到当时南京所藏善本，如谢逸的明钞《宋二十家词》本（初版用陆贻典、毛扆校记校改汲古阁本，但《宋二十家词》本中保留了一些独特的异文，即以初版校讹脱不校异文的标准来看，仍有可资校正者，如《采桑子（冷猿寒雁淮山远）》中“到时乳鹊喧梧影”，诸本皆作“乳鹊”，惟此本与大典辑本作“乾鹊”）等。

［作者简介］ 万根宁，复旦大学中文系博士生。

① 王仲闻撰，唐圭璋批注《全宋词审稿笔记》，第225页。
② 唐圭璋《全宋词》例言，第1页上栏。

宇文所安与世界中的中国文学

洪　越

［摘　要］　宇文所安的学术研究对半个世纪以来英语世界中的中国古代文学研究影响深远，这与他力图将中国古代文学引入英语读者的视野、希望使之成为英美文学资源，将中国文学研究引入美国的文学研究领域、尝试与其他文学的研究者对话这一关怀息息相关。他的著述在国内的古代文学、比较文学、新诗批评等领域也引起很多讨论，是世界中的中国文学研究回到中国并与中国的文学研究产生互动的例子。因此，"世界中的中国文学"可以作为考察宇文所安学术的切入点。将宇文所安的研究分别放在英语世界和中国各自的学术脉络中讨论，既可以阐发宇文所安研究的特点和变化，也可以通过宇文所安著述引发的讨论考察半个世纪以来美国、中国的中国古代文学研究各自的关怀和视角，它们如何互相呼应，交织出世界中的中国文学研究图景。宇文所安在把中国文学引入英语世界时对跨文化、跨语际交流中不对等权力关系的警惕，以及他对如何使中国文学既具有普遍性却又不用西方标准衡量、如何摆脱中国文学研究在欧美的学术环境中的边缘地位的多种尝试，在探索中华文化与全球文明关系的今天也具有参考价值和启发意义。

［关键词］　中国古代文学　比较文学　世界诗歌　文学史　翻译　宇文所安

从1975年出版第一本专著，宇文所安的研究、翻译和教学对半个世纪以来英语世界中的中国古代文学研究的影响，可以说是首屈一指的。在中国，他的所有专著和大部分文章都被译为中文，在古代文学、比较文学，甚至新诗批评的领域引起讨论和思考，可以说是影响最大的北美汉学家①。

2018年宇文所安退休时，为致敬他在中国文学研究领域作出的贡献，哈佛大学、耶鲁大学合办了题为“重审世界中的中国文学”（Reconsidering Chinese Literature in the World）的国际学术研讨会。这里的“世界中”，并非借用歌德强调的世界乃是不断变化的状态和经验的“世界中”（being-in-the-world）概念，也不同于王德威在《哈佛中国现代文学史》中提出的从中国现代文学中“不仅观察中国如何遭遇世界，也将‘世界带入中国’”的“世界中”②，而是指回顾中国古代文学研究在过去半个世纪的变化、展望这一研究领域在全球化时代的发展方向和可能。实际上，“世界中的中国文学”也是深入了解宇文所安学术研究的很好切入点，表现在三个方面。

第一，“世界中的中国文学”呼应了宇文所安的学术关怀，即思考中国文学与文学的关系、中国文学研究与文学研究的关系。他力求把中国古代文学引入英语读者的视野，希望使之成为英美文学资源的组成部分，正如英美现代诗已是中国现代汉语诗歌的重要资源。他希望有一天《红楼梦》在美国不只被视为中国文学名著、或者了解中国文化的窗口，只被那些对中国文化感兴趣的学生阅读，而是被看作是伟大的小说，就好像《堂吉诃德》首先被看作是伟大的小说，其次才是西班牙文学。同样的，他希望把中国文学研究引入文学研究领域，与其他文学的研究者对话，主张把中国文学本身当作研究对象，而不是像“汉学”或“中国学”那样，把文学当作材料去考察中国的社会和文化。这些学术关怀是宇文所安的研究、翻译和教学的起点，其意义值得进一步探讨。

第二，宇文所安的研究是世界中的中国文学研究的一部分，其在英语世界的影响、所引起的讨论，折射出半个世纪以来英美中国古代文学研究的特点。宇文所安主张中国文学是文学研究领域的一部分，因此研究中国文学不仅要熟悉中国文献，也要熟悉西方文学理论和文学批评，他自己的中国文学研究也与西方文学理论、学术思潮有着密切的关联。他在20世纪70、80年代的中国诗歌研究中的一个显著的方法就是用西方文学批评话语分析中国诗歌，90年代以后的研究则从当时美国兴盛的文化研究、重写文学史的理论和实践中汲取灵感。但显然，把西方的文学理论当作文学的普世理论来分析非西方

---

① 宇文所安论著在中国台湾的译介和影响不在本文讨论范围之内，相关研究参见陈雅琳《洞见与想象：宇文所安研究的台湾影响初探》，《中国文哲研究通讯》2018年总第28卷第1期。

② 王德威《“世界中”的中国文学》，《南方文坛》2017年第5期。

文学，存在着西方中心主义的危险，而打破西方中心主义在 20 世纪 80 年代已经随着后殖民主义、解构主义的盛行成为美国的学术潮流。在这个语境中，宇文所安尝试解决研究方法中潜在的西方中心主义问题。他明确反对那种以西方的理论和文本为标准来衡量中国的理论和文本的研究范式，思考如何使中国文学既具有普遍性、却又不用西方标准衡量的办法，比如他提出，中国的文学和文论可以丰富以欧美文学为基础的“文学”的概念，中西文论的不同视点有助于揭示各自的特殊认识方式，实现中西文论的互相阐发。

第三，宇文所安的著作译为中文后，在中国的古代文学、比较文学，新诗批评的领域引起很多讨论，成为世界中的中国文学研究回到中国、与中国的文学研究产生互动的例子。中国学界对宇文所安研究的关注热点，比如他观察中国诗歌的比较视角、向西方读者讲解中国文论的尝试、用“文学文化史”的框架重写文学史的实践、对中国新诗的评论，折射出 20 世纪 80 年代以来中国学术关心的一些问题，包括反思对中国古典文学的整体把握和文学史写作的构架、如何进行平等的跨文化交流、中国现代诗歌与中国传统和西方文学的关系，等等。中国学界与欧美学界对宇文所安著述的反应和评价，一方面表明宇文所安的研究在世界范围的影响力，一方面也说明世界中的中国文学研究必然有不同的关怀和视角，它们互相呼应、互相启发，构成丰富的中国文学研究图景。

对宇文所安来说，世界中的中国文学是一种学术关怀，一种研究视野，也是他对半个世纪以来的中国古代文学研究产生深远影响的重要原因。将宇文所安的研究分别放在美国、中国各自的学术研究脉络中讨论，可以全面评述宇文所安研究的特点和影响；同时，通过分析宇文所安的研究所引发的讨论，可以考察半个世纪以来美国、中国的中国古代文学研究的情况，以及中国文学研究在世界中的旅行和互动。

一、在英语世界

宇文所安在耶鲁大学读书的 20 世纪 60 年代（1968 年获学士学位，1972 年获博士学位），正是美国的中国文学研究发生根本性改变的时期。这个改变与研究中国的中心从欧洲转移到美国、从“汉学”转型为“中国研究”的学术大环境有关。20 世纪中叶以前，中国文学研究是“汉学”（sinology）的一部分。汉学始于 19 世纪欧洲，重视历史、语言和文献的研究。在欧洲的大学里，汉学是“东方学”（oriental studies）的分支，与“古典学”（classics studies）比邻，都属于人文学科。二战后，美国出于国家战略需要，重视对当代中国的研究，于是在美国大学的人文社科结构重组中，对中国的研究从注重古代的“东方学”中的“汉学”，转变为注重现当代的“区域研究”中的“中国研究”。

在这个大背景下，中国文学研究开始与“文学研究”学科发生关联。60年代任教耶鲁大学的傅汉思（Hans Frankel）是最早提倡把中国文学本身作为研究对象的学者之一。在他看来，虽然“汉学”把文学当作材料考察中国的社会和文化，但那不是文学研究，“中国文学”应该是文学研究领域的一部分，因此，研究中国文学不仅要熟悉中国文献，也要熟悉西方文学理论和文学批评。这种强调文学研究本身的价值的观点越来越被北美汉学家接受，在60—80年代逐渐成为中国文学研究的主流。宇文所安是傅汉思的学生，他的研究从一开始就明确地把中国文学视为一个独立的学科，致力于考察中国文学的内在特质及其作为一种独立文化现象的发展和演进。当时，作为独立领域的中国文学研究才开始不久，“汉学”也仍在传承继续，学者尝试各种各样的研究方法。这些方法可以大致分为两类，一类偏重历史主义，一类偏重文学理论。宇文所安的早期成果——他在20世纪70—80年代出版的六部专著——正是在这两个方面的探索。

（一）“文学史不是名家的历史”：20世纪70—80年代初

1975—1981年，宇文所安出版了《韩愈和孟郊的诗》《初唐诗》《盛唐诗》三本专著，确立了他作为唐诗研究专家的地位①。这些著作在方法上属于历史主义的研究，即将文学作品放在历史语境中考察，描述诗歌发展的线索、诗人之间的关系、诗坛的状况等问题。当时的学术界肯定了这三本书的开创性，认为它们是英语世界迄今为止最全面的唐诗研究，创立了研究中国诗歌的新文体，标志着深入研究中国古典诗歌时代的开始。《韩愈和孟郊的诗》基于作者的博士论文，是第一本研究韩孟诗的英文专著，出版时作者只有二十九岁。当时，韩愈、孟郊的诗还没有英文研究，欧洲语言中只有奥地利汉学家萨克（Erwin von Zach）把韩愈的诗全部译为德文。宇文所安翻译了韩愈、孟郊约一百五十首诗，通过分析这些作品，描述他们诗歌的发展变化，讨论他们的诗和中唐“复古”思潮之间的关系。《初唐诗》和《盛唐诗》是文学史。在它们出版的20世纪70年代末、80年代初，无论中西，还很少有学者对唐代各时段的诗歌进行整体性的探讨。尤其是初唐诗，一般评价不高，除了个别诗人，研究很

① Stephen Owen, *The Poetry of Meng Chiao and Han Yu* (New Heaven and London: Yale University Press, 1975); *The Poetry of the Early T'ang* (New Heaven and London: Yale University Press, 1977); *The Great Age of Chinese Poetry: The High T'ang* (New Heaven and London: Yale University Press, 1981).

少。宇文所安首次全面研究初唐诗，将初唐诗放在它们的时代背景中，分析它们的标准和惯例，讨论诗人如何采用、突破宫廷诗的惯例，又如何利用这些惯例为自己的目标服务。如此，初唐诗就不仅仅是盛唐诗的一个注脚，而是具有自己独特的活力。与初唐诗相比，学界对盛唐诗的研究比较多，但主要集中在李白、杜甫等大作家。《盛唐诗》提出了盛唐诗歌的演进线索，关注主导主流诗坛的"京城诗"，以及"京城诗"以外的诗歌发展。宇文所安没有把这个时期的诗歌史简约为李白和杜甫，他认为只有将诗人放在当时的诗歌背景中，才能看到其独创性的本质和程度，比如李白的"奇"是相对于宫廷诗、京城诗的规范性和群体化的有个性的声音。在他看来，文学史的目标不是由大诗人去勾勒时代，而是由属于那个时代的诗歌准则去理解伟大的诗人。

这三本专著的出版引起了学术界的广泛关注。欧美与中国研究相关的重要英文期刊，如欧洲大陆的《通报》(*T'oung Pao*)、英国的《伦敦大学亚非学院学报》(*Bulletin of the School of Oriental and African Studies*)、美国的《亚洲研究杂志》(*Journal of Asian Studies*)、《哈佛亚洲研究学报》(*Harvard Journal of Asiatic Studies*)、《美国东方学会杂志》(*Journal of American Oriental Studies*)、《中国文学》(*Chinese Literature: Essays, Articles, Reviews*)、《今日世界文学》(*World Literature Today*)、《太平洋事务》(*Pacific Affairs*)等，都刊登了书评。撰写书评的学者持不同的立场，属于不同的辈分和年龄层：有的继承"汉学"研究方法，有的主张用西方理论研究中国文学；有50—60年代成名的资深研究者，也有他们的学生辈、博士毕业不久在高校任教的年轻学者。书评总体上是肯定的，但也有批评，其中有两个方面的问题引起了争议，一是研究方法，二是翻译。从这些讨论中，我们可以看到当时的中国文学研究者对于研究方法、翻译理念的不同理念。

有关研究方法的核心问题是，要研究中国古典诗歌，文学批评(literary criticism)、文学史(literary history)、"汉学"研究(sinology)这三种路径，谁更有效？这里，"文学批评"和我们今天在中国的习惯用法不太一样，不是指对当代作家作品、文学现象的分析，而是指对具体文学作品的研究，区别于探究文学原理、文学范畴和判断标准等问题的"文学理论"。"文学史"指对一个既往时代的文学演进的研究。宇文所安这一时期的唐诗研究专著，结合了文学史和文学批评，一方面结合政治事件、诗人生平描述韩孟诗、初唐诗、盛唐诗的发展变化，另一方面用西方文学批评话语阐释、分析了大量诗歌。有趣的是，当时两位研究方法截然不同的重量级学者，一位是认同欧洲汉学传统、任教于加州大学伯克利分校的薛爱华(Edward Schafer),另一位是主张用西方理论研究中国文学的刘若愚(James J. Y. Liu),都认为这种做法不可取。比如薛爱华认为,除非我们承认诗中的主人公(persona)就是诗人(poet)本人,否则,从诗歌提炼关于诗人的性格、心境和情感这种做法,对历史传记研究和文学批评都是有害的①。刘若愚则认为,文学研究的关注点应该是作品本身的审美价值,文学史研究既不可行,也没必要②。与此同时,也有学者认为用西方文学批评话语分析中国文学毫无价值,比如从伯克利获博士学位的年轻学者杜迈克(Michael Duke)即持此见解③。薛爱华的观点显示了他对诗歌的理解基于近代欧美诗歌观念。刘若愚和杜迈克的观点则代表了是否应用西方理论研究中国文学的两个极端。多数学者在两极之间,认为西方文学理论可以帮助我们分析中国诗,也肯定宇文所安结合文学史、文学批评的尝试。

第二个引起讨论的问题是翻译。这三本专著一共包括了数百首中国诗的英译,因此诗歌翻译是学者非常关心的问题。几乎每篇书评都谈及诗的翻译和解读,有的花上几页篇幅商榷翻译。最系统的关于翻译的讨论,出自柯睿(Paul W. Kroll)的《初唐诗》书评。书评发表后,宇文所安写了一篇短文回应④。他们的争论具有代表性,因为涉及一些讨论中国古典诗歌翻译时反复出现的问题。一个分歧是要不要解释诗中的典故和比喻。柯睿认为应该在诗的注释中进行说明,这样才能让西方读者了解原诗的丰富含义。宇文所安则认为,过多的解释会破坏文章的可读性,使读者失去耐心,而且因为脚注占用大量篇幅,这种方式适合在一本书中写一个诗人,而不是一百年的文学史。更重要的分歧是关于什么是"准确"的翻译,包括如何翻译颜色和动植物语汇,是否应该在翻译中保留诗句的语法,如何翻译汉语中由两个字义相近的字组成的复合词,等等。在不同的翻译策略背后,可以窥见这两位彼时只有三十出头、后来皆成为北美唐诗研究重镇的学者,当年关于中国文学研究的一些不同理念。

(二)"文学不是历史":20 世纪 80 年代后半期

宇文所安不只是唐诗研究的专家,他在美国学界的影响力,也在于将中国

---

① Edward H. Schafer's review of *The Poetry of Meng Chiao and Han Yu* by Stephen Owen, *The Journal of Asian Studies* 36.1(1976): 139—140.

② James J. Y. Liu's review of *The Poetry of the Early T'ang* by Stephen Owen, *The Journal of Asian Studies* 38.1(1978): 168—169.

③ Michael S. Duke's review of *The Poetry of Meng Chiao and Han Yu* by Stephen Owen, *Chinese Literature: Essays, Articles, Reviews* 1.2(1979): 281—284.

④ Paul W. Kroll's review of *The Poetry of the Early T'ang* by Stephen Owen, *Chinese Literature: Essays, Articles, Reviews* 1(1979): 120—128; Stephen Owen, "A Defense," *Chinese Literature: Essays, Articles, Reviews* 1.2(1979): 257—261.

诗歌与诗学介绍给不研究中国文学的学术同行、不了解中国文化的读者。在写《初唐诗》《盛唐诗》的过程中，他意识到历史方法的局限性，认为不是所有的诗都适合放在特定的历史框架中讨论，也不是诗的所有面向都能被文学史解释，甚至有时候，文学史这样“系统的阐述可能会违背事实，可能将我们带入歧途，令我们遗忘作为诗歌阅读者充分的自由”[①]。基于这种考虑，他把文学史放在一边，探讨中国诗歌那些无法为文学史所解释的方面。他在20世纪80年代后半期出版的三本书，《中国传统诗歌与诗学：世界的征象》(1985)、《追忆：中国古典文学中的往事再现》(1986)、《迷楼：诗与欲望的迷宫》(1989)，就是跳出历史主义研究的尝试[②]。

这三本书都表现出比较的视角。《中国传统诗歌与诗学》以西方诗学传统作为参照系，提出中国诗学的特点，认为相对于西方诗歌以隐喻和虚构为中心的诗学传统，中国诗歌有一个“非虚构”的诗学传统。在这个传统中，诗是诗人对某一历史时刻经验的描述，诗人在诗中遭遇、诠释和回应世界。因此，读中国诗的时候，我们不应该像20世纪的英语读者所做的那样，把诗人和诗中虚构的主人公分离开来，最好是把诗歌读作诗人联系自我与世界的行为、他的内心状态的彰显[③]。《追忆》探讨回忆这个中国古代文学的母题，这个论题的提出也出自中西文学传统的比较。在西方传统中，文学被视为对现实世界的摹仿和再现，关注点是文学的意义和真实，因此象征、隐喻在文学中占有重要地位。而在中国的传统中，文学是作者呈现自己、联结自己与世界的方式，因此对不朽的期望、对往事的记忆成为文学的核心主题之一，它与用典、咏史的修辞手段也密切相关。《迷楼》是一部比较文学的专著，它把来自多种文化、多个历史时期的诗歌放在一起分析，由此讨论诗歌中的爱欲问题、抒情诗的本质和功能。这三本专著的预期读者，除了研究中国文学的学者和学生以外，还有不了解中国历史、文化的英语读者。这些读者既不知道诗人生平和他们生活的

---

① Stephen Owen, *Traditional Chinese Poetry and Poetics: Omen of the World* (University of Wisconsin Press, 1985), "Acknowledges." 中译见宇文所安著，陈小亮译《中国传统诗歌与诗学：世界的征象》“致谢”，北京：中国社会科学出版社，2013年。

② Stephen Owen, *Traditional Chinese Poetry and Poetics: Omen of the World* (Madison: University of Wisconsin Press, 1985); *Remembrances: The Experience of the Past in Classical Chinese Literature* (Cambridge, Massachusetts and London: Harvard University Press, 1986); *Mi-Lou: Poetry and the Labyrinth of Desire* (Cambridge, Massachusetts and London: Harvard University Press, 1989).

③ 对这个观点，一些学者持保留态度，认为任何一个诗歌传统都不是千篇一律的整体，其复杂性无法用整体框架来概括，如美国犹他大学吴伏生认为，西方诗歌也有历史性，也和中国诗歌一样把诗歌和诗人的内心感受、历史经验联系起来。吴伏生《来自异域的知音：宇文所安对杜甫〈旅夜书怀〉的解读》，《国际汉学》2017年第3期。

时代，也不熟悉中国的诗歌传统，因此论述的方式是通过细读让文本自己说话，对读者产生直接的感召力，好让他们从文本进入中国文学的世界。

相比唐诗史的系统性论述，这三本书显得更“自由”。“自由”首先体现在研究对象的选择和排列上。《中国传统诗歌与诗学》讨论4世纪至12世纪的中国诗歌，但并不按时间顺序论述，而是把苏轼和陶渊明、屈原和孟郊放在一起；《追忆》处理的作品时间、文体跨度也很大，从《诗经》到李清照的《金石录后序》再到沈复的《浮生六记》；《迷楼》更是把古今中西的诗歌混杂并置，引读者穿梭于荷马史诗、白居易、马拉美、古诗十九首、波德莱尔、里尔克之间。“自由”也表现在叙述方式上。《中国传统诗歌与诗学》是个很好的例子。虽然书中提出了中国的“非虚构”诗学传统的观点，但这本书不像一般的论著那样由一个权威的声音来主导，而是采取了对话的形式，而且引导对话向一个开放、多元的方向发展。对书中“作者”的观点，有的声音反驳，有的发问，有的嘲笑，有的说起了题外话。这种对话的方式让不同的观点充分展现出来，把作者的观点作为切入问题的一种角度。最后，“自由”还表现在文体上。多篇书评提到这些书脱离了学术专著的范式，是文学与研究的结合。它们采用了英语“散文”(essay)这种文学体裁，它的特点是读起来令人愉悦。作为文学批评的英语“散文”，可以把文学创作、文学批评和学术研究融合在一起，将思想纳入文学的形式，它展示文学研究的成果，但不是以引文和脚注的形式。宇文所安选择这种文学体裁来写学术专著，是因为他觉得“文学创作、学术与思想，是可以也是应该结合在一起的”①。文体的尝试是成功的，多位书评作者用“妙趣横生”“令人愉悦”这样的词来形容这几本书，说阅读它们是一种享受②。宇文所安也把《追忆》在美国和中国都产生了广泛的吸引力这个现象部分归功于文体，说这本书是他尝试混合英语“散文”和中国式感兴的结果③。

前面谈到，宇文所安这一时期的专著都是跳出历史研究的尝试，不过它们剥离历史的程度是不一样的。《中国传统诗歌与诗学》和《追忆》讨论的作品虽然不局限于某一个历史时段，但还是放在中国的诗学传统、中国文学传统中的

① 宇文所安著，郑学勤译《追忆：中国古典文学中的往事再现》前言，北京：生活·读书·新知三联书店，2004年，第2页。

② Joseph Roe Allen's review of *Traditional Chinese Poetry and Poetics: Omen of the World* by Stephen Owen, *Chinese Literature: Essays, Articles, Reviews* 7.1/2(1985): 143—150; R. B. Kershner's review of *Labyrinths of Language: Symbolic Landscape and Narrative Design in Modern Fiction* by Wendy B. Fairs and *Mi-Lou: Poetry and the Labyrinth of Desire* by Stephen Owen, "Desire, Design, Amazement," *The Georgia Review* 43.3(1989): 602—608.

③ 宇文所安著，郑学勤译《追忆：中国古典文学中的往事再现》，第1页。

回忆主题这些背景中讨论，这些背景仍然是历史的。可到了《迷楼》，古今中西的诗歌仿佛是随机地排在了一起，历史的框架完全消失了。在文学研究者看来，这种趋于极致的非历史主义的文学研究是大胆的，但可以接受，甚至具有启发性，然而在一些历史学家看来，这种做法匪夷所思。1968 年从剑桥大学获博士学位，先后在牛津大学、澳大利亚国立大学任教的中国历史学者伊懋可（Mark Elvin），就在一篇书评中批评《迷楼》，说书里面的诗好似一个拼盘，他看不出为什么要把这些诗放在一起讨论。他不解地问道：为什么一个有天分的优秀学者要做这样的事？对伊懋可的质疑，宇文所安写了一篇短文回应，阐述了为什么要写《迷楼》这样一本书，集中讨论了两个问题：第一，脱离历史的文学研究是否必要，如何可能？第二，在西方的学术环境中，怎样读中国诗才能摆脱比较文学的等级秩序，摆脱中国文学研究的边缘地位？[①]

第一个问题涉及文学研究和历史研究之间的关系。宇文所安说，在我们学术研究中，文学常常被包括在历史中，因此当文学研究脱离历史领域，就会受到这篇书评这样的批评。如果文学研究不想成为思想史的附属品，就必须有一些非历史的文学研究。《迷楼》这样的书提醒我们：文学不是历史。在古希腊文明中读古希腊戏剧当然有收获，但是戏剧本身对那些对古希腊文明一无所知的读者也是有感染力的。我们读莎士比亚不是为了去了解那个时代，而是因为莎士比亚吸引我们。同样，我们读杜甫不是因为对唐诗有兴趣，而是因为读杜甫而对唐代中国产生兴趣。文学的历史背景是第二位的。我们当然需要附属于思想史、文化史的文学研究，但总要有不能被历史所包含的文学研究。也就是说，诗歌本身对读者具有意义。我们不一定要通过诗去了解诗人、他的时代，或者思想和文化，读诗本身的愉悦就是目的。这个看法蕴含在《迷楼》这个书名里。迷楼是隋炀帝建造的一座享乐的宫殿，进去后使人流连忘返。用“迷楼”作书名，是把诗歌比作让人迷失的宫殿，给我们带来喜悦。迷楼也指向读者：解读不同文化中的诗，就好像是迷楼中的一个个诱惑使读者沉迷其中。

第二个问题涉及比较文学的等级秩序和中国文学研究在这个秩序中的边缘位置。宇文所安谈到当下存在的两个中国文学研究范式和它们的问题。一个是用西方的理论、观念和文本衡量中国的理论、观念和文本。用这种范式

① 伊懋可的批评和宇文所安的回应刊登在同一期的《中国研究书评》。Mark Elvin's review of *Mi-Lou*: *Poetry and the Labyrinth of Desire* by Stephen Owen and Stephen Owen's response, *China Review International* 1.1(1994): 192—201.

进行研究就会问:为什么中国没有史诗?为什么中国的比喻不如西方的大胆?或者发现中国原来也有解构,或者研究中国的某位作家“像”西方的某位作家。另一个范式是关注中国传统的内部,宇文所安说这是他自己和大多数研究中国文学的同行在做的。我想第二种范式的研究应该包括宇文所安的唐诗研究三部曲,以及他在《中国传统诗歌与诗学》《追忆》中对中国文学传统的研究。在他看来,这类研究虽然不以西方为标准,但也同样使中国文学研究边缘化,因为它们强调中国的特殊性,这就把中国文学研究孤立了起来。那么,有没有一种比较文学,可以使中国文学具有普遍性、却又不用西方标准衡量?宇文所安说这就是他在《迷楼》中尝试做的事。他让中国诗歌和其他文化的诗歌一起出现,但不用西方理论去分析它们,也不把它们当作不同文学传统的例子,而是让诗歌互相交谈。这个尝试在研究中国文学、比较文学的学者中得到了广泛的肯定。研究陆游诗的年轻学者 Martin Backstrom 祝贺宇文所安把中国诗歌批评从地方性中解放了出来,认为他证明了中国诗歌语言具有普世性、人文性①。研究爱尔兰文学、比较文学的 R. B. Kershner 把《迷楼》和研究 20 世纪欧美小说的专著《语言的迷宫:现代小说中的象征和叙述》放在一起评论,称赞宇文所安对诗的评论总能带来惊喜,无论诗的语言是拉丁文、希腊文、法语、意大利语、西班牙语、德语、英语还是汉语②。研究中国诗学、比较诗学的余宝琳(Pauline Yu)也说,虽然我们可能对书中的某些论点提出质疑,但我们无法否认,这本书有一种比阐明论点更迷人的纯粹的诱惑力:宇文所安是出色的诗歌读者,他听到了诗之间的对话,而且让诗对我们说话③。

(三)“文学文化”研究和重写文学史:20 世纪 90 年代以来

20 世纪 90 年代以来,宇文所安的学术出版包括翻译和研究两个方面。翻译有《中国文论读本》(1992)、《诺顿中国文学选集:从开始到 1911》(1996)和《杜甫诗》全译(2016),这三部译作的具体情况我会在谈翻译的章节讨论④。在研究方面,宇文所安先是“回到”唐代文学,出版了《中国“中世纪”的终结:中

---

① Martin Backstrom's review of *Mi-Lou: Poetry and the Labyrith of Desire* by Stephen Owen, *Chinese Literature: Essays, Articles, Reviews* 11(1989): 146—149.

② R. B. Kershner's review of *Labyrinths of Language: Symbolic Landscape and Narrative Design in Modern Fiction* by Wendy B. Fairs and *Mi-Lou: Poetry and the Labyrinth of Desire* by Stephen Owen, “Desire, Design, Amazement,” *The Georgia Review* 43.3(1989): 602—608.

③ Paulin Yu's review of *Mi-Lou: Poetry and the Labyrith of Desire* by Stephen Owen, *The Journal of Asian Studies* 49.1(1990): 129—130.

④ Stephen Owen, *Readings in Chinese Literary Thought* (Cambridge, Massachusetts and London: Harvard University Press, 1992); *An Anthology of Chinese Literature: Beginning to 1911* (New York and London: W. W. Norton & Company, 1996); *The Poetry of Du Fu* (De Gruyter Mouton, 2016).

唐文学文化论集》(1996)和《晚唐:九世纪中叶的中国诗歌》(2006)①,然后将研究领域扩展到汉魏六朝诗歌、宋词和宋代的士大夫文化,出版了《中国早期古典诗歌的生成》(2006)、《只是一首歌:中国11世纪至12世纪初的词》(2019)和《都是我的!中国11世纪的快乐、拥有和命名》(2022)②。这一时期的研究侧重两个互相关联的方面,一是文学文化研究,二是重写文学史。

20世纪90年代以来,美国的中国古代文学研究从关注文学自身的文学解读和批评、关注文学历史演进的文学史研究,转向关注文化对文学影响的"文学文化"(literary culture)研究。这个转变和21世纪八九十年代美国主流学界的跨文化、跨学科研究的兴起有关。宇文所安1996年出版的《中国"中世纪"的终结》,就已经开始采取文学文化研究的方法。书中勾勒的一系列中唐特征,如营造私人空间、对阐释的兴趣、浪漫文化,都既是文学现象,也是文化现象。书中提出,八、九世纪之交(贞元、元和年间)初次发生的文化现象标志了中国文学文化的重大转折。这个时期的主要文人对宇宙万物、社会、文化提出问题的激切程度前所未有,一个通过发问建立权威的文化代替了以往通过重复建立权威的文化。文学文化研究的思路在2011年出版的《剑桥中国文学史》中也有十分清晰的表述。主编孙康宜、宇文所安在序言中明确说,此书采用的是"文化史或文学文化史视角"。宇文所安2022年出版的专著《都是我的!中国11世纪的快乐、拥有和命名》也是从文学文化的角度进行研究,里面的六篇文章包含着对北宋文化的思考。在宇文所安看来,11世纪出现了两种现象。一边是日益成长的商业世界,这使士大夫能够享受拥有贵重之物的乐趣,欧阳修说他有一万卷藏书,一千卷古代金文石刻的拓片,一张琴,一壶酒,一局棋,拥有这五物使他快乐。另一边是严格检视士大夫言行道德内涵的道学的兴起,在这个思想氛围中,人们觉得应该是"道"而不是"物"给人带来快乐。面对商业价值和文化价值的矛盾,如何用文字表达快乐就成了问题,于是北宋作家采取各种方式和策略言说快乐,为其辩护。

文学文化研究中一个非常重要的方面是"物质文化",关注文本的物质形态与文学之间的关系。在上个世纪末,宇文所安在为北大百年校庆所做的演

---

① Stephen Owen, *The End of Chinese 'Middle Ages:' Essays in Mid-Tang Literary Culture* (Stanford: Stanfard University Press, 1996); *The Late Tang: Chinese Poetry and the Mid-Ninth Century* (827—860)(Cambridge, Massachusetts and London: Harvard Univesity Press, 2006).

② Stephen Owen, *The Making of Early Chinese Classical Poetry* (Cambridge, Massachusetts and London: Harvard Univesity Press, 2006); *Just a Song: Chinese Lyrics from the Eleventh and Early Twelfth Centuries* (Cambridge, Massachusetts and London: Harvard Univesity Press, 2019); *All Mine! Happiness, Ownership, and Naming in Eleventh-Century China* (Columbia University Press, 2021).

讲中提出，我们需要从书写活动的物质性来思考它对文学的深远影响。例如他邀请听众从一些“天真的问题”开始：如果我们相信屈原在自沉之前写了《怀沙》，那么他是把作品写在竹简上了吗？在那时候流放荒野而又随身携带大量竹简是常见的现象吗？这些问题可以引向更大的问题，比如说，我们到底有没有证据表明《怀沙》最初是书面创作的？有没有可能《怀沙》不是“写”的，而是口头创作和流传，后来才“写下来”的？而如果是屈原的口头创作，那么又是谁把它背诵下来带回文明世界？在这一时代，除了《诗》《书》这样的权威古文本之外，有没有证据表明人们还记诵其他文本？宇文所安认为，这些关于“物质文化”的问题对我们重新思考上古文学特别有用。[①]再比如，在宋代印刷术普及之前，诗歌文本靠手抄本流传，每一代手稿抄写都会产生错误和差异，越是享有盛名的诗人，情况就越是复杂。在手抄本文化里，文本的变化是不断发生的，文学史在充满自信地引用抄本时代的诗文时，也应该提出和讨论文本不定性的问题[②]。自从进入二十一世纪以来，在北美的上古文学和中古文学研究领域，逐渐涌现了大量有关抄写、记诵、印刷等涉及文本物质性问题的研究，反映了年轻一代学者对这些问题的重视。

关于物质文化与中国上古、中古诗歌性质关系的思考，体现在宇文所安21世纪以来的著作中。一个例子是2006年出版的《晚唐》，虽然和三十年前出版的《初唐诗》《盛唐诗》一样，也是关于唐诗的文学史专著，但《晚唐》格外强调手抄本文化对诗歌的影响。书中指出，由于唐代的诗集大多是手抄本，不像印刷普及后的刻本易于保存，大量唐代抄本亡佚，现有材料只是唐诗的一部分，保留下来的作品很多时候出于宋代编集者的趣味和运气的偶然，因此在对诗人、作品和时期做概括的时候要特别小心。李商隐能有各种题材类型的诗歌流传下来，很大程度上归功于宋初杨亿请人到处搜求李商隐的诗歌抄本，但很多其他唐代诗人的宋代编辑者缺少杨亿那样的显赫地位和文化影响，能找到的他们喜爱诗人的作品就很有限。另一个例子是2024年出版的宇文所安和柯马丁主编的《屈原和〈楚辞〉：新角度》[③]。书中收录的论文都把上古文本的物质性和流动性作为研究的基础。书中收录宇文所安两篇分别关于《离骚》

---

① 宇文所安《瓠落的文学史》，《中国学术》2000年总第3期，收入宇文所安著，田晓菲译《他山的石头记——宇文所安自选集》，南京：江苏人民出版社，2003年，第13—14页。

② 宇文所安《瓠落的文学史》，第20—22页。关于宋代学者对唐代抄本文化的接受和处理及其对唐代文学的影响，详见 Stephen Owen，“The Manuscript Legacy of the Tang：The Case of Literature.” *Harvard Journal of Asiatic Studies*，67.2(Dec.，2007)：295—326。

③ Martin Kern and Stephen Owen eds.，*Qu Yuan and the Chuci*：*New Approaches*（Leiden：Brill，2024）.

和《九歌》的论文，长达 180 页，是他二十多年来在哈佛大学开《楚辞》专题课和研究的结晶。他在《阅读〈离骚〉》一文中提出，“离骚”很可能不是一个固定的文本，而是一个包含诸多主题的大纲，这个大纲可以在流传和表演过程中根据记诵者的需要而增加或减少，而现存的《离骚》只是“离骚”的一种实现方式。他认为，这个假设可以解释为什么现有的《离骚》文本中混合了宗教、政治和历史等各行其是、有时难以用逻辑关系说明的论述。

21 世纪以来，宇文所安的另一个研究重心是重审文学史经过复杂中介被形塑的过程，并在此基础上写新的文学史。这个研究方向的侧重与欧美文学研究领域的新发展密切相关。对这种关联，宇文所安在《史中有史——从编辑〈剑桥中国文学史〉谈起》这篇文章中有所阐述①。他说，原来文学研究领域中的两个对立的团体，一边是历史主义的研究和考证，另一边是文学理论的新发展，逐渐走到了一起，结果是看文学史的方法产生了深刻的变化，因此，我们“处在可能是从十八世纪后期文学史诞生以来最激动人心的时期”。人们越来越意识到，文学史不是对历史上发生了什么的客观描述，而是某个历史时刻的后人根据他们的趣味和诉求建构出来、经由复杂中介的历史叙述。文学史告诉我们一个时期的大作家、小作家，他们的风格特征，但这些评价跟作家在世时得到的评价常常是不一致的。新的文学史应该讲述我们现有的文本是怎么来的，它们“在什么时候、怎么样以及为什么被认为是重要的”，“文本和文学的记载是如何被后人的口味与利益所塑造的”。新的文学史写作要把既有的文学史叙述也作为研究对象，去揭示后人如何按照自己的口味和观念，对前代的作品或保存、或忽略、或修正、或再创造。

宇文所安称这样的文学史写作是“史中有史”。他认为这种方法在概括性的文学史著作中因篇幅所限很难做到，但在具体研究中是非常实用的原则。的确，他对这一文学史观的实践，虽然在《晚唐》和他与孙康宜主编的《剑桥中国文学史》中有所体现，然而把这个原则贯彻得最彻底的还是两种具体的研究，即《中国早期古典诗歌的生成》和《只是一首歌》。这两本专著反思、质疑了既有的文学史框架。《中国早期古典诗歌的生成》提出，我们对汉魏五言诗的理解，包括文学史教材和选本描述的早期五言诗的文体发展与风格变迁，都是五世纪晚期和六世纪早期建构起来的叙述，是齐梁宫廷文人根据自己的品味和标准，对经过几个世纪传抄下来的文本进行筛选、补订、重组，甚至改动的产

① 宇文所安《史中有史(上)——从编辑〈剑桥中国文学史〉谈起》，《读书》2008 年第 5 期。

物。抛开齐梁人的叙述，会发现汉魏五言诗的作品与作者、年代之间的关系往往无法确定，它们是由主题、话题、程序句和习惯性序列等共享诗歌材料拼合起来的文本库中的诸多变体，是“同一部诗”(one poetry)。《只是一首歌》则认为，文学史一般把北宋词纳入一个有作者归属的文学体系，为词确定作者，给词作编年，但这种以词家为中心的北宋词史，是在词逐渐取得正统地位之后，学者根据诗文史的模式建构出来的历史。而实际上，词在11世纪至12世纪初只是歌妓在酒席上演唱的歌词，作者经常不确定，口头流传或以手抄本形式传抄的歌词也经常发生改动；词只是一首歌，是处于中央集权、道学崛起的“严肃”大环境中的宋朝士大夫，在边缘的空间(酒席)、以边缘的文体(小词)抒发个人感性声音的场所，它建构了一个在修辞上悬置于帝国之外的自我空间。考虑到北宋词的流动性，考证词家生平与词作的关系、知人论世的批评方式，就不总是最有效的研究方法。宇文所安重写文学史的实践常被称为解构主义，有时被误解为是对中国文化传统的拆解，甚至毁坏。但其实，解构“deconstruction”不意味着毁坏，而是检视一个东西的构造(construction)过程，可以理解为“反向的建构”。解构文学史的叙述揭示了文学史叙述被塑造的历史过程，尽可能准确如实地描绘中国文化在长期的发展和流变中产生的复杂性和丰富性，是还原古代的历史性。正是在这个意义上，宇文所安称他的研究方法是“激进的历史主义”(radical historicism)①。

从宇文所安的《晚唐》《中国早期古典诗歌的生成》《只是一首歌》中，我们可以清楚看到，“文学文化”研究和“史中有史”的新文学史写作是紧密联系在一起的。在北美的中国文学研究领域，这几部专著被认为是具有开创性的、有可能改变研究范式的作品。在为《晚唐》《中国早期古典诗歌的生成》所写的书评中，康奈尔大学的教授丁香(Ding Xiang Warner)说，如果这两本书共有的批评视角被学者接受，会把中国古代文学学科的习惯性论述引向新的方向②。夏威夷大学的麦大伟(David McCraw)更是盛赞《中国早期古典诗歌的生成》，认为自宇文所安于1985年出版具有里程碑意义的《中国传统诗歌与诗学》以来，这本书是研究中国诗歌与诗学的最重要的著作，从此以后，“我们再也无法

① 在给赵惠俊的邮件中，宇文所安说他认为《只是一首歌》所做的不是解构，而是“激进的历史主义”(radical historicism)；参见汪芦川、赵惠俊《古代文学研究的最终目的，是帮助我们更好地在今天生活》，《文学报》2022年7月14日。另外，宇文所安在《快乐、拥有、命名：对北宋文化史的反思》这篇文章中也谈到自己的论点属于“激进的历史主义”，见《华宴：宇文所安自选集》，第155页。

② Ding Xiang Warner's review of *The Making of Early Chinese Classical Poetry* by Stephen Owen and *The Late Tang: Chinese Poetry of the Mid-Ninth Century (827—860)* by Stephen Owen, *The Journal of Asian Studies* 68.4(2009): 1261—1265.

用同样的方式读那些诗了”[1]。《只是一首歌》被斯坦福大学的宋代文学研究专家艾朗诺(Ronald Egan)评价为极具启发性的著作,改变了我们对词的历史的看法[2]。宇文所安也凭借此书获得2020年的儒莲奖(Stanislas Julien Prize),说明欧美汉学界对这本著作的高度认可。

(四)翻译

在美国,虽然20世纪初开始就有庞德(Ezra Pound)等诗人翻译中国古典诗歌,二战后中国文学研究成为一个学科后学者翻译中国古代典籍的成果更是日益增加,但宇文所安译介中国古代文学与文论的影响力十分独特,这和他在中国文学研究方面的成就、他的翻译的数量和广度、他让更多西方读者了解中国文学的信念、他推动中国文学典籍系统翻译出版的视野和行动力,都是分不开的。宇文所安有三部译作:20世纪90年代,他根据在耶鲁、哈佛教授中国文论、中国文学课程的经验,编译了《中国文论读本》和《诺顿中国文学选集》,2015年,他翻译出版了《杜甫诗》全集。

长达674页、出版于1992年的《中国文论读本》,是向西方讲解中国文学理论的翻译与评论。这本书在20世纪80年代酝酿和写作的时候,宇文所安任教的耶鲁大学比较文学系还没有中国文学专业学生,学界对中国文论的翻译和研究还很少。在这个背景下,书的目标是把中国文学批评介绍给学习西方文学和理论的学生,和希望了解非西方文学思想传统的西方文学学者。《读本》有两个显著的特点。一是从文本出发。当时已经出版的介绍中国文学理论的方法有三种:刘若愚的《中国文学理论》把文学理论分类,然后选择文本举例说明,魏世德(John Timothy Wixted)的《论诗诗:元好问的文学批评》从一个人的诗追溯到诗歌和文学讨论的源头,余宝琳的《中国传统的意象阅读》讨论一个核心问题[3]。宇文所安尝试的第四种方法是通过文本讲述文学理论。为此,他选译了《诗大序》《文心雕龙》《沧浪诗话》、叶燮《原诗》等文论著作的片段,并加以评论。

《读本》的第二个特点是整合文学思想和文化史。当时,中国文学批评领域的主流研究方法是“观念史”,即从文本中抽取观念,从历史的角度说明哪些

---

① David McCraw's review of *The Making of Early Chinese Classical Poetry* by Stephen Owen, *China Review International* 14.2(2007): 355—359.

② 在宇文所安2018年荣休研讨会圆桌讨论上的发言。

③ James J. Y. Liu, *Chinese Theories of Literature* (Chicago: University of Chicago Press, 1975); John Timothy Wixted, *Poems on Poetry: Literary Criticism by Yuan Hao-wen (1190—1257)* (Wiesbaden: Franz Steiner, 1982); Pauline Yu, *Reading of Imagery in the Chinese Tradition* (Princeton: Princeton University Press, 1987).

观念是新的，观念的变化是怎么发生的。但这样做会排除与观念不吻合的文本，也容易忽视观念是在什么具体条件下被抽取出来使用的。《读本》尝试把文学思想放到文化语境里面，看它们在具体条件下如何被使用。比如 16 世纪末、17 世纪初袁宏道等作家对大众文化的赞美，从观念史的角度看，是新观念，是对 16 世纪复古思潮的反动，但如果放在文化史的范围内考察，就会看到那是在文学教育迅速普及的情况下，江南上层精英将自己区别于人数剧增的中层知识分子的一种策略。在北美学界，《读本》得到了广泛的好评。加拿大阿尔伯塔大学的林理彰（Richard John Lynn）在书评中说，以往的中国文论研究很少能走出汉学圈子，吸引其他文学传统的理论家和学者的注意力，但这本书肯定会对汉学界以外的广大读者产生重大影响，提高非汉学专业人士对中国文学创作和批评的认识①。

1996 年，宇文所安编译出版了《诺顿中国文学选集》，这是在美国高校使用最广、影响最大的中国古代文学作品选。这本选集有 1300 页，翻译的作品从先秦的《诗经》《楚辞》一直到清末秋瑾、王国维的作品。1998 年，宇文所安在和张宏生做的访谈中说，在美国，他的书里面最重要的无疑是《诺顿中国文学选集》，因为它被列入诺顿（Norton）系列，成为得到权威机构认可的标准教材，在美国学习中国古代文学的大学生都会用它，所以它的影响力远远超过他其他任何一本书②。宇文所安的这本选集被列入诺顿系列不是偶然，这说明了他在中国文学、比较文学研究领域的成就和声誉。在《诺顿中国文学选集》出版的前一年，宇文所安参与了《诺顿世界杰作选集》增订版的编选工作。这部选集在 1956 年由诺顿公司推出，但当时只收入了西方作品。到了 20 世纪 90 年代，随着后殖民主义、解构主义成为美国学界的热点，打破欧洲中心、提倡多元文化的呼声越来越高，于是 1995 年出版的《诺顿世界杰作选集》增订版增加了两千页，包括非洲、阿拉伯国家、以色列、中国、埃及、印度、日本等非欧洲文学，其中中国文学部分由宇文所安编选③。宇文所安学术声誉的另一个标志，是他 1997 年被哈佛大学授予“大学讲座教授”（University Professor）。“大学讲座教授”创建于 1935 年，一共只有二十五位，是哈佛大学授予教授的

---

① Richard John Lynn's review of Readings in *Chinese Literary Thought* by Stephen Owen, *China Review International* 1.2(1994).

② 张宏生《“对传统加以再创造，同时又不让它失真”——访哈佛大学东亚语言与文明系斯蒂芬・欧文教授》，《文学遗产》1998 年第 1 期。

③ Maynard Mack ed., *The Norton Anthology of World Masterpieces*, expanded edition(New York and London: W. W. Norton, 1995).

最高荣誉，用来表彰在不同学科取得突破性成就、有重大影响力的哈佛教授。

除了诺顿系列的权威性的因素，宇文所安的中国文学作品选在大学里受到欢迎，也因为它的编译有很强的个人特色，包含了他对如何让更多美国人对中国文学感兴趣的思考和实践。《诺顿选集》出版之前，美国已经出版了两部有分量的中国古代文学选集，一部是 1965 年白之(Cyril Birch)编选的两卷本《中国文学选集》(Anthology of Chinese Literature)，一部是 1994 年梅维恒(Victor Mair)编的两卷本《哥伦比亚中国古典文学选集》(The Columbia Anthology of Traditional Chinese Literature)[①]。这两部选集都有多位译者，他们都是不同文体、不同时段的中国文学研究专家，而《诺顿选集》的翻译是宇文所安一个人完成的。他花了四个暑假翻译了大量作品，然后在上课时给学生读这些译作，看学生的反应，效果不好的作品就不包括在选集中。对一个人翻译 1300 页作品这个有点疯狂的举动，宇文所安解释说，一个人做有一个人的好处。比如可以更好地贯彻翻译的理念。这本选集是给不懂中文的大学生看的，因此翻译要在尽量准确的同时保持可读性。由于他希望大家读到中国文学的不同声音，因此力图在翻译中创造出一个复杂的"文本家族"，通过用文学英语翻译早期作品，英式英语翻译文言，美式英语力翻译白话，用不同的英语风格翻译不同的作家，使每个时期、每种风格、每种流派都各自不同，也让每一个作者听起来都不同[②]。

一个人编译还有一个好处，就是可以在选集中呈现编译者对中国文学的理解。和一般的文学选集主要是经典作品汇编不同，《诺顿选集》是文学史、文学批评和文学翻译的结合。在介绍作品的时候，宇文所安强调文学作品之间的关联和文学传统的延续性。以《诗经》为例，除了选译诗篇，他还展示《诗经》篇章如何出现在后代的文学作品中，比如《牡丹亭》中杜丽娘的老师教她读《关雎》，说那是关于妇德，可她却由此思春，在花园中梦见柳梦梅。宇文所安也关注文学作品如何被解读和使用，因此引用《诗经》出现在《论语》《左传》《庄子》中的段落。于是读者可以看到中国文学传统是一个有机的整体。还很难得的是，宇文所安在介绍中国文学的时候引入了比较的视角。讲《生民》的时候，他比较后稷之母踏到帝的脚印后怀孕与古希腊史诗中人神诞子的异同，谈到农

---

① Ciril Birch, ed., *Anthology of Chinese Literature: From Early Times to the Fourteenth Century* (New York: Grove Press, 1965); Victor H. Mair ed., *The Columbia Anthology of Traditional Chinese Literature* (New York: Columbia Univeristy Press, 1994).

② 宇文所安多次谈到这个翻译原则。刘苑如、Harrison Huang《冬访宇文所安——"汉学"奇才/机构"怪物"的自我剖析》,《中国文哲研究通讯》2018 年总第 28 卷第 1 期。

业文化和战争文化里面人们认知时间的不同方式。这样，学生就可以把自己熟悉的西方文化传统作为参照系去理解中国文学。

在《诺顿选集》出版二十年后的2016年，宇文所安出版了《杜甫诗》英语全译本，这是杜甫所有作品的首次完整英译。和宇文所安其他翻译一样，这部书也由他一个人完成，前后花了八年时间，一共六本，三千页。《杜甫诗》由具有国际影响力的学术出版社德古意特(De Gruyter)出版。译文采用双语对照的方式，打开书后，左边是中文原文，右边是英译，注解分为脚注与尾注，脚注以解释典故和疑难为主，尾注标明异文、版本等学术性的问题，预期读者既包括普通大众读者，也包括专业的研究者。在北美的中国文学研究界，《杜甫诗》的出版被当作一个事件、一个纪念碑式的成就。麦大伟在《哈佛亚洲研究学报》上发表了七页篇幅的长书评，年轻学者魏宁(Nicholas Morrow Williams)在《中国研究书评》发表的评论更是长达四十三页[①]。年轻诗人、学者柯夏智(Lucas Klein)在《洛杉矶书评》发表评论，题为《向博学和品味致敬：或者，为什么中国古典诗歌的翻译风头正劲?》，把《杜甫诗》放在美国翻译中国诗歌的大背景中看，从20世纪上半叶中国古典诗歌对美国先锋诗人的影响，到20世纪80年代以后美国“后先锋”诗人对中国当代诗人的兴趣，再到21世纪美国对中国古典诗歌的新兴趣，期待宇文所安的杜甫诗翻译能在美国吸引新的读者，再次激活英文诗歌[②]。

柯夏智的标题看起来也许有点夸张，但他所关注的中国古典诗歌翻译在美国的生命力，也是宇文所安关注的问题。实际上，宇文所安在翻译杜甫诗全集以外还有更大的抱负，那就是通过出版《杜甫诗》吸引更多资助，也吸引更多的学者投入翻译事业，有系统地把中国文学和历史典籍译成英文，就像著名的“洛布古典丛书”(Loeb Classical Library)所做的那样。1911年，洛布家族捐赠给哈佛大学一大笔钱，每年的利息用于出版希腊文、拉丁文的经典著作英译本。这套丛书已经出版了五百多卷，几乎涵盖了所有的古希腊文、拉丁文典籍，包括诗歌、戏剧、历史、哲学使、演说辞等作品。丛书采用双语对照的形式，书的左边是古希腊语或拉丁语原文，右边是英译。“洛布古典丛书”因为它的权威性、可靠性和可读性，成为使用最多、影响最广泛的古典文献丛书。宇文

① David McCraw's review of *The Poetry of Du Fu* by Stephen Owen, *Harvard Journal of Asiatic Studies* 79.1/2(2019): 378—385; Nicholas Morrow Williams, “Sashimi and History: On a New Translation of Du Fu,” *China Review Internaitonal* 21.3/4(2014): 201—244.

② Lucas Klein, “Tribunals of Erudition and Taste: or, Why Translations of Premodern Chinese Poetry are Having a Moment Right Now,” *Los Angeles Review of Books*, July 15, 2016.

所安看到，在希腊文和拉丁文教育逐渐衰落的20世纪，“洛布古典丛书”成为欧洲文学传统和文化传统得以延续的重要方式。他表示，2015年墨提(Murty)家族捐赠给哈佛大学500万美元赞助出版类似的印度文学经典，也有人赞助出版阿拉伯文学经典系列，作为世界古文明之一的中华文明，也应该有像洛布、墨提这样的经典英译丛书①。2005年，宇文所安在获得美国梅隆基金会(Mellon Foundation)的“杰出成就奖”之后，决定用这一奖金作为出版“中华经典文库”的种子基金，于2013年发起了“中华经典文库”(Library of Chinese Humanities)。文库的编委会由包括宇文所安在内的七位学者组成，致力于出版中国古代文学和历史典籍的翻译，每种译作都有纸板书籍和免费线上电子文本两种形式。截止到2024年，已经出版了近十种，除了六卷本的《杜甫诗》，还有《寒山拾得丰干诗》《阮籍诗/嵇康诗》《李清照集》《王维诗文》(二卷)《曹植诗赋集》《颜之推集(含〈颜氏家训〉)》、《孟浩然诗集》、《李贺歌诗》。下一阶段，会陆续出版《列仙传》《河岳英灵集》《苏轼诗文选集》(四卷本)以及《资治通鉴》等文史典籍的英译。译者都是研究所译诗人作家的学者。2018年，宇文所安在获得表彰汉学领域特殊贡献的唐奖后，又把其中的研究经费都用于支持“中华经典文库”在全世界范围的免费电子文本下载，为的也是让更多人读到中华典籍。目前，基于哈佛大学东亚系的“中华经典文库”正在积极寻求下一阶段的赞助，以求把这一事业继续下去。

二、在中国

20世纪80年代以来，国内对海外汉学的译介和研究逐渐丰富和深入。先是翻译海外汉学著作，影响最大的是创办于80年代中后期的上海古籍出版社的“海外汉学丛书”和江苏人民出版社的“海外中国研究丛书”。到了90年代，学术氛围发生了改变。一方面是强调从本土文化酝酿出新观点、新方法的国学热，希望以本土文化对抗欧洲中心论；另一方面是海外汉学的专业化、学科化，表现为海外汉学研究中心等学术机构的建立，汉学学科与学位的设立，《国际汉学》《汉学研究》等学术刊物的出版，国际汉学研讨会的召开，一些学术期刊也开始发表海外汉学的文章。21世纪以来，对海外汉学的研究增多，成果包括期刊文章、学位论文、专著出版，等等。

对宇文所安的译介和国内对海外汉学的兴趣基本上是同步的。他的每一

① 宇文所安《杜甫在中国文学史上独一无二》，崔莹编著《访书记》，成都：四川人民出版社，2022年，第117页。

本书，除了译作《诺顿中国文学选集》和《杜甫诗》，都被译为中文出版，他在英文发表的部分单篇文章，也被收入了两本自选集，《他山的石头记》和《华宴》。1987—1992年之间，去美国留学的中国学者贾晋华将他的《初唐诗》《盛唐诗》译成中文出版，同时上海古籍出版社的编辑在北京国际书展买回《追忆》翻译出版。对他的两部唐诗著作，国内学界褒贬不一，倒是《追忆》这本12万字的小书大受欢迎，一版再版，吸引了很多喜爱文学的青年，使宇文所安的影响溢出了专业的范围。前面谈到，《追忆》在美国产生广泛的影响力，是因为它通过文本细读让完全不了解中国文化传统的美国读者进入中国文学的世界。而中国读者喜欢这本书，一个重要原因是它从中西文学传统各自的特点和差异的角度去读中国文学，使中国读者在熟悉的作品中看到新的东西①。以混合审美与思辨的essay文体应该也是这本小书吸引人的原因之一，翻译《中国文论读本》的王柏华博士就在译后记中谈到，她学生时不喜欢"严肃、干涩的理论"，又不满足于鉴赏文字，因此读到《追忆》"爱不释手"②。

21世纪初是翻译、出版宇文所安作品的高潮。2003—2006年，他的《中国文论》《他山的石头记》《韩愈和孟郊的诗歌》《迷楼》《中国"中世纪"的终结》翻译出版。与此同时，三联开始大力推广宇文所安的作品，再版他原来在别的出版社出的书。先是2004年推出《初唐诗》《盛唐诗》《追忆》修订本，然后出版《中国文论》《他山的石头记》修订本，前者更名为《中国思想读本：原典·英译·解说》，并在2014年推出"宇文所安作品系列"精装再版七种。除了再版旧作，三联也用相当快的速度翻译、出版新作，包括《晚唐》(2011)、《中国早期古典诗歌的生成》(2012)、他和孙康宜主编的《剑桥中国文学史》(2013)，以及《只是一首歌》(2022)③。每本专著在三联的销量都在三印到四印之间，《剑桥中国文学史》的印数更多。国内对宇文所安的关注也很多，媒体评论、期刊发表、学位论文、访谈和专著不断，研究他的专著就有十种以上，主要是梳理他某一方面研究，如唐诗、中国文论、"非虚构传统"、翻译等。

在宇文所安作品进入中国的近四十年中，有四个议题引起了比较广泛的关注和讨论，它们是宇文所安的唐代文学研究的评价，《中国文论》给比较文

① 张宏生《"对传统加以再创造，同时又不让它失真"——访哈佛大学东亚语言与文明系斯蒂芬·欧文教授》，《文学遗产》1998年第1期。

② 宇文所安著，王柏华、陶庆梅译《中国文论：英译与评论》，上海：上海社会科学院出版社，2003年，第696页。

③ 2004年以后，宇文所安论著的中译有三本没在三联出版，它们是《中国传统诗歌与诗学》(北京：中国社会科学出版社，2013)、《诗的引诱》(南京：译林出版社，2019)、《华宴：宇文所安自选集》(南京：南京大学出版社，2020)。

学、中国文论研究带来的启发，重写文学史引起的思考，围绕“世界诗歌”产生的争议。

（一）对宇文所安唐代文学研究的评价

对宇文所安的四本研究唐代文学的专著，国内学界的关注度不太一样，对《初唐诗》《盛唐诗》关注最多，《中国“中世纪”的终结》其次，《晚唐》最少，这个情况与中译本在中国出版的时间，以及在那个时间点中国自身唐代文学研究发展的情况有关。《初唐诗》《盛唐诗》的中译本在 20 世纪 80 年代末、90 年代初出版的时候，虽然中国大陆的唐代文学研究在文革后已经积累了一些成果，这两部著作“仍给中国学界带来一定的刺激”①。一些学者认为，书中的新视角、新方法带来了对中国文学的新见解。1996 年，刚从复旦大学获得博士学位不久留校任教的陈引驰，在《中国比较文学》发表关于《初唐诗》《盛唐诗》的书评，认为宇文所安对文学时代的评估、对文学现象的揭示、对个体作家的评价，都有新鲜的观察。尤其是他把宫廷诗、都城诗作为唐诗演进的线索——比如宫廷诗和都城诗是规范性的艺术成就，盛唐诗的成熟表现在对初唐宫廷诗的形式和规范的扬弃，盛唐最伟大的作品是相对于宫廷诗和都城诗的规范性和群体化的有个性的声音——对中国学术界反省文学史的新构架、反省对古典文学的整体把握都有启发②。也有学者发表了批评的意见，最尖锐的是南京大学莫砺锋教授在 1996 年《唐研究》发表的书评③。书评虽然肯定这两本专著是二十年来美国汉学家同类著作中的佼佼者，具有研究视角新颖、文学史意识浓厚等优点，但主要的篇幅用于在字句理解、诗意阐释、历史背景等方面提出问题。

莫砺锋书评中的批评意见还涉及研究方法的分歧。例如，宇文所安归纳出宫廷诗的“三部式”结构，提出这个结构是初盛唐诗歌的标准范式；而莫砺锋认为这是以偏概全，他举例说明很多初盛唐优秀诗人没有遵循“三部式”的规范，强调模式不能制约文学创作，恰恰相反，文学的发展总是在追求突破既有的程式。实际上，对一个时代的文学来说，规范和突破规范总是同时存在的，主要是在研究中侧重哪个方面的问题。宇文所安从文学史功能的角度解释自己关注诗歌范式的原因。他说：“文学史不是‘名家’的历史。文学史必须包括名家，但是文学史最重要的作用，在于理解变化中的文学实践，把当时的文学

---

① 蒋寅《在宇文所安之后，如何写唐诗史？》，《读书》2005 年第 4 期。
② 陈引驰《诗史的构筑与方法论的自觉——宇文所安唐诗研究启示》，《中国比较文学》1996 年第 1 期。
③ 莫砺锋关于《初唐诗》《盛唐诗》的书评，《唐研究》1996 年总第 2 卷。

实践作为理解名家的语境。"[1]也有学者从研究现状的角度思考这两种研究路径的选择。2013 年,刚从复旦大学获得博士学位不久、任教于浙江大学的年轻学者林晓光,在给宇文所安《中国早期古典诗歌的生成》写的书评中谈到莫砺锋的书评,说宇文所安的研究和莫砺锋的批评"不仅是个别观点上的不同,实际上更是思考方向上的南辕北辙(但同时也是互相补充)"[2]。前者解释普遍性的文学运作机制,后者揭示天才与革新。他说,当然我们希望看到这两者的结合,"从普遍性、构造性的知识库存中如何生成了富于个人创造力的名作,而名作又如何反过来指引着知识库存的更新与扩容?"但从目前的研究状况看,研究文学史中的"套路"是以往的研究中缺乏的,因而也是亟待补充的。

《中国"中世纪"的终结》中译本在 2006 年出版后,在中国学界引起了如何拓展中唐文学研究的思考。当时国内对中唐文学的研究主要集中在分析中唐诗相对于盛唐诗的"新变",探讨政治、儒释道思想等社会文化因素对中唐诗的影响,因此宇文所安在书中讨论的中唐文学文化现象,像对自我的关注,对诠释的兴趣,再现风景的方式,制造的诗艺,浪漫文化,使一些学者去考虑研究中唐文学可以有什么新角度,可以提出什么新问题。例如,李浩从宇文所安书中谈到的中唐园林生活与文学创作的关系出发,具体阐发可能的唐代文学研究方向[3];刘宁则关注书中以"近世性"关照中唐的方法,把这本书放在内藤湖南提出的"唐宋变革说""宋代近世说"的框架中,放在日本和欧美学者引入"近世性"的理论视角研究宋代文学、中唐文学的实践中,来分析这本书提供的理论视角和阐释可以为解读中唐文学带来怎样的变化,期待以此为出发点突破关于中唐文学是盛唐的"新变"这个文学史论述,发掘中唐的独立价值[4]。写书评文章时,李浩和刘宁都是唐代文学研究领域具有实力的中青年学者,李浩的文章发表在《文学评论》,刘宁的一万七千字长文先在中国唐代文学学会第十五届年会上报告,然后在《国学学刊》刊发,他们的评论一定程度上反映了学界对这本专著的重视。相比之下,2011 年出版的《晚唐》中译本在学界似乎没有引起什么反响,虽然发行量不少,豆瓣评分也不低,但没有出现有分量的学术评论文章。这也许跟国内唐代文学研究界的研究兴趣转变有关:此时,比起对唐诗的整体性研究,大家更关注对文学、文献具体专题的深入研究。此外,可能也跟近年来的文化大气候有关。

---

① 宇文所安《盛唐诗》,"《初唐诗》《盛唐诗》三联版序言",北京:生活·读书·新知三联书店,2004 年。
② 林晓光《启示与问题——评宇文所安〈中国早期古典诗歌的生成〉》,《文艺研究》2013 年第 1 期。
③ 李浩《微型自然、私人天地与唐代文学诠释的空间》,《文学评论》2007 年第 6 期。
④ 刘宁《"近世性"与中唐文学》,《国学学刊》2010 年第 3 期。

(二)《中国文论》引起的关注

在宇文所安作品的中译里面,2003 年出版的《中国文论:英译语评论》在学术界产生了比较大的反响。我们知道,宇文所安撰写这本书,是想通过翻译、解释《诗大序》《文赋》《文心雕龙》《沧浪诗话》《原诗》等中国古代文论作品的段落,向西方读者讲解中国的文学理论。那么,这样一部由国外学者给国外读者编写的中国文论读本,为什么会在中国引起关注?这与中国当时的文化学术背景有关。在国家文化政策的层面,中国文化如何"走出去",实现跨文化传播,是 21 世纪初确定的国家战略,成为学界关注的话题。在文化交流的层面,从 20 世纪 90 年代开始,在后殖民主义理论的影响下,国内学者对西方中心主义的认识逐渐加深,于是如何看待海外的中国研究、如何实现不同文化之间的平等交流和互动,成为迫切需要思考的问题。在中国古代文论研究的层面,90 年代中期开始的"中国古代文论的现代转换"成为中国文艺理论界普遍关注的问题,大家在讨论怎么才能突破在中国古代文论话语内部进行研究的模式,更好地理解、挖掘古代文论的智慧,使之成为阐释当今文艺实践的理论资源?《中国文论》的出版,被认为是给思考这些问题提供了参考,因此得到文化宣传部门、比较文学学者、中国古代文学学者的广泛关注。

《中国文论》译介到中国,是由比较文学学科主要奠基人乐黛云推动的。20 世纪 90 年代中后期,她在北京大学给研究生开比较诗学课时,选用了这本书的英文版做教材,逐字逐句研读,当时上课的王柏华后来成为此书的主要译者。乐黛云在《中国文论》的序言中说,从 90 年代初,她经常思考如何真正实现中西文论之间的互动、从不同文化的视点来理解和阐释另一种文化,这本书让她看到了在中西文论的互动中通过"双向阐发"而产生新思想的门径[①]。她谈到,宇文所安在书的第一章首段讨论《论语·为政》中"子曰:视其所以,观其所由,察其所安"这段话,是因为他看到孔子提出的认识事物的三级系列,与西方理论中模仿与再现的二元结构很不一样;中国的文论选本、文论史、文学批评史很少注意到孔子这段话,这说明如果没有与西方文论的不同视点的比照,对中国的特殊认识方式,有时也很难觉察,反之亦然。

《中国文论》出版后,一个月就销出了四千册。出版社组织了研讨会,参会者有上海市宣传部,上海大学、复旦大学、华东师范大学、上海外国语大学等高校的中文系、外语系、历史系教师[②]。会上,上海市宣传部社科规划办公室荣

---

① 宇文所安著,王柏华、陶庆梅译《中国文论:英译与评论》,乐黛云"序言"。

② 关于这次会议,参见《美国汉学:英译文论"返销"中国》,《社会科学报》2003 年 4 月 3 日。

跃明从跨文化传播的角度定位这本书的价值，认为它是一个西方如何看待中国的范例，今后的文化传播可以借鉴此书。学者也把《中国文论》看作是跨文化传播的成功例子。任教于华东师范大学中文系的胡晓明在《文汇报》撰文说，这本书是继理雅各(James Legge)的儒家经典英译、华滋生(Burton Watson)的中国诗歌英译、康达维(Daivd Knechtges)的《文选》英译之后，“中国经典又一次规模盛大的西方旅行”，而这本书的中译是带回新奇风景的“远行回家的游子”，这新奇的风景，就是因为具有比较的视角而敏感地捕捉到的中国文论的特点①。

《中国文论》被广泛接受，还因为它表现出中西文明平等交流的自觉。在当时的中国古典文论研究领域，不少学者忧虑中国文论在西方理论的强势冲击下失语，因而对海外的解释有戒备心，同时，希望借助西方资源激活中国古代文论的学者尝试以西方为参考、但不以西方为标准的研究方式。在这个背景下，《中国文论》提供了对等交流、互鉴的可能性。前面谈到，宇文所安在20世纪80年代末、90年代初就警惕比较文学研究中的西方中心论，不赞同用西方理论讲解中国文学的做法，因而在《迷楼》中尝试以并置的方式呈现不同文化传统中诗歌的普世性和差异性。这也是他在《中国文论》中采取的立场。如果用西方理论衡量中国文论，会觉得中国没有文学理论，或者中国文论的观念和范畴不够清晰、不够精确，宇文所安不同意这种看法。他认为，中国文学批评没有像西方那样形成完整的概念系统，但这不是中国文学批评的缺点，而是它的特点。没有完整的理论体系不意味着没有理论，理论可以不用“体系”的方式来表达，比如中国文论的表达方式就是把一系列问题提出来讨论，强调多样性和个别性，用不同的方式处理不同的问题。正因为宇文所安的中国文学、文论研究从这样的立场出发，他被评价为“西方学界中少数几个既能尊重中国文学历史真实，又能真正弄懂它的学者。”②

在中国古代文学研究界，也有学者认为《中国文论》的研究方法具有借鉴的意义。复旦大学教授陈引驰、硕士研究生赵颖之合写的书评从两个方面评述这本书可以如何丰富我们对中国传统文论的理解③。一个是“通过文本来讲述文学思想”的方法。一般的文论选本侧重文学观念、理论内涵及其历史意义，因此选本包括选文、注释和解题。相比较，《中国文论》对文本进行仔细的分析，

---

① 胡晓明《远行回家的中国经典》，《文汇报》2003年3月14日。

② 胡晓明《远行回家的中国经典》，《文汇报》2003年3月14日。

③ 陈引驰、赵颖之《与“观念史”对峙：“思想文本的本来面目”——宇文所安〈中国文论〉评》，《社会科学》2003年第4期。

甚至具体到字词和句式，因此能发现观念和理论不能涵盖的方面，比如文类特点对它承载的内容的影响，作者自己也未必意识到、或者不能完全控制的矛盾观点。另一个是把思想文本和文化史整合起来的方式。如果考虑社会文化变迁的因素，就会发现我们习以为常的一些判断，比如诗话不严整、价值不高，《文心雕龙》是中国文论传统的经典之作，其实是20世纪以后西方传统中重视系统性诗学的观念进入中国后产生的影响。而实际上，诗话在中国出现的时候，它的权威性来自《论语》这样的儒家经典，因此是诗话而非《文心雕龙》成为中国文学话语的主导模式，而南宋以后诗话形态的变迁，又要放在印刷文化促成的南宋后期和元代前期的文学研究逐渐通俗化的背景中理解。这些例子说明，对文学和文论的把握需要文化史的敏感，文本的内部和外部之间总是存在着关联。

（三）重写文学史带来的思考

宇文所安重写文学史的实践，主要体现在他和孙康宜主编的《剑桥中国文学史》和专著《中国早期古典诗歌的生成》《晚唐》《只是一首歌》中。其中，《剑桥》对中国学界产生了比较大的冲击，引起了很多讨论。它的中译本在2013年出版后，至今已经七印34 000册，四年间就有约二十篇书评，后来也一直有高质量的评论文章出现。这些文章发表的地方，既有报纸如《文汇报》《文学报》《书评周刊》《中国图书评论》，也有中国古代文学、文艺学、比较文学、汉学研究等学科的重要期刊如《文学遗产》《文学评论》《文艺研究》《文史哲》《中国比较文学》《国际汉学》。参与讨论的人员也很多样。除了原来就关注宇文所安研究唐代文学、中国诗学的学者如陈引驰、蒋寅，也有研究中国文学兼海外汉学的学者徐志啸，撰写了《中国文学编年史》的陈文新，研究明清诗文的学者左东岭、颜子楠，文学批评家张定浩，还有比较文学研究者。评论包括很多不同的方面，有的讨论书的整体构想，如"文学文化"的研究方法、解构主义的理念；有的指出错误；有的商榷或评析书中的具体内容，比如关于《楚辞》的论述、屈原其人的历史真实性、有关中国小说的叙述、明代诗歌研究的范式等等①。

---

① 比较有代表性的评论如王敏《〈剑桥中国文学史〉与新文学史学》，《上海交通大学学报》2012年第5期；陈引驰《文学史如何关注"大问题"？从〈剑桥中国文学史〉说起》，《文汇报》2013年12月7日；张定浩《解构主义的招数——读〈剑桥中国文学史〉上卷》，《文学报》2013年9月19日；徐文翔《"理念"还是"招数"？——也谈〈剑桥中国文学史〉的解构主义文学史观》，《中国图书评论》2014年第2期；陈文新《〈剑桥中国文学史〉商兑》，《文艺研究》2014年第1期；顾伟列《"文学文化史"：〈剑桥中国文学史〉的编撰新范式》，《中国比较文学》2014年第3期；蒋寅《一个中国学者眼中的〈剑桥中国文学史〉》，《首都师范大学学报》2014年第2期；徐志啸《文学史研究的启示与思考——以〈剑桥中国文学史〉为例》《文学评论》2015年第1期；陈文新《疑古与分寸——评〈剑桥中国文学史〉的楚辞论述》，《文艺研究》2016年第6期；徐艳《远游，我们可以走多远？——〈剑桥中国文学史〉"文学文化史"研究思路评析》，《学术月刊》2017年第5期；张洪波、魏崇新《当代西方中国文学史中的古代小说叙述——对〈哥伦比亚中国文学史〉与〈剑桥中国文学史〉的研究》，《国际汉学》2019年第2期；颜子楠《抒情与商业：〈剑桥中国文学史〉中的明代诗歌研究范式》，《文史哲》2021年第6期；左东岭《被揭示的与被遮蔽的——读〈剑桥中国文学史〉》，《国际汉学》2023年第2期。

之所以《剑桥》得到这么多关注，不只是因为主编宇文所安、孙康宜的学术声誉，或者剑桥史的名气，或者参与撰写的十四位学者都是目前欧美最有实力的中国文学研究学者，最主要的是，它和我们熟悉的中国文学史太不一样了。国内的文学史通常采用时代背景、作家生平、作品分析的三段模式，围绕作家作品展开论述，分析文体的特征和发展，重要作家的风格和地位，以及作品的特色和价值。而《剑桥》采用的是"文学文化史"的框架，即在文化的视野中审视文学现象。全书花了很多篇幅说明各个时代的文化现象，比如西汉的刘向校书，梁代的目录和类书的编纂，齐梁至初唐的宫廷文化，宋代印刷术的普及，明代的图书出版和城市文化；对于文学与文化之间的关系，则是"将文学文本更深切地置于文本生成的历史、制度的语境之中，讲述文学生产、阐释、接受的全过程"①。《剑桥》的文学文化史写作方法，要放在欧美学界 20 世纪 80 年代以来对文学史的反思和重写这个大背景中看。哈佛大学出版公司在 20 世纪 80 年代中期策划的"新编文学史"系列丛书，已经出版的《新编法国文学史》(1989)、《新编德国文学史》(2004)、《新编美国文学史》(2009)、《新编中国现代文学史》(2017)这四种，都以不同方式背离了以往文学史以大师、经典为脉络的线性书写，而是从特定的时间节点进入文学史，用关键词呈现文学史图景，注重文学文本的物质形态和知识生产的文化研究②。另外还有 1994—2005 年陆续出版的八卷本《剑桥美国文学史》，也力图展现文学产生的社会文化舞台，包括种族冲突、宗教派系、社会变革、书刊出版，也是文学文化史的思路③。

对《剑桥》的做法，国内的反馈是有称赞，也有疑问和争议。多数评论者肯定这种写法跳出窠臼，认为这种视角可以揭示出一些原来被忽视的文学现象，引发读者思考文学现象背后的文学观念变化。比如结合出土竹简讨论书写者的读写能力，关注战国文本的汉代建构、元杂剧的明代改编，注意到南宋道学对诗文的规约以及社团、印刷技术对南宋文学风格的影响，阐明复古观念和印刷业的发展使晚明成为各种文类的经典化时期，揭示晚明文化对清初文学的影响，以及清初各种文体的写法、风格与时代变迁的关系，等等。不过，一些学

---

① 陈引驰《文学史如何关注"大问题"？从〈剑桥中国文学史〉说起》，《文汇报》2013 年 12 月 7 日。

② Denis Hollier ed., *A New History of French Literature* (Cambridge, MA and London: Harvard University Press, 1989); Hans Ulrich Gumbrecht et al., *A New History of German Literature* (Cambridge, MA and London: Harvard University Press, 2004); Greil Marcus and Werner Sollors, eds., *A New Literary History of America* (Cambridge, MA and London: Harvard University Press, 2009); David Der-wei Wang, ed., *A New Literary History of Modern China* (Cambridge, MA and London: Harvard University Press, 2017).

③ Sacvan Bercovitch, ed., *The Cambridge History of American Literature* (Cambridge University Press, 1994—2005).

者在肯定文学文化史视角具有新意的同时,也指出这一方法的弊端,主要是导致了"文学"的缺失。蒋寅提出,全书花了很多篇幅讲述文本的形成、流传和阐释传统,可是"对作品艺术技巧、风格特征及其魅力的描述显得有些欠缺",因此很难唤起读者阅读作品的兴趣,而这正是文学史应有的功能①。同样的批评在英文书评中也多次出现:倪豪士说全书缺乏作品情节介绍,难以吸引普通读者;何谷理说《剑桥》最令人失望的是缺乏文学,虽然有作家的生平和文献资料,但是没有作品②。文学的缺失还表现在对文体的讨论较少。研究中国诗学、思想史和明代文学的资深学者左东岭认为,这本书的最大缺陷是对文体的忽略。由于文体是中国古代文学的最核心的要素,讲清文体的内涵与演变是写中国文学史的关键,但《剑桥》对很多应该交代的文体特征都没有谈;可是,不说杜甫诗体集大成的特点,就无法公允评价杜甫诗,也无法论及他对中唐和宋诗的影响③。其实,关于《剑桥》中"文学"的缺失,很大程度上是篇幅所限,编者和撰写者都颇有苦衷。剑桥出版社开始提出《中国文学史》只能出一卷本,宇文所安说如果只能出一卷就放弃参与,出版社才让步为两卷,每一卷都有严格的字数限制。因此,每章的撰写者分到的篇幅很有限,也就不可能太多地谈到文本、文体等问题。对比《剑桥美国文学史》的八卷本,可以明显看出剑桥出版社对英语文学的偏重,中国文学对他们来说不是一个重心。

在宇文所安重写文学史的专著中,《中国早期古典诗歌的生成》和《只是一首歌》在国内学界引起了较大的反响,一些新锐青年学者认为,书中的研究方法对汉魏六朝文学研究、北宋词学研究具有颠覆力量和启示意义。前面已经提到 2013 年林晓光在《文艺研究》发表的书评文章,他高度评价《中国早期古典诗歌的生成》,认为这本书比宇文所安的唐诗研究价值更高,因为它的理论反思更彻底,研究范式更有开拓性,而这些都是国内六朝文学界所缺乏的,书中"对汉魏文学研究方法的思索,是至今最有颠覆性力量、也最有整体启发意义的"④。启发之一是对中介的研究。林晓光写到,将研究对象生成的历史也作为研究对象的思考方式,在先秦研究中已经发展得比较成熟,经过余嘉锡、李学勤、李零等学者的工作,今天讨论先秦典籍的时候,没有人会忽略刘向、刘

① 蒋寅《一个中国学者眼中的〈剑桥中国文学史〉》,《首都师范大学学报(社会科学版)》2014 年第 2 期。

② William H. Nienhauser, Jr.'s review of *The Cambridge History of Chinese Literature*, *Bulletin of the School of Oriental and African Studies* 74.1(2011):157—159; Robert E. Hegel's review of *The Cambridge History of Chinese Literature*, *Chinese Literature: Essays, Articles, Reviews* 34(2012):162—175.

③ 左东岭《被揭示的与被遮蔽的——读〈剑桥中国文学史〉》,《国际汉学》2023 年第 2 期。

④ 林晓光《启示与问题——评宇文所安〈中国早期古典诗歌的生成〉》,《文艺研究》2013 年第 1 期。

歆、班固等人对先秦文献体系发挥的影响。但是汉魏六朝文学研究还没有重视中介的因素，比如六朝人对汉魏文学的谱系重塑，隋唐编撰的类书对六朝文学的删落改造，这里面涉及手抄本的复制与改写、大规模整理过程中导致的变形错位、片段文本的拼接等等。因此，对中介的研究在上古、中世文学史、文化史研究中都有重要意义。在方法论上，不同于有些论者强调西方理论的影响，林晓光认为宇文所安运用的是文献学的基本原则：在较早期文献中未能见到、在后一时代的文献中被著录的书目，如果没有确定来源，则不可信以为真。在文献学中，学者们大量运用这一方法证伪，而在汉魏六朝文学中，这一问题却长期成为盲点。盲点出现的原因是学者一般把齐梁看作是一个阶段，而宇文所安以十年、二十年为单位看历史变化，于是能意识到刘勰、钟嵘、徐陵虽然都是齐梁人，却有先后之别，因此能看到他们观点的递进变化。

《只是一首歌》也得到词学研究学者的关注。2020 年，复旦大学青年学者赵惠俊在《上海书评》发表长文评介此书。赵惠俊对北美和国内的词学研究都有深入的了解，他 2017 年与人合译艾朗诺的《才女之累：李清照及其接受史》，2019 年出版了自己的词学专著《朝野与雅俗：宋真宗至高宗朝词坛生态与词体雅化研究》，因此能够把《只是一首歌》放在宋词研究整体状况中评述，认为书中“展示的观点与方法充满颠覆力量，也颇具启示意义，其间的优劣短长，更有助于今日的宋词研究反思浙常传统的得失”[①]。一个启示是反思“知人论世”批评方式的问题。在传统词学研究中，由于知人论世的传统深入人心，论者往往用词人的生平解读词作，用词作补充词人的生平，很多精力花在考订生平、作品系年。但正如宇文所安指出的，由于北宋前期词是流行歌曲，抒情主体和词人自我的关系是疏离的，这奠定了词体写作的规范和传统，再加上词集往往结集于词人离世的一两个世纪之后，中间经过多人口传手写，造成写定文本与原初文本之间有很大距离，更难以探究作者的“本意”。因此在词学研究中应该把词人从词作中抽离出来，才能尽量接近词体文本的真实，更好地揭示词作的文体艺术。另一个启示是反思“婉约豪放”这个传统词学研究经典论述框架的局限。书评同意宇文所安的批评，即由于婉约豪放只在词体文学中存在，使得宋词研究无法与宋代其他文体对话，也无法与宋代文化背景产生关联。这两个启示指向赵惠俊总结的宋词研究实现突破的两条路径，一是深入宋词文本内部的精细探析，二是将宋词放置于两宋社会历史大环境下予以关

① 赵惠俊《赵惠俊读宇文所安：谁妆扮了北宋词人》，《上海书评》2020 年 8 月 26 日。

照。同在2019年出版的《只是一首歌》和《朝野与雅俗》，可以说是在这两条研究路径上的探索，代表了北美和国内词学研究的前沿成果。

(四) 围绕“世界诗歌”产生的争议

最后要谈的话题，是宇文所安关于北岛诗英译的书评在中国当代诗人和当代诗歌研究者中激起的反响。1990年，宇文所安在面向非专业读者的《新共和国》(*New Republic*)杂志发表为杜博妮(Bonnie S. McDougall)所译北岛诗集《八月的梦游者》(*The August Sleepwalker*)写的书评，题为《什么是世界诗歌?》①。书评在美国的中国文学研究者中引发了激烈的反应，主要参与者包括奚密(Michelle Yeh)和周蕾(Rey Chow)②。在国内，最早回应这个争议的是20世纪40年代成名的“九叶派”诗人郑敏。她1993年在《文学评论》上发表长文《世纪末的回顾:汉语语言变革与中国新诗创作》，讨论这个“国际汉学界”引出的问题③。郑敏的文章影响很大，她提出的一些问题在诗歌界引起了很多批评和讨论。1997年，中国中外文艺理论学会和四川大学比较文学基地主办的《中外文化与文论》刊登了宇文所安《什么是世界诗歌?》的中译和奚密的回应。2003年，宇文所安在美国期刊《现代语文学》发表了《进与退:“世界”诗歌的问题和可能性》，拓展了十几年前书评中的论点④。同一年，宇文所安在发表于《书城》的访谈《我在思考未来诗歌的一种形态》中比较详细地解释了他在《什么是世界诗歌?》中的一些观点⑤。2006年，中国当代文学研究者洪子诚把宇文所安的《什么是世界诗歌?》《进与退》这两篇文章的中译一同刊登在北京大学新诗研究所的辑刊《新诗评论》上，引起一些现当代文学研究者的关注⑥。对宇文所安提出的相关议题的讨论，21世纪以来一直在继续，直到最近，《文学评论》《中国比较文学》《当代文坛》《读书》《当代作家评论》《扬子江文学评论》等期刊都发表了由“世界诗歌”之争引发的讨论，议题包括新诗与传统

---

① Stephen Owen, “The Anxiety of Global Influence: What is World Poetry?” *New Republic*, November 19, 1990. 中译有文楚安译《环球影响的忧虑:什么是世界诗?》,《中外文化与文论》1997年第2期;洪越译《什么是世界诗歌?》,《新诗评论》2006年第1辑。

② 奚密《差异的忧虑——对宇文所安的一个回响》,载《今天》1990年第1期,以及《中外文化与文论》1997年第2期。Rey Chow, *Writing Diaspora: Tactics of Intervention in Contemporary Cultural Studies* (Indiana University Press, 1993), 3, 6—7.

③ 郑敏《世纪末的回顾:汉语语言变革与中国新诗创作》,《文学评论》1993年第3期。

④ Stephen Owen, “Stepping Forward and Back: Issues and Possibilities for ‘World’ Poetry,” *Modern Philology* 100.4(2003), 532—548. 中译见宇文所安著,洪越译《进与退:“世界诗歌”的问题和可能性》,《新诗评论》2006年第1辑。

⑤ 翟缺《我在思考未来诗歌的一种形态——宇文所安访谈录》,《书城》2003年第9期。

⑥ 例如,2006年5月,北京大学中文系吴晓东教授召集了现代文学专业的硕士生讨论这两篇文章,讨论稿整理后以《从“世界诗歌”到“诗歌的世界”——关于宇文所安“世界诗歌”问题的讨论》为题发表在《新诗评论》2007年第1辑,后收入《在北大阅读现代:十三堂文学讨论课》,北京:生活·读书·新知书店,2024年。

的关系、新诗的现代性和民族性、新诗的语言、新诗的"身份"、新诗的翻译和研究方法，等等①。

在评述各种讨论之前，有必要先概述宇文所安书评《什么是世界诗歌?》的内容。书评分析了"世界诗歌"这个新事物所暗含的全球文化经济和西方中心的文化等级秩序。"世界诗歌"由国际读者和地方作者共同塑造。国际读者是欧美读者和诺贝尔奖这样的评价机构，地方作者是非西方国家的诗人。国际读者钟情的"世界诗歌"是具有"舒适的民族风味"的诗，它们有一定的地方色彩，但又不能地方色彩太浓烈；或者是政治化的作品，比如第三世界作者写的为民主奋斗和受迫害的诗，这些诗让国际读者感到高尚的愤怒。对于想要得到国际认可的地方作家来说，他们至少有一部分在为想象的国际读者创作，去满足国际读者的口味。北岛的诗是一个"世界诗歌"的个例。在中国的历史语境中看，北岛那些大胆的、政治色彩浓厚的诗让"文革"后的中国读者感到振奋，他对于生活和艺术中非政治的具有诗歌价值的东西的发掘也使他的诗具有真正的诗意。但是，当北岛诗的英译作为"世界诗歌"出版，国际读者读到的是西方现代主义的仿作，因为北岛的诗属于20世纪初期中国诗人创造的与过去决裂的新诗，他们学习的是西方现代主义诗歌。这样从西方诗歌译本衍生出来的"世界诗歌"给人以单薄、空落的印象。北岛诗这样的作品能够在英美有名望的出版社出版，只是因为作者是中国诗人，因为他的政治活动；国际读者寻找的也根本不是诗，而是通向其他文化现象的窗口。宇文所安从北岛的诗中看到"世界诗歌"的一种可能的前景，就是写一种可译的诗，主要依靠意象，而不是文字的排列、特殊的语汇、或者特别的音调效果。

在美国和中国，宇文所安书评所引发的新诗学者与实践者最尖锐、也最持久的批评，是针对他认为中国现代诗由于只以西方诗歌为资源、与中国本土传统断裂而缺乏自己特色的观点②。对自己受到的批评，比如认为他是只推崇中国传统诗、否定中国现代诗的保守的东方主义者，宇文所安没有直接回应，

① 有代表性的评论如柏桦《现代汉诗的现代性、民族性和语言问题》，《当代作家评论》2010年第5期；亚思明《全球性影响的焦虑还是传统与现代的对接？——关于汉语新诗的"去中国化"误读》，《文学评论》2015年第1期；姚达兑《"世界诗歌"事件及其理论启示》，《中国比较文学》2020年第1期；苏晗《新诗的"身份"与1990年代历史意识——以"世界诗歌"争论为起点》，《当代文坛》2022年第4期；邱健《新诗创作与翻译：重返宇文所安的"世界诗歌"之争》，《扬子江文学评论》2023年第5期。

② 参见奚密《差异的忧虑——对宇文所安的一个回响》；Rey Chow, *Writing Diaspora: Tactics of Intervention in Contemporary Cultural Studies*, 3, 6—7；西川《传统在此时此刻》，《当代作家评论》2011年第4期；臧棣《现代性与新诗的评价》，《文艺争鸣》1998年第3期；张枣《朝向语言风景的危险旅行——中国当代诗歌的元诗结构和写者姿态》，《上海文学》2001年第1期；张枣著，亚思明译《现代性的追寻：论1919年以来的中国新诗》，四川文艺出版社，2020年。

但在2003年发表的《进与退》和《书城》访谈中再次讨论了在北岛书评中提出的一些问题。一个问题是中国新诗与传统、与西方现代诗的关系。他说，译诗影响本国诗歌的情况是双向存在的。英文、法文诗歌被译为非欧洲语言，非欧洲语言的诗也被译为欧洲语言，不过这两种方向的翻译使本国的诗歌创作和诗歌传统之间发生了不同形态的关系。在第一种情况，英语诗歌（如浪漫主义）被译为非欧洲语言，全世界很多地方的年轻一代都曾经受到这些诗的激发，写出一种与自己的过去断裂的诗，而不是利用自己的过去、使之脱胎换骨的诗。在第二种情况，中国古典诗的翻译对英美现代主义诗歌产生了巨大影响。但是这两种情况的不同在于，在英语诗歌里，中国译诗补充了英语诗歌这个从古典英语诗歌开始的持续不断的历史；但在中国或土耳其或韩国的情况里，西方诗歌的模型取代了本国的古典诗歌传统。他说，他知道中国当代诗人在探索与传统连结的方式，这固然是好事，但与传统断裂的新诗也不是不好，新诗已有百年历史，取得了很大成就，而且在我们的时代，新诗常比旧体诗有意思得多，但是旧体诗的创作和出版也不应该被忽略和轻视。

第二个问题是“世界文学”在多大程度上是将不同的文化本质化、抹除了地方的差异性？宇文所安把以诺贝尔文学奖为代表的国际认同比作购物中心的食廊，里面有意大利、中国、印度、日本、墨西哥等快餐厅。餐厅卖的食品既不能太普通，比如炒鸡蛋，也不能太异国情调，像凉拌海蜇，而应该既有差异又令人舒适，比如牛肉炒西兰花。在美国设置世界文学的课程和设计食廊有相似之处，大学生接触到的其他国家的文学，必须处于让读者感到舒适的差异地带，尽管教授比食廊餐厅更艰苦地尝试挑战学生/消费者的品位和预期，尝试介绍一些在本文化中被赞扬的文本。但这样的世界文学和全球文化的问题仍然存在：某一种文化中的文学会被本质化，它里面的地方性、差异性会被忽略。

宇文所安提出“世界诗歌”问题的1990年，正是人们认为冷战结束、拥抱全球化的历史时刻。他指出的一些问题，比如在全球文化资本不平均分布的情况下，“世界诗歌”是在欧美形成、由它们的文学标准衡量和改变过的诗歌，比如得到国际读者认同的“世界诗歌”，在翻译和创作过程中因为要适应西方读者对于普遍性的要求而倾向于抹除当地的文学历史的独特性，在20世纪末、21世纪初兴起的“世界文学”讨论中得到了更广泛、深入的讨论。2003年，世界文学的倡导者大卫·达姆罗什（David Damrosh），在《什么是世界文学?》的导论中评析了宇文所安评北岛诗引起的争论，继而提出了关于“世界文学”概念的具有广泛影响力的观点：当一个作品通过翻译进入世界文学，它就获得了新的生命，其价值不依赖与原初文化的关系，更重要的是它在新的文化空间中如何流通和引起共鸣[①]。2015年，北京师范大学举办了以"何谓世界文学？地方性与普世性之间的张力"为主题的国际学术论坛，论坛所聚焦的世界文学的地方性与普世性之间的关系，也是宇文所安在四分之一世纪之前提出的问题。

文学在世界的流通经由翻译获得生命。宇文所安把翻译者比作"文学经纪人"，他们有特殊的权力"代表"和展现一个国家的文学。宇文所安不讳言自己也是这样一个文学经纪人，虽然他所代表的是杜甫这样的古代诗人[②]。实际上，他的所有工作都是在用各种办法把中国文学引入英语读者的视野，同时警惕跨文化、跨语际交流中的不对等权力关系，从编译面向大学生的中国文学作品选、文论读本和世界文学作品选，组织推动"中华经典文库"的翻译项目，比较分析中国诗歌和世界其他文化的诗歌；到在研究中思考如何使中国文学既具有普遍性、却又不用西方标准衡量，如何摆脱中国文学研究在西方学术环境中的边缘地位；以及有意识地把中国文学当做文学而非地方性的"汉学"、或有关"中国"的专门知识来研究。也因此，宇文所安的自我定位是介于传统"汉学"世界和美国"比较文学"世界之间的研究者，是置身于"中国研究"（China Studies）之外、致力于"中国文学研究"（Chinese literary studies）的学者[③]。他是把中国文学推向英语世界的中国文学研究者。

［作者简介］ 洪越，中国人民大学文学院副教授。

① David Damrosh, *What is World Literature*? (Princeton University Press, 2003)中译见大卫·丹穆若什著，查明建等译《什么是世界文学？》，北京大学出版社，2014年，第23—28页。

② 翻缺《我在思考未来诗歌的一种形态——宇文所安访谈录》，《书城》2003年第9期。

③ 刘苑如、Harrison Huang《冬访宇文所安——"汉学"奇才/机构"怪物"的自我剖析》，《中国文哲研究通讯》2018年总第28卷第1期。

《唐五代诗全编》暨唐代文学文献学研讨会会议综述

吴心怡

2024年12月7日，由复旦大学中国古代文学研究中心、复旦大学中文系、中国唐代文学学会、上海古籍出版社联合主办的《唐五代诗全编》暨唐代文学文献学研讨会在复旦大学光华楼思源厅举行。会议邀请了来自北京大学、复旦大学、中国社科院文学所、上海社科院文学所、华东师范大学、南京大学、浙江大学、山东大学、中国人民大学、首都师范大学、南开大学、北京外国语大学、陕西师范大学、西北大学、上海师范大学、苏州大学、华南师范大学、西安外国语大学、广州大学、新疆师范大学、日本东海大学、上海古籍出版社等超过20所高校与机构的40余名学者参与研讨。

一、开幕式

早上八点半，会议开幕式正式开始，由复旦大学中文系主任朱刚教授主持。

复旦大学党委副书记林立涛代表复旦大学对参会嘉宾表示欢迎，祝贺研讨会召开，并向陈尚君教授致敬。他说，今年8月首发的《唐五代诗全编》，由陈尚君教授历经40余年独立完成，全书50册，1 800多万字，订正《全唐诗》大量错漏，补充众多诗作，是学界公认的集大成、巅峰之作，具有标杆意义。陈教授深耕唐五代文学文献，是复旦资深教授与学科带头人。此次研讨会以《全编》为核心，聚焦唐代文学文献学。复旦大学期望与会专家学者深入研讨相关关键问题，后续也将坚持学术创新，助力传统文化发展，他代表学校预祝研讨会圆满成功。

上海世纪出版（集团）有限公司董事长、党委书记黄强代表上海世纪出版集团祝贺研讨会举办。黄强介绍，今年8月的“上海书展”上，世纪出版集团与复旦大学联合举办《唐五代诗全编》新书首发式，引发强烈反响，此前相关出版信息发布会也备受关注。黄强感谢曾参与活动的各位专家，并向陈尚君先生致敬，他说，本次研讨会的举办，彰显学界对《全编》的重视。陈尚君先生作为顶尖学者，完成这部体现当代学术高度的新本《全唐诗》，满足了学界的期待。该书作为陈先生40余年研究总结，是“十四五”期间全国古籍整理研究界和古籍出版界广泛关注的重大学术文化工程，在海内外影响广泛，已售往多所知名海外高校，并受到上海市委宣传部门领导的高度肯定。世纪出版集团在古籍出版领域优势显著，未来将与复旦大学等合作，以《全编》为契机，推出更多精品，助力文化建设。

中国唐代文学学会会长、西北大学文学院教授李浩作为主办方代表致辞，他表示中国唐代文学学会作为本次研讨会主办单位之一深感荣幸，感谢众多学者踊跃参与本次研讨会。他称陈尚君先生为学会精神领袖，在学术上树立标杆且维护良好学风。在致辞中，李浩提出陈尚君先生这一代学人的教育经历与今天不同，又赶上改革开放后迅猛发展且重视本土文化的环境，而上海与复旦大学又有包容的学术环境。《唐五代诗全编》的成就证明杰出的科学、伟大的成就的出现不一定都是计划好的，而是需要有一些踏脚石，也要有一种探宝的心理，既需绝顶聪明，更要艰苦卓绝。陈尚君先生凭借有继承的创新和崇尚学术原创的精神，以聪明头脑做笨拙工作，成就卓越学术。《唐五代诗全编》所收诗歌与诗人数量远超前人，积累大量原创成果，为学术大厦添砖加瓦。唐代文学学会同仁应向其学习，以学术原创努力提升中华学术和中国文化地位，持续努力，为民族学术大厦贡献力量。

上海古籍出版社总编辑奚彤云女士代表上海古籍出版社祝贺研讨会召开，向各方致谢并向陈尚君老师致敬。她说，《唐五代诗全编》以“让唐诗回到唐朝”为宗旨，利用各类文献，汲取研究成果，对唐诗进行全面甄辨、考订与校勘，堪称唐诗文献宝库，其问世提升了唐诗研究与编纂水平，推动了唐诗的海外传播。她介绍，在本书编纂过程中，陈老师精益求精，不断自我加压。上海古籍出版社的该书编辑团队从签订出版合同到交稿期间，深入学习了该书的编撰思路，与陈老师充分讨论，动态制定编辑体例，大小问题皆与陈老师确认后处理。陈老师朝兴夜寐、坚持不懈的工作热情和博学强识的学术风范时时感染着编辑团队。陈老师曾提出对古籍工作者应有学力和态度两方面的要求，要全力以赴、坚持始终，团队同仁对此有了真切体会。《唐五代诗全编》以现代学术规范编纂，满足了学术对文本的要求，体现了唐代文史研究卓越成就，有望促进相关研究开创新局面。上海古籍出版社也将继续为传承中华文化努力，期望得到专家学者支持。

《唐五代诗全编》的编纂者、复旦大学文科资深教授陈尚君在开幕式上致辞，他对莅临研讨会的领导、学者表示欢迎与敬意，自陈内心满是感恩、惶恐与期待。他感恩中国唐代文学学会发起本次会议，回顾1986年在洛阳参加学会的经历，感慨在学会活动中受诸多前辈帮助。他说自己亲历了唐诗研究的黄金时期，许多前辈已经远行，自己也渐近老境，总觉得有必要总结最近这几代人的成就，为后人的研究阅读铺设一条道路，因此有这部书的完成。他感谢上海世纪出版集团与上海古籍出版社，从签约到出版宣传，历任社长、总编及编辑团队付出巨大努力。他也感恩复旦大学及中文系历任领导和前辈学人们四十八年来对自己在人格操守与学术上的影响，虽然自己的工作方向与当代主流学术不同，与复旦的学术传统也有不同，但一直能够得到理解和肯定。

陈尚君坦言《唐五代诗全编》编纂一直是个人在密闭的空间中苦苦探索。他希望在有生之年可以完成一次全面的修订，目前已开始了有关工作，希望与会学者能对全书进行直截了当的批评，秉持“友谊归友谊，学问归学问”原则，他期待听取各位珍贵的意见。

二、圆桌讨论第一场

圆桌讨论第一场于上午九点半开始，由复旦大学图书馆馆长、复旦大学中文系教授陈引驰主持，浙江大学中文系教授胡可先评议。

首先，复旦大学文科资深教授王水照先生电话委托复旦大学侯体健教授在现场传达了他的祝贺。王先生对陈尚君老师新书出版表示祝贺，在阅读本书第一册及黄巢等人诗作后，他认为书中对黄巢诗的处理非常妥当，反映出很高的水准。他说，当年朱东润先生曾书一纸条“百尺竿头不作第二人想”表达对王先生的期许，看到本书出版后，王先生希望可以将朱东润先生这一墨宝转交给陈尚君老师，表达对陈老师取得如此重大成就的敬意。

接着，上海师范大学查清华教授宣读了原上海社科院文学所所长、上海师范大学教授陈伯海先生的贺函。在贺函中，陈伯海老师对复旦大学为陈尚君先生《唐五代诗全编》出版举行研讨欣喜不已。他写道，陈尚君先生自上世纪80年代初关注唐诗补佚，40余年坚持不懈，终以一己之力完成超1 800万字、50厚册的《唐五代诗全编》，值得学界高度关注。该书广泛搜集、精心校理唐五代诗作，剔除伪作与误植，扩充了唐诗容量，为唐诗研究与阅读提供完善信实底本。同时，对唐诗流传中的编集、改动等情况予以辨析，为把握唐诗原貌、探究其传承流变及影响提供可靠信息，是研究唐诗学发展的重要资源。此外，陈尚君先生在编校中形成的独特创造性经验，对古籍整理工作颇具借鉴意义，有望推动古代学术文化研究纵深发展。最后，陈伯海先生预祝大会圆满成功。

上海大学董乃斌教授亲临现场，向陈尚君先生表示祝贺。他认为《唐五代诗全编》问世是唐诗界与文献学界重大事件，意义深远，该书的工作，实现了几代人百年来的学术理想，是唐代文献研究的高峰与里程碑，取代并超越清编《全唐诗》，堪称传世学术精品。董乃斌教授认为，本书前言是一篇非常周密的论文，补充了许多新材料，体现出本书是一个开放的体系，今后还会有新的面貌出现。正文中，每首诗详注出处，资料处理科学、细腻，表达意见充分不武断，编排方便读者研究，书中还提出诸多待进一步探讨的问题，例如那些从唐人小说中提取出的唐诗，就蕴含很多值得继续深入探讨和研究的问题，比如《遇仙张女郎庙》诗和《宣室志》中《人虎传》里的诗的作者署名问题。他指出，该书是人文学者治学高标，结合中国古代朴学的传统和时代新学，加以提升，针对研究对象和研究目的自己确立了一套最周到最合理的科学的方法，凭借超强毅力完成，为学界树立榜样。作为复旦人，董乃斌自豪于复旦古典文学学科继刘大杰的文学史、郭绍虞的文学批评史后又多了一座唐代文学研究与文献学的高峰，陈尚君的精神与原则更是值得人文学科的多个专业学习、继承与发扬。

国家图书馆馆长、北京外国语大学教授詹福瑞老师认为《唐五代诗全编》是唐集整理乃至古代文学研究的丰碑。他以李白卷为中心展开考察了本书。在底本选择上，《全编》选用宋本，审慎地追求接近唐诗本貌，且与其他整理本不同，不仅以宋本为底本，还列出每首诗在别本的出处及传播情况，对宋本注解进行合理删改。文本校勘方面并非死校，以宋本为底本，对各卷重收之作等都做了独特且合理的处理，对宋本异文校改文字也经过慎重选择，使文本更具说服力。在诗的真伪甄别和集佚上，《全编》收李白诗数量相较他书最多，收入存疑之作并列出臆说参考，还对存目诗制成表，清晰说明伪诗来源及考证依据，结论可信。陈尚君以一人之力完成如此庞大的整理工作，成果令人赞叹，治学精神令人敬仰。《全编》历经 318 年，从《全唐诗》发展而来，凝聚数代学人的梦想与研究心血，实现了学术理想，达到了一代学术高度，为唐集整理及唐代文史研究树立了丰碑。

原上海古籍出版社社长高克勤的发言聚焦于陈尚君能完成《唐五代诗全编》的原因。高克勤与陈尚君相识 42 年,1982 年陈尚君老师担任其指导员。作为陈尚君老师最早的学生,也是多年出版工作的合作伙伴,他畅谈了对于陈尚君的了解。陈尚君教授当年初中仅读一年便务农八年,后成为工农兵大学生,在复旦受教于一群优秀师长,一年后成为陈允吉老师的课代表。恢复研究生考试时,他虽大学只读一年,却凭借发愤苦读与惊人记忆力,以专业第一名考入,师从朱东润先生。朱老等前辈的不盲从、讲究实证的治学态度深刻影响了他。《唐五代诗全编》是他长期积累的成果。他加入唐代文学学会,结识傅璇琮等赏识他的学者,参与多部大书编写,积累了丰富经验。2011 年后,他决心独自编写此书。当时的上海古籍出版社总编辑赵昌平得知其想法后立即支持并签订合同,高克勤担任社长期间,也见证了本书的工作。高克勤认为,陈尚君的努力是惊人的。高克勤说,当年自己毕业时,陈尚君曾转述朱东润教授的话,赠言高克勤做学问不能仅靠记性好,而是要努力。如今,陈尚君已为中国学术界带来光荣,上海古籍出版社也因与他合作而倍感荣幸。

李浩教授的发言首先感谢学会的资助与上海古籍出版社对学术的支持回馈。陈尚君先生的《唐五代诗全编》内容丰富,如孟浩然诗所言“江山留胜迹,我辈复登临”,需慢慢深入探索。接着,李浩以杜牧的《和裴杰秀才新樱桃》一诗为例,探讨陈尚君先生在作品取舍与编录视角上的处理。对于此诗是否为杜牧所作,学界此前看法不一,陈尚君先生在《唐五代诗全编》卷七一九中,将其列入正编,认为基本可肯定是杜牧作品。李浩团队在整理陕西榆阳区收藏的新材料时,发现《唐故曲沃县令裴府君墓铭》(简称《裴杰墓铭》),经分析断定墓志铭的作者为杜牧堂兄杜慥,铭文中提及的裴杰正是诗中所涉人物。此外,裴杰妻子母亲的墓志也已现世。通过对这些新材料的研究,可知杜慥撰写墓志时担任池州刺史,时间约九年多到十年,其间杜慥为裴杰写墓志,杜牧为裴杰作诗。李浩认为,这些新材料有力证明了《和裴杰秀才新樱桃》的作者确为杜牧,从而证实陈尚君先生在《唐五代诗全编》中对这首诗的处理妥当,体现了陈尚君先生处理作品时的慎重态度。

北京大学历史系朱玉麒教授选取《唐五代诗全编》中张籍部分分享其阅读札记。此前,张籍诗缺少“回到唐朝”的版本。朱玉麒教授自述在讲授“唐诗与唐史”课程时,以张籍《凉州词》三首为专题讨论,发现明版《张司业诗集》粗疏离奇。如“无数铃声遥过碛,应驮白练到安西”后,明版为“巡边使客行应早,欲问平安无使来”,与诗意不符,而宋本《宋蜀刻本唐人集丛刊·张文昌文集》中是“每待平安火到来”，符合唐朝制度，经分析，明版是刻书匠将杜甫诗句混入。明刻《张司业诗集》还有诸多错误，现当代整理本多因惑于其为今存最完备本子而沿用，影响了解读。《张籍集系年校注》虽有进步，但受底本格式限制，仍有不足。朱玉麒认为最接近唐代面貌的是宋刻本，而陈尚君先生在《唐五代诗全编》中首次以宋刻为底本整理张籍诗集，是科学纂校典范。《唐五代诗全编》中张籍诗部分优点众多，包括优先选用宋刻底本、严谨辨析明本重出、完整补辑佚诗佚句、准确撰写作者小传等。最后，朱玉麒引用王安石诗句“看似寻常最奇崛，成如容易却艰辛”，献给《唐五代诗全编》的建设者陈尚君教授。

北京大学中文系葛晓音教授的发言聚焦《唐五代诗全编》的学术附加值。她指出，这部由陈尚君先生独力完成的50册巨著，是唐诗研究现代化进程中体量最大、用功最深的成果，其价值远超想象。她说，《全编》初衷是提供可信全备的唐五代诗文本，现在这一初衷已达成。《全编》的学术附加值体现在诸多方面，如融入全书的《唐五代诗纪事》。前言中说陈尚君原计划单独编纂《唐五代诗纪事》，后将文稿与设想并入《全编》，增加了十分之一二的篇幅。既对原诗与传说的文本差异和不同记载来源细加甄辨，又不埋没其中小说家之言的创作之功，存疑之处也为后来的研究者留下了继续思考的余地。其价值不仅仅在于清理传说，辨伪存真，也从这一特定角度展示了唐宋读者接受唐诗的文化生态，为研究唐诗接受史乃至唐传奇与诗歌的关系提供了宝贵的第一手资料。诗人小传是《全编》最大的学术附加值。清本《全唐诗》小传简略疏失，常见唐诗选本及文学史教科书的诗人小传多沿用闻一多先生《唐诗大系》的说法，对于生卒年的推定证据不足。而《全编》对诗人凡有事迹者皆作传，规模和难度远超前人，小传充分吸收当代研究成果与新出土墓志材料，从多方面体现陈尚君的学术成果：对疑点多的诗人，利用最新成果并融入自身见解；事迹不明者，提出自己观点；存疑诗人，据今人考订或出土材料补正；清本未收诗人，综合多种材料考订。此外，《全编》体例编次与诗人小传配合，打破清编按生卒时序排列作者的做法，是以诗人生活时代先后编次，在考虑生卒年、科第、入仕年份以外，首先将有家人、眷属关系的诗人排在一起，这种编次方法补充了小传未展开的信息，为研究唐人唱和诗、集会诗等提供更多角度。陈尚君在编纂小传过程中收获颇丰，其《我所认识的唐朝诗人》便是为如何利用《全编》诗人小传的学术价值作出了示范。总之，《全编》学术附加值众多，为唐诗研究提供诸多思考角度，葛晓音感慨能在晚年读到这部巨著是人生幸事。

苏州大学文学院罗时进教授的发言中对陈尚君先生完成《唐五代诗全编》这一巨大工程表示欣喜。他表示，收到书后他研读该书近一个月，将其与清编《全唐诗》对比，发现有三大突出成就，对应陈尚君前言中提到的求全、求真、求是。在“求全”方面，清编《全唐诗》最突出问题是不全，近百年来学界对之持续关注、增补。《全编》在这方面成果显著，诗人数量增加超 1 000 人，诗歌数量增加更多，《全编》之名，名副其实。求全的意旨，在现在可能的情况下已经达到了最佳的状态。关于“求真”，《全编》采用以宋证唐策略，很多学者已经举例证明这是还原唐诗原貌的好方法，但实施困难。陈尚君先生成功践行，为学界树立典范。罗时进将前言中的“求是”理解为“求善”，一是求最好善本，二是在编书时展现出善意。《全编》要形成完备结构，这种结构是建构性的，具有相当程度的主观性，陈尚君出于对学理的把握，在合理编次、严谨校勘之外在必要之处附录了翔实的本事史料，建立了集大成的、开放的系统。《全编》存目部分，技术性、学理性、科学性高，保留唐诗流传痕迹，善意架构开放格局。在处理争议问题时，当断则断。如宋人记曹唐《小游仙诗》百首，清编《全唐诗》收九十八首，还有单独的一首绝句，《全编》汇总为九十九首，使之趋于完整；对《登幽州台歌》《清明》诗的处理，分别采取不同程度的让渡，为学界讨论留出空间。罗时进认为《全编》具有高度典范性，综合唐代文学研究成果，又经过了自己的长期周密思考，以一人之力抗衡扬州书局十个翰林并取得成功，代表了当代学人的精神与高度，令人仰望与骄傲。

浙江大学中文系胡可先教授对上午第一场报告内容进行概括，从四方面进行总结。一是陈尚君先生堪称学者典范，“百尺竿头不作第二人想”。高克勤老师提到其成功源于天分、机遇、师承及不盲从等因素。陈尚君以一人之力在唐诗整理领域独占鳌头。二是《唐五代诗全编》树立了文献高标。众多老师发言指出，该书在文献方面总结前人、开拓后世，董乃斌先生称其为唐诗研究大作，詹福瑞老师赞其为丰碑，葛晓音老师也对其价值予以肯定。三是本场讨论对巨著特点阐发全面，涵盖宏观与微观层面。陈伯海先生贺函从辨伪、扩充容量等宏观角度总结；董乃斌先生提及书中意见客观、编排方便读者；李浩和朱玉麒老师则通过宋本校勘、石刻发现等实证事例，从微观层面给予启发等等。四是该书具有重大拓展意义。每位教授发言时在阐述《全编》地位与特点后，都强调了对后续研究的开拓作用。如葛晓音老师指出书中纪事可成《唐五代诗纪事》，作者小传能组成新的“唐才子传”，拓展价值巨大。

三、圆桌讨论第二场

十点半，圆桌讨论第二场开始，由奚彤云女士主持，朱玉麒教授评议。

复旦大学中文系老系主任、教授陈允吉首先衷心祝贺陈尚君完成《唐五代诗全编》这一宏伟且精品的旷世巨作。他谈及两点内容：一是陈尚君的治学精神。陈尚君在进入复旦前，于农场锻炼时就已广泛阅读常见古籍，对古代文学打下深厚基础，还曾写诗，平仄基本合律。大学二年级时，他在众多“文革”前大学毕业生中脱颖而出，成功考取研究生。此后，他凭借对学术的高度专注与诚恳，全身心投入工作，不考虑名利与他人评价，从初入复旦工作直至70岁完成《唐五代诗全编》，始终锲而不舍，这种治学精神令人钦佩。二是复旦的学术土壤。复旦有着学术民主氛围，且非常重视文献研究。陈尚君在复旦的学术环境中成长，深受熏陶。他受教于文史皆通的朱东润先生，朱先生钟情于撰写文学传记，期望墓碑上能刻有“传记文学家”的称号。朱先生也曾预言陈尚君能为复旦争光，如今看来，此言分量十足。陈允吉再次表达对陈尚君的衷心祝贺。

在陈允吉发言之后，本书编纂者陈尚君作出回应，坦言陈允吉老师是改变了他一生命运的老师，并讲述了他刚入学复旦第一年下学期成为陈允吉老师的课代表的经历，那段时间，他每周与陈允吉老师聊文史话题，并且在报考研究生一事上受到陈允吉老师的鼓励。陈尚君起身，向老师深深鞠躬致谢，令在场众人深受感动。

新疆师范大学薛天纬教授以“李白杜甫小传读后”为题，着重探讨李白小传。他指出，《全编》对李白家世称“自称凉武昭王九世孙”，用词规避了诸多争议；在出生地表述上，生于中亚碎叶城、生于蜀中二说并存，符合从资料得出的客观结论。他建议将“李白随父迁还广汉”改为“其父迁还广汉”，使表述更精准；“娶故相许圉师孙女为妻”改为“娶故相许圉师家孙女为妻”，依据李白原文及相关研究，此改更贴合实际。关于李白享年，薛天纬主张63岁，源于80年代讨论，后因《游谢氏山亭》中“沦老卧江海，再欢天地清”（编于《全编》08册311页），考虑安史之乱平定因素，建议在诗后加注享年相关说明。同时，建议在描述李白创作特长时，在“所作尤长乐府歌行”后添加“及七言绝句”。谈及杜甫小传，薛天纬表示自己曾研究杜甫是否被捕问题，发现陈尚君1985年发表的文章已提出“遂陷贼中”，用词更为客观，自己在1997年及近期也已有相关论文发表。

南开大学中文系卢盛江教授对陈尚君完成《唐五代诗全编》深感震撼，认为此书可与《资治通鉴》一样，成为流传千年的民族经典文化典籍。他评价这本书格局宏大、深思细密，陈尚君在书中运用了诸多作者归属的考证，吸收了多方面的研究新成果，展现出很高的学术价值。在他看来，陈尚君不仅文献能力一流，对诗歌作品的审美能力也很强，文笔细巧，在《我认识的唐朝诗人》中精彩展示了才华学识，堪称全才。为人方面，陈尚君待人宽厚，重情谊，原则问题上有骨气、有坚守，有眼光和格局，其成功得益于复旦的师承和自身才华。他回忆萧山开会时，陈尚君在讨论中随口背诵史料，令人印象深刻，其思维缜密，远超清代乾嘉学人。最后，卢盛江提出几点建议，一是希望陈尚君能注重总结其学术思想；二是鼓励唐代文学界利用此书推进相关研究，自己就将充分利用此书，将"唐诗之路"相关研究向前推进。

中国古代文学理论学会会长、华东师范大学中文系胡晓明教授向陈尚君教授送上个人祝贺并赠画。他发言说，在当下学术浮躁、泡沫化严重的时代，陈尚君对学术和知识的真诚难能可贵，堪称学界榜样，其著作必将成为不朽经典。胡晓明自称是作为"旁门友方代表"参会，他认为文献研究历来对于学术研究有影响力、颠覆力、震撼力，陈尚君的文献学工作意义重大，不仅影响唐代文学，对其他学科也至关重要。他在研究过程中理性对待不同观点和争论，保持开放态度，收录内容谨慎，展现出大家风度。接着，胡晓明对罗时进的观点进行了一些补充，他指出，以宋证唐并非绝对，还有石刻、敦煌、陶瓷等多种文献可资研究。此外，胡晓明认为对《全唐诗》的补订工作应从日本学者市河宽斋《全唐诗逸》算起，是中外学者的漫长接力，在陈尚君这里产生了总爆发，学术史接力是 20 世纪学术发展的重要传统。

山东大学文学院教授、原中华书局总编辑徐俊在发言中感谢陈尚君在自己过去在编辑岗位时对自己工作的支持。此前他曾受陈尚君和上海古籍邀请参加两次与本书相关的活动，多次表达对陈尚君的祝贺，认为其为中国文学研究及中华民族现代文明建设贡献巨大，唐诗作为文学皇冠明珠，陈尚君的成果意义非凡。1986 年起，徐俊担任陈尚君《全唐诗补编》责任编辑，即将满 40 年，因这部书开启唐代文献研究之路，只是遗憾跟"丢"了《唐五代诗全编》。他称赞上海古籍出版社编辑团队工作努力，将本书出版得十分精良。他认为《全编》体大思精，并非简单的清编《全唐诗》升级版，而是依托唐代诗人诗作的大型文学资料库。陈尚君提出"回到唐人的立场""还原唐人作品的原貌"，古籍整理应讨原溯流，《全编》在记录诗的源流方面极具创新性，诗人编次等虽在凡例中未详述，但值得深入体会。其在编撰学上对研究范围的扩容与边界区隔的做法，对学界帮助极大，为未来唐诗研究和文献编撰学提供重要启示与研究支点，有望重塑唐代诗坛格局。

西北大学文学院教授李芳民发言以“新追求、新理念、新经典”为题，阐述对《唐五代诗全编》的看法，强调其创新价值。他说，新追求在于编撰原则，过去求全侧重数量，如今陈尚君将求全、求真、求是融合，此为新颖学术追求。新理念是“让唐诗回到唐朝”，这一目标在断代总集编撰中独一无二，极具创新性。新经典体现在多方面。一是对近400年来唐诗整理工作的集大成，总结前人成果。二是作家小传设计，从当代学术角度出发，提供丰富信息，编撰者熟悉诗人情况，能统揽全局制定策略，且重视出土文献与研究成果，使学术先进性达前所未有的高度。三是文本信息处理，在底本选择、真伪甄别、异文处理、出处记录等方面亮点突出，文本具有全新特色。四是诗人次序重新排列，纠正清编《全唐诗》的纷乱，清晰呈现唐诗发展与流变轨迹，深化对唐代诗歌发展史的研究。综上，《唐五代诗全编》树立了断代诗歌总集编纂新范式，对古代文学总集编纂意义重大，有望成为新经典，受读者和学人的欢迎。

复旦大学中文系教授陈引驰高度称赞陈尚君的《唐五代诗全编》，认为其是了不起的著作。他认真研读前言后，深受启发。陈引驰认同徐俊提到的“让唐诗回到唐朝”这一重要目标，同时强调展示后代溯源和源流影响的意义。书中在前言70页对不同诗人记载有清晰的分层次取舍，如杜甫北宋中叶前记载求全，之后非涉作品真伪等情况则不叙录，不同诗人依情况各异，这种学术观念与具体做法具有普遍意义。关于唐诗的累计情况，陈尚君力求还原其形成过程，在第66页提及，与今人整理唐集，多采用后出足本、精校本不同，本书尽可能多层次表达溯源考境的文献积累，并举例说明，此立意十分重要。在第48页，陈尚君关注下层社会的唐诗传播，指出社会精英阶层与下层在诗歌传播上存在差别，像敦煌、长沙窑瓷器等反映出下层诗歌流通情况，一些诗在下层传播中被署名、改动，即便作为无名诗处理，也能呈现当时传播状态。陈引驰认为这一观点通透精准，对以后文学文献研究意义重大。最后，陈引驰回忆往昔与陈尚君曾多次交流编《全唐诗》相关事宜，深刻感受到陈尚君为工作付出大量精力，对陈尚君对工作的执着与全身心的投入表示由衷敬意。

胡可先祝贺陈尚君老师《唐五代诗全编》出版，认为其标志着唐诗研究进入新阶段，为唐诗研究开辟了空间。他近一两个月阅读此书，对其中石刻文献的利用赞叹不已，主要体现在以下三个方面：一是利用新出墓志完善诗人传记。陈尚君对《全唐诗》中小传进行全面补充，针对过去无小传或小传不全的诗人，将新出诗人墓志纳入，并梳理与之相关的所有事迹资料，重新撰写小传，形成新内容。二是利用石刻文献献辑唐代佚诗。从石刻文献中提取相关佚诗，标明文献出处和线索，形成体系，为唐代佚诗研究提供了体系化的契机。三是利用石刻文献校订唐诗文本。《唐五代诗全编》在校订唐诗时精审细致，以恢复原貌为重要宗旨，利用石刻文献是最接近恢复原貌的代表性方式，既能恢复唐诗原貌，又能体现文本流传的变异，如利用石碑、石刻拓本校订武则天的相关诗歌。胡可先总结，利用石刻文献整理让本书的传记和历史更完善，使诗中的叙事更具说服力，坚如磐石、铁证如山。

朱玉麒总结本场讨论，他说在短时间内听到诸多关于《唐五代诗全编》出版的原因的探讨，陈允吉老师指出复旦的学术土壤成就了该书内容，卢盛江老师从与陈尚君的交往及书中内容，提出陈尚君思维缜密是成功因素。谈及本书影响，胡晓明和徐俊老师高度评价，认为是 200 多年来对《全唐诗》在东亚地区重要的增补，是 21 世纪相关学术的爆发，徐俊还从出版角度称其为中华新文明建设的伟大巨作。多位老师提到书的价值及附加值，如葛晓音老师论述的本书的附加值，徐俊、李芳民老师从编撰学角度，分别阐述其在该领域的创新及新追求、新理念、新经典等特质，陈允吉老师从凡例角度证明其对中国文献学的推动。陈尚君表示会在有生之年增订此书，薛天纬老师已给出宝贵意见，朱玉麒相信，这本书将作为新经典、开放的著作，有力推动当代唐五代诗研究。

四、圆桌讨论第三场

下午一点一刻，圆桌讨论第三场开始，由徐俊主持，李芳民评议。

首先发言的日本东海大学教授佐藤浩一引用高桥和巳的观点，指出在中国文学领域，作品集编纂与创作作品具有同等重要性。传统观念常将创作视为文学根本活动，忽视了古典作品注释、汇总、民歌采集、作品集编纂及翻译等工作的重大意义。实际上，像《文选》《文苑英华》等作品集至今仍是可靠情报来源，为我们提供可引用的原文。基于此，佐藤浩一高度赞扬陈尚君教授主编的《唐五代诗全编》。他认为这部巨著凝聚了大量心血与努力，其耗费精力堪比杜甫创作《秋兴八首》、李白创作《古风五十九首》、白居易创作《长恨歌》，甚至更甚。他还提及在引用唐诗时，很多人会参考中华书局刊行的《全唐诗》，而其中一些点校说明和编者署名背后有着复杂故事，如“王全”是王仲闻与傅璇琮的笔名，“王志庚”是三人合名，“华文轩”是傅璇琮笔名，这些人的功绩曾被掩盖。佐藤浩一强调，当我们利用这些书籍时，不应忘记背后的贡献者。对于陈尚君教授编纂的《唐五代诗全编》，今后人们在受益于其丰富信息与启示时，定会铭记陈尚君的名字，并向他致以深深的感激与敬意。

华南师范大学文学院教授蒋寅以“重构唐五代诗研究的平台”为题发言，认为《唐五代诗全编》不只是对唐诗作品的简单汇总，而是搭建了一个全新研究平台。它收录最多唐诗作品，汇聚有价值异文，标注最早版本出处，附录作品本事，还将伪作、存疑作品列为附录。蒋寅认为，对于如崔载华这类虽唱和活跃但作品几近不存的作者，陈尚君通过留存唱和诗题等方式，为其存下一定诗作，犹如出土瓷器残片，有助于还原当时文学生态，是其独到之处。该书展示了唐代诗歌文本流传过程，成为文献库，以宏大架构和丰富细节，为唐诗研究提供前所未有的学术条件，让研究者能回到唐诗现场。蒋寅结合自身对戴叔伦诗集编撰的研究，肯定陈尚君工作。戴叔伦诗集特殊，现有版本多不可靠，为明代以后产物。陈尚君未用现行唐诗本子作底本，而是依《文苑英华》《唐人绝句》《唐百家诗》等编录，找到了最早底本，展示了戴叔伦现存诗集的累积情况。在作品真伪判定上，较蒋寅此前考订有新发现，增加了 35 首确证诗作，提升了作品可靠程度。在校勘方面，陈尚君极为慎重，只改明显错字，对有争议处如“辞别又万里”未轻易改动，而是列出参考，这种做法值得称赞。

广州大学人文学院教授戴伟华在发言中首先代表自己与其夫人以读者身份向陈尚君致敬，称该书不仅对专业学者，对普通读者也极具价值，其影响力在学术界内外都很大，是标杆性的存在。接着戴伟华透露计划自己将在报刊上为本书撰写书评，希望在会上收集意见作为参考。他认为这本书体现了中华优秀传统文化的创新性发展与转型，是当代了不起的成果，堪称一流的“双创”成果。最后，戴伟华回顾这本书跨越两个世纪，从开始到完成历经约 40 年，联想到毛主席的诗词，用《沁园春·长沙》和《沁园春·雪》分别对应陈尚君编纂本书的前 20 年和后 20 年，高度评价陈尚君为中国学术界的伟人。

上海古籍出版社副总编辑刘赛表示非常荣幸见证陈尚君载入史册的伟业，他因自身工作加深了对陈尚君的了解。陈尚君的理念对他影响极大，主要体现在三句话：第一句是朱东润先生的“用最艰苦的方法追求学识，从最坚决的方向认识人生”，陈尚君一直践行此理念。如 2015 年正月初一，陈尚君就表达了“人生不老精神在，学问常新日月迟”的自我期许和“天公与我刚盟约，整顿全唐勿惑疑”的决心。第二句是 2017 年陈尚君在关于《唐五代诗全编》的学术报告会上说,“今天要报告的内容是他一生中最重要的事情”,郑重庄严,使他记忆犹新。刘赛认为一个人能明确一生最重要之事,是幸运的。第三句源自 2023 年陈尚君为傅璇琮文集出版准备的发言稿,引用傅先生的“我们现在所做的工作就是历史”。当时《唐五代诗全编》完成初审并预排大量校样,这句话让刘赛深刻感受到工作的意义。刘赛在发言中回忆了工作中与陈尚君的诸多接触细节,他说《唐五代诗全编》出版过程历经波折,尤其 2022 年受不可抗力影响巨大,当年 7 月他与会面交接校样并谈论工作,仅能在过道端着餐食简单用餐,当时陈尚君老师向他解释了自己校勘中的一些做法,坦言不想做一些烦琐无意义的堆砌,也提到了当前古籍整理学中常见的烦琐弊病。刘赛说,陈尚君对编辑出版工作给予极大宽容、理解与尊重,编辑团队也因他的理解和信任,全力推进这项伟大事业。刘赛认为陈尚君深厚的积累、卓越的识见、科学理性的原则、对异见的宽容以及坚强的意志,共同铸就了《唐五代诗全编》超凡独特的学术品格。

中国人民大学文学院教授曾祥波分享了他对陈尚君《唐五代诗全编》的读后感。他说,该书完全自起炉灶整理全唐五代诗,并非对清编《全唐诗》的零敲碎打校补,体例全新。从他翻看的前五册可见,每个诗人每卷都由最具源头性的版本整合,其可靠性远超清编《全唐诗》,实现了“让唐诗回到唐朝”的目标。具体技术操作上,一是遵循史源学方法,目标是回到宋人编集时的文本,在现有文献和逻辑条件下已达极限。该书用《旧五代史新辑会证》的史源学的方式对作品进行还原式考证,有源有流。二是陈尚君给每首诗都提供了现存文献基本线索,虽工作量巨大,但分寸感十足,做到了“简而有法”,在凡例交代清楚后,正文中线索明晰,不刻意增加文本烦琐度。将一代文献的体量与每首诗的深度整理结合,该书这一工作已达极致,且难以超越。再者,曾祥波提到我们还能看到一系列该书的延伸作品,即陈尚君关于唐五代诗的单篇文章,选材有趣、材料丰富。《唐五代诗全编》为后学提供了大量可延伸空间,不少话题有继续推进的可能。最后,他建议在后续版本中去掉每卷开头的“卷首语”三字。

南开大学文学院教授卢燕新以“由《休那遗稿》所见唐诗之校理看《唐五代诗全编》学术价值”为题发言。他在为哥伦比亚大学时代东亚图书馆做藏书志时,发现明代姚康的《休那遗稿》(光绪十五年刻本)中《姚休那先生诗集》末端的《浮山前纪游》《浮山后纪游》部分集录了唐人诗句,《浮山前纪游》集 13 组,《浮山后纪游》集 3 组,每组 8 位诗人各 8 句。为校理《休那遗稿》所见唐诗,卢燕新参阅了众多总集选本、诗评及别集整理本与《全编》,发现《遗稿》所录有十五处作者误题，且存在大量唐诗异文，其中诗人“荣理”及顾非熊“去路向桃岩”等五人诗未见于诸典籍。卢燕新借此探究《唐五代诗全编》的学术价值，认为《唐五代诗全编》具有三个特征：一是旁征博引、论证翔实；二是辩证错讹、澄清是非；三是出处明晰、便于查询。卢燕新总结，《唐五代诗全编》不只是一部大型诗歌总集，更是一部高水准的学术著作。

陕西师范大学文学院教授王伟以“新文科与户籍警：从《唐五代诗全编》说起”为题发言，从两方面分享其见解。一是文献方法。他说，陈尚君曾在西安的讲座中强调唐代诗歌及异文复杂，做文献分类时提及生物分类与唐诗考据。唐诗文本如同自然界物种般具有多样性和复杂性，同一首诗版本差异大。陈尚君针对每首诗或每个诗人的文本流传及学术研究史，进行单独梳理、校文和异文处理。对诗版本变化的梳理辨析，实则也是一部文学史和文化史，其对唐诗的分类、分体研究及文献梳理，与达尔文的自然科学精神及生物物种分类有关联。二是体例编排。《唐五代诗全编》收录 57 000 多首唐诗，如何编排是大问题。陈尚君将家族诗人编在一起，相关诗人附后，这种编排暗合费孝通在《乡土中国》中提到的以血缘、婚姻为纽带，地域为平台，业缘、学缘、友缘为补充的“同心圆”乡土社会结构。如杜甫的诗集中在第 10 册，后面几卷收录与其密切往来、有诗歌唱和的诗人，方便研究，也还原了文学知识生产场景，李白、白居易等诗人的编排同理。此外，该书在时间编排外融入文学圈层考量，类似《资治通鉴》编年与纪传体例结合。王伟还提及陈尚君有唐代“户籍警”之称，书中为 3 700 多个诗人作小传，详细介绍其习惯、生平、家庭等，远超常人对周边人的了解程度。

西北大学文学院副教授、中国唐代文学学会副秘书长田苗以“《唐五代诗全编》文献价值与学术意义管窥：以初唐四杰诗为例”为题发言，从三方面进行阐述。一是将《全编》所收初唐四杰诗与《全唐诗》《全唐五代诗》及通行别集整理本比较，在收诗数量上，《全编》超过已有总集别集，对诗歌甄辨更深入；底本选择上，跳出择善本别集为底本的常规思路，除骆宾王集以宋本为底本外，其他多从《文苑英华》等早期典籍辑录；体例方面，《全编》在诗人卷末附存目诗，且文献信息量远超《全唐五代诗》，如骆宾王和杨炯诗的存目数量明显多于后者。二是《全编》重新建构四杰诗体系。打破别集分类分卷方式，依诗歌存录文献先后编排，如卢照邻诗按《文苑英华》《唐文粹》等不同文献来源分卷，展现作品留存轨迹。《全编》对四杰诗搜罗全面，还原诸多前代零星或残句诗篇，如卢照邻《营新龛窟室戏学王梵志》诗。从诗题、诗文、组诗次序等还原本来面目，如确定王勃《秋夜于绵州群官席别薛升华》诗题，纠正骆宾王《于易水送人一绝》等诗文，厘定卢照邻组诗次序。《全编》还厘清流传中的问题，对诗作错入他人名下等情况加以辨析。三是《全编》为四杰诗提供新线索，如四杰交游、行迹研究，思想研究，初唐文学观念研究等。田苗认为从初唐四杰诗这一小角度，已能看出《全编》的重要意义，借用杜甫评价四杰的诗句，称赞陈尚君这部大作必将“不废江河万古流”。

在总结环节，李芳民老师谈了听九位学人发言后的体会和感想，认为这场讨论特点鲜明，内容广泛，主要包括以下几个方面：一是关于总集编撰价值的认识，佐藤浩一老师提出将文学创作与唐诗及总集编撰放在同等价值看待，从新角度肯定了《唐五代诗全编》的价值和意义。二是集中讨论了陈尚君《唐五代诗全编》的编撰方法和体例，众多专家依据自身体会，对其独特性和创新性进行了揭示与阐发。三是很多专家结合自己熟悉或研究的对象，具体分析了该书编撰体例的独特价值。四是关于陈尚君编撰宗旨中的特殊术语“让唐诗回到唐朝”这一学术理念的认识问题，蒋寅老师的发言中提出了自己的理解，认为这是一个值得继续研究和思考的问题。五是在此之前大家多关注《唐五代诗全编》的学术创造性价值、编撰特色和学术意义，而此次讨论中不少老师谈到完成这部著作所体现的陈尚君的学术精神，李芳民老师认为在分析评价该书学术价值时，更应阐释、挖掘这种学术精神，以激励唐文学学人取得更好成果，这也是本场讨论与之前几场不同的特色。

五、圆桌讨论第四场

下午两点三刻，会议第四场由复旦大学文科科研处副处长、中文系教授侯体健主持，蒋寅教授评议。

上海师范大学中文系查清华教授的发言题目是“《唐五代诗全编》与东亚唐诗学研究”。他在发言中阐述了唐诗学概念的起源，该概念于上世纪 80 年代由陈伯海先生在唐代文学年会上提出，随后发布相关文章、出版著作。上海师大在陈伯海带领下经 30 年努力于 2014 年推出唐诗学书系。唐诗学的学理依据是唐诗文本结构的稳固性与作品意义的开放性，文本结构相对稳固，但作品意义因学者、读者、时代、学派不同而有差异，无法完全还原作者原意，这正是唐诗学研究的价值所在。此外，历史经验的沉积推动了唐诗学理的形成，自唐代以来人们对唐诗的研究、阅读，发表的不同看法，汇聚了审美经验，传递文化信息，产生诸多学术命题，唐诗学将其视为每个时代当下的学问，不局限于唐代诗歌研究。2014 年国内推出清代以前唐诗学基本理论和基础书系后，研究空间拓展到日本、越南、朝鲜半岛，形成研究团队。陈尚君的《唐五代诗全编》对东亚唐诗学研究影响重大，为其提供了可靠文本依据，能帮助理清版本体系和文字差异，还提供了新的研究领域。该书目标是让唐诗回归唐朝，让宋元明诗回归各自时代，为研究提供了"每首诗都有流变史和研究史"的思路，今后我们可据此拓展研究。

西安外国语大学胡永杰教授的发言选择了他所熟悉的杜诗部分进行考察。他说，通过对杜诗的考察，对陈尚君著作的目标——求全、准确、求善求是，且提供更多版本文献外信息与启发性，有了更清晰认识。他说，在杜甫小传方面，陈尚君有三点创新：一是提供更详备的杜甫简历；二是评价尽量从简；三是梳理集子的文献和源流，在小传撰写上，简历详全、评价简明、唐宋元学术史梳理翔实，为小传撰写提供新范式。胡永杰还指出陈尚君在小传撰写中体现学术个性的三点：一是提及杜甫开元二十三年考进士落第后复游齐赵、吴越，其中吴越的说法较新颖；二是对于"改授右卫率府胄曹参军"，未采用学界一般说的"兵曹参军"；三是过去论者多据杜甫《为遗补荐岑参状》及《春宿左省》等诗，称杜甫为"左拾遗"，陈先生则据《旧唐书》卷一九〇下、《新唐书》卷二〇一本传，坚持了"右拾遗"之说。在编排上，萧涤非、谢思炜收杜诗均为 1 455 篇，陈尚君将《虢国夫人》《杜鹃行》列入存目，把《画像题诗》《寒食夜苏二宅》列入定篇，这一做法新颖且体现出陈尚君深入的考量与学术勇气。

上海古籍出版社编辑、本书的责任编辑戎默介绍了自己 2020 年正式接触《唐五代诗全编》，在正式开始编校阶段参与其中，作为本书编辑团队中的一员进入审稿工作，2023 年后负责全书校样的统稿和定稿。他认为面对好的书稿，编辑工作不是做修改，而是作为早期读者理解作者意图，帮助作者表达学术观点，他举例《全编》每一册书脊上都列出了主要作者，分册注重人物和时代的连贯性，这是陈尚君老师的要求，陈老师给出了主要作者的名单，而戎默作为编辑帮助他实现了这一想法。关于本书，戎默认为，合格的一代总集，需从文献层面回答"什么是唐诗"及作者是谁的问题，清编《全唐诗》存在大量失收、误收、重收问题，无法判断某诗是否为唐诗，而《唐五代诗全编》穷尽文献，对真、疑、伪唐诗逐一考订来源，判断真伪和作者归属，真唐诗收录正文，伪唐诗分存目或别编，可用于判断号称唐诗的诗的真伪。在每首唐诗的呈现层面，由于唐诗流传时间长、范围广、经典化程度大，导致传讹的经典化程度也很大。对此，一方面要求真，让文本还原到唐朝原貌，另一方面后续的文本也很重要，要记录其流传链条和各时代文本，活化唐诗文本生态。发言最后，戎默说自己作为责任编辑，希望各位老师能多推荐、购买此书，让更多人看到和学习。

首都师范大学文学院郭丽副教授在发言中说，自己在陈尚君和李浩带领下参与学会服务，视陈尚君如自己的老师。郭丽结合《全编》汇报了自己关于《乐府诗集》补编的研究体会，指出《乐府诗集》成书后有学者尝试补编，但存在补录时间限于唐前、所补作品有争议等问题，《四库全书总目》曾批评《古乐苑》补编不当，说明《乐府诗集》补编有难度且有全面补编的必要。她四年前做完补编工作，遵循同题补录、补录可确认的宋前乐府曲目、补录叙论和解题中提到但未收歌词三条原则，为借助《全编》进一步核对书稿，至今尚未出版。她认为《唐五代诗全编》对《乐府诗集》补编意义重大：一是保障全面性，避免漏补；二是提高准确性，避免滥补，包括防止补入非乐府诗和误录唐诗的唐后诗。最后，郭丽展示了自己制作的短片《来时路》，视频素材主要由戎默提供，配乐是《春江花月夜》琵琶曲，以此向陈尚君致敬。

受南京大学金程宇教授委托，发言人夏婧代为在会议上分享了金程宇对《唐五代诗全编·王昌龄卷》的研读心得。金程宇文章题目为《诗家天子显真容——喜读〈唐五代诗全编·王昌龄卷〉》，“诗家天子”出自其十年前研究的《琉璃堂人物图》中王昌龄的别号。文章主要分两个部分。第一部分，金程宇关注到除市河世宁 1804 年利用域外汉籍对《全唐诗》补遗外，发现江户时期的皆川愿更早对唐诗做过补遗漏，是利用《文镜秘府论》对和刻本《王昌龄诗集》进行校补，经考订其校补工作约完成于 1770 年，早于市河世宁约 20 年。金程宇从皆川愿 1770 年成书的《淇园诗话》中发现其当时已完成据《文镜秘府论》辑佚王昌龄诗的初步工作，结合他购入的皆川愿批校的享保本，进一步明确了校订成书时间，批校本中还标注了诸多考证信息和跋语。第二部分，金程宇谈了研读《全编》王昌龄卷的体会，他将《全编》王昌龄卷的学术贡献归为四方面：一是梳理版本源流，重新确定底本；二是校勘精审，传王昌龄诗之真，在诗题复原和校订上颇用心，还增加利用《文笔眼心抄》《新撰类林抄》等域外汉籍校勘；三是他作出处较早者两存，在《全编》王昌龄卷中共有四例，体现出谨严的态度；四是对于王昌龄诗研究的一大难点——互见诗或他署诗，《全编》新辑本之末附“存目诗”以列表格形式呈现，分列诗题、全诗或首句、来源，最后为考证，极便读者。

复旦大学中文系教授查屏球首先表达对陈尚君的致敬，引用元好问诗句“论功若准平吴例，合著黄金铸子昂”，称《唐五代诗全编》对自己启发最大，自己是某种程度上的第一读者，能第一时间知晓研究成果。他的发言题目是"'存目与录异'与唐诗传播学之新拓展——以陈尚君《唐五代诗全编》援用方志文献为例"。他在研读时注意到书中对方志应用较多，陈尚君称用了 1 700 多种方志，使用方志辑录唐诗是本书一大要素。他的发言中主要讨论了四个具体例子：一是陈尚君找到一首完整的白居易的轶诗《江郎山》，当时还没有方便的电子方志库可供检索，陈尚君是通过手工翻找，以明代嘉靖年间《浙江通志》所引为底本，该诗自明代以来在清代《衢州府志》《江山县志》中都有大致相同内容的引用，认定为白居易所作并收录是合理的，查屏球考证该诗典故、白居易生平与他刻石传布诗作的习惯，推断该诗是较早时期流传江山县的石刻遗迹。二是查屏球在清同治年间《江山县志》发现唐初祝其岱及其儿媳妇徐氏的诗和相关介绍，但文献出现较晚，能最早追溯到的年谱也是清代的，陈尚君未采纳，这一处理是有道理的。但是伪起何时，值得探讨。三是李白的《南陵别儿童入京》，陈尚君以宋代别集本为基础校其他传世文本，查屏球认为还可参考明嘉靖年间《南陵县志》，其题注称诗是开元丙寅在寨山中作，宣州刺史骆知祥刻石山上，经考证骆知祥是唐末人，记录有错误，开元丙寅时李白仅 14 岁，不可能有儿女，最大可能是将"戊寅"误作"丙寅"，而这一则题下注文也有一定的可信性，为解读本诗，了解李白生平提供了重要信息。四是苏轼曾质疑李白写"富阳国清院""彭泽兴唐院"等诗，后人在《临安志》《新安志》中发现"天台国清寺，天下为四绝"这首诗。《唐五代诗全编》承清人王琦之说，将本诗列入补遗中，依《淳祐临安志》《同治彰明县志》取诗题为《普照寺》，又依《康熙徽州府志》录出本诗别本，定名为《游兴唐寺》。纂者搜罗甚勤，仅此一诗涉及四种方志。如果加上上引《（淳熙）新安志》《（嘉靖）徽州府志》更能具体说明本诗的流传过程。查屏球认为《全编》作为集大成之作，既基于独到发现，又保留大量原始学术资料和信息，给后人提供极大方便。

华东师范大学中文系罗争鸣教授作为陈尚君的学生，分享了自 2000 年入学至今 24 年与陈尚君老师学习和交往的感受。2000 年入学时，陈尚君老师因《全唐诗补编》相关讨论已名满天下，那时学生们与陈老师交流还有些胆怯，随着交往增多，深切感受到陈老师对学生的深厚关爱。今天看到陈尚君动容地向自己的老师致敬，他深受感动。罗争鸣说，他在复旦校园看到"做卓越而有趣的复旦人"的标语，觉得这正是陈尚君的写照，认为唯有卓越而有趣的人才能完成《唐五代诗全编》这样的巨著。罗争鸣说，读书时，常听到陈尚君提及"格局"二字，他认为博士生导师带学生，传授知识并非首要，更重要的是精神气质、做学问的气度等方面的潜移默化影响。这种影响在陈尚君的学生中有所体现，学生们从事的领域多样，如道教、佛教、交通文学、笔记等，这也体现了陈尚君的格局、包容与气度。他提议应借本书出版契机对陈尚君的学术编年或学术思想进行总结，最后向陈尚君表达敬意。

复旦大学中文系教授唐雯在发言中说，《唐五代诗全编》从 2008 年独立撰著至今已 16 年，她所在工作室在陈尚君办公室隔壁，她作为陈尚君的弟子，常听陈尚君分享工作中的发现。认真学习该书前言和凡例后，她认为此书赋予传统《全唐诗》断代总集新意义，为后续类似书籍编撰指引新方向。传统《全唐诗》《全唐文》在电子检索发达的今天，因难以体现文献真正来源而略显尴尬。但陈尚君的书不同，尽可能保留唐诗最原始、可靠的面貌。在版本选择上，有集的作家优先选保持原集面貌的版本，如王绩、陈子昂等；无唐集流传则用宋人编撰的唐集；再是用宋人编订或宋本为底本的明清抄刻本。在工作中，陈尚君还会拼合善本形成百衲本，如许浑诗，就是由乌丝栏真迹与宋、元善本拼合而成。这体现出他对版本精进的追求。虽凡例中关于版本部分篇幅不多，但背后是全面收集、逐次校勘以选出最精善版本的巨大工作量和高学术含量。对于没有别集或别集来源不可靠的诗人，陈尚君会追溯到元以前的总集、方志、笔记小说、佛道二藏等寻找最早源头，逐次记录、辑校每首诗并附录版式，超越了单纯辑录一代诗歌的目标，综合了辑校笺注之工作。唐雯认为陈尚君以一己之力完成了现存所有唐诗的学术史，是唐代文史研究不可绕开的高峰。

复旦大学中文系副教授夏婧说，她自 2000 年知道陈尚君老师做过《全唐诗补编》，后进入复旦，跟随陈老师学习，至今已 20 年，认为能看到《唐五代诗全编》推出很幸运，这是一项可垂之久远的事业。陈老师在《唐五代诗全编》完成、看似功成名就之际，已宣告重编修订工作启动，迅速投入新材料收集。同时，在该书出版后的 7、8 月间，还投身于对逯钦立先生所做《先秦汉魏晋南北朝诗》的修订工作，这种投入让学生深感敬佩。夏婧认为陈尚君老师的工作超越了传统学术中“考索之功”和“独断之学”的两分法。陈老师的考索之功自不必说，还对纷繁材料有清晰的断识能力，其“材料处理到最后要有一个了结和交代”的告诫，对一般性学术讨论和研究有很大启示。从更宏观角度理解陈老师近半个世纪的学术工作意义，夏婧联想到《论语》中“古之学者为己，今之学者为人”的说法。她认为陈尚君的“为己之学”是觉得学术好玩有趣，常能看到他分享新发现、新成果；而“为人之学”则体现在他奠定的文献基础，对后学的利用和整个学界基础框定意义深远。

复旦大学中文系副教授李猛介绍自己是参会老师中年龄最小的，2013至2017年跟随陈尚君老师读博，之后两年做博士后，2019年回到复旦后担任陈尚君的私人助理，因帮助陈尚君老师处理一些具体事务，被陈尚君在前言中提到，感到光荣。李猛的发言主要讲了三点。一是陈尚君是一人独立编撰这部巨著的，在进入编校阶段后，李猛想帮忙做校记抄录、编写索引等琐碎工作，被陈老师谢绝了，他是有意不让学生去做。二是《全编》在佛教文献方面的利用，《全编》征引的佛教文献名目多达22页，可见利用佛教材料系统而全面。陈尚君老师常教育学生做学术要有“富贵气”，在版本选择上体现为利用大量宋版大藏经，对比六朝唐代以前文人别集的整理本大多用明清藏经本，《全编》对藏经版本的选择更具“富贵气”。《全编》的工作中还使用了李猛获得的日本复印古写经本。三是《全编》的体例创新。处理帝王诗歌时，陈尚君老师打破以往集中编排的体例；对于佛教僧人、道士和女性诗歌，陈尚君老师将他们作为独立个体编次，而非特殊群体，体现出现代学术眼光。陈尚君老师虽不做佛教文学研究，但对大量僧人偈颂诗的处理有体系且完整，而这类诗作的处理难度是很大的。

蒋寅为本场讨论做总结，认为这场讨论氛围轻松，发言者多为与陈尚君关系密切的年轻学者、编辑、同事或学生，其评议和讨论更具温度和亲切感，内容涉及三个方面：一是与陈尚君交往、做编辑以及运用其书籍资料的心得；二是从不同角度表达对他的热爱与尊敬，如郭丽制作视频；三是陈尚君弟子讲述其工作中的趣事，让人对陈尚君有更深认识。蒋寅也分享了两点自己的感触。其一，1992年在厦门的会议上，他建议陈尚君放弃唐代文学研究转做宋代，认为做到七八十岁能成为宋代第一大家，但陈尚君未接受，蒋寅庆幸他没接受，否则就看不到《唐五代诗全编》这部伟大著作。其二，陈尚君当年评职称并不顺利，评副教授比正常晚很多，当时他还未出版两部补编，仅靠之前发表的文章，在那样的环境下坚持下来并取得如今成就，体现了其坚强的毅力、良好的心理素质以及高远的抱负和期许。蒋寅引用朱东润先生“用最艰苦的方法追求学术，从最坚定的方向认识人生”这两句话，指出现在年轻学者评职称困难，学界竞争激烈，位置被占满，即便能力强也可能遭遇不公平待遇。他希望年轻学者在遇到类似境遇时，想想陈尚君的经历，以陈尚君为榜样，明白做学者不仅有鲜花和掌声，更多是长久的寂寞和艰辛的劳动，做古典文学很多时候是体力劳动成果，鼓励大家在未来研究条件变好的情况下，面对困难多向陈尚君学习。

六、闭幕式

下午四点，闭幕式开始，由复旦大学中文系党委书记岳娟娟主持。岳娟娟说，自己除行政身份外，更是陈尚君比较早期的学生。陈尚君 50 岁时学生们为其祝寿，曾撰文、写诗，辑成蝴蝶装册子相赠。当时陈尚君语重心长地表示，看到学生们太悠闲，自己读书时是宿舍、食堂、图书馆三点一线。岳娟娟说毕业后曾在学校机关长时间没日没夜工作，自觉不悠闲，但回到系里后，发现自己工作状态仍无法与陈尚君相比，陈尚君依旧十年如一日保持三点一线、日出而作、日落不息的工作状态。岳娟娟感慨陈尚君为大家树立了榜样，要做好一件事需付出十足努力。

罗时进为本次研讨会做总结，他再次向陈尚君及上海古籍出版社表示祝贺。他说，在 2024 年的最后一个月，全国各地以及邻国日本的几十位长期从事唐诗学、唐代文学研究，最契近唐代文学学科领域前沿的老中青三代学者齐聚复旦大学，共同研讨《唐五代诗全编》编撰整理问题，已经表明这是唐代文学、文献学学术史上的一个较为重要的事件。《唐五代诗全编》的编撰出版因应了学术发展的需要，也回应了时代对古典文献工作的要求，与会学者在讨论中从多个角度加以充分肯定，罗时进表示心有戚戚焉，他说《唐五代诗全编》是一项庞大浩繁的学术工程，他对尚君先生 40 多年来坚持以智叟之才、行愚公之举表达尊敬和敬慕。罗时进回忆 30 多年前与陈尚君合作，曾撰写《清编〈全唐诗〉与重编〈全唐五代诗〉》，文中的设想已超预期实现，陈尚君为学术史、文化史及复旦大学作出巨大贡献。最后，罗时进表达敬意，望陈尚君保重身体，并代表嘉宾感谢上海古籍出版社的高质量出版。

会议最后，陈尚君教授致感谢辞，他感谢大家坦率表达对其书的意见，他全程认真聆听，会认真斟酌、消化和吸取意见，希望大家持续关心支持。陈尚君分享自身经历，感叹“早岁哪知万事艰”，回忆当初入学复旦时，只有初中一年级学历，至今近 50 年。90 年代左右经济条件变好，学术条件相对更艰苦，当时社会选择多元，而自己已经走上学术道路，只能坚定前行。他回顾自己的工作历程，经历唐诗补遗、多方合作、独立完成三个阶段，真正做下来之后深感时代之幸运，“时来天地皆同力”，一切过去以后都云淡风轻，回顾来时路，已有别样感受。

对于这部书，他感谢大家认真读了部分，也深知很难全部读完。他表示很清楚书的价值和存在的问题。以《唐诗三百首》为例指出其中存在的问题，虽自己设定了高远学术目标，但做的过程中，心态越来越平和宽容，深知因能力有限，只能在一定格局下尽量做好。对于如李白的“眼前有景道不得，崔颢题诗在上头”这样的千年谜团，只能提供或然性结论。但是，在研究过程中，偶然发掘出他人未留意的材料，往往能带来令人惊喜的新发现，若仔细研读该书，便会发现其中蕴含诸多此类内容。致辞中，陈尚君感谢唐代文学学会、上海古籍出版社、复旦大学及中文系，更感谢这个时代，因时代稳定发展，科技进步，能看到的文献数量多、讨论问题的范围广，远超自己起步时的预料。他自称天分不够，但一直努力，与时代同步增长学问，希望得到更多关心支持，若有机会修订，期望该书能以新面貌展示，也期待该书能为从事唐代文学研究和阅读的人提供更多研究机会与文本。

最后，主持人岳娟娟对陈尚君老师及与会各位嘉宾专家老师同学致谢，尤其感谢陈尚君的夫人孔沂澜女士对陈尚君老师数十年如一日的默默支持，并宣布会议闭幕。

[作者简介] 吴心怡，复旦大学中国古代文学研究中心、中文系馆员。

还原鲁迅辑校古籍的细节

——评《鲁迅辑校古籍考》

陈　才

作为文学家，鲁迅创作有小说集《呐喊》《彷徨》《故事新编》、散文集《朝花夕拾》、散文诗《野草》、杂文集《坟》《热风》《华盖集》《南腔北调集》《且介亭杂文》等等，是中国现代文学的奠基人。作为翻译家，鲁迅共翻译过欧美及日本等15个国家100多位作家的200多篇作品，如狄更斯的《双城记》、果戈理的《死魂灵》、普列汉诺夫的《艺术论》、尼采的《查拉图斯特拉如是说·序言》、板垣鹰穗《近代美术史潮论》等等，并提出“宁信而不顺”，主张采用直译、硬译的翻译策略。作为学者，鲁迅著有《中国小说史略》，是系统研究小说发展史的开山之作；著有《汉文学史纲要》，为文学史的撰写提供了范例。而鲁迅在古文献学领域，特别是古籍辑佚和校勘方面也有着十分重要的贡献，以致于郑振铎将他的辑佚与创作、翻译誉之为“三绝”。除了人所熟知的《古小说钩沉》和《嵇康集》外，鲁迅还辑校有大量已佚的古代文献，遍涉四部。

鲁迅对于已佚古籍的辑校工作，与他的学术研究和兴趣爱好相关。鲁迅于1909—1911年辑录自先秦至隋代散佚的古小说36种，成《古小说钩沉》；又辑录有《小说旧闻钞》《唐宋传奇集》《小说备校》《谈薮》。在此基础上，鲁迅先后撰写了讲稿《中国小说的历史的变迁》和专著《中国小说史略》，系统地研究了中国小说发生和演进的历程。无论从鲁迅的日记中，还是从他的文学创作中，都可以看出鲁迅有着浓厚的故乡情结。《孔乙己》《阿Q正传》《药》《社戏》《祝福》《在酒楼上》等等，故事发生的地点都在绍兴一带；而《故乡》则更是直接地表现了他对故乡的复杂情感：既怀念记忆中故乡的美好温情，又痛心现实中故乡的愚昧落后。同时，他对乡邦文献的辑佚，也投入了巨大的精力。鲁迅感慨于“会稽故籍，零落至今，未闻后贤为之纲纪”（《会稽郡故书杂集·序》），因而辑录记载古代会稽人物事迹的谢承《会稽先贤传》、虞预《会稽典录》、钟离岫《会稽后贤传记》、贺氏《会稽先贤象赞》和记载古代会稽名胜传说的朱育《会稽土地记》、贺循《会稽记》、孔灵符《会稽记》和夏侯曾先《会稽地志》，计八种，成《会稽郡故书杂集》一书。鲁迅对于出生或寓居于会稽者的著作也有着浓厚兴趣，辑录有子部的《范子计然》《魏子》《任子》《志林》《广林》、史部的《谢承后汉书》《谢沈后汉书》《虞预晋书》，和集部的《嵇康集》《谢灵运集》《柳恽集》《虞永兴文录》《沈下贤文集》等。鲁迅在青年时代即开始收藏金石拓片，在教育部任职期间，他常出入琉璃厂购买金石拓片。他在抄碑的同时，编有汉画像集目录、石刻目录、造像目录等。1914 年，鲁迅购买并阅读了大量的佛家典籍，以钻研佛理。他也校录过《法显传》《出三藏记集》《百喻经》。鲁迅毕生对博物学保持着浓厚的兴趣：他从小就接触了《山海经》，与郑振铎合编《北平笺谱》等；他也辑录有《岭表异录》《云谷杂记》《南方草木状》等博物学文献。

关于鲁迅辑录的古籍，不同版本的《鲁迅全集》均有所收录，惟多寡不同而已。而以此作为专题出版的图书，则有 1986—1993 年上海古籍出版社出版的《鲁迅辑校古籍手稿》、1999 年人民文学出版社出版的《鲁迅辑录古籍丛编》和 2021 年国家图书馆出版社、文物出版社出版的《鲁迅手稿全集·辑校古籍编》。三部书中，以最晚出者收录最全。鲁迅研究的不断深入，同时伴随着有关鲁迅的手稿文献搜集渐趋全备，鲁迅辑校古籍的整理与研究工作也逐渐丰富起来，而复旦大学古籍所石祥研究员的新著《鲁迅辑校古籍考》，则是首部系统研究鲁迅辑校古籍工作的专著。

《鲁迅辑校古籍考》充分利用了《鲁迅手稿全集》，以史籍地志、中古文史典籍和博物杂考书三编，分别考察鲁迅辑校的相关古籍，其研究广度和深度颇有值得称道处。鲁迅辑录的孔融遗文、《会稽览古集》，此前尚无研究；鲁迅辑录的《柳恽诗》，此前也鲜有专门的研究成果。至于鲁迅辑录的《虞预晋书》《谢灵运集》《虞永兴文录》等，此前多为介绍基本情况，并进行对比研究，未作深度考察。《鲁迅辑校古籍考》则对以上文献作了深入的分析。至于此前已有深入研究的，《鲁迅辑校古籍考》则综合运用版本学、目录学、校勘学等古文献学的相关理论知识来开展考察，因而又有新的发现。比如，在研究《会稽郡故书杂集》时，关注到鲁迅对佚文的处理；在研究《嵇康集》时，关注到鲁迅所用的底本明吴宽丛书堂抄本以及他搜检异文的范围；在研究《岭表异录》时，关注到鲁迅辑校古籍的体例问题；等等。此外，《鲁迅辑校古籍考》还对 2005 年版《鲁迅全集》中收录《姚辑本〈谢氏后汉书补逸〉抄录说明》一文中的错误予以揭示。遗憾的是，《鲁迅辑校古籍考》尚未涉及鲁迅辑校的小说类、金石类和佛学类文献，期待这三类，尤其是小说类文献的相关研究成果将来能够问世。

鲁迅辑校的古籍，大多没有署明时间，这给相关研究带来了许多不便。《鲁迅辑校古籍考》敏锐地捕捉到，鲁迅辑校古籍手稿所用的稿纸，一般为素纸，或传统的竖行格纸，而这些格纸与他日记所用的格纸高度重合。于是，利用鲁迅日记所用格纸的起讫时间，结合辑校古籍的封面题字、题署时间和日记中的相关记载，《鲁迅辑校古籍考》总结了鲁迅辑校古籍中使用格纸的变化规律，并进而推测了鲁迅辑校古籍手稿的具体书写时间。这无疑是一种科学的判定方法。用这个方法，《鲁迅辑校古籍考》确定了16件使用格纸甲、9件使用格纸乙、8件使用格纸丙的辑校古籍手稿的具体书写时间。循此法，可以厘清某一佚书的不同手稿书写的先后顺序，以进行历时性考察。比如，《鲁迅辑校古籍考》推定《会稽郡故书杂集》的九份手稿中，用绍兴中学堂蓝色格纸的手稿A书写于1910年8月至1911年冬；用素纸的五份手稿，手稿B、C、G都书写于1911年至1914年夏，手稿D书写于1914年6月25日前后，手稿E书写于1914年6月17日至12月13日之间；用格纸甲的手稿F书写于1910年冬至1911年春；用格式丙的两份手稿，手稿H书写于1914年夏秋间，手稿I书写于1914年秋(11月10日前)。又如，《鲁迅辑校古籍考》推定鲁迅辑校虞喜《志林》的三份手稿中，用格纸甲的手稿A书写于1910年至1912年2月，用绍兴中学堂蓝色格纸的手稿B书写于1910年8月至1912年2月，用格纸乙的手稿C书写于1913年4月至1914年春。其结论皆令人信服，于鲁迅辑校古籍的研究大有裨益。此外，对于书写时间的判定，一定程度上可以纠正既有研究的不足。比如，《鲁迅辑校古籍考》对《会稽郡故书杂集》《谢承后汉书》各份手稿书写时间的判定，可以厘清其先后次序。今后《鲁迅手稿全集》修订时，可以据此重新编排各份手稿的次序。又如，顾农《谢灵运新研三题》(《山东师范大学学报》2003年第3期)认为鲁迅辑校的《谢灵运集》的手稿是“远未完成的工作本”，而《鲁迅辑校古籍考》则通过此份手稿所用为格纸丙，推断它可能书写于1914年9月至1915年6月，故而将其定性为“似是工作至一定程度后再行誊录之本”。这一结论更为可信。

对于佚失古籍辑录的起源，目前学术界尚无定论，至迟可以上溯到东晋杨方所辑的《五经钩沉》。宋代的高似孙、王应麟，清代严可均、黄奭、马国翰、王仁俊等，均为十分重要的辑佚学家。四库馆臣从《永乐大典》中辑录了不少佚书，颇有贡献。而鲁迅的辑佚成就，在辑佚学史上也值得浓墨重书。长期以来，对于鲁迅辑佚成就的研究，止步于结果，而无法探寻过程。《鲁迅辑校古籍考》基于鲁迅手稿的先后次序，梳理了鲁迅辑校古籍的前后历程。比如，在对《会稽郡故书杂集》手稿的考察中，发现了它如何“层累积成”到最终撰成的细微变化；在对《谢承后汉书》诸辑本的考察中，揭示了鲁迅辑本如何在前人的基础上增益而成；在对《虞预晋书》鲁迅辑本的考察中，发现了鲁迅辑本具有“为文本连贯流畅而缀连成文”的特点；在对鲁迅辑校《嵇康集》的考察中，揭示了鲁迅搜检异文范围的扩大和校勘的方法；在对鲁迅辑校《岭表异录》的考察中，揭示了鲁迅的辑校体例；在对鲁迅校录《云谷杂记》的考察中，揭示了鲁迅校勘的方法与思路；等等。

综言之，《鲁迅辑校古籍考》利用收录鲁迅手稿最全的《鲁迅手稿全集》，在对鲁迅辑佚古籍的手稿进行历时性考察的基础上，厘清了鲁迅辑校手稿的先后次序，梳理了鲁迅辑校古籍的过程，进而还原了鲁迅辑校古籍的细节。作为首部从文献学角度系统研究鲁迅辑校古籍的专著，《鲁迅辑校古籍考》对于鲁迅辑佚成就的深入揭示，大大地推动了辑佚学研究和鲁迅研究。

［作者简介］ 陈才，上海博物馆敏求图书馆研究馆员。

“东亚汉籍研究的新面向”博士生论坛纪要

罗毅峰

2024年12月20日至22日，复旦大学古籍整理研究所(以下简称“复旦古籍所”)在复旦大学邯郸校区成功举办了“东亚汉籍研究的新面向”博士生论坛。此次论坛依托2022年度国家社科基金重大项目“东亚汉籍版本学史”发起，面向全球范围内文史哲学科在读博士研究生就“东亚汉籍研究”为主题进行征稿，获得海内外众多青年学子支持。经会议评审，此次论坛共选出75篇论文，邀请了来自北京大学、清华大学、复旦大学、南京大学、浙江大学、武汉大学、山东大学、北京师范大学、香港中文大学等国内高校以及日本京都大学、神奈川大学、东北大学，韩国首尔大学、韩国学中央研究院、汉阳大学等海外高校的博士研究生参与研讨。

21日9点，论坛开幕式由复旦古籍所副所长郑利华教授主持，复旦古籍所所长陈广宏教授致欢迎辞。北京外国语大学文学院詹福瑞教授、复旦古籍所陈正宏教授、浙江大学文学院冯国栋教授分别作为五〇、六〇、七〇后学者代表，发表主题演讲。詹福瑞教授对传统文献学自20世纪以来的发展路径作了分段与概括：20世纪初至1940年代，文献学研究偏向考据；1950年代至1990年代，更推重理论先行的风尚；而后至今，在经历短暂的停滞后，传统文献学又重新被提起，研究的广度与深度都得以大幅提升。面对如今数字人文的兴起，詹教授认为，一方面可以给我们提供新的视角与方法，使其成为研究的一大助力，但同时也指出，技术发展只能作为研究的辅助手段，从事文献研究的本体与逻辑并不会改变，因此研究者的自我学术修养仍是从事文献学研究工作的基础。陈正宏教授以“东亚汉籍印本鉴定中宋体字的位置与意义”为主题，结合大量书影分别对日本、朝鲜以及越南使用宋体字的情况作了梳理。陈教授认为，日本从江户时代开始出现宋体字刻书，大致经历了初期(庆长—

正保)、前期(庆安—贞享)、中期(元禄—安永)、后期(天明—天保)与末期(弘化—庆应)四个阶段;朝鲜半岛的宋体字印本则出现在朝鲜王朝,可以分为芸阁印书体字(1683)、生生字(1792)、整理字(1795)、全史字(1816)四种;而越南汉籍中宋体字的初现与成熟体现在三个时期:西山朝(1778—1801)、阮朝初朝(1802—1819)、阮朝嗣德年间(1848—1883)。冯国栋教授的报告主题为“宋代刺血写经的再认识”。报告先从“书籍史和书籍”与“人类学、文化史结合”两个角度引入,梳理前人对于古代用血等礼仪制度的研究成果,接着指出宋代刺血写经的两个新变化,即“刺血写经用于募缘”和“刺血写经与追亡”的密切关联,然后以契嵩《广孝章》等相关文献记载为例,指出宋人对于刺血写经与儒家孝道之矛盾和争议。最后,冯教授强调对书籍非“文本”性质的研究,对书籍制作、使用等实践活动的关注,是书籍史研究的重要议题。佛教典籍形态多样,非“文本”特征明显,为书籍史的研究提供了许多珍贵的史料与例证。

开幕式之后,为分组讨论。本次论坛大致按照“东亚汉籍版本研究”“东亚汉籍的生成与传播”“汉籍的出版与域外受容”“书籍史与文化史”“目录学”等主题分成 A、B、C、D、E 五组,每组之下设置 3 个平行分会场。每场讨论结束后,参会代表进行自由讨论。

分组 A 的 3 个平行分会场的讨论内容是:

张佳苗梳理傅逊《春秋左传注解辨误》《春秋左传属事》二书的版本及其在日本的翻刻情况,论述其在《左传》研究中的价值。石冰心搜集沈钦韩《春秋左氏传补注》《春秋左氏传地名补注》的存世稿抄本,对二者的编纂过程及版本源流作了考辨。戴启飞梳理元代十二行略注本《广韵》的版本情况,考订其底本来源与出版背景。

李翔宇以《中国古籍善本书目》收录、具有明确信息的万历宋体字刻本为研究对象,考察其字体形态演变,提出万历时期的宋体字经历 4 个发展阶段。袁涛对浙江图书馆藏《小百宋一廛书叶》所收的宋金元本残叶作了梳理,并对其中重要的残叶作了考订。蒋雅心通过书信材料钩稽叶德辉在《四部丛刊》编纂过程中所作的工作与贡献。

赵越考察《菜根谭》传入越南后产生的传抄、刻印和喃译等情况,阐释阮朝文人热衷格言创作背后的动因。冯梦娜对《策学纂要》文本编纂的来源、书籍形成与刊刻的过程、域外流传及其在越南对当地科举考试产生的影响与互动进行考辨。李扶瑶以越南《御题图绘诗集》所收“八景”类诗歌为例,探索其在域外汉文学同质主题中的扩展与延伸。

分组B的3个平行分会场的讨论内容是：

罗弋洋以日本内阁文库、北京大学图书馆所藏两种明刻本《黄山图经》为主要材料，考察历代《黄山图经》编刊、传播的脉络。武思思搜集考察《百川书志》存世的多种抄本，将其划分为两个版本系统，并对叶德辉主持校刻该书的情况作了梳理。高明杨摸排张燕昌《金石契》一书的版本与印次，在此基础上考证此书文本内容的编纂、修改以及定型过程。王岩对陶宗仪《南村辍耕录》存世元刻本的版本年代提出质疑，并通过新发现的十二行本，重绘此书版本源流体系。黄芷欣考察日本静嘉堂文库藏乾道本、中国国家图书馆藏两种“影宋抄本”《钱唐韦先生集》的流转经过与文献价值。张翼梳理宋人王廷珪《卢溪集》的版本源流，并就其中部分存世版本的先后印次、原刻翻刻等问题，进行比勘校理。杨楚珩对《张三丰全集》成书与刊行历程进行梳理，分析李西月与地方文人在乐山信道活动的情况。

张一鸣考订日本国立公文书馆、中国国家图书馆及浙江图书馆藏朱国盛《南河志》版本之先后，分析此书的编刊经过与内容变化。侯悦关注日藏王伯大《昌黎先生集音释》的注文多引自魏仲举《五百家注音辩昌黎先生集》，同时还保留了方崧卿《韩诗笺校》的佚注，认为其对宋代学术史、文学史的研究有重要价值。郎昊依据有关著录及相关材料，梳理米芾文集在日本的编纂、流传情况，考察其文献价值。孟玉洁考订日本内阁文库藏《李卓吾选校袁石公文集》所收内容之真伪，探究其取材来源。王帅梳理邹元标《邹南皋集选》的存世版本，指出普林斯顿大学东亚图书馆藏本更接近祖本的本来面貌，《邹南皋集选》与《太平山房集》实为同一著作。杨闪闪考察日本宫内厅书陵部藏《圣元名贤播芳续集》，认为其编者应为朝鲜人柳珣，其中保存的元人文章具有辑佚、校勘价值。陈丹琪结合前人较少关注的《四库全书简明目录》内府稿抄本，梳理四库馆臣对于此书早期编纂、修改的经过。

孙启从足利幕府遗留的一批记载中国画资料的典籍入手，考证足利幕府在不同时期的宋元画收藏，阐述中国传统绘画在日本中世的流布与影响。余玮分析“日用类书”概念的生成以及相关典籍东渡日本后的受容情况，并在此基础上规划后续研究的方法与要点。梁海丽考察陆玑《毛诗草木鸟兽虫鱼疏》传入日本后相关著作的引用情况及版本异同，分析其在日本的传播路径和对日本名物学产生的影响。陈一凡通过《苏沈良方》在日本的传播、收藏、阅读、接受、再创作等过程，分析宋代医学文化对日本汉方医学形成与发展产生的影响。黄弋粟指出日藏万历四年邹善校刻本为《岭南卫生方》存世最早的版本，并梳理此书在日本的阅读与传抄史。沐海宇对日人人见卜幽《林塘笔记》节录的《酉阳杂俎》文本进行研究，分析《酉阳杂俎》在日本的传播与研究情况。伍海欣对日传本《唐决集》进行解读，考察阐析中日天台宗在相关论争中分化出的不同经教立场的原因。

分组C的3个平行分会场的讨论内容是：

张添锦梳理施闰章楝亭本《学余全集》的编刊背景，通过不同版本的文本比勘，探求施氏诗文集内容变化的深层次原因。罗诗琪从文献流传和编者修改两个角度，探究方回《瀛奎律髓》的异文成因，总结《瀛奎律髓》的文献来源与特点。李卉剖析明人薛应旂《四书人物考》的创作动因，考察晚明出现的众多有乖作者创作本意的衍生品及其影响。兰博分析谢肇淛编纂《五杂俎》的材料来源以及编纂过程中取用的创作手法，阐述文人之间知识交流和文化传承的复杂机制。曹浩佳认为美国哈佛大学图书馆藏署名何乔远的《镌六朝文选评注》实出建阳书商郑云竹伪托，并梳理明代不同类型的六朝文评点本的发展历程及其刊刻、流传面貌。王甜甜研究明中后期三苏文的经典化过程，阐述其发展经过与运作手段。邓巧指出帕西编译《好逑传》附录的清人朱佐朝《锦云裘》是目前所知最早被译介到欧洲的清代传奇，研究其中人物形象的改编，可以勾勒出十八世纪欧洲早期的中国戏剧观念。

乔因予以南开大学图书馆藏嘉靖南监本《资治通鉴》为例，指出南监本版心题署“监生某刊”等信息实际是由其出资雇佣专业人员完成的。巩嘉旭研究元末《原本老乞大》中的弓箭记述内容，论证其对元代军事装备和弓箭射礼的研究价值。章豪考察洪武朝的“大赦”情况，提出明太祖及明初文臣集团吸取元代频繁赦宥导致社会混乱的教训，奉行“非必要不赦宥”的理念。高磊考述《明史·朱睦㮮传》的编纂经过，指出《明史》馆开馆后纂修官对入传标准持议不一，经总裁等删削后《诸王传》的文本得以保留，再历经改撰、删润，方才成为定本。郭明仪对天津图书馆藏《仪礼丧服表》的编纂过程进行考证，认为其成就主要在于体例的创新以及丰富的引文。雷军以苏州图书馆藏吴云友朋书札为研究对象，论述三种类型稿本的编纂经过，并对其中为维护吴云形象而进行的有意识的删润行为，予以解说。苏豪就《唐船漂着记》记载的风说问询内容进行研究，分别从日本官方和中国船员两方面分析其价值。

郭弋琳辨析朝鲜“小说”概念的三重涵义，认为其中既有对中国古典小说概念的移植与变异，又反映出朝鲜民族文学特性。张丰硕考察高丽王朝末期至朝鲜开国初期有关“远游”的汉文诗歌，探究其中“远游”概念的历时演变及其所反映的文人心态的双重特征。张文瀚分别对朝鲜前期的金属活字本和翻刻本、朝鲜后期的翻刻本《三国演义》的底本进行考证，认为多数朝鲜文人承认《三国演义》与历史事实相悖，但仍不免受到潜移默化的影响。王娟利用《燕行录》，考察18至19世纪北京琉璃厂文化街和书肆的分布情况，分析琉璃厂在燕行使臣眼中的形象和文化特征。白晓羽结合相关文献，勾勒了金昌熙与晚清士人之间的交游活动，还原《谭屑》的出版时间、过程及流传情况。刘帅以明代官修的《周易传义大全》在越南、朝鲜、日本等东亚国家的传播为导索，探讨此书在东亚各国产生的深远影响、取得的历史地位及其原因。叶天成对日本公文书馆藏林罗山手稿及藏书进行考察，对其兵学研究的核心与特色作了梳理概括。

分组D的3个平行分会场的讨论内容是：

朱旭东考察《说文解字》《玉篇》等字书引文与编者所据原书面貌的复杂层次，并以原本《玉篇》残卷引《易》为例对异文进行离析。彭湘君围绕《玉篇》辑佚研究展开，指出《字镜》《名义》《宋本玉篇》三书与《玉篇》残卷的体例基本一致，并尝试总结《玉篇》的辑佚方法。朱瑞泽以《中右记部类》纸背汉诗集为对象，结合其创作经历、编纂体例以及丰富的文本层次，探究总集类文献从产生到编集的嬗变过程。杨逸宸研究《文苑英华》中的表类文献，还原其编纂与校勘细节。

陈亨敦从宋人黄伯思《东观余论》辑出关于文字的考辨内容，加以分析，指出此书在中国文字学史上具有的特殊价值。刘琪结合相关文献，对《英藏敦煌社会历史文献释录》整理收录《金真玉光八景飞经》存在的疏误进行辨证。廉皓晨考察《出三藏记集》在编纂和流传过程中产生的文本增补与错置现象，并对这些变动的产生年代与理据进行了讨论。徐有声考察《高丽藏》中的随函音义，从文献和语言两个角度探讨这些音义的形制与特征，并据此推测其生成历程。

陈鸿喆对日本内阁文库藏张灏《论语百篇诗笺》进行研究，指出其为张九成《论语绝句》的注本，并分析其注解特色。何楚借由《夜航诗话》的梳理，探讨津阪孝绰的唐宋诗观。林凡以惟肖得岩为日本中世坡诗讲谈的开创者，其重视前人注本，是宋元苏诗注本和日本坡诗抄物联系的纽带。谭惠静指出现存的六部黄丕烈、顾广圻合校本《文心雕龙》的过录本可分为两个版本系统，并以杨明照《增订文心雕龙校注》为例探讨了使用前人过录校语需注意的问题。

分组E的3个平行分会场的讨论内容是：

理凌云分析了《四库全书》与系列文献、《四库全书分架图》与库书对相关书籍名称著录存在差异的现象，并剖析致误之由。郑凌峰披露了四部《拜经楼藏书题跋记》的前人批注本，分别为中国国家图书馆藏李慈铭批注本、王国维批注本，湖北省图书馆藏徐孝定过录章寿康批注本，湖南图书馆藏叶启勋批注本。隗茂杰依据日本天理大学图书馆藏陆心源稿本《仪顾堂续跋》，对中华书局标点本《仪顾堂书目题跋汇编》存在的点校疏误进行辨证。程益丹对复旦大学图书馆藏《注陆宣公奏议》中的盛昱题识和信札作了考辨。

陈志伟指出南宋卫湜编纂《礼记集说》主要以内容为中心，底本源自《礼记》的经注本和单疏本。王雪菲结合《永乐大典目录》、《大典》残卷以及现存各版本《千家姓》，对《永乐大典》引《千家姓》的情况进行了梳理。宿超以《四库全书》杂学类著录的七种图书为例，考察其抄录所据底本的相关问题。梁涛对《史记集解》与《史记索隐》注释的重复问题及其原因作了梳理和考订。

刘伟婷考察了《今古奇观》的域外传播以及日本翻译改写的作品回流中国的现象。牛霞认为《辩才家教》是适应佛教宣传实际的教材，受众以佛教僧人为主，并考察此书敦煌写本在日本私家的收藏流传。张耀星考证了敦煌写本 S.2072 所抄类书的成书与抄写时代，确认其与日本藏《琱玉集》同源。余天伟考察指出苏轼《奏议集》在南宋时期有“简本”“繁本”两种版本系统并行，认为不同版本之间的文本差异可能是作者本人改订的结果。

经过一天半的充实讨论，本次论坛于 22 日中午落幕。东亚汉籍研究日益成为当下学界讨论的重点，从本次论坛报告的各类议题中可以得到切实体现。与会代表在该主题下，从不同文献题材、不同研究视角甚至不同学科范畴进行的各项深度讨论，无疑正是东亚汉籍研究在新时代背景下多元面向与前沿趋势的一次集中展示。

[作者简介] 罗毅峰，复旦大学古籍整理研究所博士研究生。

《中国文学研究》稿约

《中国文学研究》由教育部人文社会科学重点基地复旦大学中国古代文学研究中心主办，系中文社会科学引文索引(CSSCI)来源期刊。主要发表与中国古代文学相关的学术论文，也希望每期能固定刊登学术书评，目前每年出版两辑。热忱吁请国内外同行赐稿，共同办好这一学术园地。

本刊设立编辑委员会与编辑部，实行主编、副主编负责制，稿件能否刊用，则采取严格的匿名评审制度，由审稿委员会决定。担任审稿委员者均为复旦大学及其他高等院校的著名专家。本刊发表的稿件，注重学术价值和学术规范。既欢迎视野开阔、论述严谨、具有前沿性和开拓性的研究成果，也欢迎文献翔实、辨析可据的考证性、资料性论文。

限于编辑部人力，仅接受电邮投稿。倘若赐稿，请以附件形式发送电子邮件至zgwxyj@fudan.edu.cn，并附作者简介(包括姓名、出生年月、性别、工作单位、职称等)，注明通讯地址和邮编。请勿一稿多投。

由于本刊编辑部人力有限，来稿一律不退，作者务请自留底稿。本刊审稿周期为三个月，如三个月内未接到采用通知，请另投他刊。

《中国文学研究》编辑部

《中国文学研究》撰写格式

一、请使用简体字、新式标点符号，引号用“”‘’，不用『』「」。

二、文内所分层级，依次标示为“一、二、三……”“（一）（二）（三）……”“1. 2. 3……”“(1)(2)(3)……”。

三、文中首次涉及某古代年号时，括注公元纪年，如：建元元年（前140）、武德九年（626）。

四、独立引文每段首行前空四格，回行前空二格。所有引文均须核实无误，援据版本当力求精善。

五、注释采用页下注，在正文中用①②③标注。基金项目、致谢语等信息以“＊”标注于文章题目之下。注释不避重复，勿用“同注几”“同上注”“同前注”等形式。体例如下：

（一）征引一般古籍的整理本，首次出注时须注明作者、整理者、整理方式、书名、卷次、篇章、出版地点、出版机构、出版时间、页码等，再次出注时省去出版机构、出版时间。如：

李德裕撰，傅璇琮、周建国校笺《李德裕文集校笺》卷一九《谢恩改封卫国公状》，北京：中华书局，2018年，第456页。

（二）征引古籍刻本，用原刊本叶次，首次出注时须注明版本信息。如：

《全唐文》卷七九一《请元正权御宣政殿疏》，中华书局影印清嘉庆刻本，北京：中华书局，1983年，第8287页下栏—8288页上栏。

（三）征引今人论著与译著，首次出注时须注明作者（外国作者前加方括号标示国籍）、书名、出版地点、出版机构、出版时间、页码等，再次出注时省去出版机构和出版时间。如：

郭绍虞《宋诗话考》，北京：中华书局，1979年，第75页。

[日]尾崎康著，乔秀岩、王铿编译《正史宋元版之研究》，北京：中华书局，2018年，第604页。

（四）征引期刊、集刊论文，须注明作者、文章名、刊物名、刊期等。如：

陈尚君《李白诗歌文本多歧状态之分析》，《学术月刊》2016年第5期。

（五）征引外文论著，可依照中文格式，论著名使用斜体。如：

M. I. Finley, *Politics in the Ancient World*, Cambridge University Press, 1979, pp.11-12.

六、随文请提供内容提要（200—300字）、关键词（2—5个）和英译标题。

图书在版编目(CIP)数据

中国文学研究. 第41辑 / 教育部人文社会科学重点研究基地复旦大学中国古代文学研究中心主办. -- 上海 : 上海人民出版社, 2025. -- ISBN 978-7-208-19595-0

Ⅰ. I206.2-53

中国国家版本馆CIP数据核字第2025YC6275号

责任编辑 邵 冲
封面设计 夏 芳

中国文学研究(第四十一辑)
教育部人文社会科学重点研究基地复旦大学中国古代文学研究中心 主办

出　版 上海人民出版社
(201101 上海市闵行区号景路159弄C座)
发　行 上海人民出版社发行中心
印　刷 上海新华印刷有限公司
开　本 787×1092 1/16
印　张 15.5
插　页 1
字　数 257,000
版　次 2025年6月第1版
印　次 2025年6月第1次印刷
ISBN 978-7-208-19595-0/I·2217
定　价 68.00元